Un juego de mentiras

CLARE MACKINTOSH

Un juego de mentiras

Traducción de
Jesús de la Torre Olid

Grijalbo

Penguin
Random House
Grupo Editorial

Título original: *A Game of Lies*

Primera edición: junio de 2024

© 2023, Clare Mackintosh
Publicado originalmente en inglés el año 2021 en el Reino Unido por Sphere,
un sello de Little, Brown Book Group
© 2024, Penguin Random House Grupo Editorial, S. A. U.
Travessera de Gràcia, 47-49. 08021 Barcelona
© 2024, Jesús de la Torre Olid, por la traducción

Printed in Spain – Impreso en España

ISBN: 978-84-253-6626-0
Depósito legal: B-7822-2024

Compuesto en La Nueva Edimac, S. L.

Impreso en Black Print CPI Ibérica
Sant Andreu de la Barca (Barcelona)

GR66260

Para Sarah Clayton, Lynda Tunnicliffe y Huw McKee

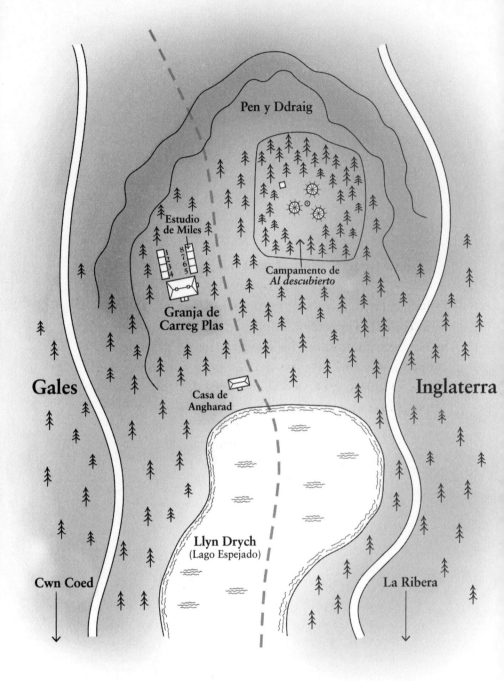

Pen y Ddraig

Estudio
de Miles

8
1   7
2   6
3   5
4

Campamento de
Al descubierto

Granja de
Carreg Plas

Gales

Casa de
Angharad

Inglaterra

Cwn Coed

Llyn Drych
(Lago Espejado)

La Ribera

Concursantes que viven en el campamento de *Al descubierto*

Pam Butler	Ceri Jones
Jason Shenton	Henry Moore
Aliyah Brown	Ryan Francis
Lucas Taylor	

COMUNICADO

Debido a los trágicos sucesos acaecidos en el día de hoy,
no se emitirá el episodio de esta noche de *Al descubierto*.
Se han interrumpido todas las grabaciones y los demás
concursantes e integrantes del equipo están recibiendo
ayuda. El asunto se encuentra en manos de la policía y no
vamos a hacer más declaraciones por ahora.

Producciones Young

PRIMERA PARTE

1

Lunes - Agente Ffion Morgan

El olor es agrio y dulce a la vez, como de fruta podrida. Ffion respira por la boca, pero el hedor es tan fuerte que casi puede saborearlo.

—¿Has sido tú? —pregunta el agente Alun Whitaker sin levantar la vista de sus papeles. Es demasiado vanidoso como para ponerse gafas y se le forman unos profundos surcos en los lados de los ojos cuando los entrecierra para leer el expediente.

—No, joder, no he sido yo. —Ffion cierra la declaración del testigo que estaba leyendo y abre la página de Rightmove. Necesita el influjo tranquilizador que solo le pueden aportar cinco minutos de pornografía inmobiliaria.

—Se supone que las mujeres no se tiran pedos. —Alun mira hacia las otras mesas y levanta la voz—. Apuesto a que Georgina no lo hace.

Georgina le responde encogiéndose de hombros y se señala los cascos antirruido que lleva sobre su corto pelo moreno. «Es un pódcast», dice siempre que le preguntan. Ffion sospecha desde hace tiempo que Georgina no está escuchando nada —esa mujer nunca tarda en aceptar una *paned* cuando se enciende la tetera—, sino que es selectiva con lo que quiere oír.

—Yo no podría estar una mujer que se tire pedos —dice Alun.

Como si pudiese elegir. La última incursión de Alun en el mundo de las citas terminó con una transferencia bancaria a una cuenta imposible de rastrear y un virus informático que envió por correo electrónico las últimas diez fotos de su cámara, tres de las cuales hicieron que a Ffion le entraran ganas de lavarse los ojos con lejía.

—Los pedos son cosa de tíos —añade—. No es femenino.

Ffion considera la idea de probar a tirarse uno, solo por llevarle la contraria.

Alun se gira en la silla para mirarla. Tiene las piernas largas y flacas y, cuando apoya las manos en las rodillas, como está haciendo ahora, en la mente de Ffion aparece la imagen de alguna especie de insecto.

—¿Sabes dónde está el parte de lesiones de Proctor? No lo encuentro en la unidad central de memoria.

—Es que está en mi portátil.

—¿En tu portátil personal? —Alun levanta una ceja y se cruza de brazos. Ffion intenta recordar si son los grillos los que se frotan las patas o los saltamontes—. Se supone que tienes que guardarlo directamente en la carpeta compartida.

Ffion no sabe qué sonido emitirían los brazos de Alun si frotara uno contra el otro, pero no le cabe duda de que sería la hostia de irritante. Mira la pantalla con el ceño fruncido, como si estuviese tratando de resolver alguna fórmula compleja en lugar de estar ampliando su radio de búsqueda en Rightmove en otros quince kilómetros.

—Lo guardaré en la carpeta cuando esté terminado.

—Imagínate que tuviese todos mis archivos en mi ordenador personal. ¿Qué harías si me atropellara un autobús?

—¿Celebrar una fiesta? —Ffion pulsa sobre un apartamento de dos dormitorios a ocho kilómetros de Cwm Coed. La casa que tiene alquilada es perfecta y un verdadero alivio, después de haber vivido un año con su madre y Seren, pero ahora su casero la quiere recuperar. «Lo siento, Ffion, pero le puedo sacar el doble con alquiler vacacional y son tiempos difíciles...».

«No me jodas», pensó Ffion cuando empezó a buscar una casa nueva y descubrió que los precios se habían multiplicado prácticamente por dos el año anterior. Vivir fuera del pueblo implicaría que no podría volver caminando desde el pub después de quedarse tras el cierre ni pasarse por casa de Ceri a tomar un café. Por otra parte, estaría bien salir sin que informaran a su madre de cada paso que da. «Tu Ffion parece cansada..., me pareció verla en el médico la semana pasada. Pensé que quizá estaba embarazada...».

Pero este apartamento parece perfecto. Nuevo, asequible... y solo para mayores de sesenta años.

«Joder». Ffion cierra la fotografía del balcón del dormitorio con vistas al río. Arruga la nariz cuando el pestilente olor le llega con una intensidad renovada.

—Y, si te atropellara a ti un autobús, no sabríamos cómo iría el caso. —Alun se niega a dejar el tema—. Podríamos perder pruebas decisivas.

—Cuando seas sargento, podrás decirme lo que tengo que hacer —contesta Ffion—. Mientras tanto, déjame en paz. No eres mi jefe.

—Eso es verdad —dice una voz desde la puerta—. Yo sí lo soy.

El inspector Malik tiene una actitud resuelta y jovial. Incluso cuando está echando alguna bronca —cosa que Ffion ha tenido que sufrir en varias ocasiones—, hay en su voz un tono paternal, como si hubiese pillado al destinatario de su rapapolvo robando manzanas en lugar de llevándose una furgoneta antidisturbios para recoger un sofá de Ikea.

Malik da un paso adelante y olisquea.

—Aquí huele como si alguien se hubiese muerto.

—Ha sido Ffion —dice Alun.

—Es asqueroso. Abre una ventana. —El inspector lleva puesto su chaleco preferido, con un tablero de ajedrez con la partida empezada. Ffion se imagina que hay un mensaje subliminal en el jaque mate o las tablas, o lo que sea que esté pasando junto al botón de arriba.

Georgina ya se ha puesto en pie de un salto para obedecer la orden del inspector. Ffion entrecierra los ojos. Eso sí que lo ha oído, ¿no? Georgina Kent es lo que cualquier jefe consideraría diligente, y Ffion, una lameculos: la primera que llega, la última que se va y la que trata las invitaciones a cualquier encuentro social como si fuese un robot programado para decir que no. Ni Georgina ni Ffion llevan mucho maquillaje, pero Ffion imagina que por parte de Georgina se trata de una decisión meditada; no es que no le dé la gana, como es su caso. Georgina tiene ese tipo de piel aceitunada que se broncea en cinco minutos, mientras que la de Ffion es del color de la leche desnatada.

Malik levanta una hoja en el aire.

—Alguien tiene que ir a ver unos huesos en Cwm Coed. Puede tratarse de un asunto feo.

—Como alguien a quien conozco. —Alun sonríe a Ffion. Ella está a punto de tirarle algo cuando se oye un sonoro pedo desde su rincón de la oficina.

Malik la fulmina con la mirada.

—¿Ha sido eso lo que creo que ha sido?

Ffion se declara inocente levantando una mano.

—Es lo que pasa cuando me obligas a venir a la oficina todos los días.

—¿Me estás diciendo que esa peste es culpa mía?

Ffion era de lo más feliz cuando trabajaba en su cuchitril de Cwen Coed o escribiendo informes en su coche junto a la orilla del lago, ausentándose de la oficina todo lo que podía. Sin embargo, hace diecisiete meses, la investigación de un asesinato en La Ribera, un resort de lujo a orillas del lago, puso el foco en Cwm Coed... y en Ffion. Su última evaluación —«No participa; le cuesta someterse a la autoridad»— terminó con un trayecto de cincuenta minutos cada día hasta Bryndare y un ceño fruncido que ni el bótox podría quitar.

—Ffion, siento ser portador de malas noticias, pero venir a trabajar es, literalmente, la razón por la que te pagan. —Malik atraviesa la oficina—. Y, desde luego, no te da carta blanca para hacer eso. —Tira de la silla de Ffion hacia atrás y ve un bulto grande y peludo debajo de su escritorio.

Decir que Dave es un perro sería demasiado simplista. Maldecido con la neurosis de la generación del Prozac, se sobresalta con los ruidos fuertes, ladra cuando hay silencios largos y solo es de verdad feliz cuando está pegado a las piernas de Ffion o, a ser posible, encima de ella. Como Dave es de la misma estatura que un adulto sentado, esto resulta especialmente complicado en los semáforos, pues entiende la breve pausa como una señal de que el viaje ha terminado y puede subirse al regazo de Ffion como si fuese un gato de cuarenta kilos.

—¿Cuántas veces te lo he dicho?

Ffion se pregunta si Malik estará hablando con Dave, pero entonces el inspector la mira y se da cuenta de que está esperando una respuesta. La cola de Dave golpea lentamente sobre la moqueta.

—Seis, por lo menos —interviene Alun. El muy gilipollas.

—No puedo dejarlo en casa. Se pone a aullar y los vecinos se han quejado.

—Pues contrata a un paseador de perros, llévaselo a tu madre, métalo en el maldito circo..., lo que sea, Ffion, ¡pero deja de traerlo al trabajo!

Dave sale de debajo del escritorio y Ffion lo agarra del collar.

—¿Y si fuese mi perro de apoyo emocional? Está demostrado que la compañía de los animales alivia el estrés.

—Lo único que se ha aliviado aquí ha sido el intestino de ese perro. Llévatelo a casa. Ahora mismo.

A regañadientes, Ffion se pone de pie.

—Podría ir a ver esos huesos, ya que voy en esa dirección.

—Ah, no. —Malik agita un dedo—. No voy a permitir que te quedes dando vueltas en tu casa sin nadie que te vigile. Alun o Georgina se pueden encargar. —Se vuelve para mirarlos—. Están grabando una especie de *reality show* en la montaña, cerca de Cwm Coed.

—*Al descubierto.* —Ffion se pone el abrigo. Es mayo, pero estamos en Gales del Norte, lo que significa que prácticamente sigue siendo invierno.

—No he oído hablar de él —dice Georgina—. Lo siento, señor.

—Ojalá yo pudiera decir lo mismo —responde Malik con una mueca—. Tiene una pinta espantosa. Siete «hombres y mujeres normales y corrientes», dice el tráiler, pero ¿qué persona normal y corriente querría que la grabaran comiendo ojos de peces y testículos de toros?

—Yo creo que usted se refiriere a *La isla de los famosos*, señor. —Alun parece un poco revuelto.

—En fin, el productor ha denunciado el hallazgo de los huesos esta mañana y...

—¿Los han encontrado en el campamento de *Al descubierto* o en la granja en la que se aloja el equipo? —pregunta Ffion—. La casa es nuestra, pero el campamento está justo al otro lado de la frontera con Cheshire.

—No sé dónde... —Malik se detiene—. ¿Cómo sabes tanto de esto?

—Conozco a una de las concursantes: Ceri Jones. Es la cartera de Cwm Coed. —Ffion apaga su ordenador—. Bueno, nos vemos mañana.

—¿Mañana? Ffion, no son más que las tres...

—No tiene sentido que vuelva para después irme otra vez a casa, ¿no? Trabajaré desde allí las dos últimas horas. —Ffion sonríe con expresión de ingenuidad—. Ah, y yo no me fiaría del GPS para llegar a la granja: te va a dejar en medio del campo. Es mejor ir por la carretera de un solo carril que hay al salir de Felingwm Isaf y girar a la derecha en el roble grande.

—*Velin-goom Ee-sav* —repite Malik despacio. En teoría, el inspector tenía el nivel mínimo de galés que se requería para trasladarlo de la policía de Surrey a la de Gales del Norte. En la práctica, todavía está acostumbrándose a la pronunciación. Suelta un suspiro, como si lo que está a punto de hacer le provocara dolor. Extiende la hoja hacia Ffion, pero continúa agarrándola con fuerza durante unos segundos después de que ella la coja—. No hagas ninguna tontería.

—Por supuesto que no, señor.

—Y ve con alguien.

—Jefe, sinceramente, yo trabajo mejor so...

—O vas con alguien o no vas. Así de sencillo.

Ffion mira primero a Alun, después a Georgina. Ninguno de los dos parece muy entusiasmado ante la perspectiva de acompañarla.

—Esto sí que es estar entre la espada y la pared —murmura. Alun se ríe.

—Yo tengo una espada...

—Georgina —dice Ffion con decisión.

Malik lanza a Alun una mirada implacable.

—Han llamado de los años ochenta diciendo que quieren que les devuelvas sus inoportunas expresiones.

—Lo siento, señor. No volverá a pasar. —Las mejillas de Alun se encienden y Ffion reprime un bufido.

—¿Estás preparada? —Georgina está con el abrigo en el brazo, como si fuese Ffion la que la está haciendo esperar.

—Nací preparada. —Ffion abre la puerta—. Vamos, Dave.

2

Lunes - Ffion

El Triumph Stag de Ffion está aparcado en la zona reservada para motos. Se termina el cigarrillo de liar que se ha fumado de seis largas caladas mientras atravesaban el patio trasero y le pasa la correa de Dave a Georgina.

Georgina mira inquieta al perro.

—¿No puede ir en la parte de atrás?

—Se marea en los coches. Irá mejor contigo.

—No es él quien me preocupa. —Georgina sube con cuidado al asiento del pasajero, sujetando la correa como si fuese a explotar. Dave se mete a presión en el espacio para los pies y la cabeza le queda casi a la misma altura que la de Georgina. Ffion se recoge el pelo en una coleta. Esta mañana, después de otro de los «desternillantes» comentarios de Alun, se la apretó con tanta fuerza que la goma se rompió y el cabello se le quedó como una maraña de pelos rojos encrespados que, de manera educada, podrían considerarse rizos.

Ffion saca una goma de las que tiene en la palanca de cambios. Compró el coche con el dinero que le dejó su padre y, desde entonces, se ha gastado diez veces más en mantener ese cubo oxidado de color marrón rojizo.

—¿Este coche es legal? —Georgina está mirando el, según Ffion, ingenioso trozo de cartón encajado en la puerta del pasajero para que la ventana no se abra.

—Pues da la casualidad de que el mes pasado pasó la revisión

—responde Ffion, omitiendo el hecho de que Trefor *Garej* le dijo que era una «trampa mortal» y que la única razón por la que dejaba que se lo llevara era porque su primo estaba casado con la mujer del sobrino de su padre y esta le iba a echar la bronca si no lo hacía.

La carretera que va de Bryndare al otro lado de la montaña de Pen y Ddraig es estrecha y sinuosa, con un barranco que queda en el lado del pasajero. Georgina no se inmuta. Le preocupa más mantener a Dave —y sus babas por el mareo— bien resguardado en el hueco de los pies. A pesar de sus esfuerzos, cuando van llegando a Cwm Coed, el perro ya está en su regazo, con la cabeza sobre el hombro de Ffion. Cada pocos minutos, un triste gemido se eleva sobre el ruido del viejo motor del coche y Dave toca con una pata el regazo de Ffion, como si a ella se le hubiese olvidado que está ahí. Ni hablar.

Ffion adoptó a Dave en un excepcional momento de debilidad, tras asistir al incendio de un refugio de acogida en el que este llevaba varios años cumpliendo lo que estaba convirtiéndose en una cadena perpetua. «Lo vamos a dormir la semana que viene —le dijo a Ffion un voluntario del refugio—. Es muy triste porque es muy cariñoso». La habían visto venir, le dijo después Huw: «Fingen que todos los perros están en el corredor de la muerte, idiota. Me apuesto veinte libras a que terminas devolviéndolo».

No fue por las veinte libras, piensa Ffion con tristeza mientras se limpia la baba del hombro, sino por una cuestión de principios. Por mucho que se arrepienta de la impulsiva decisión de acoger a Dave, perder una apuesta contra su exmarido queda descartado. Además, aparte del mal aliento y las flatulencias, Dave tiene algunas virtudes, de eso está segura. Solo que aún no las ha encontrado.

El cielo está de un azul intenso, aunque la neblina se cuela por los resquicios próximos a la montaña. El borde de la carretera está difuminado, pero Ffion se conoce los giros y las curvas tan bien como su propio cuerpo. Muy por debajo de ellas, el lago Llyn Drych serpentea por el valle. Es un lago que por algunas partes es tan estrecho como un río y Ffion pasó los veranos de su infancia nadando de un lado al otro. Se detenía en el centro, intentando no hundirse en la invisible frontera entre Inglaterra y Gales, sintiéndose en ese momento como si no perteneciera a ninguno de los dos sitios. La aldea de Felingwm Isaf, que podría traducirse como Valle del Bajo Molino, está en la punta norte del Llyn Drych, o Lago Espejado, como lo llaman los forasteros. Ffion reduce la velocidad mientras busca el desvío que las llevará hasta Carreg Plas, la granja que están usando los del equipo de *Al descubierto*. La estrecha carretera sube por una pronunciada pendiente y Ffion espera que no se crucen con nadie. Trefor *Garej* la advirtió sobre los frenos.

—¿Y de qué va eso de *Al descubierto*? —pregunta Georgina. Ffion esquiva una oveja recostada sobre el cálido asfalto.

—¿No ves la tele? Lo anuncian cada cinco minutos.

—La verdad es que solo veo canales de internet. Nunca ponen nada decente en la terrestre.

Ffion está deseando discrepar. O lo haría, si es que le importara, que no es el caso. La televisión terrestre o, como ella la llama, la tele normal, es la televisión cómoda. Eso hace que se acuerde de cuando le llevaba a su madre una taza de té para ver la serie *EastEnders* o de las discusiones por ver la telenovela *Hollyoaks* en lugar del canal S4C cuando era adolescente. Hace que se acuerde de cuando subrayaba las películas en la revista *Radio Times* la Navidad anterior a la muerte de su padre y de cuando su madre le pedía que jugara con Seren de bebé hasta que empezaran los *Teletubbies*. Además, en la tele normal ponen el programa de reformas *Homes Under the Hammer*, su placer secreto.

Ffion mira a Georgina, que está tratando de girar la cara como si fuese un búho para apartarla del hocico peludo de Dave.

—Como ha dicho el jefe, es un *reality show* de televisión.

Hay siete concursantes viviendo en la montaña de Pen y Ddraig durante dos semanas. Con las pruebas habituales, el voto del público..., esas cosas, ya sabes.

—La verdad es que no.

Ffion la mira.

—¿Nunca has visto *Gran hermano*?

—No.

—¿*La isla de las tentaciones*?

—No.

—¿*Casados a primera vista*?

—Dime que no es tan espantoso como suena.

—Es peor. —Ffion cruza una valla abierta que da a un camino de grava—. Eso es lo que lo hace tan bueno.

Aparca el Triumph delante de Carreg Plas, una maciza granja de piedra a la que han añadido un pequeño porche de madera. Dos laureles en macetones cuadrados hacen las veces de centinelas en la puerta de entrada. Mientras esperan a que salga alguien a abrir, Georgina mira a Dave.

—¿Por qué no lo dejas en el coche?

—Porque se lo comería. —Ffion vuelve a golpear la aldaba, pero se rinde y rodea la casa por el lateral. La valla del jardín está abierta y entran en un patio de adoquines. Si la vista desde la parte delantera de la casa, que da al Llyn Drych, ya era espectacular, la trasera no se queda atrás. Unas pendientes de denso bosque se elevan desde la granja, dando paso al paisaje rocoso de Pen y Ddraig, cuya cima está rodeada por remolinos de niebla.

A cada lado del patio, hay dos filas de edificios anexos de ladrillo rojo con tejado de pizarra. En las puertas de los establos, están pintados los números del uno al ocho.

—¿Caballos? —pregunta Georgina.

—¡Ya he dicho que no lo voy a hacer! —dice una voz de mujer en el número ocho.

—Malditos caballos protestones. —Ffion se acerca a la puerta abierta justo cuando una mujer de pelo negro con mucho maquillaje sale hecha una furia en dirección a la casa.

—Les pido perdón. El talento puede ser un poco temperamental. —Un hombre se acerca con la mano extendida—. Miles Young, de Producciones Young. Young es el apellido, pero ya no se corresponde con mi edad. —Esboza una sonrisa triste y, después, suelta una carcajada mientras se pasa una mano por su denso pelo rubio canoso. Tiene cuarenta y muchos, los ojos azul claro y unas pestañas tan finas que son casi invisibles. Sus pómulos le dan un aspecto demacrado y bastante tenso, a pesar de su amplia sonrisa.

—¿El talento? —pregunta Georgina mientras le estrecha la mano—. Agente Georgina Kent, del Departamento de Investigaciones Criminales de Bryndare.

—Mi presentadora, Roxy Wilde. Tiene mucho carisma; la cámara la adora. —Miles extiende la mano hacia Ffion—. ¿Y usted es?

—La agente Morgan. Tengo entendido que han encontrado unos huesos. —Cuando Ffion pronuncia la palabra favorita de su perro, Dave se sienta muy erguido y barre los adoquines con la cola formando un arco.

—He llamado hace horas. ¿Dónde...? —Miles se interrumpe y contrae el gesto con arrepentimiento—. Lo siento, no quería parecer... Seguro que tienen un millón de cosas más importantes que hacer. Es que tenemos una agenda muy apretada. La mayoría de los programas de telerrealidad muestran imágenes que se graban el día anterior, o incluso antes, pero nosotros estamos innovando. Lo que van a ver esta noche es lo que grabemos hoy. Por suerte, tenemos ya muchas cosas. Los concursantes se quedaron anoche en la granja, así que este retraso no es tan desastroso como...

—¿Podemos ver los huesos, señor Young? —lo interrumpe Ffion.

Miles gira la cabeza hacia su escritorio, donde hay dos ordenadores y un montón de cables enredados, y se aparta.

—Por supuesto. —Coge su chaqueta. Además del escritorio, en la habitación hay una cama de matrimonio y un pequeño armario. Ffion ve una bandeja de té y la puerta de lo que supone que será un baño. Un gran ventanal abatible al fondo de la habitación da al bosque y la falda de la montaña.

—Es un sitio chulo, ¿verdad? —Miles cierra la puerta con llave cuando salen—. Nuestro equipo de localización ha hecho un buen trabajo. El campamento está a unos veinte minutos montaña arriba.

—¿Quién se aloja en la granja? —pregunta Georgina.

—Yo estoy en la casa principal, con Owen, que es nuestro cámara, y Roxy, a la que han visto antes. El número ocho es mi estudio y los demás establos son para los concursantes, para cuando se los expulsa. —Miles las lleva por una valla en la parte trasera del patio que conduce a la montaña.

—¿Vuelven aquí? —pregunta Ffion.

—Está en su contrato. Dos noches en la granja para hacerles entrevistas. Cuando han terminado, se les paga un dinero por su participación.

—¿Que es cuánto? —Un arbusto de aulaga se engancha en las piernas de Ffion.

—Diez mil.

Georgina suelta un silbido.

—Qué bien.

—No tanto como las cien mil que se lleva el ganador... o los ganadores.

—¡Jo-pe! —Ffion se las arregla para no soltar la palabrota. Malik dice que tiene que «moderar su lenguaje». A saber qué mierda quiere decir con eso. Al parecer, hay gente que se ha quejado.

—Yo me imaginaba que habría más gente —dice Georgina—. Torres grandes de iluminación, camiones de catering, un equipo grande.

—A mí me gusta tenerlo todo controlado cuando grabamos —contesta Miles—. Hubo mucho lío cuando construíamos el campamento, pero ahora que estamos grabando lo he reducido todo al mínimo. Tenemos un recadero que viene todos los días y un guardia de seguridad. Para lo demás que necesite, llamo a la oficina de producción.

—¿Qué están haciendo ahora los concursantes? —A pesar de la impresión que le dio al inspector Malik, Ffion sabe muy poco sobre el programa, aparte del hecho de que merece la pena ver cómo unos cuantos aficionados a la supervivencia se cabrean unos con otros en una montaña de Gales del Norte.

—Bueno, poca cosa, por culpa de esos huesos —responde Miles con sequedad—. Uno de ellos sugirió cavar el hueco de la hoguera y en cuanto vi lo que habían sacado... Yo lo estaba mirando desde el estudio, claro..., y envié a nuestro recadero para que pararan.

Siguen caminando unos minutos más y, a continuación, delante de ellos, Ffion ve una alambrada alta.

—¿Es ahí?

—Sí. Es de una granja vecina. Creo que la colocaron para los faisanes, así que no es la mejor de las barreras, pero sirve para dejar clara la linde. —Levanta la voz—. ¿Todo bien, Dario?

—Perfectamente, jefe. —Dario tiene una complexión que asusta y la cabeza brillante como un cascarón de huevo. Lleva una chaqueta reflectante que le llega casi hasta las rodillas con una etiqueta de SEGURIDAD en el pecho izquierdo impresa en letras azul brillante. Mira a Dave con interés—. Es uno de esos perros rastreadores, ¿no?

Georgina emite un sonido que Ffion habría interpretado como una carcajada si no fuera por el hecho de que Georgina Kent jamás de los jamases se ríe.

—No exactamente —responde Ffion.

—Esa tal Zee ha vuelto —le dice Dario a Miles.

—Seguro que le han dado ya el mensaje. —Miles se vuelve hacia Georgina y Ffion—. Hay una chica..., una mujer, supongo. Se llama Zee Hart y tiene un canal de YouTube espantoso que se llama *Las noticias de Hart*. Pidió participar en el programa y, cuando la rechazaron, tuvo la osadía de ofrecerse como presentadora de una sección televisiva que quería llamar *Más al descu-*

bierto. Pretendía entrevistar a los concursantes a medida que los fueran expulsando, ese tipo de cosas.

—Ha plantado una tienda de campaña —dice Dario.

—¿Una tienda de campaña? —La voz de Miles, ya aguda de por sí, se eleva una octava más—. Eso no debe de estar permitido.

—¿Dónde está? —pregunta Ffion.

—A unos veinte metros de la valla perimetral, al otro lado del campamento —señala Dario.

Ffion se encoge de hombros.

—Nada impide que la gente haga acampada libre en la montaña.

—Vigílala —dice Miles—. Avísame si se mueve.

—De acuerdo, jefe.

—Y que nadie atraviese esta valla sin mi permiso, ¿de acuerdo?

—Entendido.

—El programa se emite a las siete… —Miles junta las manos a modo de oración—. Y, luego…, en fin, no me sorprendería que la prensa apareciera por aquí.

Se ríe con gesto de complicidad y Ffion resopla. ¿Cómo será tener un nivel tan alto de confianza en uno mismo? Vale, esto de *Al descubierto* suena a tele buena, pero, al final, solo es un *reality* más. Un gacetillero de la prensa amarilla no vendría hasta Snowdonia a no ser que hubiese un elenco lleno de famosos.

A menos, claro está, que los huesos terminaran siendo interesantes.

Siguen a Miles a través de una valla metálica que Dario cierra con un chasquido de candado cuando entran. Ffion siente en ese instante mucho calor a pesar del viento, que a esta altura de la montaña es de todo menos estival. Ella no podría participar en este programa, ni en un millón de años. Aparte de tener que vivir con seis desconocidos durante dos semanas, no soportaría que la mantuvieran encerrada en lo que, en definitiva, es una jaula. Como gatos salvajes en un parque safari, piensa. Y se imagina acercándose sigilosa a la valla en busca de una salida.

—¿Es grande el recinto? —pregunta Georgina mientras avanzan serpenteando por un denso bosque de árboles con troncos estrechos. Ffion la mira y se pregunta si estará sintiendo la misma claustrofobia que ella, pero ve su habitual expresión impasible.

—Bastante grande. —Dario señala los árboles—. Era todo bosque, pero Miles hizo que despejaran una zona en el centro para el campamento.

En efecto, pocos minutos después, el arbolado se abre y se encuentran en el claro. Los árboles impiden ver la valla, dando la impresión de un aislamiento absoluto. Podrían estar en medio de un denso bosque, piensa Ffion. Podrían estar en otro país, en otra época.

Tres grandes carpas de color crema forman una fila al fondo del claro. A poca distancia, hay un jacuzzi de leña, con los troncos cuidadosamente apilados en el lateral, y, en el lado opuesto, hay lo que, por la pala que ve apoyada en la puerta, Ffion supone que será un retrete de compost.

En el centro del campamento, hay una cocina rudimentaria hábilmente construida siguiendo el mismo estilo rústico que el retrete, además de una enorme mesa, en apariencia tallada a partir de una sola pieza de madera, y siete asientos. Encima de la mesa, se mecen con la brisa unos faroles metálicos colgados de una gruesa cuerda entre dos postes. Aparte del susurro de las hojas, hay un silencio escalofriante.

Ffion señala una pequeña construcción sin ventanas revestida con tablones horizontales, con la anchura de una cabina telefónica, pero la mitad de alta. Han tallado unos escalones en el suelo para acceder a la puerta.

—¿Qué es eso? ¿Otro aseo?

—Es el…, eh…, confesionario —contesta Miles con las mejillas ligeramente encendidas. Ffion quiere seguir preguntándole, pero Miles dirige la atención al resto del campamento—. Los chicos están a la izquierda, las chicas, a la derecha. La tercera carpa es la zona de descanso. Hay cámaras en las carpas y en esta zona común del campamento, pero no en el bosque. Todas las grabaciones las hacen Owen y Roxy. —Señala el hueco de la hoguera—. Aquí están los huesos.

Se acercan a la zona de la cocina, donde descansa otra pala abandonada junto a un montón de tierra. A un par de metros, hay un alto tocón con un candado atornillado a la superficie.

Ffion está a punto de preguntar para qué sirve el candado cuando Dave tira de su correa con tanta fuerza que casi la tira al suelo.

—¡Eh! —grita tirando de él antes de acordarse de lo que dice el libro *El cachorro perfecto*—. Quiero decir: quieto. —No quiere que Dave salga corriendo con el metatarso de una víctima de asesinato. Está a punto de hacer un chiste sobre lo «humerística» que es la situación, pero llega a la conclusión de que a Georgina no le va a gustar.

Los tres bajan la mirada al hoyo poco profundo, en el que ven unos cuantos huesos con barro incrustado.

—Ha hecho bien al detener la grabación —dice Georgina.

—La cuestión es que si no la retomamos pronto...

—Vamos a tener que traer a un antropólogo de la Universidad de Bangor. Él nos dirá si los huesos son de animal o de humano. Si son humanos, determinará su datación y, después, decidirá si este lugar tiene alguna importancia arqueológica. —Georgina saca el teléfono—. Deberíamos avisar a la policía de Cheshire; estamos en su lado de la frontera.

—Aquí arriba no hay cobertura —dice Miles—. Por eso usamos radios.

Ffion siente unos ojos en la nuca. Al darse la vuelta, ve a una mujer de piel bronceada observándolos desde la entrada de la carpa de las mujeres. Es joven y delgada y viste lo que Ffion supone que será el uniforme del campamento: unos pantalones militares de color caqui y un forro polar naranja. Lleva su pelo moreno recogido en dos gruesas trenzas que le caen sobre los hombros.

—¿Qué haces? —Miles ha seguido la mirada de Ffion y se dirige hacia la carpa—. ¡Os he dicho que no os acerquéis! —Prácticamente, empuja a la mujer al interior, aunque Ffion entrevé el nombre de «Aliyah» en la espalda del forro polar de esta antes de que Miles tape la entrada con una puerta de lona.

—Esto es una locura —murmura Ffion a la vez que se agacha para ver mejor los huesos.

—Lo siento. —Cuando Miles regresa, vuelve a ser todo sonrisas—. *Al descubierto* está patrocinado por una importante empresa de apuestas. Es fundamental que los concursantes no estén influidos por el mundo exterior, lo que significa que tienen que mantenerse alejados de los visitantes…, ¡incluso de ciudadanas honradas como ustedes! —Se ríe y, a continuación, mira los huesos y suspira—. ¿Tienen idea de cuánto tiempo va a durar esto? Esperamos conseguir un récord de audiencia. El despliegue publicitario ha sido increíble, miles de personas han solicitado entrar en el programa y algunas de las que no han sido seleccionadas me han localizado para suplicarme que lo reconsidere…, hasta me han amenazado en ocasiones. Este programa es muy importante.

El discurso de Miles tiene poco efecto sobre Georgina.

—Estos huesos podrían pertenecer a la víctima de un asesinato, señor Young. Yo diría que eso también tiene bastante importancia, ¿no cree?

—Emitimos dentro de tres horas y todavía tenemos que grabar la presentación de los concursantes, por no mencionar la preparación de la sección en directo…

—Los huesos no son humanos. —Ffion levanta los ojos del hueco de la hoguera—. Puede seguir adelante.

Miles suelta un suspiro.

—Esa es una gran noticia. Gracias, agente.

—Un momento. No podemos… —Georgina fulmina a Ffion con la mirada—. El protocolo de actuación deja claro que…

—Son huesos de animal. —Ffion se pone de pie y hace una mueca de dolor cuando le cruje la rodilla. ¿Es normal que el cuerpo te empiece a crujir a los treinta y pocos años? Últimamente, Ffion se ha sorprendido soltando un pequeño «Ay» cada vez que se sienta. Está a nada de comer ciruelas pasas por las mañanas y ver las series de la ITV con subtítulos porque «ahora todos los actores hablan con susurros».

—No tenía ni idea de que tenías una licenciatura en Antropología. —La voz de Georgina tiene un tono de sarcasmo.

—No la tengo. —Ffion mete la mano en el hueco de la hoguera y saca una pequeña chapa metálica que lleva enganchado lo que podría ser el resto de un collar—. Pero nunca he visto un cadáver humano con una chapa con el número del veterinario.

Esa noche, después del trabajo, Ffion abre el frigorífico. La última vez que ha mirado el interior ha sido hace tres minutos y medio, aproximadamente, y no hay en él más de lo que había antes. Coge la correa de Dave.

—Vamos, colega. Esta noche cenamos *chez* Morgan.

Son casi las siete cuando abre la puerta trasera de su casa de la infancia. La cocina es el hábitat natural de Elen Morgan, y Ffion se sorprende al ver que está vacía. La colada cuelga del tendedero sobre los fogones y el cuaderno de su madre está abierto encima de la mesa, con pulcras marcas de verificación en cada entrada de su lista de tareas. «Cambiar las toallas de la casa rural. Comprar bolsitas de té. Devolver libros a la biblioteca».

—Mamá. —Ffion abre el frigorífico y le ruge el estómago al ver un pastel de carne. Hurga en el cajón de la verdura en busca de tomates y lechuga.

—Estamos aquí —responde una voz desde el salón—. Súbelo, Seren. No oigo nada.

—Son los anuncios, mamá. Además, creía que no querías verlo.

—¿Ver el qué? —Ffion atraviesa el salón con su botín—. ¿Todo bien, Caleb?

El novio de Seren está despatarrado en el suelo. Últimamente, se ha puesto más corpulento y su mentón ya no tiene la tersura de la adolescencia. Solo el flequillo delata su edad. Se incorpora enseguida.

—Bien, sí. ¿Y tú? —añade. Seren dice que Ffion hace que Caleb se sienta incómodo, como si tuviera que andarse con cuidado.

—Lo estaré después de comerme esto —responde Ffion—. Hazme sitio. —Aparta con sus pies los de Seren para poder sentarse en el sofá.

—Ahora soy un restaurante, ¿no? —pregunta su madre. Lleva puesto un delantal rojo con la palabra «YES» escrita con llamativas letras blancas: el logo de Yes Cymru, el movimiento por la independencia de Gales.

—Tres estrellas. Menú reducido. La atención al cliente tiene que mejorar. —Ffion da un bocado al pastel de carne y señala con la cabeza la televisión—. Bueno, ¿qué vamos a ver?

3

Lunes - Elen Morgan - Episodio uno

—Pues *Al descubierto* —contesta Seren como si Ffion fuese tonta.

Elen chasquea la lengua. El problema de los adolescentes es que se creen que lo saben todo. Ffion era igual a esa edad. Demasiado grande como para mandarla al rincón de pensar; demasiado joven como para haber recibido muchos golpes en el mundo real.

—¿Qué tal os ha ido el día? —pregunta Ffion—. ¿Algo interesante?

—La verdad es que no.

—A mí me han robado hoy un paquete de Amazon de la puerta. —Elen intenta comprarlo todo en la calle principal de Cwm Coed, pero necesitaba tinta para la impresora y no podía esperar a la siguiente ocasión que fuera al pueblo.

Seren la manda callar.

—Ya empieza.

En la pantalla, unos llamativos colores se van fundiendo entre sí hasta explotar convertidos en unas imágenes que a Elen le provocan dolor de cabeza. Y pensar que se está perdiendo el programa *Heno* por esto. Un círculo de intenso color azul se extiende y se va tensando como una goma elástica hasta que se oye un sonido metálico y pasa a lo que Elen ve ahora, que se trata de una estridente interpretación del lago del pueblo. Por encima, aparece un triángulo de un verde resplandeciente en medio de fuegos artificiales de color púrpura y naranja. En perfecta sincronía, una banda sonora estruendosa e insistente va llegando a su punto culminante a la vez que del cielo caen unas letras que chocan contra la montaña.

AL DESCUBIERTO

Seren suelta un chillido de emoción.

—¿Ffi? —insiste Elen.

Ffion aparta los ojos de la pantalla.

—¿Qué?

—Mi paquete.

—Probablemente esté en la puerta de al lado.

—No, ya he mirado.

—Ah, muy bien.

—Vaya, qué bonito. Mi propia hija, una prometedora jefa de policía…

—Soy agente de policía, mamá.

—… y no puede molestarse en hacer una investigación cuando su propia madre ha sido víctima de un delito de odio. «Ah, muy bien», dijo la portavoz de la policía.

—No es un delito de odio, mamá.

—Bueno, pues yo sí que lo odio.

—Eso no es…

—¿Te acuerdas de todos esos robos del año pasado y que nunca se supo quién fue? Tenemos un criminal en serie entre nosotros. O un imitador.

—¡Callad! —Seren sube el volumen.

Elen mira la pantalla.

—No conozco a ninguno.

—No son famosos, mamá. Se supone que no tienes por qué conocerlos. —Últimamente, Seren ha tomado la costumbre de hablarle a Elen como si fuese una demente en lugar de una simple menopáusica—. Son gente normal.

—Menos Ceri —dice Ffion con la boca llena de pastel.

—¿Ceri no es normal? No está bien que digas esas cosas, Ffion Morgan.

—Me refiero a que sí la conoces.

—¿Veis ese montón de troncos al lado del jacuzzi? —Caleb se pone de pie de un salto y señala la pantalla, donde aparece lo que les espera a los concursantes en el campamento—. ¡Los puse yo!

—Lo hiciste muy bien —comenta Seren con lealtad.

Ffion deja su plato en el suelo para que Dave lo limpie.

—¿Qué hacías apilando troncos en el campamento de *Al descubierto*?

—Trabajo allí —responde Caleb sin apartar los ojos de la pantalla, donde los siete concursantes van subiendo por la montaña de Pen y Ddraig en dirección al campamento.

—¿Eres tú el recadero de *Al descubierto*?

—Ya te lo conté yo —interviene Elen.

—Mamá, me dijiste que Caleb hacía recados.

Elen agita una mano delante de Ffion. Recadero, recados, ¿qué más da? En la pantalla, la cámara va apuntando a cada concursante, de uno en uno, cuyo nombre y ocupación aparecen en una sobreimpresión debajo.

—Pam Butler —lee Seren—. Directora de colegio. Se parece a mi antiguo profesor de Educación Física.

Elen la mira con el ceño fruncido.

—Tu profesor de Educación Física era un hombre.

—Exacto.

—Pues yo creo que parece muy competente —dice Elen sintiendo la necesidad de defender a Pam, que en realidad no se parece en nada a un hombre, salvo porque lleva un práctico corte de pelo por los lados y por detrás. Al igual que los demás concursantes, viste unos pantalones caqui con bolsillos laterales y un forro polar de un llamativo color naranja con su nombre impreso detrás. Elen se da cuenta de que Pam lleva los pantalones enrollados en los tobillos. Al menos, podrían haber encontrado unos de su talla, pobrecita.

—¿Qué narices quiere decir «profesional de puericultura»?

35

—pregunta Ffion cuando aparece Aliyah Brown en la pantalla, sonriendo con una dentadura perfecta a los demás concursantes.

—Trabaja en una guardería —contesta Caleb.

—¿Y por qué no lo dicen tal cual? —insiste Ffion—. Supongo que a mí me llamarían «profesional del delito», ¿no?

Caleb la mira con una sonrisa traviesa.

—La verdad es que Miles dijo que eras una...

—Jason Shenton —lee en voz alta Elen—. Bombero. —Jason tiene barba, de esas pequeñas y bien recortadas que parece como si la hubieran dibujado con tinta, y Elen se pregunta si a los concursantes les permitirán tener artículos de aseo personal. No se considera una mujer que se cuide demasiado, pero una piel como la suya a los sesenta y pocos años no se consigue sin un poco de retinol, y no le gustaría verse privada de él.

—Va a ganar él —dice Seren—. Mirad el tamaño de esos bíceps.

Elen mira a Caleb, pero o es lo suficientemente confiado como para que no le importe que su novia babee por otro hombre o está demasiado ensimismado con el programa como para darse cuenta; sospecha que es lo último. El muchacho está contentísimo por haber aterrizado en ese puesto de recadero y, siendo justos, se está esforzando. Seren apenas lo ha visto últimamente, lo cual no es nada malo, pues tiene sus exámenes finales este mes.

Los siguientes dos concursantes son hombres. Henry Moore es un contable con acento de alguien que ha vivido en muchos sitios. Es alto y moreno y, aunque no es del tipo de Elen —para empezar, ese hombre es veinte años más joven—, es evidente que va a ser un claro competidor para Jason en lo que se refiere al voto femenino.

—Imaginad estar encerrada en un campamento con un contable —dice Ffion con un bostezo.

—No puedes descartar toda una profesión —contesta Elen—. Nunca vas a encontrar marido con esa actitud.

—¿Vas a hacer una prueba para actuar en *Orgullo y prejuicio*? Yo no quiero marido. Ya tuve uno y lo devolví.

—Pues, entonces, un novio —insiste Elen, pero Ffion no responde. Elen suspira. Cualquier madre desea que sus hijos sean felices, ¿no? Y puede que Ffion piense que es más feliz sola, pero Elen no está muy convencida.

—Preferiría estar encerrada con un contable que con un pastor —dice Seren a la vez que el reverendo Lucas Taylor saluda a las cámaras. Sus mejillas sonrosadas le dan un aire de querubín, aunque Elen se imagina que debe de andar por los cincuenta años.

—La verdad es que es muy simpático —contesta Caleb—. Ayer le preparé un café cuando llegó, con leche y sin azúcar. Dijo que estaba perfecto.

—Es que haces un café muy bueno —dice Seren.

A los cinco minutos de programa, Elen ya está aburrida. Piensa en todas las cosas que debería estar haciendo (la colada, una compra por internet, las cuentas de la casa rural) y en todas las que preferiría estar haciendo (cualquier cosa menos esto) y suspira con fuerza.

—Mamá, nadie te obliga a verlo —dice Seren.

—Solo estoy mostrando mi apoyo a Caleb, *cariad*.

Al principio, Elen no sabía qué pensar de Caleb. Para empezar, es inglés, y no es que ella sea racista, solo que un galés habría sido mejor. Pero, con toda su experiencia en las calles de Londres y sus ocurrencias, que ella no siempre termina de entender, Caleb Northcote es un buen muchacho, y Seren y él han sido inseparables el último año.

—Estoy deseando ver tu nombre en los títulos de crédito, cariño. —Seren se inclina hacia Caleb y lo besa. Una oleada de emoción inunda a Elen: como añorar tu casa aunque estés pasando unas vacaciones estupendas. Ha visto crecer a Ffion (aunque hay veces en las que ese crecimiento es cuestionable) y ahora le toca a Seren. Elen mira a Ffion y se da cuenta de que su hija, a su vez, está observando también a Seren y que su rostro expresa todo lo que ella está sintiendo. Las dos chicas están cortadas por el mismo patrón, hasta su indomable pelo y el terco gesto de la boca. «Cara de mujer odiosa en reposo», lo llama Seren. Elen se abstiene de comentar que, por experiencia propia, también puede ser en movimiento.

—Qué raro es ver en la tele a alguien que conoces —dice Ffion cuando aparece Ceri Jones en la imagen. Elen casi espera ver a Ceri con sus habituales bermudas de cartera, pero lleva puesto el uniforme del campamento, y la chaqueta de intenso color naranja hace que su pálida piel parezca cetrina.

—Más raro es querer salir ahí —contesta Elen, que no ve qué tiene de atractivo convertirse en una mona de feria sometida al voto del público. Le ha sorprendido ver a Ceri, que sufrió un espantoso acoso cuando era adolescente, sometiéndose a una cosa como esta, cuando normalmente es tan reservada. A Elen siempre le ha parecido irónico que conozcan tan poco a Ceri Jones, teniendo en cuenta que la cartera sabe mucho de los demás.

La población de Cwm Coed se enteró de que Ceri iba a estar en *Al descubierto* del mismo modo que el resto del país: con un llamativo artículo en internet sobre el nuevo y candente *reality* de la televisión. El artículo iba acompañado de una columna lateral con el titular «Cinco datos sobre Gales del Norte», tres de los cuales eran incorrectos.

—Me han contado que vas a ser famosa —le dijo Elen la mañana siguiente cuando recogía el correo.

Ceri se ruborizó.

—No me permiten decir nada hasta que se anuncie.

—¿Qué te ha llevado a presentarte?

—La verdad es que no lo sé. Un poco por diversión, ¿no? —contestó Ceri, pero su rubor se fue apagando y no quedó más tiempo para preguntar por Seren ni para que Elen pudiera interrogarla sobre lo que Ceri y Ffion habían hecho en Liverpool el último fin de semana.

—¿No crees que no es muy propio de ella? —pregunta ahora Elen mientras la ven unirse a los demás concursantes—. Me refiero a hacer esto.

—Cree que puede ganar —contesta Ffion encogiéndose de hombros—. Y, si lo consigue, se lleva una pasta.

Seren se desliza hasta el suelo para colocarse junto a Caleb, que se ha acercado más a la televisión.

—Yo creía que tenía una novia que la mantenía.

—¡Seren! —la reprende Elen, aunque Seren tiene casi dieciocho años y pronto se irá de casa.

—Han roto. —Ffion señala con la cabeza la pantalla—. ¿Podemos ver esto ya, por favor?

—Ese es Ryan —anuncia Caleb una milésima de segundo antes de que el nombre y la ocupación de ese hombre aparezcan en la parte inferior de la pantalla: «Ryan Francis, ingeniero informático».

—No parece que vaya a ser mucha competencia. —Ryan va caminando con Ceri, sorteando con cautela el terreno rocoso. Elen llega a la conclusión de que tiene el aspecto de un hombre que pasa demasiado tiempo encerrado. Sus rasgos son redondeados y sus largas pestañas enmarcan unos ojos azul claro. Cuando se le mete el pie en la madriguera de un conejo y tropieza, Ceri suelta un bufido y se ríe. La cámara hace zoom sobre Ryan, que parpadea para ocultar las lágrimas.

—Eso no es propio de Ceri —dice Ffion.

Pero Elen piensa que, normalmente, Ceri no se está jugando cien mil libras, y el dinero provoca cosas raras en la gente.

Ryan se frota la cara.

—En Twitter lo van a destrozar. —Seren habla con el tono resignado de su generación—. A lo mejor, le doy un voto por compasión.

—¿Por una libra con veinte más la tarifa de la red? Más vale que lo hagas desde tu teléfono. —Aunque Elen no vaya a votar, si lo hiciera, sería por la directora de colegio, que es una mujer de las que a ella le gustan.

Poco después de que los concursantes lleguen al campamento, Pam Butler empieza rápidamente a organizarles las tareas.

«Henry y Jason, encargaos de encender el fuego; Aliyah, cariño, ¿te parece bien hacer las camas con Lucas? —Coloca ambas manos en sus generosas caderas y supervisa el entorno—. ¿Ves aquel armario con el letrero de "comida", Ryan? Ve a ver qué podemos preparar para comer».

—Fijaos cómo les está diciendo a todos los demás lo que tienen que hacer —dice Ffion con malicia—. Típico de una maestra.

Un fuerte grito sobresalta a todos, tanto en la pantalla como en el salón de Elen. Aliyah sale corriendo de la carpa de las mujeres y se lanza sobre el hombre que tiene más cerca: el contable, Henry Moore.

«¡Hay una araña enorme! —Se estremece y se frota el cuerpo, como si estuviese llena de bichos—. ¡Sácala de ahí, por favor! No puedo dormir en esa carpa si va a haber arañas en ella».

Seren suelta un bufido.

—Va a durar poco.

Henry rodea a Aliyah con un brazo y la aprieta contra él.

«Yo me encargo».

La cámara pasa a una imagen interior a la vez que Henry entra en la carpa de las mujeres y mira alrededor. Hay tres camas colocadas en forma de abanico, con las almohadas casi rozando las paredes de lona, un cajón de madera con llave a los pies de cada una de ellas y, en el centro de la carpa, un montón de pufs grandes.

—Los programas como este, normalmente, tienen docenas de editores —comenta Caleb con la experiencia de sus dos semanas en el sector—. Pero la forma en la que Miles lo ha hecho es muy ingeniosa. Él y otro editor han pasado varias semanas revisando el formato, de modo que Miles pueda recoger imágenes lo más rápido posible. Se llama guion gráfico. Miles trabaja como un loco. Todas las mañanas sale a correr, pero el resto del tiempo está en su mesa, desde las seis de la mañana hasta después de que termine el programa.

En la pantalla, Henry está sacudiendo unas sábanas. Se inclina y coge algo.

—La gente dice que Miles es un controlador, pero a mí me parece un genio. Y también es de fiar, ¿sabes? Por ejemplo, me ha dado mi primer trabajo en televisión: eso es mucho. Va a abrirme muchas puertas.

De vuelta en el campamento, Henry se ha deshecho de la araña y ha recibido un abrazo de Aliyah por ser su héroe.

«Sé que es lamentable —dice ella—. Pero es que sus patas son... —Suelta un chillido al pensarlo».

Henry se ríe con delicadeza.

«Todo el mundo tiene miedo de algo. No te preocupes».

«¿Qué te da miedo a ti? —pregunta Aliyah».

«¿A mí? El agua. —Parece avergonzado—. Estuve a punto de ahogarme cuando era niño».

«Ay, Dios mío. —Aliyah se lleva una mano al pecho. Parece que está a punto de hacerle más preguntas, pero los llama Jason, que ha encontrado una pala y ha decidido que tienen que cavar el hueco de la hoguera para que funcione mejor».

—Han encontrado unos huesos. Justo ahí —dice Caleb, y queda claro que estaba deseando contar la noticia.

—¿Unos huesos? —Elen mira a Ffion—. ¿Tú lo sabías? Podría ser el escenario de un crimen.

—Gracias por el consejo, mamá.

Los interrumpe una glamurosa morena que aparece en pantalla. A primera vista, lleva los mismos pantalones militares que los concursantes, pero Elen nota que están mejor confeccionados y que le han cambiado los botones normales por unos plateados relucientes. En lugar del forro polar naranja, lleva un chaleco negro sin abrochar que deja a la vista parte del escote.

«Bienvenidos... —la presentadora hace una pausa dramática— ¡a la Montaña del Dragón!».

Los vítores de los concursantes quedan ahogados por el coro «¡Es Pen y Ddraig!» del salón de Elen, que, casi con toda seguridad, piensa Elen, habrá sonado también en cada hogar de Cwm Coed. En efecto, Montaña del Dragón. *¡Bobl Bach!*

—Iban a usar su nombre galés —explica Caleb—, pero Roxy no sabía pronunciarlo bien.

—Si la gente no sabe decirlo, no deberían salir ahí —contesta Elen con aspereza.

«Señoras y caballeros. —A Roxy Wilde le brillan los ojos—. Creéis que habéis venido a un programa de supervivencia, ¿verdad? —Se oyen gritos de "¡Sí!" por parte de algunos de los concursantes. Pam y Ryan intercambian una mirada de inquietud. Roxy suelta su remate final con estilo—: Pues os equivocáis».

—¿Qué quiere decir? —Elen espera a que Caleb se lo explique, pero el muchacho parece tan confundido como el resto.

«Todos vosotros escondéis un secreto —dice Roxy—, algo que os habéis esforzado por ocultar ante vuestros amigos y familiares. —La cámara se acerca a la vez que ella sonríe con malicia a los siete concursantes—. No solo competís por dinero. También por mantener vuestro secreto. Competís por no quedar *Al descubierto*».

—Hostia puta —dice Ffion.

Seren suelta una breve carcajada de sorpresa. Mira a Caleb.

—Eso te lo tenías guardado.

—Es que... no me permitían decir nada —contesta Caleb, pero Elen se da cuenta de que está aturdido. Aparta la mirada, claramente molesto con el hecho de que el «genio creativo» al que tanto admira no le haya contado su gran secreto del programa.

«Vuestro objetivo —continúa Roxy— es completar los catorce días con vuestro secreto intacto. ¡Quienes consigan mantenerse, tras el último episodio, recibirán la increíble cantidad de cien mil libras cada uno!».

—No pueden hacer esto, ¿no, Ffion *bach*?

—Creo que ya lo están haciendo, mamá.

Roxy ha sacado una caja metálica y la está sujetando con un candado a un pedestal de madera cerca de donde Jason y Henry estaban cavando el hoyo para la hoguera. Se vuelve y habla a la cámara: «Esta caja contiene los secretos de todos los concursantes y ustedes podrán votar cuál de ellos quieren que quede al descubierto».

—Dios mío. ¡Vamos a votar para que sea Lucas! —exclama Seren—. Apuesto a que es un pervertido. Los pastores siempre lo son, ¿no?

Elen siente náuseas. ¿A quién se le ha ocurrido una idea tan retorcida? ¿Cómo han conseguido que se apruebe? Quiere salir de la habitación, pero es incapaz de moverse, atrapada por el espanto de lo que está viendo.

«Las votaciones estarán abiertas de forma continuada y, en cualquier momento que nosotros decidamos, enviaremos al confesionario al concursante menos favorito de los espectadores. —Roxy sonríe—. Y digamos, simplemente, que nos hemos guardado algunos ases en la manga para motivarlos a que hagan esas revelaciones...».

Le sigue un montaje vertiginoso y brusco de un espacio diminuto sin ventanas que solo tiene un sillón a modo de trono pegado al suelo. En la primera imagen, se ve agua entrando en el lugar; en la segunda, multitud de ratas encima del asiento. Después, aparecen arañas; luego, serpientes, y, a continuación, cucarachas. Un repentino revoloteo; después, la salpicadura de sangre carmesí. En la siguiente imagen, se muestra el receptáculo desde el exterior y Elen ve que la estructura es tan estrecha como un ataúd y que está hundida en el suelo. Siente un escalofrío ante la idea de verse atrapada en su interior.

Roxy Wilde va enumerando las normas. Los concursantes pueden intentar ganar un día de inmunidad si dejan al descubierto a otro, pero, si la sospecha del acusador resulta errónea, será él quien entrará en el confesionario para enfrentarse a tres minutos de su propio infierno.

—Esto es muy cruel —susurra Seren. Sin embargo, en la pantalla, los concursantes sueltan gritos de emoción.

—¡Vamos allá! —exclama Jason.

—¡Esto me encanta! —grita Aliyah.

Roxy mira a la cámara.

«¿Qué es lo que esconden nuestros concursantes? ¡Véannos mañana por la noche y lo descubrirán!».

Mientras van pasando los títulos de crédito, Elen, Seren y Ffion se miran en silencio asombradas.

Ffion suelta un silbido.

—Pobre Ceri. ¿Creéis que sabía algo?

—Lo dudo —contesta Elen—. Tengo la impresión de que nadie lo sabía. ¿No es así, Caleb?

Pero Caleb tiene la mirada clavada en la pantalla, buscando el título de crédito que supondrá el comienzo de su carrera en televisión. Parpadea rápidamente cuando la música termina y mira a Seren confundido.

—No he salido. Mi nombre no ha salido.

Seren se queda boquiabierta.

—Qué cabrón.

Elen no la reprende. Mira a Ffion y sabe que las dos están pensando lo mismo: cómo se sentirían si sus secretos quedaran al descubierto; se están imaginando cómo se sienten esos hombres y mujeres de Pen y Ddraig ante la perspectiva de una humillación pública.

—Me lo prometió. —Caleb está al borde de las lágrimas—. Me dijo que no había presupuesto para ponerme en nómina, pero que aparecería en los títulos de crédito como asistente de producción.

—El muy ca...

—*Diolch yn fawr*, Seren Morgan, ya es suficiente. —Elen atraviesa la habitación y apaga la tele—. Nadie va a poner este canal mañana para ver esa tontería, si es que la gente tiene algo de decencia.

Ffion suelta una carcajada.

—Pero no la tienen, mamá. Los programas de telerrealidad son el equivalente de hoy a presenciar una ejecución mientras haces calceta. Medio Reino Unido va a mirar esto mañana, desesperado por ver cómo se rompe la vida de otra persona. —Se agita como si ese pensamiento la hiciera sentir sucia—. Te voy a decir una cosa: el hecho de haber encontrado un montón de huesos viejos va a ser el menor de sus problemas.

4

Martes - Ffion

Como era de esperar, el inspector Malik llama a Ffion a las diez y media de la mañana siguiente.

—¿Dónde narices estás?

—En casa.

—Por favor, dime que no sigues metida en la cama.

Ffion mira a Dave, que está despatarrado a sus pies sobre el edredón.

—No sigo metida en la cama. —Estar encima de la cama, concluye, no es para nada lo mismo—. Estoy terminando el informe del caso de Proctor. He pensado que lo haría mejor si trabajaba sin interrupciones. —En realidad, sí que tiene el informe en la pantalla; justo detrás del correo que está escribiéndole a su casero en el que le propone llegar a un acuerdo a medio camino entre su alquiler mensual actual y lo que ganaría alquilándolo a turistas.

—Tienes que volver a la granja. Georgina ya va de camino.

—Jefe, si esos huesos son humanos, que me caiga un...

—Un concursante de *Al descubierto* ha desaparecido.

Unas cuantas gotas de lluvia golpean el parabrisas de Ffion mientras va hacia Felingwm Isaf y, cuando gira por la estrecha carretera que lleva hasta Carreg Plas, empieza a lloviznar. Georgina está esperando en el camino con un café para llevar en la mano;

Ffion mira, en vano, si lleva otro más. Leo y ella establecieron una norma tácita cuando trabajaban en la investigación del asesinato de Rhys Lloyd el año pasado: el primero que llegara a la escena llevaba la bebida.

Es evidente que Georgina se atiene a unas reglas distintas.

Maldita sea, ya está pensando en Leo. Ffion se esfuerza mucho por no pensar en Leo Brady. Todo iba muy bien hasta que ella lo estropeó todo. Ffion no cree en «el amor definitivo». ¿Cómo puede haber solo una pareja perfecta en un mundo con ocho mil millones de personas? Pero Leo y ella encajaban de una forma que Ffion no imaginaba que fuera posible. Eso le dio miedo. Le parecía tan grande, tan importante, que no la cagó. Cuando acabó aquella investigación, Leo le envió un mensaje en el que decía «¿Qué tal si cenamos juntos?», y ella se quedó mirándolo tanto rato que la vista se le nubló. Sabía qué quería, pero no podía decirlo y, cuanto más tardaba en hacerlo, más difícil se le hacía decir lo que fuera. Él no volvió a enviarle más mensajes y ahí terminó todo. Su única oportunidad, y la echó a perder.

—El desaparecido es Ryan Francis —dice Georgina mientras se acercan a la casa.

—Buenos días —dice Ffion con toda la intención.

Georgina llegó al departamento de Ffion hace tres meses, sin revelar sus razones para haber dejado un puesto activo en la Unidad de Delitos Graves por la relativa tranquilidad del Departamento de Investigaciones Criminales de Bryndare.

—¿Y cuál es su historia? —preguntó Ffion al inspector Malik después de que él le hablara de la llegada de la nueva integrante del equipo.

—No todo el mundo tiene una historia, Ffion —contestó Malik. Ffion no se lo creyó. Todo el mundo tiene una historia y, si Malik no quería contársela, tendría que descubrirla de primera mano.

—¿Y cómo es que has dejado la Unidad de Delitos Graves?

—Tenía planeado suavizar su interrogatorio invitando a la chica

46

nueva a comer en la cafetería, pero Georgina se había llevado un bocadillo de casa y se lo estaba comiendo en su mesa.

—Me apetecía un cambio.

—El trayecto de ida y vuelta va a ser un infierno.

—También me he mudado de casa.

—¿Tienes familia aquí? ¿Amigos? —La gente se iba de Bryndare, nunca llegaba.

—No —respondió Georgina con tal frialdad que ni siquiera Ffion se atrevió a seguir. Pero una cosa sí que tenía clara: no había duda de que Georgina Kent tenía una historia.

Roxy Wilde lleva puestos unos vaqueros y una camiseta blanca sin mangas, con una rebeca grande con la que se envuelve el vientre cuando abre la puerta. Sin el lustre de los rizos y el maquillaje, cuesta reconocerla como la glamurosa presentadora del primer episodio de *Al descubierto*.

—Menudo giro inesperado el de anoche —dice Ffion.

—Así son los *reality shows*. —Roxy esboza una sonrisa que no se corresponde con su mirada—. Nunca se sabe lo que va a pasar.

Lleva a Ffion y a Georgina a la cocina, que está dominada por una enorme mesa de pino rodeada por pesadas sillas de madera. En el centro, hay una bandeja de pastas y otra de bocadillos, ambas envueltas en plástico.

—Desayuno y almuerzo —explica Roxy—. Lo traen cada mañana. Cojan lo que quieran. Hay café allí, si les apetece.

Ffion no necesita que se lo digan dos veces. Mete una cápsula de café en la resplandeciente máquina de la encimera.

—¿Cómo le va a Ceri? Es mi cartera —añade al ver la expresión inquisitiva de Roxy, decidiendo que es la explicación más sencilla. Ffion no tenía mucha relación con Ceri antes de la investigación del asesinato de Rhys Lloyd, que reveló una faceta de ella (y de muchos otros del pueblo) que no había visto nunca. Ceri y ella brindaron por el juicio con una rápida cerveza en Y Llew

Coch, que terminó convirtiéndose en varias pintas, el cierre de un bar y un kebab de camino a casa, y acordaron que sería una buena idea repetir en alguna otra ocasión.

—¿Se refiere a si va a ganar? —Roxy mira hacia la puerta—. Porque se supone que no tengo que...

—No, lo que quería preguntar es cómo está. ¿Se ha tomado bien la noticia? —Ffion levanta la cubierta de plástico de la bandeja de pastas y hace un pinto, pinto, gorgorito entre una barrita de chocolate y un bollito de uvas pasas. Se decanta por la barrita, deja la mano suspendida durante un segundo y, después, coge las dos cosas.

—Supongo que sí. —Roxy se ciñe más la rebeca sobre el vientre.

Ffion da un mordisco al bollito y se le derrite en la boca. Dios, qué bueno está. Su madre le preguntó si estaba enfadada porque Ceri no le había contado que iba a ir a *Al descubierto*, pero ella no le dio importancia. Son compañeras de cervezas, no amigas íntimas; adultas, no adolescentes agobiadas que se angustian por que se queden unos mensajes sin leer. Ceri es una compañía agradable. Esquiva las preguntas personales con algún cotilleo de su parte y solo en ocasiones menciona de pasada algo que esté sucediendo en su vida. «Hemos roto», fue lo único que dijo cuando Ffion le preguntó cuándo iba a volver a ver a la mujer que había conocido por internet. Esas fronteras tácitas le vienen bien a Ffion, que ha oído suficientes cotilleos de boca de Ceri sobre la vida de los habitantes de Cwm Coed como para no contar ningún detalle de la suya.

—¿Y le has contestado al mensaje? —preguntó Ceri unas semanas después de que Leo le propusiera cenar.

—¿Cómo lo has...? —Ffion cerró los ojos con fuerza. Maldita Seren, qué bocazas—. Te toca esta ronda, ¿no? —terminó diciendo. Leo Brady era un tema tabú.

La puerta de la cocina se abre y entra Miles, luciendo una amplia sonrisa que no se corresponde en absoluto con los sucesos del día. Lleva puesta una chaqueta de chándal color amarillo chillón y un gorro, y va acompañado de un hombre con pantalones de goretex.

—Este es Owen —dice Roxy—. Nuestro cámara. Miles, la mujer del catering quería que le pagara. ¿Dónde está la lata del efectivo para gastos?

—Está arriba, en mi cómoda. Que te dé un recibo. —Miles se vuelve hacia Ffion y Georgina—. Bueno, ¿han visto el programa?

—Sí —contesta Ffion justo a la vez que Georgina dice «No».

—Fue tendencia en Twitter la noche entera y ha aparecido en toda la prensa. La cuota de pantalla de hoy va a ser épica. ¡Es maravilloso!

—Menos maravilloso para Ryan Francis, según parece —dice Ffion.

La expresión de Miles se ensombrece al instante.

—Sí, supongo que sí.

—Es evidente que ese tipo no ha podido aguantar. —Owen se encoge de hombros y coge un bollito de chocolate, desparramando migas sobre su pecho mientras se lo zampa.

—¿Lo culpas a él? —La aspereza de Roxy no tiene nada que ver con el tono travieso del programa de la noche anterior—. ¿Querrías que tus secretos quedaran al descubierto en la televisión nacional?

—No me importaría —contesta Owen—. No tengo nada que esconder.

—Usted no lo sabía, ¿verdad? —Ffion mira a Roxy—. Por eso era por lo que estaba discutiendo con Miles cuando vinimos ayer. Él no se lo había contado y a usted no le hacía ninguna gracia.

—Le dije que era una crueldad —responde Roxy en voz baja.

Owen levanta una ceja.

—Pero sigues aquí, ¿no?

—Soy una profesional. No me pienso ir dejando un trabajo a medias.

—Será más bien que no te piensas ir dejando un sueldo.

—Diferencias artísticas sin importancia —dice Miles mirando con una sonrisa a Ffion y Georgina—. Roxy tardó un poco en entender mi perspectiva, eso es todo. No hay ninguna crueldad en tratar de incentivar la sinceridad, ¿no es así? Estamos poniendo un espejo delante de la sociedad, con todos sus filtros y sus noticias falsas. Lo que decimos es: muéstrate tal y como eres.

—Es una idea ingeniosa. —Owen sonríe—. Y no muy manida. Ya me han llamado dos productoras preguntándome cuándo estoy disponible.

—Tú no te vas a ir a ningún sitio, colega. —Miles rodea con un brazo los hombros de Owen—. Este es solo el principio. Espera a que te cuente el siguiente programa que estoy pensando.

Ffion se pregunta si Miles tiene pensado incluir a Roxy, que se ha dado la vuelta y está lavando su taza de café.

—¿Cuándo se ha ido Ryan Francis del programa?

Hay una pausa de una milésima de segundo.

—Creemos que sobre las tres de esta madrugada —contesta Miles.

—¿Y han esperado hasta ahora para denunciar su desaparición? —pregunta Ffion con una ceja levantada.

—Esperaba que apareciera, si le soy sincero, sobre todo porque su contrato lo obliga a regresar a la granja tras salir del campamento. A saber qué les voy a decir a los medios de comunicación si no vuelve. —Miles ve la cara de Ffion. Se aclara la garganta—. Aunque, evidentemente, lo que más importa es encontrarlo sano y salvo.

—Exacto.

—¿Cuándo se ha dado cuenta de que no estaba? —pregunta Georgina.

—Los concursantes empezaron a levantarse a eso de las siete, pero varios de ellos seguían en la cama a las diez. Fui a correr y, cuando volví a mi mesa, habían descubierto que Ryan había metido una almohada y un par de jerséis debajo de sus mantas. No encontraban a ese hombre por ninguna parte.

—Hemos revisado las imágenes —añade Roxy—. Hay cámaras de visión nocturna en las carpas, pero resulta bastante difícil distinguir lo que ocurre. Parecía como si Ryan estuviese simplemente dándose la vuelta en la cama, pero, al volver a verlas, nos dimos cuenta de que había salido de ella por el lado más alejado de la cámara.

—Unos minutos después —añade Miles—, se aprecia un movimiento en la tela de la carpa cuando se cuela por debajo y sale al bosque que está detrás del campamento.

—¿Dónde vive?

—En Staffordshire —responde Miles—. He llamado a su mujer, Jessica. Está apuntada como su contacto de emergencia, pero no contesta.

—¿Algún problema médico? —Georgina está tomando nota.

—Ahora mismo ninguno. —Miles escoge sus palabras con cuidado. Con demasiado cuidado, en opinión de Ffion.

—¿Pero sí en su historial?

Miles vacila.

—Ryan reveló en su impreso de solicitud que había sufrido depresión —se apresura a decir—. Pero todo eso es pasado. Estaba en forma y en buen estado de salud y pasó un examen médico con un resultado excelente. Tenemos muy en cuenta la salud mental, ¿no es cierto? —Mira a los demás para que lo respalden y Owen asiente con rotundidad. Ffion se da cuenta de que Roxy no dice nada.

Ffion mira a Georgina.

—Llama al Puesto de Mando para que busquen en centros de psiquiatría y en urgencias; también en centros de enfermería. Y tenemos que enviar una unidad de Staffordshire a su domicilio. Aunque no haya vuelto a casa, deberíamos informar a su mujer y ver qué más nos puede contar.

—Su teléfono móvil y su cartera siguen en la maleta de su habitación. —Roxy parece angustiada—. He pensado que no estaría mal revisarla, dadas las circunstancias.

Ffion asiente ligeramente. Ryan lleva desaparecido unas ocho horas y no hace falta ser ningún genio para adivinar la razón.

—¿Cuál es su secreto?

Miles la mira con el ceño fruncido.

—¿Perdón?

—Si Ryan se ha marchado por propia voluntad, es de suponer que lo ha hecho por proteger su intimidad. Así que, ¿qué ocultaba?

—Eso no se lo puedo decir.

—Estamos investigando la desaparición de una persona, señor Young. Tiene la obligación de...

—No lo entiende. Ha habido cientos de miles de apuestas desde el primer episodio, que emitimos anoche. La empresa Bet247 se encarga de recibir los pronósticos sobre quién se va a ir antes, quién se acuesta con quién, cuál es el secreto de cada uno... Están ganando una fortuna. —Miles suspira—. Tengo las manos atadas.

—Voy a ordenar que distribuyan una descripción. —Georgina tiene su radio en una mano y una lista de medidas en la otra—. ¿Y pedimos un equipo de búsqueda y rescate?

Ffion asiente y, mientras Georgina pone al corriente al Puesto de Mando, ella marca el teléfono de Huw y sale al patio.

—Te va a llegar un trabajo —dice cuando responde su exmarido. La llovizna sigue siendo suave, una neblina plateada que se deja caer sobre la chaqueta de Ffion como si no tuviese fuerzas para seguir adelante. Más arriba, cerca de la cima de Pen y Ddraig, el cielo continúa estando de un azul violáceo, con volutas de nubes que se dirigen hacia el este sin urgencia aparente. Ffion está acostumbrada a los cambios de tiempo en Cwm Coed, a las discrepancias entre un pueblo y el de al lado. Hay veces en que un extremo del Llyn Drych está bañado por el sol y el otro está sufriendo los chubascos que llegan de la montaña.

—¿Un servicio de búsqueda y rescate? —pregunta Huw—. ¿O quieres rehabilitar un ático?

—Antes necesitaría un ático para rehabilitarlo.

—¿Sigues sin suerte en la búsqueda de casa?

—No. —Hubo un tiempo, apenas unos meses atrás, en el que Huw habría tomado esto como una oportunidad para recordarle a Ffion que tenía un hogar con él. Incluso cuando ya estaba en marcha el divorcio, Huw le decía a Ffion que no era demasiado tarde, que nunca sería demasiado tarde. Que todavía podía cambiar de opinión. Hoy no lo dice, y Ffion se siente aliviada y triste a la vez al darse cuenta de que ese capítulo de su vida por fin se ha cerrado.

—¿De qué se trata? —pregunta Huw.

Ffion recorre los establos de un lado del patio.

—La peligrosa desaparición de una persona en la montaña de Pen y Ddraig. Hombre blanco, pelo castaño, metro ochenta. La petición te va a llegar desde el Puesto de Mando, y he pensado que agradecerías que te avisara antes. —Ffion prueba a abrir el pomo del número ocho, el estudio de Miles, pero está cerrado con llave.

—¿Necesita algo?

La voz de Miles suena firme, pero, cuando Ffion se da la vuelta, el productor está sonriendo. Eso la inquieta; hace que dude de su propio instinto.

—Huw, tengo que dejarte. —Ffion cuelga.

—¿Buscaba algo, agente Morgan?

—¿Cómo ha salido Ryan del campamento?

—Hemos encontrado un trozo de valla con el alambre doblado hacia arriba en la parte inferior.

—Me gustaría verlo.

—No puede hablar con los demás concursantes.

—No me diga lo que puedo y lo que no puedo hacer, señor Young. —Ffion le sostiene la mirada—. ¿Me va a enseñar dónde es?

Miles no dice nada.

—Tendré que subir yo sola. Y pedirle a algún concursante que me lo enseñe.

—Está bien. —Miles entrecierra los ojos—. Le diré al recadero que la lleve.

Caleb no dice nada mientras Miles lo informa y se limita a asentir con seriedad cuando le hace hincapié en la importancia de que los concursantes permanezcan en sus carpas. Georgina y Ffion, que no tiene intención de obedecer las «condiciones» de Miles, empiezan a caminar. La llovizna ha remitido y, a medida que la mañana va pasando a la tarde, aparece el arcoíris sobre Llyn Drych.

—¿Crees que le ha pasado algo a Ryan? —pregunta Caleb cuando la alcanza.

—Esperemos que no —responde Georgina, lo cual apenas sirve como respuesta. Ffion odia las no respuestas: «Hacemos lo que podemos», o «La investigación está en marcha», o «Los primeros indicios son favorables». Son un insulto para los miembros de la población, que en general son perfectamente capaces de leer entre líneas. Merecen más.

—La mayoría de las personas desaparecidas dan señales de vida durante las primeras veinticuatro horas —le dice Ffion a Caleb—. Puede que esté tratando de llegar a su casa, o quizá se haya perdido en la montaña. Podría estar herido.

—¿Quieres decir por un oso o algo así?

Ffion se detiene.

—Caleb, colega, sé que eres un chico de ciudad, pero ¿cuántos osos has visto desde que te mudaste a Gales? —Le da un suave golpe en la cabeza—. Usa el cerebro y habla después, ¿vale?

Siguen el perímetro en dirección este, buscando la parte de la valla rota. A poca distancia, medio escondida entre los árboles, hay una tienda de campaña azul oscuro. Ffion se detiene.

—¿Quién es?

—Zee Hart. No pasa nada.

La youtuber de la que Miles se burlaba tanto. Sin decirse nada, Ffion y Georgina van hacia el pequeño claro. Cuando se acercan, se oye una voz en el interior de la tienda.

—¿Quién anda ahí? —Una llamativa joven con el pelo rubio afeitado por un lado sale de la tienda con expresión violenta—. ¿Amigas o enemigas?

—Siempre hace eso —dice Caleb.

Zee se ríe y se acerca a saludarlas; al moverse, desprende un leve olor a marihuana.

—¿Nunca han leído *Golondrinas y amazonas*? Mi padre me enganchó a esas historias, aunque vivíamos como a un millón de kilómetros del mar.

—Policía. —Georgina no hace caso a la pregunta y le enseña su identificación a la vez que lanza una ojeada a sus pertenencias.

—¿Policía? —pregunta Zee con un tono claramente menos simpático.

—Buscamos a una persona desaparecida, un hombre blanco de treinta y tantos años. ¿Ha visto a alguien que se corresponda con esa descripción?

—No he visto a nadie.

A la señorita Hart no le gusta la policía, piensa Ffion. Zee es mayor que Seren, aunque no por mucho, y lleva un peto del color de una ciruela madura. Tiene las muñecas llenas de pulseras que suenan al chocar entre sí cuando se aparta el pelo del hombro.

—Tú eres la youtuber, ¿no? —pregunta Ffion.

—¡La misma! *Las noticias de Hart.* Ya sabe, en plan «últimas noticias». Ahora estoy haciendo una serie que se llama *Más al descubierto, con Zee Hart.* Saco algunas imágenes de los concursantes cuando se acercan a la valla y las acompaño con mis comentarios sobre cada episodio y...

—Entonces ¿te dedicas a eso? —Ffion la interrumpe antes de que Zee se emocione con su discurso—. ¿Tu canal de YouTube?

—Sí —Zee se ruboriza—. Bueno, trabajo también en McDonald's. Pero YouTube va a ser mi empleo a jornada completa; solo necesito aumentar mis suscriptores. Por eso hago esto. —Mueve una mano hacia el campamento de *Al descubierto*—. Aunque sería un millón de veces más fácil si contara con la colaboración del equipo de producción. —Esto último lo dice mirando a Caleb.

—Eh, no dispares al mensajero. No es culpa mía que Miles no esté por la labor.

—Pero podrías concederme una entrevista.

—Me quedaría sin trabajo —contesta Caleb, y por su tono de voz queda claro que Zee y él ya han tenido esta conversación.

Zee le lanza una mirada pícara.

—No estoy segura de que puedas llamarlo trabajo cuando no te pagan y el productor no te incluye en los títulos de crédito.

La expresión de Caleb se llena de rabia.

—Eres una zo…

—¡Vale ya! —Ffion se coloca entre los dos—. Zee, si ves a un hombre que parece perdido, por favor, llama a emergencias.

—¿Cómo se llama?

—Lo siento, ese dato solo lo daremos cuando sea imprescindible.

—Ay, Dios, ¿es un concursante? —Los ojos de Zee se iluminan—. ¿Es Jason? No, espere, ha dicho con pelo castaño. No es Henry, ¿verdad? Es mi preferido.

Ffion empieza a alejarse.

—Es Ryan, ¿verdad? —grita Zee a sus espaldas—. ¿Es Ryan?

El punto por el que Ryan ha escapado del campamento está en el lado norte. El suelo de debajo de la valla está excavado y la parte inferior del alambre está levantada lo suficiente como para permitir que se escabullera por debajo.

Caleb coge un trozo de forro polar naranja de la valla.

—Como un prisionero de guerra.

Ffion se imagina a Ryan arrastrándose por la tierra como un animal y piensa en lo desesperado que debía de sentirse. Su huida significaba que no tendría que enfrentarse a nadie: ni a Miles, ni a los periodistas, ni a su familia. Aunque, sin dinero ni pertenencias, ¿adónde tenía pensado ir?

—Pero no son prisioneros. —El guardia de seguridad, Dario, aparece detrás de ellos—. Pueden irse, solo que no recibirán los honorarios por participar. Sé que Miles está cabreado conmigo porque Ryan se ha ido, pero me contrató para evitar que la gente entrara al campamento, no para impedir que se vaya.

—Con respecto a esto último, ¿puede abrirnos la verja? —pregunta Ffion—. Tenemos que hablar con los demás concursantes.

Dario la mira incómodo.

—No creo que a Miles le...

—Me importa una mierda lo que opine Miles. Ábrala, por favor.

Cuando Seren cumplió diez años, su madre y Ffion la llevaron a los estudios de Harry Potter como regalo de cumpleaños. Ffion paseó por el Callejón Diagon y casi esperaba cruzarse con Hagrid. Ahora, tiene la misma extraña sensación de estar en otro mundo cuando pone un pie en el campamento. Ayer, no era más que el emplazamiento de unos huesos desenterrados, pero, en este momento, Ffion siente como si estuviese entrando en su televisión. El hoyo de la hoguera está terminado y hay un montón de troncos ardiendo en el centro. Cuando Ffion y Georgina se acercan, uno de los troncos cae de lado y lanza cenizas al aire como si fuesen confeti. Los seis concursantes se ponen de pie. Dario y Caleb se mantienen a distancia, claramente temerosos de la reacción de Miles. Ffion ve que Dario mira hacia los árboles. Sigue su mirada y ve una cámara colocada en alto sobre un tronco. Mira alrededor. Ahora que sabe lo que está buscando, las demás resultan fáciles de localizar.

—Nos estará viendo —le dice a Georgina con la voz más baja que es capaz—. Más vale que seamos rápidas. —Se dirige al grupo—: ¿Quién fue la última persona que vio a Ryan o habló con él?

Ceri mira a Ffion a los ojos e intercambian una brevísima sonrisa. Ffion piensa que, si no la conoces, podrías pensar que se encuentra bien, incluso que está disfrutando. Sin embargo, no ha tenido nunca unas ojeras tan pronunciadas y su cara pálida muestra una expresión de turbación y angustia. Ffion no le pregunta cómo está. Le importan una mierda los patrocinios de Miles, pero no va a meterla en eso. Aunque no puede evitar preguntarse cuál será el secreto de Ceri.

—Fuimos nosotros. —Henry apunta a Jason y, después, a sí mismo—. Estamos en la misma tienda que Ryan, pero, si le soy sincero, él no hablaba mucho, ¿verdad?

Jason niega con la cabeza.

—Henners y yo estábamos comentando qué es lo que habrá pasado. Usted ha visto el programa, ¿no? O sea, es una puta locura. Pero Ryan no estaba participando. Me imaginé que estaría cansado o tramando algo, ya sabe.

—Yo le regalé un bálsamo labial. —Aliyah parece al borde de las lágrimas—. Lo traje como mi artículo de lujo. Pensé que eso lo alegraría, pero se limitó a metérselo en el bolsillo. Ni siquiera me dio las gracias. —Saca el labio inferior hacia fuera—. Era de fresa, además. Mi favorito.

Pam levanta una mano, como si estuviese en clase.

—¿Sí? —dice Ffion.

—Yo hablé con él después de la cena. Estaba muy enfadado.

—¿Por qué?

—¿Usted qué cree? No puedo hablar en nombre de todos, pero soy una honorable ciudadana de esta comunidad y estoy segura de que Ryan también lo es. Que te acusen de ocultar algo es..., en fin, es una calumnia, ¿no? —Mira alrededor—. Aunque salgamos de aquí indemnes, la gente va a dar por sentado que, cuando el río suena, agua lleva. Podríamos perder a nuestros amigos, nuestros trabajos.

—Desde luego. —El reverendo Lucas asiente con vehemencia.

—¿Dio Ryan alguna muestra de que pensaba marcharse? —pregunta Georgina.

Todos niegan con la cabeza.

—Tenía miedo de las entrevistas —dice Aliyah—. Ya sabe: qué iban a decir de él en la prensa.

—Qué se iban a inventar, querrás decir —añade Pam con tono sombrío.

Se oye un motor y Ffion está pensado en lo raro que resulta oír un coche en la montaña cuando un *quad* entra rugiendo en el campamento con Owen al manillar.

—Todos a la carpa de relax —ordena Owen—. ¡Ahora mismo!

Algunos de los concursantes —Jason, Pam y Ceri— muestran reparos, pero los demás se dirigen sumisos a la carpa más grande y siguen a Roxy a su interior.

—Verdad o mentira —dice Owen.

—¿Perdón? —pregunta Georgina levantando una ceja.

—La actividad de hoy. —Owen mira a los tres concursantes que se han quedado—. Vamos. Quiero tomar algunas imágenes ahora, mientras Roxy se prepara.

—¿Tienen más preguntas, agentes? —Pam se dirige directamente a Ffion.

—Ahora mismo no.

—Nos avisarán cuando lo encuentren, ¿verdad? —pregunta Ceri mientras van hacia la carpa.

—Por supuesto —responde Ffion. Pero los concursantes ya han entrado.

—Tenemos que dar el aviso en Cheshire de que ha desaparecido una persona. —Georgina está mirando un mapa en su teléfono.

Ffion creía que Leo y ella coincidirían. Que habría alguna reunión entre distintas agencias o algún otro trabajo transfronterizo.

Pero no ha sido así.

Hasta ahora.

—Quizá nos pidan que nos encarguemos nosotras. No sé cómo andan de recursos para esto, pero tenemos que notificárselo, al menos. —Georgina saca su radio—. Les voy a pedir a los del Puesto de Mando que llamen a su inspector.

—Yo lo hago. —Ffion habla deprisa, antes de que pueda cambiar de idea—. Tengo un contacto allí; será más rápido. —Mira su teléfono, pero no tiene cobertura—. Vuelvo en un momento —le dice a Georgina—. Echa un vistazo a las cosas de Ryan, a ver qué se ha dejado.

Va buscando en su agenda mientras atraviesa el campamento de vuelta a la granja. El corazón le late con fuerza y no quiere llamar, pero sí que quiere, porque ahora puede hablar con Leo sin quedar mal. Y, si le menciona el mensaje, puede decirle que no lo recibió, porque por supuesto que le habría respondido si lo hubiese recibido… «¡Por supuesto que habría respondido! Habría dicho que sí, que saliéramos a cenar. Así que, bueno, si quieres, podríamos...».

Una barrita de cobertura aparece en la parte superior de la pantalla de Ffion, seguida de otra. El pulso se le acelera cuando aprieta el botón de llamada.

Pueden retomarlo donde lo dejaron.

5

Martes - Sargento Leo Brady

Cuando surgió un puesto de sargento en el Departamento de Investigaciones Criminales de Cheshire, Leo abandonó la Unidad de Delitos Graves. Echaba de menos el tira y afloja de las mesas de coordinación, pero estaba trabajando con gente estupenda y ya no tenía que enfrentarse cada día al odioso inspector Crouch. La estrategia de Leo había sido fingir que las constantes burlas del inspector no le importaban —incluso se había reído con él cuando se armaba de valor— pero, en el fondo, le dolían. Ffion lo había cambiado todo. «A lo mejor no te molesta a ti —le había dicho—, pero ¿qué pasa con el siguiente desgraciado con el que Crouch se meta?». Así pues, Leo le había hecho frente a Crouch y lo había seguido haciendo hasta el cese de las intolerables bromas. Durante un tiempo, los dos hombres habían coexistido en la Unidad de Delitos Graves, pero, a pesar de que Simon Crouch ya no dijera su opinión, Leo sabía que seguía pensando igual. Cuando vio el anuncio del puesto en el Departamento de Investigación Criminal, le pareció un nuevo comienzo. El factor decisivo fue la última frase:

«Se aceptarán solicitudes de horario de trabajo flexible».

Dos veces por semana, Leo sale temprano del trabajo. Recoge a Harris en el colegio, junto con su maleta para pasar la noche y las instrucciones que Allie haya incluido (la nota más reciente le recordaba que lavara la fiambrera de Harris antes de volver a meterla por la mañana, pues «tenía un inconfundible olor a pescado la última vez»), y se dirige a casa para lo que se ha convertido en la actividad preferida de los dos. Leo y Harris están aprendiendo a cocinar.

Leo controla lo básico, no es estúpido del todo, pero pasó su vida de casado siendo apartado de la cocina (luego, en el divorcio, esto se redefinió como «se niega a colaborar en las tareas domésticas») y nunca consiguió llegar mucho más allá de los espaguetis boloñesa y el chili con carne, que incluso él sabe que no es más que carne picada con diferentes acompañamientos.

Cada semana, Leo y Harris eligen un país distinto, y Leo se baja una receta de internet. Han tenido diferentes niveles de éxito. Su estofado andorrano terminó con un pedido de emergencia a Deliveroo. Pero los dos llegaron a la misma conclusión de que el arroz jollof lo habían clavado.

Esta semana toca Italia y, como Leo ya sabe cocinar los espaguetis boloñesa, están preparando pizza. Leo hizo la masa ayer y la dejó en el frigorífico, y ahora Harris la ha extendido dándole una forma parecida a un círculo y le ha puesto salsa de tomate con un cuidadoso movimiento circular. Lanza puñados de queso rallado, esparciendo una buena cantidad por el suelo.

Leo sube la música.

—Buen trabajo, colega. ¿Jamón o pollo?

—Ahora soy vegetariano.

—Ah, ¿sí? —Leo se queda mirando a su hijo, que engulló carne asada para cenar el fin de semana y antes llevaba migas del bocadillo del almuerzo con trozos de atún—. No te preocupes. ¿Qué te parece de tomate?

Suena el teléfono de Leo, mira la pantalla y deja que salte el buzón de voz. El mes pasado, se veía con una mujer que conoció por internet. Para ser más exactos, ha tenido tres citas y no está del todo seguro de querer una cuarta. El LinkedIn de Gayle dice que es «directora de proyectos con buenos resultados» y le está dejando cada vez más claro qué resultados quiere conseguir del Proyecto Leo Brady.

—¡Sí! —Harris se queda mirando los platos de aderezos que Leo ha preparado—. Y un poco de beicon crujiente picado.

—Entendido. —Leo parte un trozo de *mozzarella* y se lo mete en la boca.

—¿Qué más? —Harris mira la mesa con detenimiento.

—No creo que le quepa nada más, colega. —Leo desliza la creación de Harris sobre una bandeja de horno. Cuando la está metiendo en el frigorífico para que esté lista para la noche, vuelve a sonar su teléfono. Esta vez, no es Gayle, así que pulsa el botón de aceptar y se pone un dedo en el oído para no oír la música mientras responde—: Sargento Leo Brady. —Hace señales a Harris para que baje el volumen, pero el niño lo sube y se ríe a carcajadas por su travesura.

—Hola. Soy yo.

Leo apenas puede oír sus propios pensamientos, y menos aún a otra persona hablar. Coge el mando a distancia y apaga la música a la vez que mira a Harris poniendo los ojos en blanco como reprimenda.

—Perdona, ¿quién es «yo»? No tengo guardado este número.

Después, hay un silencio tan largo que Leo cree que la llamada se ha cortado. Está a punto de colgar cuando la mujer vuelve a hablar. Reconocería esa voz en cualquier lugar.

—Soy la agente Ffion Morgan —dice con tono cortante y nítido—. Policía de Gales del Norte.

—¡Ffion! Perdóname, estaba...

—No es más que una llamada de cortesía. Te va a llegar un caso de alto riesgo de persona desaparecida del programa de televisión *Al descubierto*. —La voz de Ffion es profesional.

«¿Una llamada de cortesía?». A Leo su tono le recuerda a Allie, que llevó el proceso del divorcio como si él tuviese la lepra.

—¿Cómo estás? —Leo habla con despreocupación, pero el corazón se le ha acelerado. Ffion. Pasó demasiado tiempo esperando que lo llamara y demasiadas noches con el dedo a punto de pulsar su nombre en el teléfono mientras contemplaba la posibilidad de enviarle otro mensaje. Al final, borró su número para no perder la cordura.

—Han enviado el helicóptero, y el equipo de búsqueda y rescate ya se está movilizando.

—Me alegra saber…

—Nuestro inspector al cargo hablará con el tuyo para acordar de quién es la jurisdicción.

—… de ti —termina Leo. Pero Ffion ha colgado. Leo apoya la espalda sobre la puerta de la sala de estar y suspira. El teléfono vibra y lo coge con la esperanza de que sea Ffion llamando de nuevo para dar una explicación de su brusquedad. Puede que su jefe la estuviera escuchando. Aunque ¿cuándo le ha importado a Ffion lo que los demás piensen?

¡Hola guapo! ¿Estás libre el sábado? ¡Podríamos llevar a Harris al zoo de Chester! Bs.

Gayle.

Gayle no conoce aún a su hijo. En su última cita, la tercera, recuerda Leo, le pidió acompañarlo cuando fuese a recogerlo del colegio, y le ha dado por llamarlo por FaceTime en lugar de por teléfono los días que sabe que Harris está con él en casa.

—Los niños me adoran —no deja de decirle.

Leo le responde con otro mensaje.

Seguramente estaré libre. Depende del trabajo. Pero es un poco pronto para las presentaciones…, espero que lo entiendas.

Observa cómo el mensaje se envía y queda marcado como leído. Unos puntos intermitentes muestran que Gayle está escribiendo, escribiendo, escribiendo…

Y, después, nada. Leo hace una mueca de dolor.

—Papá.

—Perdona, colega. Ya estoy contigo. —Leo sonríe—. Ve a por tu libro de lectura y vemos qué están haciendo Biff y Chip, ¿quieres?

—Y Kipper.

—Claro.

Mientras Harris va corriendo a por su mochila, Leo se queda

mirando el teléfono. Podría volver a llamarla. A Ffion, no a Gayle. ¿O debería enviarle un wasap?

Pero, si Ffion hubiese querido hablar, habría seguido al otro lado de la línea, ¿no? Habría respondido a sus preguntas, le habría dicho qué hacía, cómo le iba. Pero no ha podido darse más prisa en colgar el teléfono.

Leo deja el suyo en silencio.

Más tarde, después de que Biff y Chip hayan encontrado otro reino mágico y de que Leo y Harris se hayan comido su pizza (poco hecha por el centro, pero, por lo demás, estupenda), Leo acuesta a Harris, coge una cerveza y abre el buscador de su teléfono. Habría que ser de otro planeta para no enterarse de lo que pasó anoche en el polémico episodio de *Al descubierto*. Mientras iba en el coche al trabajo esta mañana, ha escuchado llamadas a la radio sobre la explotación de los *reality shows* y alguien de la oficina ha iniciado un debate sobre qué concursante del programa sería el primer expulsado.

Y ahora ha desaparecido un concursante.

Los primeros resultados de la búsqueda son de agencias de noticias, incluida una entrevista en una revista de cotilleos de una mujer que estuvo saliendo con Ceri Jones, a la que Leo recuerda bien por el caso de Rhys Lloyd de hace año y medio; también aparece un análisis detallado del informe de la última inspección al colegio de Pam Butler. Hay varios artículos dedicados al reverendo Lucas Taylor, con quien Leo se ha llevado una sorpresa al saber que había pasado un tiempo en prisión cuando era joven. «¡Tu secreto se ha descubierto!», dice el titular. Lee por encima los artículos. Más adelante, entre los resultados de la búsqueda, se incluyen enlaces a tuits virales y a grupos de Facebook dedicados a tratar cada movimiento que hacen los concursantes del programa. Leo pulsa en un enlace de YouTube de la segunda página. Tras el obligatorio anuncio de veinte segundos, una joven con un peto color púrpura empieza a hablar a mil por hora.

«¡Bienvenidos a *Las noticias de Hart*! Soy vuestra presentadora Zee Hart y vuelvo con otro episodio de *Más al descubierto*. Os aseguro que esto vais a querer verlo hasta el final. ¡Porque es una lo-cu-ra! ¡No olvidéis dar un me gusta y suscribiros!».

Leo se aprieta los dedos sobre la sien. Ver a Zee Hart es como sufrir una tortura.

«Pues esta mañana estaba yo con mis cosas, editando algunas imágenes para mis queridos espectadores..., ¡y, sí, el prometido vídeo de Jason cortando leña está al caer, chicos!, cuando he recibido una visita de... la policía».

Leo se incorpora. El busto parlante de Zee Hart se ha encogido y se balancea en un rincón de la pantalla, que ahora está invadida por unas imágenes de lo que está comentando.

«Estas son la agente Morgan y la agente Kent —dice mientras las dos se van alejando de la cámara».

Leo pausa la imagen. Ffion se ha puesto de lado mientras habla con su compañera y Leo reconoce la inclinación del mentón, las pecas espolvoreadas por su cara. Siente una punzada de tristeza cuando vuelve a poner el vídeo en marcha y ella se aleja.

«Después de nuestra conversación —continúa Zee—, puedo decir en exclusiva que un concursante ha desaparecido del campamento de *Al descubierto*. Así es..., ¡desaparecido! Me han dicho su nombre de manera confidencial y, chicos, lo siento, pero soy una mujer de palabra. Lo único que puedo hacer es exponer los hechos y dejar que vosotros saquéis vuestras conclusiones...».

Cuando Zee empieza a detallar la descripción física de los cuatro concursantes masculinos, Leo detiene el vídeo. Se da cuenta de que las reproducciones han aumentado en varios miles durante los pocos minutos que lleva viéndolo y, al refrescar la búsqueda, el vídeo de Zee aparece en la primera página. La noticia se está volviendo viral.

Hay otra cosa más que Leo quiere investigar antes de hablar con el inspector. Coge el mando y enciende la televisión. Se oye el retumbar de unos acordes mientras aparecen unos títulos de crédito. Empieza el segundo episodio de *Al descubierto*.

6

Martes - Dario Kimber - Episodio dos

Tras una década corriendo detrás de rateros, Dario Kimber estuvo trabajando en la puerta de una discoteca de Manchester en la que empleaba cierta mano dura a la hora de expulsar clientes. Al final, le pusieron una denuncia por agresión y se vio sin empleo por primera vez desde los dieciséis años.

Al descubierto supuso la oportunidad de un nuevo comienzo. Dario es un hombre fuerte y en forma, y los desafíos de sobrevivir en las montañas galesas iban a ser pan comido para él. Estaba tan convencido de que era el indicado para el programa que le sorprendió recibir un correo electrónico de una sola línea en el que le decían: «Producciones Young lamenta informarle de que no ha sido seleccionado para el programa».

Se sorprendió aún más cuando, hace un mes, recibió una llamada de Producciones Young en la que le preguntaban dónde vivía. A Dario le preocupaba que lo hubiesen descubierto por el ofensivo correo electrónico anónimo que había enviado a Miles Young después de que lo rechazaran, pero resultó ser un director de localización que quería saber si estaba disponible para un puesto de seguridad.

—Le voy a ser sincero —dijo el tipo—. La he cagado. Se me había olvidado por completo contratar la seguridad y tengo que encontrar a alguien esta semana antes de verme con el agua al cuello.

Con el tiempo en contra, un presupuesto reducido y una lista de empresas que ya estaban contratadas, el director de localización buscó otras opciones. Varios aspirantes a concursantes de *Al descubierto* habían confirmado que estarían disponibles para el programa si se los avisaba con poca antelación, y, de las cuarenta y cinco mil personas que se habían presentado, tenía que haber, al menos, un guardia de seguridad, ¿no?

Lo había y, como Dario estaba en ese momento sin hacer nada y sin trabajo, aceptó de inmediato. El director de localización, cuyas obligaciones iban aumentando a medida que pasaban los días, tachó «seguridad» de su lista.

Y aquí está Dario, tumbado en una mohosa cama plegable en la vieja caravana que le han puesto como «alojamiento en las instalaciones», viendo *Al descubierto* en una televisión portátil y preguntándose por enésima vez por qué Miles rechazó su solicitud. Por las conversaciones fortuitas que ha tenido desde entonces con el equipo de *Al descubierto*, sabe que Miles en persona hizo una preselección de aspirantes y, después, contrató a un investigador para que sacara a la luz los trapos sucios. Dario no debió de pasar la preselección, pues habrían averiguado lo de la agresión o lo de la vez que se folló a la mujer de su jefe. Podrían haber descubierto incluso que, en una ocasión, medio sin querer y medio queriendo, había metido en la aspiradora al hámster de su hermano, para ver qué pasaba. Dario cuenta con todo tipo de anécdotas jugosas que habrían resultado perfectas para la televisión, y le importa una mierda quién las sepa. No es el acto en sí lo que convierte algo en secreto, sino el poder que tenga sobre ti, y él no siente ninguna vergüenza.

Cuando terminan los títulos de presentación, una voz de mujer interrumpe la música.

«Por motivos personales, Ryan ha abandonado *Al descubierto*. Ha expresado su agradecimiento a los espectadores por haber visto el programa y desea toda la suerte a los demás concursantes. Esta noche no habrá ninguna acusación ni expulsión».

El anuncio fue idea de Miles, claro.

—¿Has visto lo que ha hecho ahora esa puñetera chica? —Esta tarde, Miles le pasó a Dario su teléfono, donde se veía a Zee Hart contando teorías conspiranoicas sobre la desaparición de Ryan Francis: «No digo que alguno de los concursantes sea un agente del Gobierno, lo que digo es que saben cómo desaparecer sin dejar rastro. Sospechoso, ¿no?».

—Me he puesto una alerta para las menciones de *Al descubierto* —continuó Miles. Y frunció el ceño—. No es muy preciso del todo. Si te soy sincero, hay cosas en mi bandeja de entrada que preferiría no haber visto, pero acaban de sacar eso. Se acabó lo de mantener el secreto dentro del equipo. —Fulminó con la mirada a Dario, como si culpara al guardia de seguridad por este incumplimiento de la confidencialidad.

—¿Qué quieres que haga, despedazar su tienda de campaña? ¿Quitarle el teléfono? —Dario estaba bromeando. La presencia de dos agentes de policía ya le estaba provocando salpullidos, pero Miles se tomó un momento para contemplar esa opción.

—Mejor no. Pero mantenla alejada del campamento, por el amor de Dios. Está claro que no podemos fiarnos de ella. Tendré que emitir un comunicado. Ya hemos recibido llamadas de la prensa. Solo voy a decir que Ryan se ha ido a casa por motivos personales, lo cual probablemente sea cierto, sin haberse detenido a pensar en el lío que me deja aquí. —Lanzó una mirada asesina a Dario—. ¿Has arreglado ese agujero que Ryan hizo en el suelo?

—Sí, lo he hecho en cuanto me lo has dicho.

—¿Del todo?

—Sí, jefe —mintió Dario, que se había limitado a empujar tierra con los pies hacia la valla.

Ahora, Dario coge otra galleta de virutas de chocolate. En la pantalla, no se habla nada de Ryan; es como si hubiese desaparecido del todo del programa. Los seis concursantes están sentados en círculo en la carpa de relax después de haber recibido una caja que contenía las tareas de ese día.

«¡Es un juego! —dice Aliyah».

Dario desearía que su destartalada televisión tuviera un botón de pausa. Aliyah Brown es perfecta, no se la puede calificar de otro modo. Calcula que podría abarcar su cintura con las dos manos, tiene un buen culo y dos estupendas tetas, completamente naturales; él siempre sabe distinguirlas. Se ríen entusiasmados mientras ella se inclina hacia delante para coger las instrucciones.

«Concursantes de *Al descubierto* —lee—, vais a participar en el juego de verdad o mentira. El objetivo es conocer mejor el lenguaje corporal de vuestros compañeros de programa cuando dicen una mentira; de ese modo, estaréis más cerca de descubrir sus oscuros secretos y proteger los vuestros. —Aliyah ríe nerviosa».

Dios, qué atractiva es. Dario estaba en la valla cuando los siete concursantes entraron en el campamento, y Aliyah lo miró con una de esas sonrisas que, prácticamente, son una forma clara de tirar los tejos. Él no tiene ni idea de cuál será su «oscuro secreto», pero piensa perdonárselo del todo.

Hoy mismo, con el pretexto de buscar a Ryan, Dario dio varias vueltas alrededor del perímetro de la valla. De vez en cuando, entreveía un forro polar naranja mientras los concursantes deambulaban entre los árboles y los oía gritarse unos a otros.

—Eh, Henners, ¿has traído ya la leña?

—Oye, Pam, ¿qué hay para merendar?

—¿Quién ha acabado con el papel higiénico?

Dario fue paciente. Caminaba y observaba, caminaba y escuchaba, y, por fin, consiguió ver una larga trenza negra.

—¡Aliyah! —Su voz sonó demasiado fuerte; Dario se imaginó que podía resonar por la montaña, pero ella no lo oyó. Volvió a probar—: ¡Aliyah! —Y, esa vez, ella se acercó.

—¿Qué pasa? —No mostró la menor curiosidad por saber qué hacía él ahí. Eso hizo que Dario se preguntara qué más podría conseguir solo por llevar la placa de seguridad.

—Tengo una cosa para ti.

—¿Y qué es? —Aliyah lo miró a través de sus largas pestañas. No había duda de que estaba flirteando con él.

—Acércate más y te la meto a través de la valla.

Ella se quedó boquiabierta (¡Dios, qué lengua!) y, durante un momento de espanto, Dario pensó que se iba a poner a gritar, pero entonces Aliyah vio lo que él tenía en la mano y su preciosa cara se iluminó con una sonrisa.

—¡Una chocolatina! ¿Para mí?

—Para ti.

Abrió la barrita y le dio un mordisco, cerrando los ojos y proporcionándole a Dario varios segundos de imágenes para su archivo mental para pajas.

—Echaba mucho de menos esto.

Dario se rio.

—Solo llevas dos días.

—A mí me parecen una eternidad. —Su sonrisa desapareció—. No sé cuánto más podré aguantar. Yo creo que Ryan ha hecho bien pirándose.

—Yo te ayudaré. —Es tan perfecta y estaba tan... tan desamparada, ahí atrapada tras esa valla de alambre.

—¿De verdad? Le tengo mucho miedo al confesionario, solo sé que lo van a llenar de arañas, y yo odio tanto las arañas que me voy a rendir y, después, mi madre me va a dejar de hablar. —Empezó a llorar.

Dario sintió pánico. Su ofrecimiento de ayudarla había sido una temeridad; solo se le había ocurrido que quizá podría darle a Aliyah alguna ración extra o...

—¿Podrías averiguar cuáles son los secretos de los demás? —Aliyah pasó una mano por la alambrada y la apretó contra el pecho de él; se acercó lo suficiente como para que él sintiera su aliento en su cuello—. Si consigo descubrirlos, ganaré la inmunidad. Quizá incluso me lleve el dinero. —Ya no lloraba. Se puso de puntillas y le susurró al oído—: Te lo recompensaré.

Ahora, Dario está viendo cómo Aliyah pasa a cada concursante su tarjeta personalizada, cada una con una verdad o una mentira. Los secretos están en la caja sobre el pedestal que está al lado de la hoguera, pero ¿cómo va él a llegar allí sin que se lo vea por la cámara?

«Eh... —En la pantalla, el reverendo Lucas mueve rápidamente los párpados mientras lee su tarjeta en voz alta—. Tengo un título de instructor de yoga. —Hay un estallido de carcajadas, pero Lucas intenta parecer ofendido—. ¡Es verdad!».

«Enséñanos entonces cómo haces la postura del perro —dice Henry».

«Será más bien la postura del perro con collarín —añade Pam con tono irónico—. Está claro que es mentira».

Dario imagina a la directora de colegio en su despacho echándole la bronca a algún pobre niño por decir mentiras.

«Sois muy buenos. —Lucas da la vuelta a su tarjeta y muestra la palabra MENTIRA escrita en grandes letras negras».

Dario siente otra punzada de resentimiento hacia Miles. Se le habría dado de maravilla este juego. Con su inexpresiva cara, consigue ganar con regularidad las partidas de cartas, que la policía lo deje tranquilo y que las mujeres se convenzan de que va en serio con ellas. Le desespera ver a esta panda de flojos en la tele que no sabrían mentir en la cama. Henry acude al clásico de «frotarse la nariz» cuando les dice que nunca ha montado en bicicleta y Jason no sabe mantener la cara seria más de un segundo después de anunciar que su ambición es entrar en política.

Aliyah lee su tarjeta:

«Puedo contener la respiración durante cuatro minutos».

Sus ojos hacen un rápido movimiento a la derecha y Ceri, la cartera, la señala y dice:

«¡Ja! ¡Te he pillado!».

Pero a Dario no lo engaña, ni con su mirada ni con la forma en que cambia de postura y cruza los brazos. Es un farol.

«¡Mentira! —exclama Ceri. Mira alrededor de la carpa buscando la aprobación».

«¿Estás segura? —pregunta Aliyah».

«Al cien por cien».

Aliyah sonríe y da la vuelta a la tarjeta: VERDAD. Dario suelta un suspiro de satisfacción. Hace falta ser un mentiroso para cazar a otro.

Sin expulsión esta noche gracias a la repentina ausencia de Ryan, Dario no se molesta en ver el resto. Se pone las botas y sale de la caravana, intentando averiguar cómo llegar hasta esa caja de los secretos. Mientras da un lento paseo por el perímetro del campamento, lo único en lo que puede pensar es en lo que ha dicho Aliyah.

«Te lo recompensaré».

7

Miércoles - Ffion

—¿Qué narices creía que estaba haciendo? —Ffion está en el patio de Carreg Plas y mira incrédula a Miles—. Estamos dedicando todos los recursos disponibles para buscar a Ryan Francis en la montaña de Pen y Ddraig y usted le dice a todo el mundo que se encuentra perfectamente, tan tranquilo en su casa «por motivos personales». —Su forma de hacer las comillas en el aire con los dedos podría dislocarle un nudillo.

—¡Tenía que hacerlo! Esa maldita mujer de YouTube estaba saboteándolo todo. Al lanzar un comunicado, se acababa la noticia. Incluso los medios de comunicación nos han dejado de molestar.

—Pero no es verdad. ¡No tenemos ni idea de dónde está Ryan!

Miles no deja de volver la vista al monitor que tiene en su mesa, pues no quiere perderse un segundo de su valiosa grabación. Por encima de ellos, el helicóptero de rescate da un lento giro sobre los árboles que rodean Carreg Plas y su sonido se convierte en un zumbido en los oídos de Ffion.

—Es obstrucción —dice Ffion.

—Se trata de un programa de televisión que podría ganar premios, agente, y no soy el único que lo piensa. —Miles coge un iPad de su escritorio y le enseña un titular: «¿*Al descubierto* es un programa indecente… o simplemente televisión de la buena?»—. ¿O qué le parece este? —Pasa la pantalla y aparece un artículo de *Entertainment Weekly*: «Miles Young se convierte en un valor muy cotizado tras conseguir que todo el mundo hable de su pionero *reality show*». Sobre la mesa, una imagen congelada del reverendo Lucas rezando espera a ser empalmada donde sea que Miles tenga pensado hacerlo. Saca otro titular, pero los ojos de Ffion permanecen fijos en él.

Despacio, Miles deja el iPad sobre el escritorio. Cuando levanta la vista, está más sumiso, con el ceño fruncido, mientras suplica a Ffion:

—Solo unas horas más. Por favor.

—Estamos investigando la desaparición de una persona.

—Déjeme al menos terminar el episodio de esta noche. Es el momento más importante de mi carrera. También de la de Roxy —se apresura a añadir cuando ve la expresión de incredulidad de Ffion—. Lo único que le pido es un poco más de tiempo antes de que ustedes emitan un comunicado.

—Veamos qué piensa la mujer de Ryan al respecto, ¿le parece? —Ffion se da la vuelta.

—¿Perdón?

—Dudo que lo lamente. —Ffion levanta la voz mientras vuelve hacia la granja—. Jessica Francis acaba de venir para ver a su marido. Le diré que va usted de camino.

La mujer de Ryan es bajita y rubia y lleva unas mallas negras de Nike y una enorme sudadera gris. Cuando Ffion la vio junto a la entrada de Carreg Plas, mirando su teléfono con el ceño fruncido como si buscara una dirección, la tomó por una adolescente. Pensó que quizá era una admiradora del programa a la espera de autógrafos o que tendría algo que ver con Zee Hart. Pero, entonces, la mujer levantó la cabeza y Ffion se dio cuenta de que tendría treinta y muchos años y de que la miraba con preocupación. «¿Es aquí donde se graba *Al descubierto*? —le preguntó—. Es que estoy buscando a mi marido».

Jessica escucha en silencio mientras Miles confiesa que nadie sabe nada de Ryan desde ayer por la mañana y que lo que ha visto cuando subía a Pen y Ddraig (el helicóptero, los coches aparcados, los grupos de personas con chaquetas del equipo de rescate) es por él.

—Pero usted ha dicho que se ha marchado del programa «por motivos personales». ¿Cómo sabe cuáles eran sus motivos si no ha hablado con él?

Ffion fulmina con la mirada a Miles, que está evitando sus ojos.

—Hemos intentado llamarla —contesta, sin responder a la pregunta de Jessica.

—Tenía el teléfono apagado. —Jessica levanta la vista—. Todas mis amistades me estaban llamando, querían saber si Ryan sabía de antes en qué consistía el programa y si le parecía bien. —Suelta una fuerte exhalación—. Por supuesto, lo que en realidad querían saber era su secreto. —Escupe la última palabra.

—Unos agentes de la policía de Staffordshire fueron ayer a su casa —dice Georgina—, pero no había nadie.

—Fui a casa de mi madre. Ya habían venido varios periodistas a mi puerta para ofrecerme exclusivas «delicadas» y me di cuenta de que, cuanto más les pedía que se fueran, más iba a parecer que teníamos algo que ocultar. Y no. No tenemos nada que ocultar —repite con firmeza.

—¿Ha tenido noticias de Ryan desde que ha abandonado el programa? —pregunta Miles. Ffion se da cuenta de que nunca pronuncia la palabra «desaparecido». Ha transformado la desaparición de Ryan, la ha editado, para convertirla en un acto voluntario. Si Miles está preocupado por Ryan es solo en lo que respecta a su propia reputación.

—No. —La voz de Jessica se quiebra—. Cuando vi anoche el programa y supe que se había marchado, llamé a su móvil y estaba apagado. Recordé que había dicho que tendría que dar unas entrevistas, pero a mí me estaba volviendo loca no saber cómo estaba. En cuanto me he despertado, he subido al coche y he venido aquí.

—Señora Francis, perdone que le pregunte, pero ¿cuál es el secreto de Ryan? —pregunta Georgina. Hay una suavidad en su tono que Ffion no había oído nunca.

Todo el cuerpo de Jessica se pone en tensión. Habla en voz baja y con odio.

—No tiene ningún secreto. —Cuando vuelve a hablar, sus palabras suenan deliberadamente despreocupadas—: Mi marido se viste con ropa de mujer, eso es todo. Ese es el gran secreto. Y, sí, Ryan se avergüenza de ello, pero solo porque la gente como Miles Young ha hecho que se sienta así.

—Lo único que yo hago es animar a la gente a mostrarse como realmente es —se defiende Miles.

—Una mierda. Usted está desenmascarando a personas por mero entretenimiento. Las está privando de su libertad de elegir cuándo contar sus historias y a quién. Está cogiendo algo que es íntimo, algo que ni siquiera debería ser un secreto, y lo está convirtiendo en algo sucio.

Ffion se imagina a Ryan en la montaña loco por la vergüenza que otra persona le ha causado. Lleva treinta y seis horas desaparecido y, cuanto más tiempo pase, menos posibilidades hay de encontrarlo con vida. El verano está próximo, pero las noches siguen siendo frías y la temperatura en la montaña es varios grados más baja que en los valles. Lo único que Ryan se ha llevado es la ropa que tenía puesta cuando salió del campamento; no tiene cobijo, ni comida, ni agua.

Miles sigue hablando. Sigue defendiendo su idea.

—Nuestros concursantes están profundizando mucho en sus emociones.

Jessica suelta una carcajada fingida.

—Está jugando a ser Dios.

—Estamos ayudándolos a enfrentarse a su verdadero yo.

—Y a esos pobres chicos que lo ven..., los que son gais o transexuales, o a los que les gusta disfrazarse o jugar con piezas de Lego, o lo que sea que usted ha decidido que es un puto secreto...

—Estamos fomentando un viaje al descubrimiento interior.

—... ¡los está enseñando a sentir vergüenza de quiénes son!

—Los concursantes volverán a casa transformados.

—Suponiendo que consigan llegar a casa —dice Jessica con frialdad. Mira fijamente a los ojos de Miles—. ¿Cómo lo ha sabido?

—Eso es labor de un investigador. La verdad es que yo no tengo nada que ver con...

Ffion vuelve a lanzarle una mirada asesina y Miles traga saliva.

—Tengo entendido que fue por algo que compró en internet. Creo que fue por un recibo. Un par de zapatos... —Mueve una mano en el aire en lugar de dar una explicación completa.

—¿Eso es legal? —Jessica se vuelve primero hacia Ffion y, después, hacia Georgina—. No puede ser legal.

—Puedo enseñarle los contratos. En ellos están todos los permisos. «Autorizo a Producciones Young para que realice las investigaciones de mis antecedentes que sean necesarias para la producción...». —De nuevo, mueve la mano para alejar toda responsabilidad.

—Jessica, ¿imagina por qué razón Ryan no se ha puesto en contacto con usted? —pregunta Georgina.

—Probablemente crea que me he enterado. —Jessica traga saliva—. Puede que le preocupe que esté enfadada, disgustada o...

Ffion frunce el ceño.

—¿Su marido no sabe que usted sabe que se viste con ropa de mujer?

—Lo descubrí hace apenas un par de años. Quería darle espacio para que me lo contara cuando él lo considerara oportuno. Dejé una revista abierta con un artículo sobre parejas que se intercambiaban la ropa y siempre le estaba hablando de personas LGTBQ que había conocido gracias a mi trabajo. Trataba de demostrarle que no pasaba nada, ¿sabe? Y, al mismo tiempo, pensé que, si no quería contármelo, también me parecía bien. Es decir, estamos casados, pero también tenemos derecho a conservar nuestra vida privada, ya sabe.

—Si hubiese sido sincero desde el principio —dice Miles con cierto tono moralizador—, nada de esto habría…

—Aquí solo hay una persona culpable, y es usted —contesta Jessica con firmeza. Levanta las cejas al darse cuenta de repente—. He visto a un cámara cuando he llegado. No seguirá grabando, ¿no? —El silencio de Miles es suficiente respuesta y Jessica se vuelve hacia Ffion y Georgina llena de furia—. ¿Y ustedes se lo permiten?

—No es cuestión de que se lo permitamos —contesta Georgina—. No está incumpliendo la ley.

—Por desgracia —añade Ffion, llevándose una mirada de reprobación de Georgina.

—Entonces, la ley está mal. —Jessica se deja caer en una silla, como si, de pronto, se hubiese quedado sin pilas.

—Señora Francis —dice Georgina con ternura—, cuando Ryan pidió entrar en el programa, dijo que había sufrido de depresión anteriormente. ¿Está usted enterada de eso?

—¿Enterada? —Jessica ríe con amargura—. Cuesta no enterarse de que a tu marido lo ingresan.

—Perdone, ¿qué? —Ffion, que está enviando al inspector Malik un breve mensaje para ponerlo al día, vuelve a centrar la atención en la conversación—. ¿Ryan estuvo ingresado?

—Dijeron que había sufrido un episodio psicótico, que era por su bien. —Jessica se muerde el labio—. Y lo era, de verdad que lo era. Incluso Ryan lo entendió cuando estuvo un poco mejor. Entonces, se convirtió en un paciente voluntario. Creo que a los dos nos pareció más fácil. Más control, ¿sabe?

—Eso suena a que fue bastante grave. —Ffion intenta mantener un tono calmado—. Debería haberlo revelado en el apartado médico de su solicitud para que el equipo de producción tuviera un completo…

—Y lo hizo. —Jessica parece confundida—. Yo lo obligué. Le dije que, si se empeñaba en entrar, al menos, tenía que ser cien por cien sincero sobre su historial. Es decir, no me malinterpreten, Ryan lleva varios años bien, pero... —Se interrumpe y se muerde las uñas—. Supongo que yo esperaba que lo rechazaran. Aunque no fue así.

Ffion se pone de pie y fulmina a Miles con la mirada.

—¿Por qué no nos ha hablado de esto?

—He debido... —Miles traga saliva—. He debido de olvidarlo.

—No me venga con tonterías. Usted ha permitido que un hombre con antecedentes de una grave enfermedad mental entrara en un *reality* diseñado para destrozar a sus participantes.

—¿Cree que debería haber rechazado la solicitud de Ryan simplemente porque había estado hospitalizado? —Miles da un paso hacia Ffion—. A mí eso me suena mucho a discriminación. ¿Me está sugiriendo que alguien con una enfermedad mental no puede participar en actividades normales?

— *Al descubierto* no es nor...

—Desde luego que no —interviene Georgina con suavidad, interrumpiendo la furiosa respuesta de Ffion—. De hecho, creo que es digno de admirar que usted busque más allá de los estereotipos y vea a la persona que está detrás de una etiqueta.

—Bueno, yo... —Miles parpadea—. Sí, exactamente. —Lanza una mirada de absoluta arrogancia a Ffion, que ya no se atreve a hablar. Miles ha tergiversado sus palabras igual que tergiversa lo que la gente ve en *Al descubierto*.

—Me gustaría saber... —dice Georgina con una sonrisa— si sería posible ver la valoración de riesgo elevado que hizo usted con respecto a Ryan.

—Pues... —La boca de Miles continúa moviéndose, pero no dice nada.

—Y en qué consiste el apoyo psicológico posterior que tenía a su disposición, claro. Ah, y supongo que contará con alguien que esté pendiente de la retransmisión en directo y que esté informado sobre el historial psicológico de cada concursante y de sus necesidades específicas. Quizá podríamos hablar también con esa persona.

Se oye un ruido en el patio y Miles mira por la ventana, claramente agradecido por la distracción. Sus ojos se abren y muestra gesto de sorpresa.

—¿Qué cojo...?

La puerta del estudio de edición está abierta de par en par.

—La había dejado cerrada con llave. —Miles mira a las demás, como si pudiesen respaldarlo—. Siempre la cierro con llave cuando no estoy ahí. —Va hasta la puerta trasera y la abre con un golpe—. ¡Eh! ¿Qué estás haciendo?

Hay un momento de silencio antes de que Dario salga del número ocho.

—¡Estás ahí! —grita.

—¿Qué narices estás haciendo? —responde Miles también gritando—. Tus llaves son para casos de emergencia, no para que te cueles en mi estudio cuando te apetezca.

—Te estaba buscando.

La respuesta de Dario no parece convincente y, si Ffion no tuviese que buscar a una persona vulnerable que ha desaparecido, tendría la tentación de hacerle al guardia de seguridad algunas preguntas. Pero Jessica está al borde de las lágrimas, así que Ffion deja que sea Miles quien atraviese el patio dando zancadas para cantarle las cuarenta a Dario y cierra la puerta trasera.

—Voy a preparar una *paned*. ¿Té o café? —le pregunta a Jessica.

—Tengo que encontrar a mi marido.

—Y, para ello, necesitamos toda la información que sea posible —responde Ffion con firmeza—. Así que yo preparo el té y usted nos habla de Ryan.

Su teléfono vibra y ve un mensaje de su madre, que ha accedido a regañadientes a quedarse esta mañana con Dave.

—Lo recogeré a la hora de comer —le dijo Ffion, muy consciente de que, como pronto, sería a las seis.

—Si vuelve a comerse mi sofá...

—¡No lo hará!

Ffion lee el mensaje que su madre le ha enviado.

¡Dave 'di bwyta'r blydi soffa eto!

Ah, bueno. De todos modos, ya iba siendo hora de que cambiara de sofá.

—Debí habérselo impedido —dice Jessica—. Vio el anuncio y dijo: «Quizá me presente», y yo debería haberle dicho: «Esa es una idea de lo más tonta, Ry». Pero no se me ocurrió, y lo siguiente que supe era que estaba rellenando la solicitud. Intenté desanimarlo, pero estaba decidido a hacerlo.

—Y, en aquel momento, supuestamente, él pensaba que se trataba de un programa de supervivencia —dice Georgina.

—Creo que se le había metido en la cabeza la estúpida idea de demostrar que era un hombre de verdad. —Jessica se echa a llorar—. ¡Como si a mí me importara esa clase de tonterías!

Ffion lleva el té a la mesa, con las bolsitas balanceándose en cada taza.

—¿Alguna vez ha intentado Ryan suicidarse?

Jessica respira hondo.

—No, que yo sepa. Ni siquiera cuando estuvo enfermo. No se autolesionó, se limitó a dar golpes alguna vez. —Se queda callada.

—¿Se ponía violento? —pregunta Georgina en voz baja.

—Conmigo no —responde Jessica con vehemencia—. Conmigo nunca.

Esperan.

—Destrozó la cocina justo antes de que lo ingresaran —dice Jessica por fin, a regañadientes—. En otra ocasión, hizo un agujero en la pared de un puñetazo. Pero no le haría daño a nadie. En eso me tienen que creer. Es solo que... —Se queda mirando la mesa con tristeza—. No se quiere a sí mismo como lo quiero yo.

La puerta se abre y Huw entra a toda velocidad, directamente hacia el hervidor de agua.

—Dios mío, Huw, ¿nunca llamas a la puerta? —dice Ffion.

Le hace un resumen en galés, imaginando que es la forma más rápida de ponerlo al día sin molestar más a Jessica.

—*Mae pobl yn siarad*, Ffi —contesta él—. Preguntan si es a Ryan a quien buscamos.

Suena el teléfono de Ffion con otro mensaje.

¡Ffi! ¡Mae Dave wedi neidio dros y ffens a dianc!

—¿Qué pasa? —pregunta Huw.

—Es Dave. Ha saltado la verja de mi madre y se ha escapado. Mantente alerta por si lo ves por la montaña, ¿vale? —Ffion tuerce el gesto—. Maldito perro.

—Quizá sería mejor que lo devolvieras al centro de acogida. Puede que parezca preocupado, pero Ffion no se deja engañar.

—Vete a la mierda, Huw. No vas a conseguir esas veinte libras. —Ffion le prepara un café y le echa automáticamente el medio azucarillo exacto que sabe que toma mientras él se presenta a Jessica.

—Estamos haciendo todo lo que podemos —dice.

—Por favor, encuéntrenlo. —La voz de Jessica se quiebra—. Quiero que sepa que lo quiero no a pesar de lo que es, sino por ser quien es.

Ffion piensa en la súplica de Miles de concederle unas horas de gracia antes de emitir el comunicado. Piensa en su contrato de publicidad con Bet247 y su reticencia a permitir que los concursantes se «distraigan» por la desaparición de Ryan. Dar al equipo de búsqueda el nombre de Ryan podría socavar la relación de Miles con sus patrocinadores o el impacto en los índices de audiencia del programa. Con razón quiere que todo se mantenga en secreto.

Mira a Huw.

—Reúne a todos los voluntarios del pueblo que puedas. Diles todo lo que necesiten saber.

8

Miércoles - Leo

La última vez que Leo estuvo en Gales fue con Ffion. Estuvieron atando los cabos sueltos tras el asesinato de Rhys Lloyd: declaraciones adicionales, otro registro de su casa, un último vistazo al lago del que habían sacado el cuerpo unas semanas antes...

Ahora, Leo ve cómo cambia el paisaje a medida que se acerca a Cwm Coed. Espera el primer atisbo del Lago Espejado. La primera vez que lo vio se quedó mudo, y lo mismo le ocurre hoy: un corte de color zafiro que centellea en el valle. Cuando murió Rhys Lloyd, era invierno y había pocos barcos en el Lago Espejado, pero hoy hay docenas. Diminutas velas triangulares se deslizan por el agua con movimientos que parecen coreografiados, de tal forma que cada embarcación pasa junto a las demás dejando apenas unos centímetros de distancia.

Leo podría haber enviado a un agente para colaborar con la policía de Gales del Norte. Probablemente debería haberlo hecho. Pero, por una vez, su agenda de casos no está apretada y siente la llamada de las montañas. Y de Ffion.

A medida que la carretera desciende hacia el pueblo, el lago va desapareciendo tras la franja verde que lo rodea. Aquella primera vez, Cwm Coed le pareció a Leo muy provinciano. Demasiado grande para ser un pueblo, pero demasiado pequeño para ser una ciudad. Nada que hacer salvo nadar, pescar o salir a navegar; nada que ver aparte del lago y la montaña. Entonces, pensó que Cwm Coed era un lugar por el que se pasaba para ir a un destino mejor. Hoy, tiene una extrañísima sensación conforme se acerca al pueblo. Siente que la tensión de sus hombros se afloja, como si se estuviese quitando una chaqueta ajustada. Nota que su cuerpo se acomoda en el asiento, igual que cuando se tumba en el sofá tras una larga jornada de trabajo.

«Cwm Coed no ha cambiado en cientos de años», le dijo Ffion en una ocasión, y lo hizo como si fuese tanto una bendición como una maldición. Leo sintió envidia por sus raíces, por su pasado en este lugar. Le gustaba que Ffion no pudiese ir de una punta a otra de la calle principal sin que la entretuvieran con conversaciones sobre el tiempo o las obras que estaban haciendo junto a la iglesia, sin que la gente le preguntara por su madre, Elen Morgan, o si sabía quién había robado el cortacésped de Osian Edwards. Eso no te pasa en una ciudad.

El navegador lleva a Leo hasta el norte del pueblo, hacia la montaña de Pen y Ddraig. Cuando la carretera empieza a subir, el pulso se le acelera y se obliga a respirar hondo varias veces. Es un sargento de policía que va a reunirse con una agente de otro cuerpo para que lo informe, no un estudiante de último año haciendo cola para entrar en la fiesta del instituto.

Pero se trata de Ffion.

Esta mañana, él le ha enviado un mensaje para decirle que venía. Una única frase que se correspondía con el tono cortante de la llamada de anoche.

La respuesta de ella fue instantánea.

De acuerdo.

Conque esas tenemos. Leo siente algo parecido a la pena y abre la ventanilla para que el aire se lleve su necedad. La carretera se estrecha. El navegador dice que la granja está a tres minutos, pero Leo está llegando al final de la carretera y no hay ninguna casa a la vista.

Detiene el coche y amplía el mapa de su teléfono.

Está al otro lado de un campo.

Mientras Leo recorre marcha atrás con cuidado la estrecha carretera, se ve en el espejo. ¿Cuándo fue la última vez que se cortó el pelo? Se endereza la corbata. Lleva un traje gris de cuadros, pero ha cambiado sus zapatos de piel del trabajo por unas botas resistentes más apropiadas para el terreno. ¿Tiene buen aspecto? ¿La chaqueta es demasiado? Podría dejarla en el coche y ponerse el impermeable que lleva en el maletero por si llueve...

«Por el amor de Dios, tío, tranquilízate». Es Ffion. Y le ha dejado bastante claro que no está interesada, así que poco importa que lleve el pelo hecho un desastre o...

Suena el teléfono cuando llega a la carretera principal (lo de «principal» es un término relativo; va a tener que pegarse al borde si aparece otro vehículo en sentido contrario) y, aunque lo cierto es que no quiere hablar con Gayle, le viene bien esa distracción, así que pulsa el botón de aceptar.

—Hola, guapo. —Su voz, grave e insinuante, invade el coche—. Hoy estoy en Chester. Me preguntaba si te apetecería que nos viéramos. Podríamos ir a ver ese sitio nuevo junto al río; me han dicho que tienen unas meriendas increíbles.

—Lo siento, estoy al otro lado de la frontera por trabajo. —Leo ha intentado explicarle en varias ocasiones que no puede hacer descansos largos para tomar una copa. Los policías almuerzan en el coche aparcado o en la mesa y tienen que dejarlo en el momento en que llega algún caso o una llamada del centro de detención preventiva para decir que el sospechoso está listo para ser interrogado. En cuanto a las meriendas..., Leo no puede más que imaginarse al inspector. «Salgo un momento a por un sándwich de pepino, jefe».

—Todo el mundo tiene que comer —le dijo Gayle en una ocasión cuando rechazó su oferta de verse en el pub para «picar algo rápido con un sugerente pinot».

—Eso díselo a los del hampa de Cheshire.

—Pero Morse y Lewis están siempre en el pub.

Leo soltó una carcajada, pero resultó que Gayle le estaba hablando en serio.

—¿Cómo estás? —le pregunta él ahora. Leo no hace caso al navegador, que le ordena dar media vuelta, y atraviesa una valla abierta que da a un camino ancho de gravilla delante de la granja. En un letrero de la valla pone «Carreg Plas».

—Cachonda —responde Gayle pronunciando la palabra con un sensual susurro.

Leo coge el teléfono y apaga los altavoces del coche. ¿Qué se supone que debe decir? «¿Qué bien? ¡Ah, vaya!». Se decide por un «Estoy trabajando» y, después, añade «por desgracia», aunque no está siendo sincero.

—Estoy segura de que tendrás cinco minutos para ayudar a una chica, ¿no? —Suelta una risa gutural.

Leo no puede hacer esto. En parte porque, a medida que va pasando el tiempo, Gayle le va gustando menos, no más, y en parte porque las conversaciones obscenas siempre lo han cohibido. Pero, sobre todo, porque Ffion está en el camino de entrada. Unos mechones de pelo se le han soltado de la pinza que lleva en la nuca y el viento hace que se le muevan por delante de la cara. Le hace un breve saludo con la cabeza cuando sus miradas se cruzan.

—Tengo que dejarte —le dice a Gayle—. Lo siento mucho. —Ffion se acerca al coche de Leo hasta que él ya no puede verle la cara, solo un cinturón de cuero y unos pantalones grises generosamente adornados con lo que parece pelo de perro.

—¿Sabes lo que llevo debajo del vestido? —pregunta Gayle.

Ffion abre la puerta del coche.

—¿Piensas seguir ahí sentado todo el día?

—Absolutamente nada —susurra Gayle—. Si vienes a verme luego, podrás meter la mano y ver qué pasa…

—Porque estamos a punto de hablar con Miles. —Ffion se asoma al interior del coche y Leo huele su perfume, intenso y cítrico. Lleva una camiseta de manga corta sin chaqueta y tiene la piel de los antebrazos erizada por la brisa de la montaña.

—No tardaré ni un minuto. —Leo siente cierto frenesí. Se aprieta el teléfono con fuerza a la oreja, pero la voz de Gayle suena muy alta.

—Espero que no. —Gayle suelta otra carcajada gutural—. Te necesito toda la noche. —Alarga ese «toda» varios segundos.

—En serio, tengo que colgar. —Leo está incómodamente excitado y unas gotas de sudor le recorren la frente y el labio superior. Ffion lo mira con curiosidad—. Trabajo —dice él en voz baja, poniendo los ojos en blanco y haciendo un gesto con la mano para dejar claro que está tratando de acabar la conversación—. Te llamo luego para que me pongas al día y ver cómo te ha ido.

—Ahora mismo, voy a… —dice Gayle.

Leo cuelga. Sale del coche y da la espalda a Ffion mientras coge su maletín del asiento de atrás a la vez que suelta un largo resoplido con la esperanza de que su ritmo cardiaco vuelva a la normalidad.

—Hola —dice cuando por fin se da la vuelta—. Me alegro de…

—¿Vamos? —Ffion empieza a caminar hacia la parte posterior de la granja.

Leo la alcanza con unos pasos largos. Por la parte trasera de la camiseta, le sobresale una etiqueta, y hubo un tiempo en el que Leo habría alargado la mano para metérsela por dentro sin que ninguno de los dos se sorprendiera, pero mantiene las manos en los bolsillos.

—Tienes una… —empieza a decir, pero Ffion se vuelve para mirarlo y él recuerda lo mucho que han cambiado las cosas—. ¿Qué tal estás? —decide preguntar.

—Ocupada.

Demasiado ocupada como para responder a su propuesta de cenar juntos.

—Yo también.

—¿Qué tal en el Departamento de Investigaciones Criminales? ¿Tienes un buen equipo?

—Sí, son una buena panda. —Hablan como compañeros en una convención de trabajo, cuando la última vez que estuvieron juntos compartieron algunos de los momentos más intensos que Leo había experimentado nunca. Aunque Ffion no quiera tener una relación con él, podrían haber mantenido esa cercanía, ¿no? Podrían haber sido amigos.

—Ser sargento debe de ser agotador. —Hay un deje extraño en la voz de Ffion mientras lo guía por la parte trasera de la granja.

—Supongo que sí. —Leo la mira.

Ffion abre la puerta y contrae la comisura de los labios.

—Sobre todo, con una jefa que te obligue a estar «toda» la noche.

Por suerte para Leo, el calor intenso que se apresura a inundar su cara queda interrumpido por un grito desconsolado procedente de la carretera. De manera instintiva, coge su radio. ¿Un accidente? ¿La persona desaparecida? Se pregunta cuánto tardará en llegar la ambulancia hasta aquí y espera que cuente con un sistema de navegación mejor que el suyo.

—Mierda —dice Ffion—. Dave.

A Leo apenas le da tiempo a pensar quién será Dave y qué es lo que le provoca esa angustia, porque una cosa del tamaño de un poni de las Shetland, solo que más peludo y bastante menos adorable, se acerca corriendo por el camino de entrada. Sus gritos lastimeros se convierten en ladridos que parecen ser de alegría cuando se lanza sobre los hombros de Ffion con sus gigantescas patas y empieza a lamerle la cara.

—¿Conoces...? —Leo da un paso atrás. No es que no le gusten los perros. Le gustan bastante cuando pasean dócilmente con una correa o se acurrucan en un canasto junto a la chimenea—. ¿Conoces a este perro?

—¡Quieto! —Ffion lo empuja con fuerza para liberarse de él—. Leo, este es Dave, un perro de acogida con ansiedad por separación y problemas para respetar el espacio personal. —Se quita el cinturón y rodea con él el cuello del animal—. Dave, este es Leo, un sargento de policía de Cheshire con buen gusto para los trajes.

—Encantado de conocerte. —Leo extiende una mano vacilante para acariciar a Dave y es recompensado con un montón de baba que no está dispuesto a limpiarse en el traje. Y menos después de lo que aparentemente ha sido un auténtico cumplido por parte de Ffion Morgan—. Entiendo que no tenías pensado que viniera con nosotros.

—Se ha escapado de la casa de mi madre para venir a buscarme.

—Un perro listo.

—Antes se ha comido su sofá.

Leo no sabe bien qué decir ante esto. Entran en un patio de la parte trasera de la casa, donde ven abierta la puerta de la cocina y los espera una mujer de pelo oscuro cortado al rape.

—Usted debe de ser el sargento Brady —dice extendiendo una mano—. Soy la agente Georgina Kent, sargento. Trabajo con Ffion.

—Llámame Leo —responde a la vez que le estrecha la mano—. A menos que haya gente alrededor. —Sonríe—. ¿Te llamo Georgina o prefieres otro nombre?

Hay una pausa de sorpresa.

—Pues prefiero George, la verdad.

Ffion se queda mirándola.

—Nunca me lo habías dicho.

George le mantiene la mirada.

—Nunca me lo has preguntado.

Veinte minutos después, Leo empieza a ubicarse. La presentadora Roxy Wilde parece más joven que en televisión y su actitud, más tierna y menos enérgica. No es la primera vez que conoce a alguien que haya visto en televisión —no se puede recorrer Cheshire durante ocho años sin tropezarse con algún que otro futbolista o alguna aspirante a famosa del programa *Mujeres ricas de Cheshire*— y siempre le resulta desconcertante la discordancia. Supone que la Roxy que está viendo ahora es la «real» y el personaje de la pantalla es el fingido, pero ¿quién sabe?

El cámara, Owen, no ha apartado los ojos de su teléfono desde que Leo ha llegado. Ya ha murmurado un «¿Hemos terminado?» sin dirigirse a nadie en particular mientras respondía a las preguntas de Leo con una actitud lacónica y de falta de interés.

Leo ya conocía de antes a Caleb Northcote, el ayudante de producción, pero se ha sorprendido al ver lo mucho que ha cambiado ese muchacho. Tras la investigación del asesinato de Rhys Lloyd, Caleb era un desmañado adolescente de dieciséis años, pero ha ganado peso en los últimos diecisiete meses y se le marcan los músculos bajo la camiseta negra. No le ha ofrecido la mano a Leo y, cuando este ha acercado la suya, Caleb no lo ha mirado a los ojos. Por tanto, sigue sin sentir aprecio por la policía, aunque lo ha notado más relajado con Ffion, a la que supuestamente habrá visto por Cwm Coed.

A la mujer del desaparecido, Jessica Francis, le han dado la habitación de su marido, un establo reconvertido situado en el patio que hay detrás de la granja, donde han informado a Leo que también se encuentra Miles Young, dentro de su sala de edición.

—Le he dicho que venía usted —dice Caleb—, pero van muy ajustados de tiempo. Es que aquí está él solo. Todos los demás trabajan en remoto.

—Entendido. —Leo se pone de pie—. Roxy, Owen, Caleb, gracias por su tiempo.

Pasa un momento antes de que los tres miembros del equipo se den cuenta de que se pueden marchar, pero, en cuanto lo hacen, Caleb y Owen prácticamente se tropiezan para salir huyendo. Roxy se queda quieta, como si quisiera decir algo, pero Owen le grita algo y ella sale diligentemente.

—Gracias a las dos por avisarme con tanta rapidez. —Leo hace un gesto con la cabeza a George y, después, a Ffion. Se siente cohibido de una forma que nunca le ocurre cuando se reúne con su equipo del Departamento de Investigaciones Criminales. ¿Se alegra ella de algún modo por volver a verlo? Si es así, no se le nota en el rostro—. Quería repasar unas cuantas partes de la investigación, asegurarme de que estamos haciendo todo lo posible por traer a Ryan a su casa sano y salvo.

—¿Te refieres a comprobar que los locales no la han cagado? —Ffion exagera su acento galés.

Leo no entra al trapo.

—Sé que el asesor de búsqueda de la policía está colaborando con el equipo de rescate y que han cubierto la zona inmediata que rodea el campamento de *Al descubierto*. ¿Qué me decís de las zonas más alejadas? —Mira a Ffion, pero es George quien responde.

—Unos agentes de uniforme han registrado los graneros y edificios anexos en un radio de ocho kilómetros.

—¿Algún propietario de la zona ha notado si ha desaparecido algo? ¿Ropa de algún tendedero, leche o pan de sus puertas?

—No creo que hayan preguntado eso de manera específica, sargento. —George rectifica—: Leo.

—En ese caso, me gustaría que Ffion y tú lo hicierais hoy, por favor. ¿Hospitales?

—Ningún rastro.

—¿Centros de detención preventiva de la policía?

—Lo mismo.

—¿Acceso a algún coche?

George niega con la cabeza.

—A todos los concursantes los recogieron en su casa y los trajeron aquí el domingo.

—En vista del tiempo transcurrido desde la desaparición de Ryan, no sería extraño que hubiese salido a una carretera principal para hacer autoestop. Haced circular una descripción entre camioneros y en las estaciones de servicio, por favor. —Hace una pausa—. ¿Ffion?

No dice nada.

—¿Te parece bien?

—¿No debería hacer tu equipo estas investigaciones? —responde Ffion—. Es decir, Ryan ha desaparecido en el lado de Cheshire de la frontera y tú estás aquí, así que, supuestamente, tú te encargas del caso. Por tanto... —apunta con un dedo hacia sí misma formando un círculo y, después, hacia la puerta—, podemos dejártelo a ti y largarnos, ¿no?

—Se ha clasificado como investigación conjunta —dice Leo—. Nuestro desaparecido, vuestro conocimiento del terreno.

—Entiendo.

—¿Te supone un problema? —Leo la mira fijamente.

Ella levanta un poco el mentón sin dejar de mirarlo.

—No.

—Bien. ¿Qué sabemos de sus cuentas bancarias y su teléfono?

—Aún no lo hemos visto —responde George—. La cartera y el teléfono de Ryan siguen aquí.

—¿Sabemos si están todas sus tarjetas bancarias?

George se ruboriza ligeramente.

—No.

—Pues lo comprobamos, por favor. Ryan podría haberse traído una tarjeta al campamento. —Leo revisa la lista que elaboró mientras veía anoche el episodio de *Al descubierto*—. ¿Sus parientes y conocidos?

—Jessica está llamando a todos los amigos y familiares —responde George—. Estamos en contacto con el jefe de Ryan, que está preguntando entre sus compañeros.

—Buen trabajo. —Leo cierra su cuaderno con un golpe—. Quiero hablar con Miles Young, pero avisadme si hay algún avance. He pedido a la oficina de prensa que haga un llamamiento por si alguien estuvo por la zona en los dos últimos días, para que miren en el fondo de las fotografías o vídeos que hayan hecho, de modo que contemos con alguna línea de investigación que podamos seguir esta tarde.

Leo atraviesa el patio. Ya no oye el helicóptero; quizá haya vuelto a la base a repostar o lo hayan requerido para una labor más urgente. La cima de la montaña aparece desnuda en el cielo y Leo dedica un segundo a recomponerse. Su actuación ahora mismo en la cocina ha sido exactamente eso: una actuación. Sintió lo mismo poco después de ser ascendido a sargento. Recuerda la primera reunión informativa que dirigió y cómo el corazón le palpitaba con fuerza bajo su camisa blanca inmaculada y su chaqueta de raya diplomática; lo angustiado que estaba por lo que su equipo pensara.

—Muy buen trabajo —le dijo después su nuevo inspector, y a Leo le pareció alucinante que no se le hubiesen notado los nervios.

A lo largo de su primer año en el puesto, Leo se ha ido sintiendo más seguro. Ya no tiene que tomar aire antes de las sesiones informativas ni ensayar en el coche de camino al trabajo. No es que ya no le importe lo que el equipo piense de él; sencillamente, confía en su capacidad para hacer un buen trabajo.

Pero, hoy, Leo vuelve a sentirse como un novato. Tiene la cabeza llena de cosas: en un momento, está repasando el protocolo para personas desaparecidas y, al siguiente, está pensando en que la curvatura de la boca de Ffion le resulta al mismo tiempo familiar y nueva. Se siente examinado. ¿Es porque ha vuelto como sargento? ¿O por la presencia de Ffion? Es porque lo ha despreciado, porque él quiere demostrarle que no le importa, que es demasiado profesional como para preocuparse por que la mujer de la que antes pensaba que se estaba enamorando se haya olvidado por completo de su existencia.

Unos fuertes chillidos interrumpen los pensamientos de Leo y, al levantar la cabeza, ve un cernícalo volando por encima de él, con las alas extendidas y las plumas de punta negra de su cola abiertas al viento. Se queda observándolo un momento mientras piensa en lo mucho que le gustaría a Harris. Deberían salir más al campo. Hace seis meses, Allie le compró a Harris unas botas de agua y, después, le dijo a Leo: «Han costado ochenta libras, así que, por lo que más quieras, no dejes que se las ensucie». Pero él podría comprarle otro par en el hipermercado y así podrían salir de excursión, con la merienda y un libro sobre pájaros. Se ríe para sus adentros. ¿Quién habría imaginado unos años atrás que el urbanita de Brady estaría soñando con salir de excursión por las montañas? Fue por influencia de Ffion, aunque ella no lo supiera. «En las ciudades no puedo respirar», le dijo una vez, y Leo se rio. Pero ahora lo puede sentir, igual que la última vez que estuvo aquí: la amplitud del cielo, los infinitos tramos de las laderas, incluso el sol, que ya está bien alto en el cielo; todo es mucho más grande, mucho más abierto.

El cernícalo se eleva montaña arriba y Leo se concentra. Tiene que hablar con Miles Young: como productor de *Al descubierto* y propietario de Producciones Young, es el responsable del bienestar de los siete concursantes. Si su falta de atención termina con la muerte de Ryan, podría enfrentarse a un cargo de homicidio involuntario corporativo.

—¡Perdone!

Leo se da la vuelta. Roxy Wilde camina en su dirección. Ahora está bien maquillada y ve un diminuto micrófono sujeto a su chaqueta, con el cable escondido.

—Vamos al campamento para el desafío de hoy —dice Roxy—. Van a hacer una prueba de descenso en rápel. Por parejas, ya sabe. Será divertido —añade, pero su expresión dice lo contrario.

—¿Quería decirme algo? —pregunta Leo cuando parece que Roxy no va a decir nada más.

—Pues... —Mira hacia el establo número ocho—. Ryan se tomó la noticia muy mal. Es decir, todos los concursantes estaban impactados, pero Ryan... Nunca he visto a nadie comportarse así. Se quedó pálido, como un cadáver, y completamente inmóvil, como si el miedo le impidiera moverse.

—No vi el primer episodio. ¿Fue...?

Roxy se ríe con ironía.

—Aun así, no habría visto la reacción de Ryan. Miles utilizó imágenes de momentos anteriores de ese día, cuando los concursantes estaban emocionados por el programa de supervivencia en el que creían que estaban. Él lo editó para que pareciera que era por el anuncio. Por eso, son todo planos cortos y llevan el uniforme del campamento, para que no se sepa que están sacados de una conversación distinta. Todos lanzando hurras y vivas, cuando la realidad era todo lo contrario.

—¿Eso es...? —Leo no se tiene por una persona ingenua y sabe que debe de haber retoques en los programas de telerrealidad, pero manipular las imágenes de esa forma...—. ¿Eso es normal?

—Bienvenido al mundo de los *reality shows*. —Roxy cierra los ojos un momento y suelta un suspiro—. Los índices de audiencia del programa se han disparado, pero he tenido que salirme de Twitter. No puedo seguir soportando tantos insultos.

—¿Insultos? ¿De quién?

—Del movimiento #SéAmable, sobre todo. Es irónico, ¿verdad? —Roxy se rodea el cuerpo con los brazos—. La cuestión es que estoy de acuerdo con todo lo que dicen. Excepto con las amenazas de muerte, evidentemente. El programa sí que es cruel. Es maltrato superlativo. Si Miles no me hubiese hecho firmar un contrato tan leonino, me iría.

—¿Le dijo Ryan algo después del anuncio?

—Apenas podía hablar, si le digo la verdad. Los demás se ocuparon de él, aunque yo sé que se encontraba mal. Me dijo que... que prefería estar muerto. Pensé que estaba exagerando, pero... —Los ojos de Roxy se llenan de lágrimas.

Leo asiente con gesto serio.

—Oiga, tengo que seguir. Solo quería que supiera que no hay que fiarse de lo que se ve en televisión. —Roxy coloca una mano sobre el brazo de Leo, con los ojos bien abiertos y sin pestañear—. El programa consiste en dejar al descubierto las mentiras de los concursantes. Pero debe saber que Miles es el mayor mentiroso de todos.

9

Miércoles - Kat Shenton - Episodio tres

Kat Shenton ve a su marido, Jason, babear por una mujer lo suficientemente joven como para ser su hija. Tiene puestos los subtítulos con la tele en silencio y el dedo colocado sobre el botón de apagado del mando a distancia porque les ha dicho a Bell y a Aimee-Leigh que papá ya no está en *Al descubierto*.

«Al parecer, prefiere estar liándose con Aliyah», se dice con amargura antes de vaciar la copa de vino e ir a la cocina a rellenársela. Mete un plato de comida preparada en el microondas y pulsa con rabia los botones. Esta misma noche, ha visto cómo Jason le decía a Aliyah: «No pienso dejar que te caigas, cariño», y después deslizaba descaradamente la mirada por su camiseta mientras la mujer daba brincos (y cómo los daba...; esas cosas deben de estar hechas de goma) por la ladera de un peñasco.

Kat no había visto nunca flirtear a su marido. De haberlo hecho, quizá se habría tomado mejor los tres primeros episodios de *Al descubierto*. Jason y ella tienen un buen matrimonio, y Kat se mantiene en forma. Si Jason flirteara con las amigas de ella cuando salen de copas, no le molestaría. Se siente segura en su relación.

Pero nunca había visto este lado de Jason. Las miradas de reojo cuando Aliyah se quitaba el forro polar, el gesto de placer cuando la camiseta se le subía y dejaba al descubierto su terso y tonificado cuerpo. El simple hecho de que allá donde esté Aliyah aparezca siempre siempre él. Es como ver a un desconocido y, si es capaz de flirtear de ese modo, ¿de qué más será capaz? ¿Qué más estará ocultando?

Kat, Belle y Aimee-Leigh vieron juntas el primer episodio, arropadas en el sofá con un chocolate caliente y un cuenco de palomitas. Kat había estampado unas camisetas —«Las chicas de Jason»— y se hicieron unos selfis para Instagram. «¡Vamos, papi!», escribió en el pie de foto, y su teléfono se llenó de corazones. Kat no tiene mucho alcance, pero usó el hashtag de #AlDescubiertoTV y su número de seguidores se disparó.

Kat estaba metiéndose en la boca un puñado de palomitas cuando Roxy Wilde hizo el gran anuncio en el primer episodio del programa. Se quedó helada, demasiado estupefacta como para masticar. ¿Qué coño ha dicho?

—Esa mujer es muy guapa —dijo Belle, de seis años.

—No hay que tener secretos —añadió Aimee-Leigh, de ocho años y muy lista, mirando a Kat—. ¿Por qué tiene papá un secreto?

Joder, qué buena pregunta. Kat y Jason llevan casados diez años y doce juntos. Se supone que no tienen secretos. Kat se ha pasado los dos últimos días poniendo la casa patas arriba buscando algo, lo que sea, que le dé alguna pista de lo que ha estado haciendo su marido.

Aunque, al verlo ahora mirando a Aliyah como un pervertido, Kat ha tenido una idea buenísima.

Los dos siempre han sabido las contraseñas del otro, así que Kat ha estado revisando las cuentas bancarias y los registros de llamadas de Jason, pero no ha encontrado nada impropio. ¿Debería hablar con los demás bomberos para ver si saben algo?

—Debes de estar muy preocupada —dijo la madre de Kat cuando la llamó nada más empezar los títulos de crédito del primer episodio.

—En absoluto —mintió Kat—. Jason y yo no tenemos secretos entre nosotros.

Anoche, Kat se puso furiosa delante de la tele mientras Jason se relajaba en el jacuzzi con Henry, el contable. Aliyah acababa de marcharse y Jason estaba hablando de ella.

«Está muy en forma. —Cerró los ojos y echó la cabeza hacia atrás con una sonrisa en la cara—. Unas tetas perfectas y un culo precioso: el paquete completo».

A Kat le dieron ganas de arrojar el mando a la tele o subir corriendo a destrozar las camisas favoritas de Jason. Pero no podía moverse. Se quedó sentada, paralizada en el centro del sofá de cuero, con las lágrimas deslizándose despacio por sus mejillas. A lo largo de todo el día de hoy, su teléfono no ha dejado de sonar con una notificación tras otra: amigos preguntando si estaba bien, *amienemigos* disfrutando con su humillación pública.

«El sexo es estupendo —le dijo Jason a Henry anoche».

La imagen pasó a Aliyah saliendo de la ducha con una toalla envuelta alrededor de su perfecta figura. A Kat se le hizo añicos el corazón: «Se ha acostado con ella».

Sabe que no debería volver a encender la televisión esta noche, que ver el programa es la peor manera de autoflagelarse, pero no puede desentenderse del desastre en que se ha convertido su matrimonio. Jason y Henry vuelven a estar hoy en el jacuzzi, sin Aliyah, por suerte, y Kat sube el volumen con un ojo puesto en la puerta del salón.

«Estoy pensando en confesar, quitármelo de encima, ya sabes».

Mientras Jason habla, la imagen de la pantalla es sustituida por otra anterior de Aliyah y Jason riéndose en el campamento. Kat piensa con amargura que resulta fácil adivinar qué es lo que Jason tiene que confesar. Se pregunta cómo lo va a hacer, si la llamará cuando salga del campamento o esperará a llegar a casa.

«¿Para qué utilizarías el dinero del premio? —le pregunta Henry a Jason».

«Para algo que la haga feliz —contesta Jason con una sonrisa, y Kat aprieta los ojos mientras la cámara sigue la mirada de él hasta Aliyah, que está sentada con un café en las manos—. Tengo claro que reservaría unas vacaciones a algún sitio —añade—. Sol, mar y...».

Termina la frase con un guiño, y los ojos de Kat se inundan con lágrimas ardientes. Jason y ella no han estado nunca juntos en el extranjero y su luna de miel consistió en dos noches en la caravana de su madre. Conoce a esta chica desde hace cinco minutos y ya está dispuesto a compartir el dinero del premio con ella.

Cuando los dos hombres salen del jacuzzi, entre palmadas en la espalda y guiños, y ese estúpido gesto de la pistola que hacen los hombres para expresar «Cuenta conmigo, tío», Kat ya no puede más. Está a punto de apagar la televisión, prometiéndose que mañana no va a volver a someterse a esto, cuando la imagen pasa a un momento posterior de ese día. Henry está ahora vestido y va de camino al confesionario. A pesar de su angustia, Kat se queda enganchada. ¿Va a confesar su secreto? El microondas suena con insistencia en la cocina, pero Kat no se mueve.

En el confesionario, Henry mira a la cámara.

«He estado dándole vueltas a contar esto o no. —Se rasca la cabeza, despeinándose el pelo aún mojado—. No soy bueno hablando, soy un hombre más de números y, si soy sincero, no se me dan bien las relaciones».

Kat se inclina hacia delante. ¿Henry también ha puesto los cuernos? ¿Todos lo han hecho? Quizá la productora haya juntado a estos concursantes para poner al descubierto sus infidelidades. Kat encuentra cierto consuelo en no ser la única pareja que está pasando por esto.

Pero Henry se está refiriendo a Jason.

«Es un buen tipo, y me siento mal haciendo esto, pero así es el juego, ¿no? La supervivencia del más fuerte. Así pues, allá va… Dejo a Jason al descubierto».

Inmediatamente, el programa se interrumpe con una pausa publicitaria. Kat suelta un grito de frustración. Se deja caer sobre la alfombra y se arrastra hasta la televisión. Se acuclilla ante ella mientras están los anuncios y su teléfono suena con mensajes que no se atreve a mirar.

Cuando vuelve *Al descubierto*, los concursantes están reunidos en el campamento para la sección en directo con la que termina cada episodio. El meollo de la acusación de Henry ha quedado en el aire y ahora Roxy entra en el campamento con su pelo perfecto y sus labios brillantes, y a Kat le dan ganas de morirse. «Dímelo —piensa—. Sácatelo de encima».

—¿Qué has hecho? —dirige la pregunta a su marido, que está en la pantalla y que, por su gesto relajado, no tiene ni idea de que está a punto de quedar al descubierto. O quizá es que no le importa. Puede que haya incitado a Henry a hacerlo; puede que esta sea la forma de Jason de sacárselo de encima de una maldita vez: «Hola, Kat; hola, niñas. ¡Os dejo por una mujer que acabo de conocer!».

Roxy se dirige a la cámara.

«Hoy mismo, Henry se ha ofrecido a dejar a Jason al descubierto. Veamos si tenía razón. —Hay una sucesión rápida de imágenes: la expresión de Jason al verse traicionado, la incomodidad de Henry, la sorpresa en los rostros de los demás—. Recordad que, si Henry se ha equivocado, va a tener que enfrentarse al confesionario. —Roxy mira a Henry—. Diles a todos cuál es tu fobia».

Él parpadea rápidamente.

«Eh…, el agua».

La pantalla muestra un confesionario vacío con el agua cayendo por una tubería de la pared, inundando la estrecha cabina sin ventanas. El nivel del agua se va elevando hasta que Kat siente una tirantez en el pecho por un pánico vicario.

Roxy le entrega a Henry una llave y le señala la caja de los secretos, que está cerrada con un candado sobre un poste de madera junto a la hoguera.

«El momento de la verdad. Abre la caja y dame el secreto de Jason».

Kat no puede apartar la vista. No puede respirar. Ve cómo Henry abre la caja y va pasando los siete sobres que hay dentro, buscando el que tiene el nombre de Jason.

—Mamá. —La puerta del salón se abre y entra Aimee-Leigh frotándose los ojos.

Todo sucede a la vez.

Un plano del sobre mientras Roxy lo abre. Un corte a la acusación previa de Henry: «Dejo a Jason al descubierto». Los rostros de los concursantes.

—¡Papá! ¡Dijiste que se había ido! ¿Ha vuelto a entrar?

«Dejo al descubierto a Jason como bígamo».

El sobre abierto. La expresión de alivio, pero también de culpa de Henry. La desesperación de Jason.

—Mamá, ¿qué es bígamo?

La habitación le da vueltas.

En la pantalla, Roxy habla con los espectadores. Jason se despide en silencio de todos sus compañeros concursantes, menos de Henry, al que lanza una mirada asesina.

En casa, las lágrimas de Kat se han secado. Apaga la televisión y agarra a su hija para abrazarla. El teléfono se está volviendo loco, pero no tanto como la propia Kat.

Su marido tiene otra mujer.

Joder, Kat va a matarlo.

10

Jueves - Ffion

—Entra. Rápido. —Ffion mira a ambos lados de la estrecha calle. Su diminuta vivienda de alquiler está en una zona de adosados en el lado opuesto a la casa de su madre en Cwm Coed. Las casas son de ladrillo rojo con tejado de pizarra, y antiguamente eran todas idénticas, antes de que los nuevos propietarios sustituyeran las ventanas, pintaran las puertas y construyeran pequeños porches para sus abrigos y botas. No hay patios ni puertas traseras, lo cual dificulta la entrada y salida sin que nadie te vea.

Ffion cierra la puerta de entrada.

—¿Te ha visto alguien?

—No.

—¿Estás segura?

—No soy tonta. Y, ahora, apoquina.

Ffion le da un billete de diez libras.

—Es el único efectivo que tengo.

—Acepto PayPal —dice Seren sonriendo con dulzura—. A menos que quieras que le cuente a mamá que voy a pasar el día aquí en lugar de en la biblioteca…

Pero Ffion ya ha sacado el teléfono y está transfiriendo otras veinte libras a la cuenta de Seren.

—¿Quién te ha enseñado a hacer sobornos? —murmura.

—Mi madre.

Las dos se quedan mirándose un momento. Ffion niega con la cabeza y suelta una carcajada.

Seren tenía dieciséis años cuando descubrió que Ffion no era su hermana, sino su madre. Ffion, también con solo dieciséis años cuando dio a luz, había aceptado la idea de su madre e incluso llegó a convencerse de que era lo mejor. A medida que Seren fue creciendo, el secreto familiar estaba ya tan enterrado que era como si fuese cierto.

Cuando Seren supo la verdad, su mundo saltó en pedazos. Estuvo días sin hablarse con Ffion y, cuando lo hizo, el dolor de su mirada casi la destroza. «No sé ni ser yo misma —dijo Seren—. O sea…, tú eras mi hermana, y sabía cómo comportarme cuando estaba contigo, pero ahora…».

Pasaron meses antes de alcanzar una nueva normalidad. Todo había cambiado y, sin embargo, en muchos aspectos, nada. Ffion se metía con Seren, como siempre había hecho. Seren le replicaba con insolencia, como siempre había hecho. Las dos llamaban «mamá» a su madre, como siempre habían hecho.

Lo que había cambiado era más profundo. Se notaba en la sensación sin filtros que tenía Ffion cuando Seren estaba viendo la tele en pijama con el pelo todavía mojado tras la ducha. Se notaba en lo que sentía cuando Seren llegaba a casa una hora después de lo acordado. Contar la verdad había sido como quitar una capa, y todo lo que Ffion sentía resultaba más puro, más vívido.

Seren se deja caer en el sofá y coge el mando a distancia.

—Has venido a repasar, no a ver la televisión. —Ffion no se atreve a pedirle a su madre que vuelva a quedarse con Dave después de su versión de *La gran evasión*. Imagina que el perro estará más tranquilo en su propia casa y que Seren podrá estudiar igual de bien ahí que en la biblioteca. Su madre no comparte esta opinión, de ahí lo del subterfugio.

—Yo creía que había venido para vigilar a Dave. —Seren se levanta y entra en la cocina.

—Así es. Pero tienes que estudiar. Por eso se llama licencia por estudios.

—Vaaale. Y, exactamente, ¿cuánto estudiabas tú cuando estabas preparándote para los exámenes finales? —Mete dos rebanadas de pan en la tostadora.

—Esa no es la cuestión —responde Ffion con astucia, pues no recuerda mucho de su último año en el instituto, aparte de la dificultad de los viernes por la noche para conseguir vodka para el fin de semana—. De ti se espera una matrícula de honor y dos sobresalientes, lo cual está muy lejos de mi único aprobado en Literatura Galesa. —Vacila mientras mira a Dave, que ya parece triste ante la perspectiva de que lo vaya a abandonar—. Prométeme que, al menos, vas a repasar tus apuntes.

—Queda una eternidad hasta mi próximo examen, y no es más que Química. Es pan comi...

—¡Prométemelo!

—¡Vale!

—Es importante, Seren. Las buenas notas abren puertas. La de Bangor es una universidad estupenda y está a la vuelta de la esquina y...

—Sí, en cuanto a eso...

Ffion levanta una mano como si fuese un guardia de tráfico.

—Vas a ir a la universidad. Punto. Si Caleb es un chico que se precie, te esperará.

—Pero...

—Nada de peros. —Ffion se termina lo que le queda del café y hace una mueca cuando se da cuenta de que está helado—. Por cierto, ¿cómo se lleva con Miles?

—No se lleva. Miles todavía no ha incluido al asistente de producción en los títulos de crédito ni permite que Caleb se acerque a la sala de edición, pese a que ya se conoce el software. Prácticamente, Caleb se está limitando a preparar cafés y a cargar el *quad* de rollos de papel higiénico. Está rabioso.

—Supongo que tiene que empezar por algún sitio.

Ffion se agacha y agarra la enorme cabeza de Dave. Incapaz de moverse, él desliza los ojos a la encimera de la cocina, donde Seren se está untando una tostada con margarina.

—Escúchame bien, colega —dice—. Tengo que irme a trabajar, pero te lo vas a pasar muy bien con tía Seren. Te quiero, aunque, si me fallas, te mandaré al patio del carnicero.

—Qué conmovedor —dice Seren a la vez que abre el bote de salsa inglesa—. No me explico por qué estás soltera.

—Yo tampoco. —Mientras Dave está distraído con la posibilidad de conseguir unas migajas de tostada, Ffion sale disparada hacia la puerta—. No apartes los ojos de él ni un segundo.

Ryan Francis lleva más de cuarenta y ocho horas desaparecido. El equipo de búsqueda y rescate, acompañado por voluntarios de Cwm Coed, está fuera desde el amanecer, pero ha habido pocas noticias. «*Dim newyddion*», dice el último mensaje que ha recibido Ffion. «Sin novedad». Ayer, George y ella fueron a todas las casas de Pen y Ddraig. Ninguno de los granjeros ni arrendatarios dijo haber notado nada anormal. «¿Y ahora qué?», preguntó George cuando salían de la última casa, pero Ffion estaba perdida. Cuando alguien desaparece en una ciudad, la investigación avanza rápido. Solo las grabaciones de las cámaras de seguridad dan lugar a docenas de acciones: cámaras de coches, de estaciones de servicio, del centro de la ciudad...; montones de calles en la zona de búsqueda, agentes hablando con los residentes de cada casa; rastreo de teléfonos móviles, datos bancarios, historial de búsqueda de ordenadores...

Aquí es distinto. Más difícil. Una persona puede pasar varios días perdida aunque quiera que la encuentren.

El teléfono de Ffion suena con un mensaje de Leo. Odia que el estómago se le siga encogiendo, como si sus comunicaciones pudieran ser de otra índole que no fuese la profesional. En efecto, el mensaje es breve y somero.

Ayer destrozaron tres de las cámaras de Al descubierto. Voy con George de camino al campamento para echar un vistazo.

Se queda mirando la pantalla, molesta por el destello de celos que siente. No es que se imagine que haya una posibilidad de que la robótica George despierte el interés de Leo, pero... Ffion cierra la puerta de su coche con una fuerza innecesaria. Lo echa de menos, eso es todo.

Sigue siendo muy pronto en el año para que el sol evapore la bruma que se eleva desde el lago. Se enreda entre los árboles que rodean la orilla y, a medida que el Triumph va subiendo hacia Carreg Plas, el lago desaparece del todo de la vista, oculto bajo una densa niebla.

Cuando Ffion llega a la puerta de atrás de la granja, encuentra la cocina llena de gente. Jason Shenton está sentado en la mesa, con rostro ceniciento, y habla con una mujer con el pelo recogido en una apretada cola de caballo y una grabadora. Una segunda mujer, con una cámara que le cuelga por delante del pecho, está sirviéndose una pasta. A su lado, en la encimera de la cocina, hay un ordenador portátil en el que se está reproduciendo un programa matinal con el volumen silenciado. En el otro extremo de la mesa, Zee Hart está manteniendo una animada conversación con un hombre bajito y calvo. Ni Leo ni George están ahí.

Caleb está husmeando en la despensa.

—¿Con quién habla Jason? —pregunta Ffion.

—Con una revista femenina. El tipo calvo es del *Sun*; ha encontrado a la otra esposa de Jason en Australia. Ha empezado a lo grande.

—Me sorprende que haya accedido a hablar con ellos.

—Si no lo hace, no le pagan.

Ffion mira a Zee, que está cogiendo una tarjeta del reportero del *Sun*.

—¿Qué hace ella aquí?

—Tiene una especie de carnet de prensa —responde Caleb encogiéndose de hombros—. Ya sabes cómo es Miles. No me ha dado mucha información. Se ha limitado a empujarme aquí dentro y me ha dicho que vigile. Anda demasiado justo como para pagar a un jefe de prensa —se mofa; nada que ver con el Caleb servil que vio Ffion en casa de su madre hace tres días.

—Dale volumen —dice alguien.

Una voz australiana invade la cocina. «Éramos muy jóvenes. O sea, unos dieciocho años. Fue un verano muy loco». La presentadora se ríe. Curiosa, Ffion se acerca para ver la pantalla. Es una mujer australiana bronceada y esbelta con el cabello de color caramelo y unos ojos chocolate oscuro. «Pero yo amaba a Jason. Llevo veinte años sin verlo, aunque puede que esta sea la forma que Dios está empleando para decirnos que nos demos otra oportunidad». Sonríe a la cámara con unos dientes blancos perfectos: «Hola, Jason, si me estás viendo..., ¿qué opinas?».

Jason esconde la cabeza entre sus manos y suelta un largo gemido.

—¿Cómo se siente al ver esto? —La periodista de la revista acerca su grabadora a Jason—. ¿Ama todavía a Addison?

—¡No! ¡Por Dios! —Jason se frota la cara y, a continuación, levanta la vista, como si esperara descubrir que todo ha sido un sueño—. En aquella época, ni siquiera sabía lo que era el amor. Salí con ella tres semanas y, durante todo el tiempo, estuvimos borrachos como cubas. Después de casarnos, recuperamos la sobriedad y nos dimos cuenta de que no iba a funcionar. Nos separamos y... —La voz se le apaga con tristeza.

—¿No pensaron en divorciarse?

—No hasta más tarde, cuando conocí a Kat. Solo que, para entonces, no sabía cómo ponerme en contacto con Addison. Me convencí de que no había sido un matrimonio de verdad, que no contaba... —Mira por la habitación—. ¡Yo no soy bígamo!

—Bueno, teórica y literalmente sí que lo es —contesta Zee.

—Kat quiere divorciarse —dice Jason con amargura—. Ni siquiera responde a mis llamadas. Dice que, si aparezco por casa, llamará a la policía.

La periodista le da unas palmadas en el brazo.

—Seguro que entrará en razón.

—Odio decirlo, pero ha sido usted quien ha provocado esto —dice Zee.

Jason se pone de pie con tanto ímpetu que la silla se cae al suelo. Ffion oye varios clics cuando el fotógrafo plasma el momento.

—Mi mundo entero se ha venido abajo y todo por culpa de Miles Young. Como se acerque a mí, lo mato, joder.

Hay pocas posibilidades de que eso ocurra, concluye Ffion, pues Miles se ha encerrado en la sala de edición. No sale a abrir hasta después de que ella se pase todo un minuto golpeando la puerta.

—¿Qué pasa? —Miles lleva puesta su ropa de correr, y la llamativa chaqueta amarilla le da un matiz enfermizo a su ya pálida piel—. Eh..., ¿tiene mi número de expediente? Lo necesito para la aseguradora. Su superior me ha dicho que alguien me lo...

—Perdone, ¿mi qué?

—El sargento Brady. ¿Se llama así? Ha dicho que...

—No, yo no tengo su número de expediente.

—Pero lo necesito. —Miles la fulmina con la mirada.

—Y yo necesito una casa en la que vivir, un aumento de sueldo que se corresponda con la inflación y un perro que no se coma una habitación entera para salir a buscarme. Supongo que ninguno de los dos tenemos suerte.

—He tenido que pedir cámaras nuevas con urgencia, pero la compañía de seguros no me va a pagar hasta que confirme que las viejas se han roto, y eso no va a ocurrir hasta que consiga mi número de expediente de la denuncia, así que me estoy enfrentando a unos gastos extra de varios miles de libras.

—Ryan Francis lleva dos días desaparecido —dice Ffion—. Yo creo que eso es más importante que una denuncia por un delito de daños, ¿usted no?

La puerta se cierra de golpe en la cara de Ffion, lo cual indica que Miles no está de acuerdo.

«Su superior». ¿La convierte eso en... inferior?

—Y una mierda inferior —murmura.

Del interior de la sala de edición, sale un estridente acento de Gales del Norte que Ffion reconoce al instante. «¡Ya basta de rezar! Cada vez que vuelvo al campamento estás de rodillas, joder». Ffion no puede evitar sonreír. Ceri es muy divertida para salir de copas, pero nadie desearía llevarle la contraria. Ella lo vivió de primera mano el año pasado.

—*Rhywbeth ti isio'i ddweud wrthon, Ffion?* —gritó Efan Howells desde el otro extremo del pub: «¿Algo que nos quieras contar?».

Eso fue unos días después de que pusieran fin al caso de Rhys Lloyd. Efan llevaba un mono azul con las mangas atadas a la cintura y su expresión era de malicia y complicidad.

—Me he enterado de algunas cosas de la familia Morgan. De esa hermana tuya en particular.

—Si quisiera oír mierdas, Efan Howells, me tiraría un pedo. —Ffion llevó dos pintas a la mesa que Ceri había conseguido. No le importaba que la gente siguiese hablando sobre si esos rumores eran ciertos, si Seren era, en realidad, su hija. Que hablaran. Ffion no pensaba confirmarlo ni negarlo.

—Le has respondido bien —dijo Ceri señalando con la cabeza a Efan y sus amigos, que estaban desternillados de risa.

—No merece la pena hacerle caso. —Ffion cogió su copa, pero la volvió a dejar cuando se dio cuenta de que estaba temblando.

—Hay que ponerlo en su sitio, te lo digo en serio —dijo Ceri con tono serio.

Fue su madre la que, unos días después, le dijo a Ffion que a Efan Howells lo había embestido el toro negro del vecino. «Alguien lo ha dejado entrar en el campo de arriba y se ha lanzado contra Efan —le contó—. Se libró por poco».

Ceri aseguró no saber nada. «Será el karma», dijo, pero Ffion vio cierto brillo en los ojos de la cartera.

«¡Ya basta de rezar!», oye ahora Ffion mientras Miles vuelve a reproducir el vídeo.

—Siempre lo pone así de alto —dice Caleb apareciendo a su lado—. Dice que necesita verse inmerso en la situación. —Abre la boca y, después, la cierra, pero repite el movimiento.

—¿A qué viene esa imitación de un pez?

—Es que...

—Suéltalo ya, colega.

—Bueno..., ¿no es ilegal prometerle algo a alguien y después no hacerlo? —Su expresión es una mezcla de dolor y rabia—. Porque Miles me prometió que yo aparecería en los créditos como asistente de dirección, y luego me soltó no sé qué gilipollez de que los gráficos estaban mal, pero anoche tampoco salió y...

—Caleb —Ffion le acaricia el brazo—, de verdad que entiendo tu frustración, pero yo soy agente de policía, no consejera sentimental.

—¡Pero no puede ser legal!

—Tendrás que acudir a un sindicato o algo así, no a la policía.

—Me lo prometió —insiste Caleb con un gruñido que suena casi a amenaza.

—Déjalo ya, colega. —Ffion se aleja. Caleb lleva todas las de perder. No le parece que Miles Young sea un hombre que cumpla sus promesas.

11

Jueves - Leo

En el centro del campamento, las llamas rozan los troncos que Lucas acaba de añadir a la hoguera. El aire de la montaña es fresco y el humo sobre las llamas hace que Leo piense en noches de noviembre, fogatas y bengalas. Solo que el verde de las copas de los árboles que lo rodean le recuerda que casi es verano.

Leo y George están examinando las cámaras rotas cuando aparece Lucas. Owen arremete de inmediato contra el reverendo.

—Os hemos dicho que os quedéis en la carpa.

—Sí, sí. —La actitud calmada de Lucas invita a las confidencias y Leo se pregunta si es del tipo de sacerdotes que escuchan confesiones—. Pero, si dejamos que el fuego se apague, no vamos a tener calor suficiente para cocinar después.

A regañadientes, Owen lo deja continuar. Hace guardia junto al fuego mientras Lucas se encarga, supuestamente, de impedir que Leo o George le den información «del mundo exterior» que influya en el programa. Leo se da cuenta de que el cámara es el esbirro de Miles, ya sea por autodesignación o no, y, a juzgar por su sonrisa de superioridad cuando arrastra a Lucas con los demás concursantes, quizá está disfrutando un poco de más. En contraposición, Dario se queda atrás, en apariencia incómodo con la situación, o quizá con la presencia de la policía.

Junto a la hoguera, está el poste con la pequeña caja metálica que contiene los secretos de los concursantes. Hecho con un trozo de tronco de árbol tras quitarle la corteza, está enterrado en el suelo a tanta profundidad que es como si estuviese metido en hormigón. Unas abrazaderas galvanizadas y un resistente candado aseguran a lo alto del pedestal la caja, que según ve Leo ahora se parece más bien a una pequeña caja fuerte.

—Mira esas marcas. —George señala una serie de muescas alrededor de las abrazaderas. Junto al cierre de la caja, se ven unos arañazos de tamaño similar—. Alguien ha intentado forzar la caja y, al ver que no podía, ha tratado de arrancarla de la base haciendo palanca.

Leo mira alrededor.

—¿Cuántas cámaras han destrozado?

—Tres —contesta Owen—. Todas las que apuntaban a la hoguera. —Señala los primeros daños y enseña a George el círculo de cristal roto por debajo del aparato—. Quienquiera que lo haya hecho sabía perfectamente dónde estaban. Se han mantenido por completo fuera de la imagen. Lo único que se ve es que algo se precipita contra la pantalla y, después, todo se vuelve negro.

—¿A qué hora ocurrió?

—El primero fue a las dos y once minutos de esta madrugada.

—¿Sería muy fácil que alguien hubiese entrado al campamento desde el exterior? —George mira a Dario, que se ruboriza.

—¡No puedo estar en todas partes al mismo tiempo! Un paseo por el perímetro cada hora, eso es lo que Miles dijo. E incluso eso va en contra de mis derechos humanos. ¿Cómo se puede esperar que trabaje bien con una siesta de media hora de vez en cuando?

—¿Ha mirado si hay en la valla señales de que hayan entrado?

El silencio de Dario es una clara respuesta.

Owen suelta un fuerte suspiro.

—Supongo que, si quieres que algo se haga bien, debes hacerlo tú mismo. Por aquí, agente Kent. —Mientras los dos se alejan hacia el borde del recinto, Dario se los queda mirando fijamente.

Hay un movimiento entre los árboles detrás de Leo. Al volverse, ve a Ffion acercándose a él. Lleva ropa para la montaña, pantalones ligeros y botas de senderismo. La placa identificativa, que le cuelga del cuello con un cordón, es lo único que la delata como agente de policía. Leo siente que va demasiado arreglado con su traje.

Ffion ve las cámaras rotas y las marcas alrededor de la caja de los secretos.

—¿Qué opinas? ¿Fue Ryan?

—Si ha intentado llevarse la caja para proteger su secreto, quiere decir que anoche estuvo en la montaña. Eso nos proporcionará nuevas huellas para el perro rastreador.

—¿Los concursantes vieron algo?

—Se niegan a hablar con nosotros. Miles los tiene amordazados.

—¿Qué? —Ffion se dispone de inmediato a caminar hacia las carpas.

—Les ha dicho que sus contratos les prohíben hablar con nadie que no sea de un medio de comunicación previamente acordado. —Leo la sigue al interior de la carpa central, donde ven a los concursantes sentados en pufs.

—Y ya solo quedan cinco... —dice Ffion con tono alegre—. ¿Qué tal están?

Los concursantes miran al suelo.

—Esta es una investigación seria —dice Leo—. Alguien ha provocado daños por valor de varios miles de libras a las cámaras de la productora. Si saben algo al respecto, tienen que contárnoslo ya.

Nadie habla.

—Si se descubre que alguno de ustedes ha estado implicado o que tiene información referente al caso, podría encontrarse con un grave problema por haberlo ocultado —continúa Leo—. Ningún contrato puede impedir que den información a la policía, por mucho que Miles les haya dicho lo contrario.

Aliyah se aprieta los brazos contra las rodillas.

—Ryan no se fue a casa —dice Ffion.

Henry observa a los demás. Despacio, van levantando la cabeza y se miran entre sí para ver si alguien va a hablar.

—No se fue «por motivos personales» —continúa Ffion—. Ha desaparecido.

—¿Qué? —pregunta Pam. Henry le da un codazo y ella lo fulmina con la mirada—. ¿Desde cuándo?

—Desde que se fue del campamento —responde Ffion—. Miles les ha mentido.

—¡El muy cabrón! —Henry se pone de pie y es como si hubiese abierto la veda en los demás, que también se levantan y empiezan a hablar a la vez.

—Yo sabía que pasaba algo.

—Vi el helicóptero y pensé que sería la prensa.

—Nos ha amenazado con no pagarnos por nuestra participación si hablábamos con alguien.

—¿Es popular? —pregunta de repente Aliyah—. El programa de televisión..., ¿la gente lo está viendo?

Leo podría decirle que parece como si todo el mundo lo estuviese viendo, que hay programas de radio donde se invita a los oyentes a confesar sus secretos, que #AlDescubiertoTV es tendencia en las redes sociales desde el lunes por la noche. Podría contarle que el programa tiene las cifras más altas de audiencia entre todos los *reality shows* del Reino Unido, cosa que a él lo ha dejado estupefacto.

No le cuenta eso. No por la advertencia de Miles de que puede influir en el resultado (al igual que Ffion, a Leo no le importan nada los acuerdos de patrocinio de Miles), sino porque la pregunta de Aliyah no está motivada por un deseo de fama. Está motivada por el miedo. Quiere saber cuánta audiencia verá su flagelación pública. Se queda mirando a Leo con unas oscuras ojeras bajo sus angustiados ojos y a él le cuesta reconocer a la chica destrozada que está viendo ahora como la joven sonriente que vio anoche en su aparato de televisión. Supone que Miles tiene imágenes de veinticuatro horas de las que va sacando las sonrisas. Leo recuerda la advertencia de Roxy: «Miles es el mayor mentiroso de todos».

—Saben que se pueden ir sin más. —Ffion mira al grupo—. No son prisioneros.

—Quizá sí lo seamos —contesta Pam con tono sombrío—. Esta es una versión televisiva del corredor de la muerte y todos estamos esperando nuestro turno en la silla.

—Pues váyanse —dice Ffion.

—Pero los secretos... —Ceri cierra los ojos un momento—. Cuando salga el mío, me van a despedir. Si no consigo estar dentro el tiempo suficiente para ganar las cien mil, voy a necesitar el dinero por haber participado.

—Cariño, no des ese tipo de información. —Pam señala con la cabeza al resto—. Ahora los demás saben que tu secreto puede hacer que pierdas tu trabajo.

—¿Los demás? —pregunta Aliyah—. ¡Como si tú no fueses a delatar a Ceri si tuvieses la oportunidad!

—Yo no lo haría —responde Pam con firmeza—. Puede que *Al descubierto* esté tratando de destrozarme la vida, pero que me maten si permito que destroce mis principios.

Henry suelta un bufido.

—Una actitud muy loable, desde luego. Veamos hasta dónde llega la fortaleza de esa fibra moral cuando te enfrentes al confesionario. ¿Qué es lo que tienen reservado para ti? Ratas, ¿no?

Pam se estremece.

—Si dejas al descubierto a alguno de nosotros, te libras del confesionario —añade Henry—. Es la supervivencia del más fuerte, y lo sabes.

Justo en ese momento, Owen entra en la carpa hecho una furia.

—¿Qué hacen ustedes aquí? —Lanza a Leo una mirada de rabia—. Miles me acaba de avisar por radio. Les he dicho que las carpas eran zona prohibida.

—Amigo, sabe que somos la policía, ¿verdad? —dice Ffion con un tono que tiene poco de amistoso.

—Me importa una mi... —Owen se interrumpe, posiblemente al recordar que, de hecho, sí que le importaría mucho que lo arrestaran por obstrucción a la policía, por desórdenes públicos o por cualquier otro delito por el que Leo y Ffion estarían encantados de detenerlo si sigue adelante—. Eh…, su compañera quiere que salgan —termina diciendo con resignación.

George ha cogido varias piedras del tamaño de una mano, algunas de las cuales centellean con fragmentos de cristal.

—He encontrado también esto aplastado entre la tierra junto al borde del campamento. —Se trata de una navaja, idéntica a las que entregaron a cada uno de los concursantes al comienzo del programa. Tiene las letras RF grabadas en el mango.

—Eso es de Ryan —dice Owen.

—Enhorabuena, Poirot —contesta Ffion y, después, mira directamente a Leo—. Si los de la científica encuentran huellas en esas piedras, que creo que es fácil suponer que fueron utilizadas para romper las cámaras, se podrán comparar con las de los artículos que hay dentro de la maleta de Ryan.

—Voy a ver si alguno de los perros está libre —dice Leo. Cuando se marchan del campamento, vuelve la mirada hacia la carpa, de la que están emergiendo Pam, Henry, Lucas, Ceri y Aliyah. Miles asegura que los concursantes se sentirán aliviados cuando salgan a la luz sus secretos, pero Leo lo duda. Los cinco parecen desesperados.

Cuando llegan de nuevo a Carreg Plas, Huw los está esperando en el patio.

Se anticipa a la pregunta de Leo:

—Nada, lo siento. El dron ha grabado a alguien haciendo acampada libre, pero no era más que un observador de aves. Uno de los vuestros lo ha interrogado. —Huw mira a Leo y Ffion con algo más que curiosidad profesional, y Leo se pregunta cuánto le habrá contado Ffion a su exmarido. No puede evitar compararse con Huw, que tiene la tez curtida de un hombre que trabaja al aire libre, con finas arrugas alrededor de los ojos de entrecerrarlos por el sol. Leo le da a las pesas siempre que puede, pero hay una diferencia entre los bíceps desarrollados en el gimnasio y unos brazos fuertes de subir ladrillos por una escalerilla. Mira a Ffion. ¿Seguirá sintiendo algo por Huw?

—Sargento.

Leo agradece ver interrumpidos sus pensamientos. Mira alrededor y ve un agente de uniforme que se acerca a ellos acompañado de una mujer con pantalones de montaña. Del cuello le cuelga un mapa del Servicio Estatal de Cartografía metido en un plástico, y una botella metálica de agua choca contra los cierres de su mochila.

—Esta señora ha visto a nuestro desaparecido —dice el agente.

La mujer se queda atónita al verse convertida de repente en el centro de atención cuando todas las miradas se dirigen a ella. Se recupera rápido.

—Esta mañana, he subido la montaña de Pen y Ddraig. Quería llegar a la cumbre para el amanecer y dejé el coche junto al lago. Cuando volví, que supongo que debió de ser sobre las once, había un hombre en el lago.

—¿Dentro del lago? —pregunta George.

—Hasta las rodillas. Al principio, pensé que estaba pescando. Después, me di cuenta de que no tenía caña y que estaba llorando. Empezó a avanzar y a hundirse más en el agua, y yo le grité que se detuviera. Le dije: «¿Está bien?», lo cual era una estupidez, porque era evidente que no lo estaba.

—¿Y qué hizo él?

—Pues… —La mujer titubea—. Empezó a gritarme también. No dijo nada especialmente coherente, aunque sí fue bastante agresivo y me asusté, por lo que volví a mi coche. No sabía si llamar a la policía, pero, entonces, este tipo tan simpático ha pasado con su coche, así que le he hecho señales para que se detuviera y me ha traído aquí.

—La descripción se corresponde con la de Ryan Francis —dice el agente.

Leo oye un grito ahogado. Al darse la vuelta, ve a Jessica Francis en el patio y se maldice por no haberse llevado a la testigo a un lugar más discreto.

—Ryan no sabe nadar —dice Jessica—. Si estaba en el lago… —No termina la frase.

No tiene por qué hacerlo.

—Informa al asesor de búsquedas de la policía —ordena Leo a George—. Tenemos que reajustar la zona de rastreo.

Espera que no sea demasiado tarde.

12

Jueves - Zee Hart - Episodio cuatro

Zee Hart nació para ser famosa. Por desgracia para ella, ha pasado bastante tiempo hasta que alguien se ha dado cuenta. A pesar de haber estado varios años trabajando duro en su canal de YouTube, sus espectadores siempre se han contado más bien por cientos que por miles, y la cuenta de Twitter que abrió para relatar lo que ocurre en *Al descubierto* entre bastidores no ha tenido la repercusión que esperaba.

Pero todo eso ha cambiado con la desaparición de Ryan.

Zee consulta sus estadísticas y sonríe con ganas. Está pasando. Está pasando de verdad. Las cifras van en aumento, no solo en su canal de YouTube, sino también en Twitter. Su vídeo dando la noticia del concursante desaparecido se ha vuelto viral y, ahora, todo lo que publica está siendo compartido a los pocos segundos.

Ya verán cuando publique su entrevista con Jason Shenton. La gente se va a volver LOCA.

Zee sigue entusiasmada por haber conseguido por fin una entrevista con un concursante. Cuando se coló esta mañana en Carreg Plas, esperaba conseguir una fotografía o, como mucho, una respuesta breve a alguna pregunta que gritara desde lejos. Pero el patio estaba desierto y un letrero escrito con prisas y que colgaba de la puerta trasera de la granja decía: SALA DE PRENSA.

Ella era prensa, ¿no?

Comprobó si veía a Miles, que había dejado claro que la

odiaba, pero el único miembro del equipo de producción que estaba allí era el recadero, que miró con recelo la identificación de Zee cuando se la enseñó.

—Eso es una tarjeta de visita.

—Exacto —contestó Zee—. De *Las noticias de Hart*, mi agencia de prensa.

—Eres youtuber, eso no es...

—¿Y dónde ves las últimas noticias, Caleb? ¿En el telediario de las diez cuando estás arropado con tu taza de cacao o en tus redes sociales, como las personas normales? —Zee movió en el aire su tarjeta de visita—. Las redes sociales son medios de comunicación. —Estaba encantada de haber dicho eso. Se le ocurrió que quizá podría ponerlo en su página web.

—Diez minutos. Y solo cuando los demás reporteros hayan terminado.

¡«Los demás reporteros»! ¡Era una reportera! Bueno, prácticamente. Zee había intentado parecer calmada mientras se sentaba junto a un tipo del periódico *Sun*. Aprovechó al máximo sus diez minutos para flirtear con él a cambio de algún trapo sucio que le hubiese sacado a los demás concursantes y, después, grabar varios vídeos de Jason mientras lo entrevistaban para publicarlos en sus redes durante los siguientes días.

Ahora, de nuevo en su tienda de campaña, Zee entra en Twitter y, una vez segura de que #AlDescubiertoTV está siendo tendencia, pulsa «publicar» en su entrevista a Jason. Solo dura unos minutos, porque Miles la ha echado, pero imagina que el brusco final es muy típico en el periodismo de investigación. Da una larga calada a su porro, cierra la boca con el humo agridulce y, después, lo expulsa por la nariz. Abre su tuit y vuelve a reproducir la entrevista, mirándola a través de los ojos del público. El vídeo termina de forma repentina justo después de que ella grite: «¡Quítame las manos de encima!».

«Ni siquiera te he tocado —dijo entonces Miles algo confundido». Para entonces, el teléfono de Zee ya estaba de nuevo en su bolsillo, con el dramático final de la entrevista del que sabía que todo el mundo iba a hablar. Por suerte para ella, Miles se distrajo por culpa de Jason, que se lanzó contra el productor con toda la fuerza de su rabia. Zee aprovechó la oportunidad para salir de allí y volver a su tienda de campaña para fumarse un canuto y editar el vídeo.

Refresca la aplicación y se entusiasma al ver que docenas de usuarios de Twitter ya han compartido el enlace.

¿Alguien sabe quién es ese tío del final? Espero que @ZeeHart lo denuncie.

Parece que es Miles Young. La voz es la misma que en esta entrevista.

El tuitero pone un enlace como prueba.

Zee siente cargo de conciencia, pero, si lo que Jason ha dicho es verdad, Miles se ha tomado muchas molestias para editar la realidad. Puede que ya sea hora de que pruebe su propia medicina.

«No tengo magulladuras», tuitea, lo cual es del todo cierto. «Ha merecido la pena por lo que el propio Jason ha dicho», añade, lo cual no lo es. De hecho, la breve entrevista es bastante aburrida: «Quiero a mi mujer, nunca he querido perjudicarla, bla, bla, bla». Parece que en Twitter están de acuerdo, pues a Jason apenas lo mencionan en las respuestas y tuits citados de Zee.

Absoluto abuso de poder del productor. ¡Compartid y denunciad!

¿El movimiento #MeToo no se ha fijado nunca en él? ¡Menudo gilipollas!

Parece que Miles Young es el que está quedando #AlDescubierto...

La cifra de seguidores de Zee no para de crecer. Enciende su iPad y utiliza más de los preciados datos de su teléfono para ver en directo el episodio de *Al descubierto* de esta noche y así poder tuitear a la vez. Cada pocos minutos, el teléfono se queda sin cobertura y tiene que irse moviendo hasta recuperarla. En el episodio de hoy, se entrega a los concursantes un detector de mentiras.

«Cada uno de vosotros debe presentarse a los demás con los tres datos verdaderos que os hemos proporcionado —anuncia Roxy—. Esos datos actuarán como control y serán la referencia para el polígrafo. Después, vuestros compañeros podrán hacer diez preguntas para intentar averiguar algo más del secreto que ocultáis».

Aliyah es la primera. Desliza los dedos en un guante conectado a unos cables y Roxy le coloca un monitor en el pecho. «Eh…, me llamo Aliyah —dice leyendo su tarjeta—. Tengo el pelo moreno y los ojos marrones». Sonríe con afectación y la cámara gira rápidamente hacia el objeto de su atención: Henry.

Zee frunce el ceño. Siente algo por Henry, el más guapo del elenco (Lucas no está mal, pero una no se debe encaprichar de un pastor, ¿no?). Ahora que Jason no está, queda claro que Aliyah ha decidido dirigir su atención a Henry.

Los concursantes examinan la lectura del polígrafo de Aliyah.

«¿Alguna vez has quebrantado la ley? —pregunta Ceri».

Aliyah vacila.

«Sí. —Todas las miradas se dirigen al polígrafo».

«Sin cambios —afirma Lucas—. Dice la verdad».

«¿Le has sido infiel a una pareja? —pregunta Pam después de recibir la señal de Roxy».

«No».

Henry hace la siguiente pregunta.

«¿Has mentido en tu currículum?».

«No».

«¡Mentira! —exclama Ceri con tono victorioso al ver que la lectura del polígrafo se sale del gráfico».

Entusiasmados por su logro, los concursantes lanzan preguntas a Aliyah sin parar hasta que se empieza a marear. Se arranca el dispositivo del pecho y Zee se pregunta si va a volverse loca, pero la imagen salta a Henry, conectado ya a la máquina. Se han olvidado de Aliyah; han lanzado un nuevo hueso a los perros.

Antes de eso, Henry ha anunciado que se iba a encargar de la tarea de Jason de recoger la leña, y Zee sabe que eso significa que, probablemente, va a acercarse a la valla perimetral para buscar los troncos. Si dedica la mañana a pasearse por el campamento, seguro que lo ve entre los árboles y quizá él se acerque lo suficiente como para sacarle una fotografía decente. Puede que incluso despliegue de nuevo sus dotes de flirteo para ver si consigue una entrevista. ¡Imagínate! ¡La primera entrevista que se haya hecho nunca desde el interior del campamento! Seguro que se hace viral. Zee ha intentado que Ceri le dijera algo, pues la cartera da una vuelta por los alrededores todos los días a la hora del almuerzo, pero no lo ha conseguido. Está segura de que tendrá más suerte con un hombre.

«Me llamo Henry, tengo el pelo castaño y los ojos azules. —Mientras Henry da sus datos de control, los demás examinan la lectura».

«Ya está muy alto —dice Pam con voz de preocupación—. Espero que no tengas una enfermedad cardiaca sin saberlo. Una mentira lo elevaría por los aires».

«No tengo intención de mentir —se limita a contestar Henry—. No sé qué creen en *Al descubierto* que tienen sobre mí, pero no tengo nada que ocultar».

«¿Alguna vez has quebrantado la ley?».

«No».

«¿Has copiado en un examen?».

«No».

«¿Has chocado contra un coche?».

Henry responde a cada pregunta con el mismo tono calmado y el gráfico del polígrafo sigue la misma línea recta que en sus preguntas de control. El encaprichamiento de Zee se vuelve más intenso. Además de estar bueno, es sincero; y sabe por experiencia que no hay muchos tipos así. Si no consigue entrevistar mañana a Henry, está decidida a seguirle la pista después de que se vaya. Es contable, así que debería ser fácil encontrarlo en Google y, como Zee se espera recibir una avalancha de ofertas de publicidad ahora que su perfil está en auge, sería de lo más normal pedir una cita con un contable...

De nuevo en *Al descubierto*, es hora de la sección en directo. Es la parte preferida de Zee. Le encanta saber que está a muy poca distancia de algo que está viendo en televisión en este mismo momento. Apaga la colilla de su porro y, después, mete los pies en las zapatillas por si hay alguna expulsión y puede conseguir su segunda entrevista a un concursante.

«Me voy a morir —dice Aliyah mientras el grupo espera a que Roxy empiece—. Todas esas arañas en un espacio tan diminuto. —El labio inferior le tiembla».

Pam la rodea con el brazo para consolarla.

«Seguro que no será para tanto, cariño».

Sola en su tienda de campaña, una lenta sonrisa va atravesando el rostro de Zee. Pagaría lo que fuera por ver a Aliyah en una habitación llena de arañas. Y, de repente, se le ocurre cómo puede hacer que eso suceda.

«Hoy no hemos recibido ninguna acusación de los concursantes —dice Roxy, y se percibe el alivio entre el grupo apiñado al oír sus palabras. Mira a la cámara con una sonrisa maliciosa—. ¡Pero el público ha hablado!».

«¡Ah! —Aliyah se lleva una mano a la boca».

Lucas palidece e incluso Henry, que asegura no tener ningún secreto, parece nervioso. Ceri tiene los ojos bien cerrados y Pam tiene los suyos clavados en Roxy.

«El concursante que ha recibido menos apoyo del público —continúa Roxy— y que ahora tendrá que enfrentarse al confesionario es...».

La pausa es insoportable.

«¡Pam!».

Zee recoge su equipo a toda prisa. Se lleva el iPad y sale corriendo a la entrada del campamento porque, si expulsan a Pam, como seguramente sucederá, quiere transmitir en directo su salida. Camina con un ojo puesto en el camino y el otro en la pantalla de televisión, donde se ve a Pam bajando al confesionario. Tarda un momento en acostumbrar la vista a la tenue luz, parpadeando en dirección a las esquinas del diminuto espacio. Se agacha con cuidado para sentarse en la silla a modo de trono y mira a la cámara.

«Vamos allá —dice. A Zee le viene el recuerdo de cuando la acosaron en la pista de hockey un gélido lunes por la mañana—. A ver qué me tenéis preparado».

Zee aminora el paso, hipnotizada por lo que está viendo, y aguanta la respiración. Pam hace lo mismo y se agarra con todas sus fuerzas a los brazos de la silla, con el mentón levantado y los ojos abiertos de par en par con expresión de miedo y determinación.

«Ratas —dice a la cámara—. Vais a meter ratas, ¿verdad?».

De repente, se oye un ruido, un zumbido mecánico, y Pam frunce el ceño mientras escucha.

«Lo retiro —dice—. Eso no parece una rata. Entonces ¿qué es, una especie de máquina? Puede que un potro de tortura para estirarme. Siempre he querido ser unos centímetros más alta, ¿sabéis?».

Pam continúa hablando, disimulando sus nervios mientras dice disparates. Zee mira fijamente la pantalla, horrorizada, porque ve algo que Pam aún no ha visto.

El zumbido mecánico es un disco metálico en la pared que gira alejándose del agujero que tenía tapado. Zee entrevé un movimiento, unos bigotes que vacilan y, a continuación, ¡zas!, el salto de una rata que entra en el confesionario. Se incorpora sobre sus patas y mira alrededor. Como si hubiese notado su presencia, Pam se da la vuelta. La respiración se le acelera y acerca los pies a la silla.

«Una —dice—. Una la puedo tolerar».

Zee apenas soporta mirarla, porque es evidente que no va a haber solamente una rata, y a la vez que va formando ese pensamiento hay otra sacudida en el agujero de la pared y, después, otra y otra más, y ahora están saliendo por el conducto en un torrente de colas, patas y pelos.

El grito de Pam resuena en la montaña una décima de segundo antes de salir por la pantalla de Zee. Sigue mirando. En cualquier momento, Pam se va a desmoronar y Zee no quiere perderse ni un segundo de ese paseo de la vergüenza.

«¡Quedan dos minutos y treinta segundos! —La voz clara de Roxy suena por encima de la imagen—. Si quieres que esto acabe, Pam, solo tienes que confesar tu secreto».

Pam está ahora llorando y ya no está agarrando la silla, sino que se aferra el cuerpo a la vez que empuja las ratas cuando le van subiendo por las piernas. Una enorme y marrón salta desde la pared hasta su cabeza, y Pam grita de nuevo. Zee ya no puede seguir mirando porque se está agarrando la cabeza, convencida de que siente las afiladas patas en su pelo.

«¡Confieso! ¡Confieso! —Pam da un salto de la silla y se acerca a la cámara, y su rostro manchado por las lágrimas invade la pantalla—. He aceptado dinero de padres que quieren que sus hijos entren en mi escuela. ¡Dejadme salir ya, por favor!».

Zee mete el iPad en su bolso y echa a correr, con la adrenalina recorriéndole las venas. Ya se ha olvidado de las ratas. Una directora de colegio corrupta es oro para las redes sociales. ¡Y Pam parecía una mujer muy respetable!

—No tan rápido, jovencita.

Zee consigue evitar chocar por poco con los cien kilos del guardia de seguridad.

—¿Adónde crees que vas? —pregunta Dario.

—A entrevistar a Pam Butler.

—No sin la acreditación de prensa que no tienes.

Zee le muestra la misma tarjeta que le enseñó a Caleb. Dario se la quita de los dedos y, despacio, con sus oscuros ojos clavados en ella, se la mete en la boca. Mueve la mandíbula y Zee oye cómo la saliva le rezuma por los labios.

—No estás bien de la cabeza —dice ella, incómoda bajo la mirada de Dario.

Él sigue con los ojos fijos en ella y le escupe la bola mojada de papel en los pies.

—Te doy diez segundos para que vuelvas a tu tienda de campaña antes de que llame a Miles.

Zee vacila un momento, pero suelta un bufido de disgusto y se da la vuelta hacia la tienda. Está casi segura de que no la pueden arrestar solo por estar aquí, pero no se fía nada de Miles. ¡Y quién sabe de lo que Dario es capaz! En fin, que Zee preferiría estar más cerca de la acción, pero que se la termine llevando la policía lo echaría todo a perder. Se ha bautizado a sí misma como experta en *Al descubierto* con acceso exclusivo.

Zee se detiene en seco.

Experta en *Al descubierto*...

La emoción le hierve por dentro. Miles y Dario no van a dejar que se acerque a la granja, lo cual significa que las posibilidades de conseguir otra entrevista oficial son pocas. Pero ¿y si prueba por un camino distinto? Se toca en el bolsillo la tarjeta de visita que le ha dado el reportero del *Sun* esta mañana.

Miles está tratando de dejar al descubierto a los concursantes.

Ya es hora de que alguien deje al descubierto a Miles.

13

Viernes - Ffion

Junto al lago, Ffion y Dave se resguardan del viento que azota la granja, que está montaña arriba. La mañana es cálida y brumosa, el sol lanza destellos sobre la superficie del agua. Unos barcos avanzan perezosos de una orilla a la otra. En las aguas poco profundas, flota un bote con cañas de pescar apoyadas en sus soportes mientras el pescador está recostado, dejando a la vista solamente su sombrero por encima del casco.

La escena sería idílica si no fuera por la presencia de los buzos de la policía.

El lago puede ser tan obstinado como el mar a la hora de aferrarse a sus tesoros. Los oculta bajo piedras o dentro de carcasas destrozadas de barcas de remos abandonadas. Los hace girar una y otra vez, los rompe en pedazos. Los arrastra hasta ensenadas y grietas, hasta calas demasiado pequeñas y poco atrayentes para barcos y paseantes. Zapatos perdidos, remos que se han caído, carritos de supermercado robados por capricho y empujados al interior del lago. Cadáveres.

Hoy, la acción de la policía se desarrolla en el lado opuesto del lago donde encontraron el último cadáver de Cwm Coed, a la deriva entre la neblina en dirección a los nadadores del día de Año Nuevo. Rhys Lloyd pasó unas cuantas horas en el agua antes de que fuese escupido. Incluso el lago quería deshacerse de él, piensa Ffion. Mira a Leo y siente que el calor de su cuerpo aumenta al recordar dónde estaba ella, dónde estaban los dos, cuando sacaban el cuerpo de Rhys del agua.

—¿Qué tienes en la cabeza? —pregunta Leo al cruzar la mirada con ella.

—Estaba pensando en Rhys.

—¿Piensas mucho en él?

—Intento no hacerlo.

Leo asiente y, después, sonríe de repente, como si lo hubiese pillado desprevenido.

—Tu cara, cuando me viste en la morgue.

—¡La tuya! —Solo habían pasado unas horas desde que se habían separado. El trabajo era lo último que los dos tenían en mente.

—Bueno, no esperaba ver...

—Yo creí que era cosa de mi imaginación.

Los dos hablan a la vez y, a continuación, se interrumpen para dejar que el otro termine. El silencio resulta brusco y desagradable.

Ffion se agacha para coger una piedra de la orilla.

—Parece que ha pasado una eternidad.

—Más que eso —responde Leo en voz baja. Espera por si ella va a decir algo más, pero Ffion da vueltas al guijarro entre sus dedos y mira hacia el agua. Un minuto después, Ffion oye las piedras moviéndose bajo los pies de él cuando se aleja.

Esperaban haber encontrar a Ryan ayer. Después de que lo vieran en el lago, el helicóptero salió de inmediato. Voló a baja altura sobre el Llyn Drych, enviando imágenes en directo al Puesto de Mando. «Nada en la orilla oriental», dijo una voz por encima del zumbido de las aspas del rotor. Debajo, dos operarios de salvamento en una barca naranja respondían a las órdenes del equipo del helicóptero; comprobaron un kayak volcado, un colchón hinchable roto, bolsas de supermercado. «Negativo», era la respuesta cada vez.

Y esta mañana, con las primeras luces, ha llegado el equipo de rescate submarino de la policía. Buceadores con trajes de neopreno negros y equipos de inmersión con cuerdas que les sirven de guía desde la orilla. La capitana ha dicho que ya han comprobado la zona donde estaba Ryan. Buscan su ropa, su calzado. Su cuerpo.

Un escalofrío le recorre la espalda a Ffion. Se imagina a Ryan adentrándose cada vez más en el lago, desesperado por acabar con todo. Se imagina su miedo, no solo de lo que le esperaba en las profundidades del Llyn Drych, sino de lo que lo había llevado hasta ahí. Ella sabe exactamente dónde está el escalón del lago y se imagina los pies de Ryan al no pisar nada, con su cabeza hundiéndose bajo la superficie. «Ryan no sabe nadar», les dijo Jessica. ¿El instinto le haría tomar aire antes de sumergirse? ¿O se obligaría a hundirse con los pulmones vacíos, decidido a acabar con la pesadilla?

Dave tira de la correa, sin saber por qué todos se están metiendo de repente en el agua, pero convencido de que él debería ir con ellos. Anoche, cuando una agotada Ffion volvió a casa tras una larga y frustrante jornada, encontró a Dave y a Seren tapados con el edredón, con los apuntes de repaso esparcidos por la habitación como si fuesen confeti.

—Ha estado todo el día llorando por ti —dijo Seren—. Apenas he hecho nada.

Por muy desesperada que esté Ffion por encontrar a alguien que cuide de su perro, los exámenes de Seren y los estudios en la universidad que va a empezar en Bangor en septiembre son más importantes. Seren ha vuelto hoy a la biblioteca y Ffion se ha traído a Dave al trabajo, bajo órdenes estrictas de no avergonzarla.

Ffion se acerca a donde está aparcada la furgoneta de emergencias. No le sorprende que Huw ya haya encontrado el café gratis. A través de la puerta abierta del vehículo, Ffion ve que el agente de enlace con los familiares está sentado con Jessica Shenton, cuyo rostro está surcado por las lágrimas.

A pocos metros, Leo y George hablan con Jim Morris, un adiestrador de perros de Gales del Norte que Ffion conoce desde que empezó a trabajar. Con la corpulencia y el atractivo para una pelea de bar, Jim se ha dejado crecer la barba desde que ella lo vio por última vez, lo que le da una presencia aún más imponente. Muchos ladrones de Gales del Norte se han rendido solo con ver que Jim y su pastor alemán se lanzaban sobre ellos. En este momento, el perro espera paciente mientras su amo habla con Leo. Una cuerda larga y enrollada cuelga del cinturón de Jim.

—¿*Ti'n iawn*, Jim? —Ffion se inclina para acariciar a Foster—. ¡Pero qué guapo eres!

—Gracias —responde Jim—. Tú tampoco estás nada mal.

Foster hace lo que puede por ignorar a un entusiasta Dave que intenta olerle el culo.

—Perdón —dice Ffion mientras lo aparta—. Eso no lo ha aprendido de mí.

—¿Es un perro rescatado?

—¿Cómo lo has sabido? —Dave se apoya en las piernas de Ffion con tanta fuerza que casi la tira al suelo—. Es un poco... pegajoso. Se come la casa cuando salgo y aúlla cuando no me ve.

—Mantenlo entretenido. La mayoría de los problemas de conducta se pueden resolver si el perro está ocupado. ¿Hay cotos de caza en tu zona?

Ffion se imagina a Dave corriendo como loco entre una bandada de faisanes.

—No estoy segura de que eso sea lo suyo. —Mira a Foster con envidia—. ¿Podría ser un perro de rastreo?

—Sería perfecto para eso. —Huw aparece a su lado con un café en las manos—. Siempre que fuera Ffion la que hubiese desaparecido. —Extiende la palma hacia Ffion—. Puedes darme mis veinte libras ahora si quieres.

—No voy a devolver a Dave.

—Ya lo harás. —Huw sonríe de nuevo.

—Podría acercarme alguna vez si te parece —dice Jim—, para

practicar algunos ejercicios de adiestramiento contigo. Estaría bien vernos fuera del trabajo.

—Gracias. Quizá te tome la palabra.

Leo se aclara la garganta.

—Odio interrumpir vuestros planes, pero a Ryan lo vieron hace más de veinte horas.

—Sí, perdona, colega. He tenido que acudir a un robo a mano armada en Caernarfon.

—¿Nos dejamos de charla y continuamos? Es posible que Ryan se asustara al ver a la testigo y saliera del agua. No perdamos más tiempo.

Ffion se queda mirando a Leo. ¿A qué viene esa actitud tan insolente? Está claro que lo del ascenso se le ha subido a la cabeza. Nunca lo había oído hablar así.

—¿Quedará todavía algún rastro? —le pregunta a Jim.

—Solo hay un modo de saberlo.

—Por cierto, Ffion —dice Leo secamente—, George y yo ya tenemos esto controlado, así que tú podrías volver a la casa.

¿La está echando?

—Yo...

—Gracias. —Y, dicho eso, Leo se vuelve hacia Jim, que ha alejado a Foster a unos metros del grupo. El perro tiene sus grandes orejas levantadas y los ojos clavados en los de su dueño. Jim sujeta la larga cuerda al collar de Foster y la pisa; después, le quita la correa y se la enrolla entre la cabeza y un brazo. Foster tira ahora de la cuerda y mueve nervioso el hocico.

Jim abre la bolsa que contiene el jersey de Ryan y lo coloca delante del hocico de Foster durante unos segundos. Se inclina sobre el perro:

—¡Busca!

Al instante, Foster se aleja olisqueando el suelo y el aire. Empieza a correr mientras Jim le va dando cuerda con pericia y sale tras él, pero dejando que el perro vaya delante, zigzagueando entre los árboles y alejándose cada vez más. Ffion saca su lata de tabaco y se enrolla un cigarrillo.

—¿Qué tal va todo entre tu amante y tú? —pregunta Huw en voz baja a su oído—. Parecía un poco tenso ahora mismo.

Ffion gira la cabeza y mira a Huw con desagrado.

—¿De qué coño estás hablando? —Están apenas a unos metros de Leo.

—No hace falta que disimules. Todos saben que os acostabais. —Huw mira el cigarrillo de Ffion con una mueca—. ¿Todavía sigues con eso? ¿Sabes que ya nadie fuma?

—Por eso lo hago yo. —Ffion busca un mechero en sus bolsillos—. Cuando te refieres a todos...

—Tu madre, Seren, Steffan el del embarcadero, las chicas de la cafetería...

—¡Vale! —Ffion abre los ojos de par en par y levanta la mano para que se ahorre el resto—. No sigas, ¿de acuerdo? Fue una sola vez y no es probable que se repita. De todos modos, hablar con mi exmarido sobre mi vida sexual está muy mal.

—Si estás preocupada por mí, no es necesario. —Huw se termina su café y arruga el vaso de papel con la mano—. ¿Qué es lo que se suele decir? «Te doy mi bendición».

—Me das... —Ffion está demasiado indignada como para terminar la frase.

—Mi bendición.

Ffion entrecierra los ojos. Solo hay una explicación para esta repentina benevolencia por parte de Huw, que unos meses antes le suplicaba que volviera con él.

—Te estás acostando con alguien, ¿no?

—¿Estás celosa? —El tono de Huw es de broma, pero en sus ojos hay una vulnerabilidad que hace que Ffion se sienta a la vez culpable y nostálgica.

—Ni lo más mínimo. Espero que sea la definitiva —dice Ffion—. Y, ahora, si me perdonas, me gustaría fumarme esto en paz.

Aún dolida por la orden de Leo de que se fuera, Ffion llega a Carreg Plas y se encuentra a Miles en plena discusión con Caleb.

—¡En ese caso, deberías haber contratado a un jefe de prensa de verdad! —dice Caleb casi a punto de las lágrimas.

—Ah, ¿sí? ¿Y quién te crees que eres para decirme lo que debo hacer? Por si lo has olvidado, jovencito, yo soy el productor y tú no eres más que un recadero.

—¿Sí? —responde Caleb con vehemencia—. Supongo que se me ha olvidado cuál es mi cargo en vista de que no me has puesto todavía en los títulos de crédito.

—¿Todavía sigues dando la lata con eso? Aparece en tu currículum, ¿no?

—Pero sabes que no apareceré en IMDb a menos que esté en los créditos. ¡Y me lo prometiste!

Ffion entra en la habitación antes de que Caleb se eche a llorar y haga todavía más el tonto.

—El perro rastreador acaba de empezar —dice—. Los buceadores no han encontrado nada todavía, así que aún hay posibilidades...

—¿Ha visto esto? —Miles levanta un periódico hacia ella.

—He estado ocupada. Buscando a su concursante desaparecido —añade, aunque la pulla no hace efecto en él.

Miles lee el artículo en voz alta:

—«Miles Young, productor del controvertido *reality show Al descubierto*, se enfrenta a cada vez más críticas después de que los concursantes e incluso su propio equipo se hayan vuelto contra él». —La foto, granulosa, claramente tomada con un teléfono, muestra a Owen agarrando a un furioso Jason, que está tratando de lanzarse contra Miles.

Ffion coge el periódico y continúa leyendo en alto:

—«Una fuente cercana al equipo de *Al descubierto* ha informado de que Roxy Wilde, la cara visible del programa, fue engañada para que aceptara el puesto de presentadora. "Está furiosa con Miles por haberla puesto en esta situación", ha dicho la fuente».

—Yo no soy la fuente —se apresura a decir Caleb.

—Ha sido esa maldita videobloguera, o tuitera o lo que sea —responde Miles—. La puñetera Zee Hart.

Bajo el comentario de la fuente, una emotiva entrevista con Jessica detalla la batalla de su marido con sus problemas de salud mental.

Él ha sido sincero con el programa desde el principio. Creía que estaba ahí para un concurso de supervivencia y lo habría dado todo, pero al final era una trampa. Los investigadores sabían la verdad del programa y también que Ryan era vulnerable. Si le pasa algo malo, será por culpa de ellos. Es todo por culpa de Miles Young.

—Hay más —espeta Miles.

En la otra página, aparece una foto de Pam con una sincera disculpa.

Es verdad que acepté dinero de padres que esperaban conseguir una plaza para su hijo en el colegio. Lo que esos padres no sabían es que había plazas libres de todos modos. No era necesario que me sobornaran. Acepté el dinero con el que intentaban sobornarme y lo utilicé para pagar comida y uniformes para alumnos en situación menos privilegiada.

«DIRECTORA ROBIN HOOD», dice el titular.

Ffion le devuelve el periódico sin decir nada. Parece que alguien ha hecho que Miles muerda el polvo.

—En la cadena se están poniendo nerviosos —dice Miles—. Han salido varios periódicos con portadas similares y unas cuantas organizaciones benéficas han emitido comunicados «condenando» el concepto del programa. —Miles levanta en el aire los dedos al pronunciar la palabra para mostrar su desprecio—. No hay duda de que algún «activista» ha tratado de sabotearnos rompiendo las cámaras. Me ha costado una fortuna conseguir que las sustituyan en tan poco tiempo. —Mira a Caleb—. ¡Y todo por tu culpa!

Suena el teléfono de Ffion y sale de la habitación para responder a la llamada de George.

—¡Tú dejaste a Zee Hart entrar a la sala de prensa! —Miles está gritando todo volumen—. Si le echo el guante a esa zorra...

—El perro ha seguido el rastro hasta una casa del bosque —dice George—. Al parecer, está justo al lado del lago, en el claro.

—La conozco.

—¡Estás despedido! —grita Miles.

—¿Despedido de qué? —Caleb suelta una carcajada—. ¿De un trabajo sin sueldo ni títulos de crédito ni ninguna prueba de que lo haya hecho?

—¿Hacer qué? —replica Miles—. ¿Llevar papel higiénico? Olvídate de la industria de la televisión, chaval. No estás hecho para ella.

—¿Quieres que nos veamos allí? —continúa George.

Ffion vacila.

—Leo ha dejado muy claro que yo no...

—He supuesto que no le harías caso.

Ffion se queda muda por un momento. ¿Qué se ha creído George haciendo suposiciones de lo que ella hará o no?

Vuelve a mirar a Miles y a Caleb, que siguen gritándose, y, después, recupera la voz.

—Has supuesto bien.

14

Viernes - Leo

Leo corre entre los árboles. No tenía pensado seguir a Jim y a Foster (en parte, porque ningún especialista quiere que un sargento lo interrumpa, pero, sobre todo, porque no tenía esperanzas de aguantarles el ritmo), así que George y él decidieron dirigir su atención a lo que pasaba en el lago. El equipo de rescate submarino había terminado de buscar entre los juncos y estaba en aguas más profundas, con la larga cuerda indicando el lugar donde se habían sumergido los buzos.

—Parecía simpático —dijo George.

Fue un comentario bastante inofensivo, pero Leo se quedó mirándola. Sabía que había sido brusco con el adiestrador. Le había sorprendido el ataque de celos que había sentido cuando Jim le había propuesto a Ffion que se vieran. Tendría que hacérselo mirar. Ffion era libre de verse con quien quisiera.

En el lago, un submarinista regresó a la superficie y le hizo señas a su compañero de la orilla. Sacó el aire de su chaleco de buceo y volvió a sumergirse despacio bajo el agua. Leo notó un picor en el cuello mientras se imaginaba las oscuras profundidades del lecho del lago y las algas enganchándose a las piernas del buzo.

—¿Quieres un café? —preguntó George a la vez que señalaba con la cabeza hacia el furgón de emergencias.

Sí que quería, pero no de ese instantáneo que había probado esta mañana. Añoraba la lujosa cafetera de Miles y la bandeja de pastas que la acompañaba. No había nada que George ni él pudieran hacer hasta que —y a menos que— el equipo de búsqueda encontrara algo, así que emprendieron el camino de vuelta al coche.

—¿Puedo hablar con el sargento Brady? —La voz de Jim crepitó en la radio en el bolsillo de Leo—. Lo siento, Puesto de Mando, no tengo su número de placa. —Su voz se oía a borbotones, respirando al ritmo de la velocidad de sus pies.

Leo cogió su radio.

—Sargento Brady. Adelante.

—Sargento, tenemos algo. Una casita en un claro cerca del lago, como a kilómetro y medio de donde nos hemos visto. No hay acceso por carretera, por lo que veo. Parece que quien vive aquí tiene animales.

Leo y George se miraron y, a continuación, echaron a correr.

Mientras serpentean por los árboles a toda velocidad, Leo promete volver al gimnasio, una costumbre que ha perdido desde que tiene un horario de trabajo más flexible para pasar tiempo con Harris. El suelo es irregular y cada pocos metros el pie se le engancha en la raíz de algún árbol o la madriguera de un conejo. George se detiene para hacer una llamada, pero lo alcanza rápidamente y corre a su lado, como si no le costara.

—Parece como si supieras adónde vas —dice.

—Creo que sí. Solo hay una casa tan cerca del agua y estuve allí con Ffion durante el caso de Rhys Lloyd. Debería estar justo aquí al lado...

La casa de Angharad Evan está revestida de madera. A primera vista, Leo cree que Angharad ha instalado un techo ecológico, pero a medida que se acercan ve que las tejas se han cubierto de un musgo esmeralda, como si el bosque estuviese reclamando lentamente el lugar que ocupa la casa. Alrededor del edificio, hay varios anexos y jaulas con puertas de malla.

—Angharad acoge animales —dice Leo. Ve lo que podría ser un tejón. Reducen la velocidad y Leo tira del cuello de su camiseta para que le entre aire fresco. Esta mañana se puso pantalones de montaña en lugar del traje, consciente de que iba a pasar al aire libre la mayor parte del día con los equipos de búsqueda, pero no había previsto correr campo a través—. ¿Alguna novedad? —pregunta cuando llega hasta Jim. La respiración de Leo es pesada y entrecortada, mientras que el adiestrador de perros ni siquiera ha empezado a sudar.

—Nada en los anexos. Le hemos dicho a la ocupante que permanezca en el interior con la puerta cerrada hasta que nosotros registremos el exterior.

—¿Nosotros? —Leo se pregunta si Jim se refiere a Foster y, entonces, ve el *quad* aparcado al fondo del camino que baja desde la montaña y a la piloto apoyada en él.

—Era más rápido que venir andando —dice Ffion.

Leo es muy consciente de que le cuesta respirar y de la línea de sudor que le recorre la frente.

—No hay duda de que el desaparecido ha estado aquí —dice Jim—. Nunca he visto a Foster más seguro. Aunque ahora está un poco distraído. —Hace una señal hacia las jaulas de los animales.

Leo se dirige a la casa.

Angharad es alta, con el pelo largo y del color del acero. Su curtido rostro es un laberinto de diminutas líneas, pero sus brazos son fuertes y fibrosos. Podría tener entre cuarenta y setenta años, pero Leo sabe que se acerca más a lo segundo.

La diminuta cocina tiene paredes de piedra y vigas oscuras, así que Leo se agacha para no darse con la cabeza. La estancia huele a rancio, como las bolas de alcanfor que su madre guardaba en su cajón de los jerséis.

Ffion se apoya en la encimera de pino tratada.

—¿*Sut mae pethau*, Angharad?

Leo supone que Jim ha debido de llamar a Ffion para avisarla de que la búsqueda había finalizado. La idea le hace sentir exageradamente triste. Una parte de él, la menor, desearía enviar a Ffion a hacer algún recado, pero conoce lo suficiente a Angharad como para saber que prefiere tratar con alguien galés.

—*Prysur, fel arfer* —responde Angharad. Mira a Leo—. Ocupada —traduce—. Como siempre.

—Buscamos a un hombre de unos treinta y tantos años. —Leo empieza a describir a Ryan y la ropa que creen que lleva, pero Angharad lo interrumpe.

—No he visto a nadie desde hace una semana o más. Estoy trabajando en un proyecto nuevo, como traductora para una editorial galesa, y no me he levantado de mi escritorio. —Sonríe—. No soy muy aficionada a tener compañía, como probablemente ya ha adivinado.

—¿Ha habido algo raro? —pregunta Ffion en inglés, supuestamente por Leo.

Angharad se queda pensando.

—Me ha desaparecido una manta del tendedero.

Leo saca su cuaderno.

—¿Cuándo ha sido eso?

—Ayer mismo. Pensé que no la había sujetado bien. El viento sopló muy fuerte. —Abre la boca como para continuar, pero se queda en silencio.

Ffion también lo nota.

—*Be?*

—No es nada. Solo que... —Angharad suspira—. Nunca cierro con llave la puerta trasera por las noches. No me mires así, Ffion Morgan. Dime alguien de por aquí que lo haga... Y esta mañana he notado que me faltaba comida.

Leo y Ffion intercambian una mirada.

—No mucha. Un trozo de una hogaza de pan, un pedazo de queso, un paquete de galletas.

—Escúchame —dice Ffion—. Tienes que cerrar la puerta con llave. No solo si sales, sino también cuando estés en casa. Sobre todo, de noche.

—Pero si él necesita comida...

—No está bien —continúa Leo. Vacila. No saben con seguridad si Ryan Francis está sufriendo una crisis, pero sí que su mujer piensa que su salud mental es frágil. Saben que su frustración ha terminado con actos violentos, al menos en una ocasión, y saben que *Al descubierto* ha llevado a Ryan al límite—. Puede que no esté actuando de manera racional.

—Parece que necesita ayuda.

—Así es —dice Ffion.

—Entonces...

—De un médico. —Ffion se acerca a Angharad y le acaricia el brazo—. Sé que crees que eres más fuerte que unas botas viejas...

—Aunque no tan vieja, *diolch yn fawr...*

—... pero, si Ryan viene a la casa, llama a emergencias, *iawn?*

Angharad suspira.

—*Iawn.*

—¿Quiere que registremos la casa? —pregunta Leo.

—*Diolch*, pero estoy bien —responde Angharad con una sonrisa—. La ventaja de vivir en una casa tan pequeña como esta es que sabes exactamente quién está dentro.

—Cierra la puerta con llave —dice Ffion al salir.

—Lo haré.

—Prométemelo.

—Te lo prometo.

Esperan hasta oír el chasquido de la cerradura.

Leo supervisa el bosque que los rodea. ¿Está Ryan ahí, observándolos, escondido entre los árboles hasta que oscurezca para volver a la casa de Angharad en busca de comida? Por el bien de Angharad, Leo espera que se haya ido. Cuanto más tiempo pase Ryan sin comida ni cobijo, sin ver a Jessica ni a su hija, mayor estrés sufrirá. Estará asustado, y el miedo hace que la gente actúe de forma impredecible.

Leo está preocupado por Ryan.

Pero también le preocupa adónde puede ir Ryan a continuación.

15

Viernes - Angharad Evans - Episodio cinco

Angharad Evans no tiene televisión. Su trabajo como traductora literaria —una labor que no tiene intención de dejar a pesar de haber llegado hace tiempo a la edad de jubilación— le exige pasar muchas horas en su mesa y lo último que le apetece por la noche es fijar la mirada en otra pantalla. Prefiere escuchar la radio o pódcasts sobre lingüística, o simplemente deleitarse con los sonidos del bosque y atender a los animales, a los que trata como sus hijos.

Pero esta noche Angharad está viendo *Al descubierto*.

Su portátil está sobre una silla de la cocina, delante del sofá en el que se está tomando la cena. Esto ya es poco habitual de por sí, pues Angharad prefiere comer en la mesa, donde puede apoyar su libro contra el jarrón del centro, pero es que hoy ha sido un día bastante inusual. Se siente incómoda por la visita de la policía. Recuerda al sargento Brady del año pasado y no le cae mejor de lo que le cayó entonces. Conoce a Ffion desde hace tiempo y todavía le cuesta relacionar a la niña salvaje que conocía —Ffion *Wyllt*, como la llamaban todos— con el trabajo que desempeña ahora. Y luego está el perro, ese precioso y fuerte pastor alemán, preparado para hacer el trabajo sucio de la policía. A Angharad le encantó ver cómo lo confundieron sus animales. Cambió de dirección, corriendo entre el tejón y el ciervo, olisqueando a los conejos. Perdió el olor que tenía la tarea de seguir.

Hay un pastor en *Al descubierto*. Angharad lo sabe porque, cada vez que el reverendo Lucas Taylor habla, aparece un rótulo en la pantalla que informa de ello. ¿La gente de ahora tiene tan poca concentración que necesita que se lo den todo bien masticado? Solo lleva quince minutos de este programa de televisión tan vacuo aunque profundamente perjudicial, pero ya tiene calados a los cuatro concursantes. La joven, Aliyah Brown, trabaja en una guardería. Angharad no es madre, pero se imagina que la chica se lleva bien con los niños, en gran parte porque sigue siendo bastante infantil.

A Angharad le sorprende que Ceri Jones, la cartera, a la que siempre había considerado sumamente sensata, se haya puesto en esta situación tan espantosa. Sospecha que la mujer piensa lo mismo, pues el programa empezó hace un cuarto de hora y aún no la ha visto sonreír.

A Angharad no le gusta Henry Moore. Quizá es la única que piensa así, pues hasta ella ve que se esfuerza por ser útil en el campamento y no habla de los demás a sus espaldas. Pero tiene los ojos demasiado juntos y, según su experiencia con hombres de ojos muy pegados, no hay que fiarse de ellos.

Y ya solo queda Lucas, al que Angharad podría haber dado su apoyo si no fuera por su obsesión con todo lo relacionado con los famosos. Puede que la fe de Angharad no se considere convencional, pues lleva sin pisar una iglesia desde que era niña, pero sí que es fuerte y se siente decepcionada ante este autoproclamado «pastor moderno».

«Una vez que investigué, me pareció que *habían* bastantes pastores famosos, ¿no es así? —está diciendo Henry».

—«Había» —lo corrige Angharad desde el sofá—. En singular, Henry, ser contable no es excusa para no saber de gramática.

«Sí, es la moda ahora. —Lucas está buscando algo en su catre».

«Entonces ¿es eso lo que quieres? ¿Un programa en Radio 4? ¿Una tertulia?».

«Estaría bien. —Lucas chasquea la lengua—. ¿Has visto mis

calcetines? Son de color rosa intenso y tienen un pequeño agujero en un talón».

Aparece una tontería en la pantalla sobre votar por mensaje de texto, acompañada de varios compases de la horrorosa música de *Al descubierto*, y, después, las letras desaparecen y la pantalla regresa a Lucas en plena búsqueda de sus calcetines.

«Entrevistas en revistas, anuncios de televisión, un contrato editorial para una serie de simpáticas novelas policiacas —Lucas va enumerando sus deseos, que Angharad considera completamente egoístas—. Y un pódcast, claro. —Termina su lista de deseos, distraído—. ¡Alguien ha cogido mis puñeteros calcetines!».

Angharad frunce el ceño. Si Lucas es un «pastor moderno», ella prefiere a los de antes.

—¡Y estos son los que van ganando! —exclama—. Me da miedo pensar cómo serán los otros.

—No estaban mal —contesta una voz a su lado.

La expresión de Angharad se suaviza cuando se vuelve hacia su huésped. Están viendo *Al descubierto* por insistencia suya. Al principio, ella se negó, aludiendo a la falta de una televisión como excusa, pero Ryan insistió cada vez más y Angharad se preguntó si, en cierto sentido, resultaría catártico.

—Pam era buena. Me cuidó cuando yo... —se interrumpe. Angharad no insiste. Ya hablará cuando esté preparado, si es que llega a estarlo.

Ayer, Angharad estaba dando de comer a los animales cuando oyó un ruido procedente del lago. Había un hombre gritando, pero parecía más angustiado que furioso, y fue a ver qué pasaba. Encontró al hombre, Ryan, metido en el agua hasta la cintura y con la cara bañada en lágrimas.

Mucho tiempo atrás, Angharad era profesora en un colegio especialmente difícil. Cuando los alumnos empezaban a alborotar (cosa que era frecuente), los demás profesores levantaban la voz por encima del tumulto y pedían silencio. Los alumnos hablaban más alto aún y el profesor gritaba con más fuerza, y así seguía la cosa. Pero, cuando su clase empezaba a alborotar, ella se quedaba quieta y en silencio. Miraba a los ojos a cada alumno, con expresión transparente y curiosa. Lentamente, como si se tratara de un agua derramada extendiéndose por una mesa, la clase quedaba en silencio.

Cuando Angharad vio a Ryan en el lago, se quitó los zapatos y se metió en el agua con él. Se quedó en silencio, sintiendo el delicioso frescor del lago envolviendo sus pies. Esperó.

—No puedes detenerme —dijo Ryan. Angharad respondió asintiendo con la cabeza—. Ya no me queda nada por lo que vivir.

—Siento que sea así.

Dejó que él llevara la conversación, sin hablar hasta que él lo hacía. Supo así lo del programa de televisión y lo que solo podría describirse como un absoluto abuso de confianza. Supo que Ryan se había probado un vestido por primera vez en su treinta y tres cumpleaños y que, en el momento en que lo había hecho, había sentido un placer indescriptible al dejar caer la tela por su cadera.

—Pero no quiero ser una mujer —dijo—. Ni siquiera deseo vestirme así a todas horas. Eso no tiene sentido, ¿no?

—Si te hace sentir bien, sí que tiene sentido. —Angharad movió los dedos de los pies—. Se me han dormido los pies. ¿Quieres que encienda la tetera?

—Va a destrozar la vida de todos ellos también. —Ryan señala la pantalla, donde los cuatro concursantes han formado un círculo—. No le importa a quién perjudique con tal de conseguir audiencia, prestigio. ¿Por qué siguen ahí? ¿Por qué no se van? —Su voz va aumentando de volumen hasta que termina gritándole al portátil. Angharad se queda sentada inmóvil y en silencio. Sabe qué haría la policía si lo vieran ahora gritando y moviendo los brazos en el aire. Lo detendrían y lo meterían en un furgón, y después les tomarían declaración y dirían que era necesario para protegerlo de sí mismo. Pero ¿en qué sentido iba a servir eso para proteger el delicado estado mental de Ryan?

En medio de los concursantes, hay una bandeja con objetos cubiertos con una exquisita tela púrpura.

«Cada uno de los siete objetos de esta bandeja está relacionado con un concursante de *Al descubierto*, pasado o presente —dice la presentadora—. Pero ¿os llevarán un paso más cerca de dejar al descubierto a vuestros compañeros? —Roxy habla con el tono despreocupado de presentadora, pero, por encima de su maliciosa sonrisa, sus ojos no expresan nada».

—Pasado o presente —dice Ryan—. ¡Pasado o presente!

Angharad permanece calmada.

—Podemos apagarlo.

—¡No, no, no, no, no!

No está claro si está respondiendo a la sugerencia de ella o a la idea de lo que hay debajo de la tela púrpura. Angharad sopesa sus opciones. Si Ryan sigue viendo el programa, es probable que se angustie más, pero si lo apaga sin su consentimiento... No tiene las de ganar.

«¿Listos? —pregunta Aliyah. Sus compañeros asienten y Aliyah aparta la tela».

Los objetos son eclécticos: una prueba de embarazo, una rosa roja, un condón, una tarjeta de cumpleaños, una alianza de boda, un billete de veinte libras y un par de medias. Sin poder evitarlo, Angharad, que hace sudokus todas las mañanas para mantener el cerebro en forma, se inclina hacia delante para ver qué se puede averiguar de esos objetos tan cotidianos pero supuestamente significativos.

A Ryan le brilla la frente y mueve una rodilla arriba y abajo con tanta rapidez que se convierte en una vibración. Angharad lo nota en todo el sofá y, por primera vez desde que acogió a Ryan, siente una pizca de inquietud. No hay nada de maldad en él, de eso está segura, pero ahora mismo no está en sus cabales.

Ceri dirige la mirada al otro extremo de la bandeja. ¿El dinero? ¿La tarjeta de cumpleaños? A Angharad le fastidia verse tan interesada, planteándose teorías sobre a quién pertenecerá cada objeto. Piensa que la prueba de embarazo será de Aliyah. Quizá esa chica puso fin a un embarazo o dio un hijo en adopción, aunque de ninguna de las dos cosas debería sentirse avergonzada. Angharad empieza a entender el resentimiento de Ryan hacia Miles.

«¿Qué será esta rosa? —Henry la levanta como una espada y, a continuación, hace cosquillas con ella a Lucas en la nariz—. ¿Has ido a comprar flores para una amante, reverendo? —Eso provoca las risas de Ceri y Aliyah, pero su alegría queda interrumpida por la expresión de Lucas. Se da cuenta y se ríe también, pero el daño ya está hecho».

«Tienes una amante —dice Ceri con los ojos abiertos de par en par».

«Te estás equivocando —contesta Lucas».

«¡Sí que la tienes!».

«¡Déjame en paz!».

Hay un silencio de estupefacción.

—Está haciendo que se pongan unos en contra de otros —dice Ryan. Sigue moviendo la rodilla arriba y abajo, arriba y abajo, arriba y abajo… Y ahora se pellizca los dedos, los de la derecha con los de la izquierda y luego los de la izquierda con los de la derecha. Una y otra vez. Angharad lo mira de reojo mientras su mente da vueltas. No va a llamar a la policía; una celda no es lugar para un hombre que está sufriendo una crisis mental. Pero podría llamar a un médico. No tiene mucha fe en la medicina moderna, pero incluso ella empieza a ser consciente de que Ryan necesita algo más que la infusión de manzanilla que se está enfriando a su lado.

En la pantalla, Henry coge la media.

—Se supone que es mía, ¿no? —dice Ryan—. La media. Ni siquiera estoy ahí y Miles sigue metiendo el dedo en la llaga. Está empeñado en dejarme al descubierto aunque me haya ido. ¡Porque me he ido!

«Puede que tenga que ver con la bigamia de Jason —sugiere Henry».

Ceri niega con la cabeza.

«Seguramente la alianza sea suya».

«¿Por qué no apartas la mirada de la tarjeta de cumpleaños? —pregunta Aliyah mirando a Ceri».

«No es verdad».

«¡Sí! ¿Has mentido sobre tu edad o algo parecido?».

«No seas tonta —dice Henry—. Eso no es un secreto importante. No como que Jason sea bígamo o que Pam acepte sobornos».

«¿Cuál era el secreto de Ryan? ¿Lo imagináis? —pregunta Aliyah».

En la diminuta sala de estar de Angharad, Ryan emite el sonido de un animal dolorido. Angharad coge su teléfono móvil y simula que está mirando la hora.

—Solo quedan diez minutos. Puedo apagarlo...

«Debe de ser algo grave para que haya salido corriendo de esa forma. —Ceri continúa con la conversación visiblemente aliviada al ver que ya no es el centro de atención».

Angharad empieza a escribir un mensaje a Elen Morgan.

No te asustes, estoy bien, pero ¿puedes pedirle al doctor Alwen que venga? Te lo explicaré todo después. Es urgente.

Henry se pasa la media por los dedos con gesto seductor y, después, levanta los ojos y se ríe.

«Puede que sea de Ryan. —Finge un mohín».

Las carcajadas que provoca están alimentadas por el sentido de supervivencia y de miedo, pero el estrépito es de auténtica crueldad.

Los gemidos de Ryan se intensifican.

—Jessica va a dejarme.

—Te quiere. —Angharad no lo sabe con seguridad, pero hay veces en las que hay que decir lo que se necesita escuchar.

—Debe de estar indignada.

—No hay nada de indignante en eso.

—¡Yo estoy indignado! —exclama Ryan con un grito. Angharad mira su teléfono. ¿Ha leído Elen el mensaje? ¿Está llamando al doctor Alwen? En la pantalla, los candidatos de *Al descubierto* están agrupados alrededor de la hoguera del campamento; Roxy Wilde habla a la cámara.

«¡Esta noche, el público ha decidido que un concursante se enfrente al confesionario! Y ese concursante es... —Hace una pausa—: ¡Lucas!».

Ryan ya no está viendo el programa. Está de pie, dando vueltas de un lado a otro sin parar. En la pantalla, se ve al reverendo Lucas en una habitación estrecha y mal iluminada. Se sienta en una silla de respaldo alto con las manos juntas descansando en su regazo. Tiene los ojos cerrados.

«¿Estás preparado? —La voz incorpórea de la presentadora se oye por un altavoz de la diminuta estancia, y Lucas asiente—. Pues tus tres minutos empiezan... ¡ya!».

—Es el fin. Esto es el fin —grita Ryan.

—Shhh —lo tranquiliza Angharad—. Vamos a apagarlo y...

—¡No lo toques!

Angharad se queda inmóvil. Se da cuenta de que tiene las manos en la misma posición que las de Lucas. No entiende, quizá por no haber visto los primeros episodios de este espantoso programa, por qué Lucas está sentado en ese espacio estrecho. El «confesionario» lo llaman, y desde luego parece el confesionario de una iglesia. Angharad observa las paredes de la estancia en busca de alguna rejilla o ventana mientras se pregunta si habrá alguien sentado al otro lado esperando a escuchar la confesión de Lucas.

No hay respuesta de Elen Morgan.

Ryan clava los ojos en la mano de Angharad.

—¿Qué tienes ahí?

—Es mi teléfono.

En la pared de detrás de Lucas, se abre un círculo metálico y se ve un movimiento como de agua cayendo al suelo. Solo que no es agua, sino serpientes.

—¡Dios, esto es demasiado! —A Angharad le cuesta mirar—. ¿Cómo se atreven?

—Es una tortura —dice Ryan, aunque no está viendo el programa. Está mirando la mano de ella, cerrada sobre el teléfono—. ¿Estás enviando mensajes a alguien?

—Pobres criaturas inocentes. —Angharad siente en los ojos el escozor de las lágrimas—. Las serpientes son tremendamente sensibles; no se las debería someter a este maltrato. —Una anaconda se enrosca lentamente alrededor del cuello de Lucas y agita junto a su oreja una afilada lengua negra.

Ryan se queda mirando a Angharad.

—Le estás contando mi secreto a todo el mundo, ¿no?

—¡No, claro que no!

«¡Queda un minuto! —anuncia Roxy. Lucas mueve los labios rezando en silencio mientras una serpiente va subiendo por su pantalón».

—¡Dijiste que podía confiar en ti!

—Y así es. —Angharad se pone de pie y el repentino movimiento es demasiado para Ryan. Va corriendo hacia la puerta, pero la habitación es muy pequeña y vuelca la silla de la cocina, haciendo que el portátil se caiga al suelo.

—¡Espera! —Angharad lo agarra, pero él la empuja y, sin querer, pues ella sabe que es sin querer, hace que se caiga y se golpee la cabeza contra el suelo de piedra.

El portátil está volcado en el suelo junto a ella.

Angharad ve otra vez cómo agita la lengua, se desliza, se enrosca.

Después, todo se vuelve negro.

16

Sábado - Ffion

El tono de llamada de Ffion impacta de lleno en un sueño en el que Dave está participando en una prueba de agilidad de un concurso canino. Acaba de atravesar corriendo un túnel extensible y ahora está saltando obstáculos, tirándolos al pasar, hasta que llega a la línea de meta y hace sonar la campana.

Riiing. Riiing.

Ffion responde al teléfono con voz somnolienta.

—Mamá, son las cuatro de la mañana. *Ti'n okay?* ¿Qué te pasa?

—A mí no, *cariad*. Es a Angharad.

Ffion activa el altavoz del móvil, se pone la ropa del día anterior y se recoge el pelo en algo parecido a una coleta. Previendo que va a salir de paseo, Dave salta de la cama con un golpe seco.

—No quiere que avisemos a la policía —dice la voz metálica de su madre por el teléfono.

—Siento interrumpirte, pero ¿te acuerdas de esa gorra negra y blanca tan graciosa que me ponía...? —Ffion baja las escaleras de dos en dos.

—Tú no cuentas.

—Gracias.

—Ya sabes a qué me refiero. —Elen suelta el aire con fuerza—. Me daría de tortas por no haber mirado el teléfono anoche. Menos mal que tengo una vejiga de menopáusica, si no, a lo mejor tampoco lo habría visto ahora. Cualquiera diría que un tratamiento de hormonas...

—Mamá, céntrate. —Ffion está ya abajo, buscando las llaves del coche y lanzando una mirada de deseo a la cafetera—. ¿Angharad está consciente? ¿Respira?

—Sí. Y sí. La pobre estaba en el suelo al pie de la escalera cuando he llegado.

—¿Has llamado a una ambulancia?

—No soy tonta, Ffion Morgan.

—Voy a avisar a unos agentes.

—Ha insistido mucho, Ffi. Nada de policía.

—Mamá, la han atacado.

—Dice que ha tenido un mareo y se ha caído por las escaleras.

—Entonces ¿por qué insiste tanto en no llamar a la policía?

Su madre no contesta.

—Voy a avisar al Puesto de Mando. —Ffion cuelga y coge su radio.

Hace muchos años, un árbol caído bloqueó la carretera que llevaba a la casa de Angharad y, como ella no conduce y es muy selectiva con las visitas, lo dejó así. Ahora, Ffion deja el Triumph junto a la ambulancia, se agacha por debajo del tronco y atraviesa corriendo los últimos ochocientos metros de distancia. La luz del amanecer se abre paso entre los árboles, proyectando sombras danzarinas a lo largo del camino de tierra. Ffion lleva a Dave sujeto de la correa a pesar de sus súplicas de salir detrás de los conejos.

—La mayoría de la gente estaría encantada ante la perspectiva de quedarse en casa —lo reprende—. ¿Qué tiene de malo? Toda la cama para ti, Radio 4 encendida el día entero y Sian asomándose al otro lado de la calle para fastidiarte a la hora de comer… ¿Qué más quieres?

Dave no contesta. El plan de Ffion de escabullirse esparciendo unas cuantas galletas para perros por el suelo de la cocina como distracción ha sido un lamentable fracaso: Dave cogió las galletas en cuatro segundos y, después, se arrojó hacia Ffion cuando ella corría hacia la puerta.

A lo lejos, Ffion ve destellos de luces fluorescentes en medio del crepúsculo. Cuando llega a la casa, dos paramédicos están amarrando a Angharad a una camilla con ruedas.

—Estoy perfectamente —protesta ella.

—Es el protocolo de actuación para las lesiones en la cabeza —contesta el paramédico con firmeza—. Dos segundos —añade en voz baja dirigiéndose a su compañera antes de hacer un aparte con Ffion—. Dice que anoche se sintió un poco revuelta —continúa en voz baja—. Le envió un mensaje a una amiga para pedirle que llamara al médico y, después, fue a acostarse, pero se desmayó al levantarse por la noche y cayó hasta el pie de las escaleras.

—¿Sus heridas se corresponden con eso? —Ffion ata la correa de Dave a una robusta rama con la esperanza de que no haya visto el cervatillo que se está recuperando en la jaula más cercana. Angharad sigue discutiendo con la paramédica y Elen Morgan interviene para mediar.

El paramédico mueve la cabeza de un lado a otro sopesando las posibilidades.

—Tiene un corte en la cabeza que ya está cicatrizando y un golpe en un lado de la cara que yo diría que es de hace unas horas. No hay más magulladuras, lo cual es raro después de haber caído por las escaleras, pero puede que le salgan después, claro.

Vuelven a acercarse a Angharad, que por fin se ha quedado en silencio. Elen mira a Ffion.

—La voy a acompañar al hospital.

—Angharad —dice Ffion—. *Pwy oedd yma neithiwr?*

La respuesta es rápida y firme:

—Aquí no había nadie.

—¿Ha sido Ryan?

—¿Quién? —Angharad mira para otro lado.

Ffion echa un vistazo por la casa vacía, con cuidado de no tocar nada. Fuera, han llegado dos agentes de la policía local y su conversación se oye a través de la puerta abierta.

—Da miedo, ¿verdad? Yo no podría vivir aquí solo.

—No está precisamente sola, con todos estos animales.

—¡Eso es lo que da miedo! ¿Y qué será eso?

—Yo creo que un turón.

—Y eso es un perro feo.

Ffion suelta un bufido de indignación en nombre de Dave. No le extraña que el pobre tenga problemas.

«No te asustes, estoy bien», dice el mensaje de Angharad. Elen lo reenvió al teléfono de Ffion después de llamarla. «Pero ¿puedes pedirle al doctor Alwen que venga? Te lo explicaré todo después. Es urgente».

Angharad no cree en la medicina moderna. Los estantes de su cocina están llenos de especias que jura que curan todas las enfermedades, y Ffion sabe muy bien cuál es su opinión del consultorio médico del pueblo. La única razón por la que llamaría a un médico sería que estuviese desesperada (aunque seguramente no lo estaba si le dijo a Elen que se encontraba bien); y, si ese fuera el caso, ¿por qué no había llamado al doctor Alwen ella misma?

Ffion comprueba las escaleras y la entrada en busca de marcas o manchas de sangre del corte en la cabeza de Angharad. No hay nada. Pero, en el momento en que entra en la diminuta sala de estar, se le eriza el vello. Hay dos tazas vacías, una a cada lado del sofá, y una silla de la cocina está volcada en el centro de la habitación con un portátil al lado.

Ffion coge el portátil. La pantalla está en negro, pero, cuando pulsa un botón con un dedo cubierto por la manga, la pantalla se enciende. Aparece el logotipo inmóvil de Producciones Young, el último fotograma del episodio de *Al descubierto* de anoche.

En la mente de Ffion no hay ninguna duda de que Ryan Francis estaba aquí con Angharad.

La pregunta es: ¿dónde está ahora?

17

Sábado - Leo

Cuando Leo llega a la casa de Angharad, la policía científica está terminando de recoger.

—Hemos tomado muestras y huellas de dos tazas de café.

—Una mujer con gafas de carey se quita el traje de papel y lo mete enrollado en una bolsa—. Su compañera ha encontrado sangre en la esquina de la mesa de la sala de estar, así que también hemos tomado muestras y fotos de ahí.

—¿Tendrán pronto resultados de la comparación con los datos del desaparecido?

—Veré lo que puedo hacer.

Ffion levanta los ojos de la mesa de la cocina de Angharad cuando entra Leo.

—Llevo casi siete horas sin sentarme —dice ella a la defensiva.

—Buenos días a ti también. —Leo aparta la silla de enfrente y se sienta. Justo cuando deja el móvil en la mesa, suena mostrando el número de Gayle en la pantalla. Lo pone en silencio y no hace caso de la mirada de curiosidad de Ffion.

—¿Por qué has venido? —pregunta ella—. La agresión a Angharad es tarea de Gales del Norte.

—Cometida por un sospechoso de nuestro lado de la frontera que ahora mismo se encuentra desaparecido —responde Leo con suavidad.

—Supongo que crees que no sabemos cómo tratar el escenario de un delito. Porque, por supuesto, en este lado todo son ovejas y...

—Ffion. —Ella lo mira fijamente—. ¿Qué está pasando?

—Un asalto con lesiones graves, diría yo, aunque lo más seguro es que lo consideren delito de lesiones leves y casi con seguridad se rebajará a agresión cuando...

—Con nosotros —dice Leo en voz baja—. ¿Qué está pasando con nosotros?

El silencio posterior se ve interrumpido por el gemido de un animal en una de las jaulas de Angharad; Leo se pregunta quién les dará de comer durante su ausencia. Cuando Ffion levanta por fin los ojos de la mesa, se está mordiendo el interior de las mejillas. Tiene unas ojeras oscuras. Leo llega a la conclusión de que, probablemente, no sea el momento de mencionar que lleva el jersey del revés.

—Esto no se parece a la última vez que trabajamos juntos —dice Leo.

—¿Y?

—Y que si hay algo que haya hecho mal...

—Tú no has hecho nada mal —responde Ffion. Dos arrugas aparecen entre sus cejas.

—Entonces...

Ffion abre la boca y la vuelve a cerrar. Lo mira.

—Entonces ¿por qué estoy siendo tan arpía? —termina ella con un tono algo más comedido.

Leo hace ademán de contemplar esa posibilidad.

—Bueno, yo no habría usado esa palabra, pero...

La sombra de una sonrisa atraviesa los labios de Ffion.

—Lo siento. —Inmediatamente, levanta la palma de una mano para no ver la cara de Leo—. No.

—¿Qué?

—No pongas esa cara, tu cara de «los milagros existen», porque me he disculpado. Joder, es muy irritante.

—Mira quien fue a hablar. —Leo se pone de pie y oculta su

sonrisa—. ¿Le importará a Angharad que preparemos un café? —Desenrosca la tapa de la lata que está más cerca de la cafetera y huele el oscuro contenido.

—Es achicoria, ya lo he mirado. ¿Quién es Gayle?

—Una mujer. —Leo vuelve a dejar la lata—. ¿Dónde está George?

—En el hospital. Dice que Angharad insiste en que se cayó por las escaleras. ¿Una compañera?

—Una... —Leo vacila durante una milésima de segundo más de lo que debe—... amiga. ¿Cómo está Angharad?

—Lo bastante bien como para pedir el alta en contra del consejo de los médicos. George la está trayendo ahora. —Hay una pausa—. ¿Es la misma amiga que te necesita «toda la noche»?

De repente, hace muchísimo calor en la cocina de Angharad. Leo se pregunta si es posible sufrir una combustión espontánea.

—Ella no... O sea, yo no... —Traga saliva—. No quiero hablar de eso.

—¡Tranquilo! —Se ríe Ffion—. Te estaba tomando el pelo. Me alegro por ti.

—Es complicado.

—¿No lo es siempre? —Se quedan mirándose a los ojos un momento hasta que Ffion aparta la mirada—. De todos modos, no puede ser peor que tu ex.

—Supongo que no —responde Leo, pero entonces piensa en que la última vez que salió con Gayle a cenar se pasó cinco minutos preparándose psicológicamente delante del espejo.

—¿Te va ahora mejor con ella? —Ffion levanta la mirada—. Tu ex..., ¿te está dejando ver a Harris?

Leo no sabe si es por haber oído el nombre de Harris por lo que siente deseos de sonreír o por el hecho de que Ffion lo haya recordado. Se apoya en la encimera.

—Sí, todo va bien. Creo que ha pasado página. El padre de Dominic murió y le ha dejado dinero. Y se han mudado a una calle donde viven tres futbolistas, así que Allie está en su salsa.

—No te imagino con alguien así —dice Ffion.

—Yo tampoco.

Entonces, hay un silencio cargado de significado. Esta vez, Ffion no aparta la mirada.

—¿Sabes...? Aún queda otra media hora hasta que llegue George con Angharad.

—¿Se te ocurre algo? —Leo deja que su mirada se deslice por su rostro, por la diminuta cicatriz de su mentón y las pecas que cubren sus mejillas.

—Sí.

—Soy todo oídos.

—Creo que hay tiempo de ir a la estación de servicio a por café —dice Ffion con tono de burla.

Leo niega con la cabeza, riéndose tanto de ella como de sí mismo.

—Eres imposible.

—No sé qué quieres decir —responde ella con una sonrisa.

—Pues ve. Yo tomaré uno grande con leche.

—No puedes enviarme a por café por el mero hecho de ser mujer, ¿lo sabes?

—¿Qué te parece si te envío a por café porque has sido de lo más desagradable conmigo por razones que, según parece, ni siquiera tú puedes explicar, y porque, en el fondo, sabes que me debes algo más que una simple disculpa?

Ffion se queda pensando un momento y, a continuación, aparta la silla hacia atrás.

—¿Quieres que te traiga también una magdalena?

El pelo de Angharad alrededor de los puntos está apelmazado por la sangre. Tiene una infusión entre las manos.

—Deje de mirarme como si me fuese a caer redonda. Tengo un chichón en la cabeza, eso es todo.

—Tiene un traumatismo. —George golpea con el dedo el folleto que Angharad tiene delante, donde dice: «Todo lo que necesitas saber sobre los traumatismos craneales»—. Debe tomárselo en serio.

—Yo me quedo con ella esta noche. —Elen está ocupada en el fregadero, limpiando la encimera y lavando el polvo para huellas dactilares de la loza que ha encontrado en el salón.

—Dos tazas. —Ffion se dirige a Angharad con una expresiva mirada—. Dos platos. Dos juegos de cubiertos.

La expresión de la mujer mayor no cambia.

—Me da pereza lavarlos.

—Estabas viendo *Al descubierto*.

—Me gusta estar al día de la cultura popular.

Ffion arquea una ceja.

—Entonces ¿no vamos a encontrar ninguna huella de Ryan Francis en la casa?

—Como te dije la otra vez que viniste: me desapareció comida. Él podría haber tocado...

—¡Venga ya, Angharad! —Elen se da la vuelta con un paño en la mano—. Suéltalo, *blodyn*.

Hay una pausa y, después, Angharad suspira.

—El hombre no se encuentra bien.

—Le ha hecho daño —dice George.

—Lo ha hecho sin querer.

—Nos aseguraremos de que lo ayuden. —Leo mira a Angharad a los ojos—. ¿Quiere prestar declaración?

—No.

—Vamos a necesitar su testimonio para...

—No voy a presentar ninguna denuncia —lo interrumpe Angharad—. A Ryan lo han tratado de una manera espantosa en ese programa de televisión. ¿Es tan extraño que haya sufrido una crisis? El único delito que se ha cometido aquí es que hayan hecho ese programa de *Al descubierto*. ¿Quiere ir a por alguien? Vaya a por Miles Young. Él es quien tiene las manos manchadas de sangre.

George saca su cuaderno.

—¿Qué llevaba puesto Ryan cuando se ha ido de aquí?

—No lo he visto marcharse, pero le di unos pantalones de montaña y un jersey abrigado cuando llegó. —Angharad señala con la cabeza hacia las escaleras, supuestamente donde estaba guardada la ropa.

—¿Color?

—Pues… Ah, el jersey era verde oscuro.

Angharad está distraída. Leo sigue su mirada hacia la puerta.

—¿Qué pasa? —pregunta.

Ella vacila.

—Mi mochila —responde a regañadientes—. Siempre la cuelgo detrás de la puerta. —La percha está vacía.

—¿Se la ha llevado Ryan? —pregunta Ffion.

—Supongo que querrá añadirlo a sus antecedentes. —Angharad aspira por la nariz—. Pues tampoco voy a presentar denuncia por eso.

—¿Qué había en la mochila? —pregunta George—. ¿Tarjetas de crédito?

—No, la cartera la guardo arriba. No había mucho dentro. Unas cuantas libras en efectivo, un botiquín, un… —Se interrumpe—. Casi nada —termina diciendo, pero Leo y Ffion intercambian una mirada.

—¿Un qué? —pregunta Leo.

Hay una pausa.

—Un cuchillo de pesca.

George sale de la habitación mientras saca su radio. Se queda en el pequeño claro que hay delante de la casa de Angharad y Leo oye su voz calmada por su auricular avisando al Puesto de Mando de la gran preocupación por el estado de Ryan. Suena el graznido de un ave, procedente del bosque o de alguna de las jaulas de Angharad, y los árboles que están detrás de George susurran con la brisa.

Nada más terminar George, el operador hace circular la información a través del canal principal.

«A todas las unidades, informamos de que el sospechoso tiene antecedentes por violencia y puede estar en posesión de un cuchillo».

Leo tiene una creciente sensación de temor. Quizá Angharad

tenía razón, quizá Ryan no la ha atacado de forma intencionada, pero, aun así, sus actos le han producido lesiones. Y ahora va armado. Es solo cuestión de tiempo que vaya demasiado lejos.

—Ojalá hubiese visto tu mensaje cuando lo enviaste —dice Elen—. Habría venido enseguida y...

—Tu móvil —dice Ffion de repente—. No lo he visto cuando hemos registrado la casa. ¿Te lo llevaste al hospital?

—No me llevé nada. Quería subir y coger un libro, porque los médicos pueden tenerte horas esperando, pero dijeron que...

—¿Dónde está? —pregunta Ffion.

Angharad se queda pensando.

—Lo tenía en la mano cuando Ryan..., cuando me caí. Estará en el salón. —Intenta levantarse, pero George le pone una mano firme en el hombro.

—Le han dicho que descanse.

—Te aseguro que no está —dice Ffion mirando a Leo.

—¿Qué número es? —pregunta él.

—Tome. —Elen ya está buscándolo entre sus contactos y le enseña a Leo la pantalla.

Ahora sí tienen algo para rastrear. Si Ryan enciende ese teléfono, lo encontrarán.

18

Sábado - Huw Ellis - Episodio seis

Huw Ellis ha oído hablar tanto sobre *Al descubierto* en la última semana que estaría encantado de poder pasar toda su vida sin ver un solo segundo del programa, y sin embargo aquí está, viendo el episodio seis. Bronwen, su novia desde hace seis meses, le ha propuesto que esta noche se queden en casa a ver la televisión en lugar de ir a cenar curri. Imaginándose un escenario de Netflix y relax, Huw aceptó de inmediato, pero Bronwen está pegada a la pantalla y, hasta ahora, se ha resistido a sus intentos de seducción. Huw se lleva la nariz disimuladamente a la axila izquierda, por si acaso, pero solo huele a detergente de la ropa. Tuvo la sensación de que no iba a ser esa clase de noche cuando Bronwen le abrió la puerta con unos pantalones de pijama de Winnie the Pooh.

Aún queda otra media hora. ¿Por qué les gusta a las mujeres esta mierda? Es verdad que Huw no ha estado muy concentrado, pero parece que los cuatro concursantes (Bronwen no para de decirle sus nombres, aunque él ya se ha olvidado de los otros tres que no son Ceri) no hacen otra cosa que pasar el día sentados puteándose entre sí. Incluso el pastor acaba de atacar ahora mismo a la joven por no haber cumplido con su turno de fregar los platos.

—Le aterran las serpientes —dice Bronwen señalando al pastor—, pero no se ha rendido en el confesionario. Así de desesperado debe de estar por ocultar su secreto. —Tiene el pelo recogido con una pinza de plástico sobre la cabeza, dejando ver el diminuto pendiente de aro plateado que lleva en la parte superior de la oreja.

—Ajá —dice Huw a la vez que se plantea si saldrá a dar una vuelta con la bici mañana después del trabajo.

Bronwen está obsesionada con los secretos de los concursantes. No deja de decir lo malo que es Miles por sacarlos a la luz y que todos tienen derecho a la intimidad, lo cual resulta irónico, dado lo mucho que ella le ha insistido a Huw las últimas semanas para contar a la gente que están saliendo.

—¿Te avergüenzas de mí? ¿Es por eso por lo que no se lo quieres contar a nadie?

—Estás sacando demasiadas conclusiones —le dice siempre Huw. Bronwen es estupenda. Es la primera mujer, desde que se fue Ffion, con la que se imagina pasando mucho tiempo. Puede que incluso casándose, aunque eso todavía no se lo ha dicho a ella.

Pero es complicado.

Huw tiene menos deseos de volver a vivir con Ffion Morgan que de aprender baile en barra, pero aun así la sigue queriendo, y el hecho de decirle que se está viendo con Bronwen pondría punto final a algo que él pensaba que sería para siempre. Además, contárselo a alguien de Cwm Coed, a quien sea, es lo mismo que sacar un anuncio en todos los periódicos del país. No habrá vuelta atrás. Todos lo sabrán.

—Todavía no lo han encontrado. —Bronwen mira las noticias en su teléfono durante los anuncios. El concursante desaparecido de *Al descubierto* es ahora tema de la prensa nacional y muchos periódicos están publicando artículos donde analizan el papel de Miles en la desaparición de Ryan.

—Ajá. —Huw y su equipo de búsqueda y rescate se han retirado y la policía se ha hecho cargo. Han aducido «factores de riesgo mayor» y, aunque no han dado detalles, hay rumores de que Ryan ha dejado inconsciente a Angharad de un golpe y que, después, le ha robado.

—Pobrecito —dice Bronwen.

—Ajá —repite Huw mientras piensa en Angharad.

—Elen Morgan dice que está sufriendo una crisis.

—Eso es lo que ahora dice todo el mundo cuando no quieren enfrentarse a lo que han hecho.

Bronwen se queda mirándolo.

—Aunque es evidente que podría estar enfermo de verdad —añade Huw.

Satisfecha, Bronwen vuelve a dirigir su atención a la televisión.

Huw se siente aliviado porque el equipo de búsqueda y rescate haya salido por fin de la montaña. Puede parecer como cualquier otro servicio de emergencias, con sus todoterrenos rotulados y sus equipos reflectantes, pero todos sus miembros son voluntarios. Durante los últimos seis días, han dejado el trabajo y la familia para buscar a Ryan Francis.

Bronwen se agarra al brazo de Huw.

—¡Dios mío!

Huw, que no estaba mirando y no tiene ni idea de lo que pasa, se ha quedado sin ruidos para expresar su interés. En la televisión, la joven y guapa Ali nosequé está entrando a lo que Huw sabe que es el «confesionario», porque Bronwen no deja de darle la brasa con eso.

—¿Y si desenmascara a Ceri?

—Eso sería... malo. —Huw se siente en terreno bastante seguro al decir esto, pero Bronwen lo mira horrorizada.

—¿Malo? ¡Sería desastroso!

—Absolutamente desastroso. —Huw debería recibir algún tipo de recompensa por esto; novio del año o algo así. Apuesta a que Bronwen no se piensa sentar a ver motocross con él el fin de semana que viene.

—¡Ay, Dios, no puedo soportarlo! —Bronwen parece al borde de las lágrimas.

Está siendo un poco exagerada, ¿no? A Huw le gusta Ceri; se tomaría una cerveza con ella si se encontraran por casualidad en el pub. Y entiende que Bronwen es su jefa en la oficina de correos, así que se siente algo implicada, pero... ¿de verdad importa?

—Es la tarjeta de cumpleaños. Eso es lo que lo ha provocado —dice Bronwen—. Aliyah vio a Ceri mirando la tarjeta y adivinó su secreto.

En la pantalla, la joven que está en el confesionario respira hondo.

«Dejo al descubierto a Ceri».

—¡No! —Bronwen clava las uñas en el brazo de Huw cuando empiezan los anuncios.

—¡Ay!

—Esto no puede ser. ¡Tenemos que hacer algo!

Huw se la quita de encima y va al baño.

—Tranquila, Bron —grita desde la cocina, donde se abre otra cerveza. Vuelve al sofá e intenta *cwtch* un poco, pero Bronwen está rígida y en tensión—. Ceri es dura de pelar. Cualquiera que sea su secreto, no va a importarle que la gente lo sepa.

—¡Calla! —Suena la música y los concursantes vuelven a parecer en la pantalla. Huw se deja caer en el sofá. Bronwen no va a hacerle caso hasta que esto termine.

«Buenas noches desde la Montaña del Dragón —dice Roxy a la cámara».

—Pen y Ddraig —murmura Huw de inmediato.

—¡Dios, Huw, qué más da eso! ¡Ceri está a punto de quedar al descubierto! —Bronwen está casi histérica.

Huw decide que van a tener que comprarse otra televisión más si se van a vivir juntos.

«Aliyah —dice Roxy—. Hoy mismo has intentado dejar a Ceri al descubierto. Vamos a ver si tenías razón. —Levanta una pequeña llave—. Abre la caja y busca el sobre de Ceri, por favor».

A Aliyah le tiemblan tanto las manos que le cuesta meter la llave, pero por fin consigue abrirla y, tras buscar entre los sobres, le entrega uno a Roxy. Huw distingue a Ceri al fondo, callada y pálida.

—No puedo soportarlo. —Bronwen se coloca las manos sobre los ojos con los dedos separados.

La imagen pasa al confesionario y a la acusación grabada de Aliyah.

«Dejo al descubierto a Ceri —dice Aliyah—. Ceri prendió fuego a su coche para hacer una reclamación falsa al seguro».

Junto a la hoguera, todas las miradas se clavan en Ceri, que está boquiabierta.

—Se ha equivocado —dice Bronwen entre sollozos—. Gracias a Dios.

«Aliyah, ¿te mantienes en tu acusación? —Roxy ha abierto el sobre y ha sacado un papel».

«Sí —responde Aliyah».

«Aliyah, me temo que... —Roxy hace una pausa— te has equivocado».

Aliyah ahoga un grito.

«Eso no es posible».

«Sabes lo que eso significa, ¿verdad? —continúa Roxy».

«¡Eres una zorra!».

Aliyah mira con desconcierto a su alrededor mientras lanza el insulto. Huw no sabe bien si es para Ceri o para Roxy, aunque no dirige la vista a ninguna de las dos, sino al exterior del campamento, a las montañas.

«Al confesionario, Aliyah. —Roxy muestra a la cámara una resplandeciente sonrisa—. ¡Puede que al final sí que haya alguien que quede al descubierto esta noche!».

—Ay, Dios mío —repite Bronwen. Se hunde en el sofá con lágrimas en la cara.

—Bron. —Huw coge el mando a distancia y deja la televisión en silencio—. ¿Qué narices está pasando?

Ella lo mira parpadeando con tristeza.

En la pantalla, Aliyah grita en silencio. Unas arañas van entrando en el confesionario y se le suben por las piernas y por su rostro crispado.

—Yo sé cuál es el secreto de Ceri —le dice Bronwen con pena.

Aliyah se ha subido al asiento, pero las arañas son más hábiles que ella y, por muy rápido que se las quite de encima, vuelven. Tiene los ojos abiertos de par en par por el horror y se rasca la espalda. Después, se rasga la camisa y los botones salen disparados hacia la cámara.

—¿Es grave? —pregunta Huw. No sabe cuánto tiempo lleva Aliyah en el confesionario. ¿Treinta segundos? ¿Cuarenta? Pero está claro que ya no puede más: ha saltado de la silla y está aporreando la puerta. Huw no necesita subir el volumen para entender lo que está gritando.

«¡Confieso! ¡Confieso!».

—Va a perder su trabajo. —Bronwen se echa a llorar de nuevo.

—¿Ceri? —Huw aparta su atención de Aliyah, molesto al darse cuenta de que se ha quedado enganchado al programa—. Pero tienes otros carteros, ¿no? Y, si te quedas corta de personal, puedes contratar...

—Yo también voy a perder el mío —dice Bronwen—. Incluso es posible que vayamos a la cárcel.

—¿A la cárcel? —Huw intenta entender qué está pasando.

—Ayúdame, por favor.

—Por supuesto, pero, Bronwen...

—La gente no puede enterarse de lo que hay en ese sobre. Prométeme que me vas a ayudar.

—Te lo prometo. —Huw rodea a Bronwen con los brazos y la tranquiliza mientras su cuerpo se agita por los sollozos. A Huw le empieza a dar vueltas la cabeza. Ceri ha hecho algo ilegal y, como sea, Bronwen está implicada, así que él tiene que impedir que nadie se entere.

¿Cómo narices va a hacerlo?

19

Domingo - Ffion

Lo de «antigua profesional del sexo» no estaba entre las posibilidades que Ffion contemplaba sobre *Al descubierto*. Junto con otros doce millones de espectadores, vio boquiabierta cómo Aliyah golpeaba anoche la puerta del confesionario y gritaba su secreto delante de todo el mundo.

—Eso no me lo esperaba, ¿y tú? —dijo Ffion. Dave, en pleno momento crítico de lamerse las pelotas, no le hizo caso. En la televisión, Aliyah salía del campamento de *Al descubierto* y bajaba por la montaña con las lágrimas derramándose por su precioso rostro. Ffion lo apagó. No quería seguir viéndolo ni tampoco contribuir a las cifras de audiencia que inflaban el ego de Miles, cuando sabía que todo aquello era una farsa. Siete días entre las bambalinas de *Al descubierto* le habían demostrado que no había nada de real en la telerrealidad.

—Tiene que haber una forma de hacer que dejen de grabar —dice ahora. Ha salido de la granja para llamar al inspector Malik sin que el equipo de producción la pueda oír—. Miles Young no tiene moral alguna.

—Medio Gobierno carece de moral —responde Malik—. Pero, a menos que cometan algún delito, tenemos que aguantarnos con ellos.

Ffion se detiene, sin respiración tras haber subido por la

montaña, y baja la mirada hacia Carreg Plas. Parece un lugar idílico. Entrecruzadas sobre el patio, unas tiras de luces apagadas esperan al siguiente banquete de boda, y Ffion se imagina los adoquines cubiertos de mesas de tablones y ramas de hiedra. Huw y ella se casaron en la capilla de Cwm Coed y celebraron el banquete en una carpa en la parte trasera de Y Llew Coch. Vestido blanco, velo; el paquete completo.

—Qué desperdicio de dinero —dijo su madre con un suspiro cuando Ffion volvió a su casa dieciocho meses después.

—La próxima me la pagaré yo —contestó Ffion.

El inspector Malik sigue hablando:

—No podemos hacer nada para impedir que Producciones Young continúe grabando. Lo único es advertirles de los riesgos.

—Miles no va a hacer caso a nada que no sean las cifras de espectadores —responde Ffion. La opinión pública se ha puesto completamente a favor de Ryan en los últimos dos días, con varios expertos de renombre que están condenando el programa, pero el índice de audiencia sigue disparado. Parece que a todo el mundo le encanta ver cómo descarrila un tren—. Ni siquiera le importa que el equipo haya recibido amenazas de muerte ni que alguien haya publicado en Twitter la ubicación de la granja. Es solo cuestión de tiempo que empiecen a aparecer por allí detractores.

—Hablaré con el comisario responsable para que tenga a sus agentes en alerta.

—Tengo un mal presentimiento con esto, jefe. —Ffion se dispone a bajar de nuevo de la montaña—. #BuscarARyan es tendencia desde ayer y todo el mundo culpa a *Al descubierto*.

No es para menos, piensa ella. El teléfono de Angharad no se ha conectado a la red de telefonía desde el viernes por la noche, cuando Angharad envió el mensaje a Elen, y Ryan ha desaparecido sin dejar rastro. O bien se lo ha llevado alguien, o bien ha pasado otra noche durmiendo en la montaña. Ffion no quiere pensar en la alternativa. La de que Ryan use el cuchillo de Angharad para acabar con todo.

—Es una situación delicada —contesta Malik—. Los medios de comunicación han hecho que se polarice. Los izquierdistas *woke* reclaman «mostrarse comprensivos» en contraposición de los columnistas de derechas, que elogian a Miles y se burlan de los concursantes por ser «unos blandos». El jefe teme que lo acusen de tomar partido.

—¿Qué tiene de *woke* que se intente impedir que un enfermo mental se haga daño a sí mismo o a otra persona, joder? —explota Ffion.

—Ffion, ¿no establecimos un plan de acción sobre el lenguaje profesional en el trabajo?

Ffion suspira.

—Sí.

—Estaría bien que, al menos, fingieras que te estás esforzando. Olvídate de lo de tratar de impedir la grabación del programa —añade Malik—. Ocúpate de encontrar a Ryan Francis.

Ojalá fuera así de simple, piensa Ffion mientras se dirige de vuelta a la granja. Si Ryan quisiera desaparecer, se habría alejado de la montaña nada más escaparse del campamento. Si los de la científica confirman que hay huellas de Ryan en las piedras que se lanzaron contra las cámaras, tendría sentido su decisión de quedarse por la zona hasta entonces, pero ¿y después? ¿Está esperando a tener otra oportunidad para conseguir abrir la caja de los secretos? ¿O tiene pensada otra cosa?

Ffion mira por la ventana del establo de Ryan cuando atraviesa el patio. Jessica está al teléfono mientras da vueltas por la diminuta habitación con una mano metida entre su pelo. Ninguno de los amigos o parientes de Ryan ha tenido noticias de él desde que salió de *Al descubierto*. Todos están de acuerdo en que su desaparición no es propia de él.

Son más o menos las diez cuando Ffion llega a la casa. Casi está en la puerta trasera cuando oye el pestillo de una puerta y, al volverse, ve a Miles con su chaqueta amarilla de correr y gorro. Se agacha para meter la llave de su estudio debajo de la alfombrilla.

—¡Miles! —grita Ffion. Si el bienestar de los concursantes no es suficiente para que suspenda el programa, puede que sí lo sea la seguridad de sus trabajadores. Entre el bombardeo de insultos en internet, hay varias amenazas explícitas contra Roxy, que, como rostro público de la creación tóxica de Miles, está siendo el centro del odio.

Pero Miles ni siquiera mira en dirección a Ffion. Sale a correr montaña arriba para hacer su ejercicio diario que insiste en continuar, claramente incapaz de renunciar a él pese a toda la mierda que está pasando. Eso sí que es ignorar un problema, piensa Ffion. Le estaría bien empleado que Ryan lo alcanzara con ese cuchillo...

Justo en la entrada de Carreg Plas, un equipo de televisión está hablando con Aliyah. Ahora que los medios de comunicación ya no le bailan el agua, Miles ha declarado la cocina zona prohibida y se niega a dar entrevistas. Eso no ha impedido que algunos de los concursantes las concedan por su cuenta. Ffion se queda junto a la esquina de la casa para ver cómo Aliyah habla con una periodista vestida con un abrigo camel largo.

—La cuestión no es si las mujeres deberían desempeñar trabajos sexuales —está diciendo Aliyah—, sino cómo garantizamos su seguridad mientras lo hacen.

—Lo está haciendo genial, ¿no?

Ffion se da la vuelta y ve a Pam observándola orgullosa desde el lateral.

—Anoche le di una charla motivacional. Le dije que debemos controlar el discurso. No podemos permitir que ese cabrón de Miles salga ganando.

Ffion observa cómo la periodista asiente mientras Aliyah mantiene una actitud segura.

—Impresionante.

—El canal ITV está haciendo un reportaje sobre cómo la crisis del coste de la vida está empujando a muchas estudiantes a la prostitución y la BBC quiere entrevistarla para que hable de «hombres que humillan a mujeres». —Pam mira una nota de su teléfono—. Después, Aliyah y yo vamos a hablar con Sky News sobre la explotación de la telerrealidad. Ah, y mañana salimos en *Woman's Hour.*

—¿Y qué pasa con su trabajo?

—Voy a tener una llamada con el presidente de la junta de gobierno esta mañana.

—Buena suerte.

—La voy a necesitar. —Pam la mira con una sonrisa triste y se vuelve de nuevo hacia Aliyah con algo parecido al orgullo maternal. Ffion entiende por qué los padres quieren una plaza para sus hijas en la escuela de Pam.

Roxy está en la cocina. Tiene la cara enrojecida, como si hubiese estado llorando.

—Estaba a punto de salir a dar un paseo —dice cuando entra Ffion. Ffion está a punto de decirle que es una mala idea, en vista del odio dirigido hacia ella en las redes y del hecho de que se haya difundido la ubicación de la granja, pero piensa en Pam animando a Aliyah a controlar el discurso. ¿No es ya suficientemente malo que Miles quiera que sus concursantes se acobarden sin que el equipo sienta lo mismo?

—Tenga cuidado —decide decirle Ffion—. No vaya muy lejos.

—He intentado dejarlo. —Las lágrimas afloran entre las pestañas oscuras de Roxy—. Pero Miles ha dicho que me demandará por incumplimiento de contrato. Dijo que se asegurará de que jamás vuelva a trabajar en televisión.

—Pero no puede hacer eso.

—Lo odio —dice Roxy con vehemencia. Cierra la puerta con un golpe al salir.

—Bienvenida al club —responde Ffion en la habitación vacía—. La lista de miembros es bastante larga. —Mira en el comedor por si está Caleb, pero recuerda que Miles lo ha despedido. Hay dos mensajes de voz de Seren en su teléfono, que sin duda serán para suplicarle que defienda a Caleb ante Miles. Ffion no los ha escuchado; Miles no va a hacerle caso.

Se está enrollando un cigarro cuando Jessica entra corriendo en la cocina.

—¡Ryan acaba de llamarme! —Su mujer toquetea el móvil para enseñar a Ffion el número de su pantalla—. No ha dicho nada, pero sé que era él. Estaba... —Se le rompe la voz—. Estaba llorando. —El rostro de Jessica se desencaja y se agarra a la mesa como si fuera lo único que la puede mantener en pie.

Ffion compara los dígitos con los que tiene escritos en su cuaderno y se asegura de que se trata del número de Angharad. Busca el número de Leo en su teléfono y lo llama.

—Ryan es listo —dice Jessica—. Es un buen jefe..., dirige un equipo de personas en su trabajo. Es divertido, sociable... —Mira por la ventana hacia el estudio de Miles—. Ese cabrón lo ha destrozado.

Leo responde.

—¿Qué pasa?

—Ryan ha usado el teléfono de Angharad.

—Lo que Miles ha hecho es un crimen —sigue diciendo Jessica—. Pero no ha sido él solo.

Leo no vacila.

—Voy a pedir una autorización para rastrear la llamada.

—Todas esas personas pegadas a los *reality shows* —continúa Jessica—, desesperadas por enterarse de los cotilleos.

—Siéntese —dice Ffion—. Voy a traerle agua...

—¿Usted lo ha visto?

—¿Cómo dice?

—¿Ha visto el programa? —insiste Jessica.

Ffion titubea.

—Sí, pero...

—¡Entonces es igual de culpable! —Jessica señala a Ffion con un dedo acusatorio—. Usted y todos los que lo ven. Cotilleando sobre personas que no conocen, esperando a ver cómo despedazan a la siguiente víctima.

—Solo lo he visto... —«Por trabajo», iba a decir Ffion, pero no es verdad, ¿no? Piensa en el primer episodio de *Al descubierto*, acomodada en el sofá de su madre con Dave y un plato de pastel. Recuerda cómo fueron diseccionando a los concursantes, la forma de tratarlos como animales de un zoo, no como personas de verdad. Piensa en la noche de ayer, cuando apagó la tele después de haber visto la confesión de Aliyah.

—Si la gente como usted no viera esos programas, las personas como él... —Jessica apunta con el dedo al estudio de Miles— no los harían. Usted forma parte de todo eso. ¡Todos tienen las manos manchadas de sangre! —Sale de la cocina hecha una furia y cierra dando un portazo.

Ffion se deja caer en una silla, horrorizada al ver que está temblando.

20

Domingo - Leo

Leo es muy consciente de las limitaciones en torno al análisis de las estaciones base de telefonía, especialmente en una zona como Cwm Coed, donde hay menos antenas de móviles que en las ciudades. Pero, aun así, se siente decepcionado al ver la poca información que le puede ofrecer el analista respecto a los posibles movimientos de Ryan.

—Al oeste de la antena más cercana —le dice Leo a Ffion y a George.

—¿Eso es todo? —Ffion suelta un bufido.

George se encoge de hombros.

—Al menos, sabemos que sigue en la zona.

—Angharad dijo que tenía dinero en su cartera —dice Leo—. Ryan podría haber tomado un autobús, incluso haber llamado a un taxi, pero se ha quedado cerca de la Montaña del Drag... —Ve la mirada de Ffion—. Cerca de Pen y Ddraig —rectifica avergonzado—. ¿Por qué lo habrá hecho?

—Porque su mujer está aquí —responde George.

—No. —Ffion mira por la puerta abierta de la cocina hacia el patio—. Porque Miles está aquí.

Hay sesenta metros o así desde la cocina hasta el estudio, pero oyen el sonido amortiguado que indica que Miles ha vuelto de correr y que está editando. Leo no distingue las palabras del vídeo que está reproduciendo, solo la elevación y caída de voces masculinas y femeninas al habitual volumen alto de Miles.

—Deberíamos advertirle —dice Leo.

—Lo he intentado antes, cuando salía a correr —contesta Ffion—. Me ha ignorado por completo.

Leo piensa en las opciones que tienen. La información con la que cuentan no es lo suficientemente específica como para advertir a Miles de que corre peligro, de que existe una amenaza de muerte clara e inminente, pero, por lo que les ha contado Angharad, está claro que Ryan alberga un profundo resentimiento hacia todos los que participan en *Al descubierto*. Sobre todo, hacia Miles.

Leo tiene en su teléfono una captura de pantalla del tipo de cuchillo que Angharad guardaba en su mochila.

—No lo llevo por ahí habitualmente —le explicó ella al ver la reacción de Leo—. Estuve pescando y lo dejé en la mochila.

El cuchillo tiene una hoja larga y afilada, como un tacón de aguja. «Ideal para rebanar», dice la descripción de la página web, y un escalofrío recorre la espalda de Leo al pensarlo. El cuchillo de la foto tiene un mango de madera, pero el de Angharad es de marfil —«Perteneció a mi padre»— y Leo se lo imagina sujeto por la mano inquieta de Ryan.

Miles está reproduciendo las grabaciones del programa a más volumen y Leo puede distinguir ahora las palabras. Un hombre grita: «¿Qué haces?».

—Se va a dañar los oídos editando a ese volumen —dice George.

«¿Me estás amenazando? —dice la voz, alta pero imprecisa, amortiguada por la distancia y las puertas—. ¡Quítate de encima!». Los únicos hombres que quedan en el campamento de *Al descubierto* son Lucas y Henry. Leo se pregunta cuál de ellos grita, aunque se da cuenta de que no es ninguno de ellos, porque los gritos van seguidos de un aullido aterrador y una llamada de angustia: «¡Socorro, socorro!».

Y, después, nada.

Leo, Ffion y George se miran.

Ffion es la primera en moverse, pero George corre más rápido, llega al establo de Miles y aporrea la puerta. Las cortinas están cerradas y ella golpea el cristal e intenta girar el pomo.

—¡Abra la puerta!

—¿Qué está pasando? —Jason aparece detrás de ellos—. ¿Han oído ese grito? ¿Era Miles?

—¡Aléjese de la puerta! —Leo da un paso atrás y, a continuación, da una patada a la cerradura. Se oye un sonido de algo que se astilla, pero la puerta no se abre, así que Leo embiste con el hombro para golpear la madera con todo su peso. La puerta se abre y Leo consigue detenerse antes de caer sobre lo que de inmediato ve que se trata de la escena de un crimen.

Miles está desplomado sobre su escritorio. Por encima de su cabeza, los concursantes de *Al descubierto* hablan y ríen, una yuxtaposición grotesca que revuelve el estómago de Leo. Le busca el pulso, pero es demasiado tarde.

Miles Young está muerto.

COMUNICADO

Debido a los trágicos sucesos acaecidos en el día de hoy, no se emitirá el episodio de esta noche de *Al descubierto*. Se han interrumpido todas las grabaciones y los demás concursantes e integrantes del equipo están recibiendo ayuda. El asunto se encuentra en manos de la policía y no vamos a hacer más declaraciones por ahora.

Producciones Young

SEGUNDA PARTE

21

Domingo - Ffion

George está ya informando de la situación, dando los detalles del asesinato de Miles con la misma voz neutral que utiliza para pedir un bocadillo: «Puesto de Mando, envíen agentes de apoyo y un perro, por favor. Policía científica, un médico forense, un oficial superior de investigación...».

Mientras George desgrana la lista, Leo mantiene apartados a los demás. Ahora, están todos en el patio, alertados por los gritos de Miles o por el caos posterior. Roxy tiene las manos sobre la boca; detrás de ella, Owen mira con incredulidad. Ffion ve a Pam, Jason y Aliyah. Se da cuenta de que también Caleb ha acudido.

Solo falta Jessica.

—Que cada uno permanezca en su habitación. —El tono de Leo no admite discusión.

—¿Está...? —Jason mira por detrás de Leo hacia el estudio de Miles—. ¿Está muerto?

—Hagan caso —responde Leo con firmeza. Los dos hombres se quedan mirándose a los ojos durante varios segundos hasta que Jason se da la vuelta de mala gana. Los demás lo siguen y se separan cuando llegan a sus respectivas habitaciones.

Ffion siente una opresión en el pecho. Las voces del patio resuenan como si llegaran a través de un túnel.

Miles Young está muerto.

Ffion ha visto una infinidad de cadáveres. Ha sido la primera en llegar a la escena en docenas de asaltos y accidentes de tráfico, y en más casos de autolesiones de los que le gustaría recordar.

Nunca ha oído cómo sucedía un asesinato.

Ffion reproduce los sonidos en su cabeza; piensa en que ninguno ha hecho caso a los gritos de Miles de «¿Qué haces?» y «¿Me estás amenazando?». Piensa en que han imaginado que Miles estaba escuchando una grabación, que han hablado del impacto que ese volumen tendría en sus oídos, por el amor de Dios. Y en todo ese tiempo…

Ffion recuerda el grito gutural de después y se imagina lo desesperado que ha debido de sentirse Miles esperando que alguien lo oyera.

«¡Socorro, socorro!».

¿Le habrá parecido una eternidad?

Ha durado menos de un minuto.

«Menos de un minuto», se repite Ffion, e incluso en su mente percibe su actitud defensiva. No podían haber hecho nada. No podían haberlo evitado.

Menos de un minuto.

Se tarda menos de un minuto en cruzar el patio, le dice la voz de su cabeza. Se alegra al oír sonar su teléfono y responde con un escueto:

—Agente Ffion Morgan.

—Soy la inspectora jefe Christine Boccacci —responde la voz—. Tengo entendido que está con la víctima de asesinato.

—Sí, señora. —Ffion se concentra el instante, agradecida por la distracción—. El lugar está acordonado y los testigos…

—¿Quién es el superior?

La interrupción de la inspectora jefe deja por un momento a Ffion sin palabras.

—No hay… —Se acuerda de Leo—. Bueno, está aquí el sargento Brady del Departamento de Investigaciones Criminales de Cheshire.

—Ah, estupendo. —Boccacci parece aliviada—. Pásame con él, por favor. Quiero que me informe con detalle.

Ffion abre la boca para protestar. Un informe detallado es precisamente lo que ella estaba a punto de proporcionarle, pero sabe que no servirá de nada. Nunca ha buscado un ascenso. Quiere resolver delitos, no descifrar motivos personales, y el trabajo más interesante está en primera línea, no en un despacho. Sin embargo, cuando le pasa el teléfono a Leo con un cortante «La oficial superior de investigación quiere hablar contigo», siente una punzada de resentimiento.

En la alfombra de la habitación de Miles, está la llave de la puerta unida a un llavero de piel fina con el número ocho. Ffion se da cuenta de que se habrá caído al suelo cuando Leo ha abierto la puerta a patadas. La deja donde está.

El cuerpo de Miles está desplomado sobre un escritorio grande traído por la productora. Ffion ha visto los demás establos, donde hay un pequeño sofá en lugar de la gran mesa de trabajo. Hay dos pantallas de ordenador, ambas conectadas a un portátil y a un disco duro externo; una de ellas está apagada. Ffion se acuerda de que Caleb se quejó de que Miles podría compartir fácilmente la carga del trabajo si el productor no fuese tan controlador.

—Tiene dos equipos de edición —dijo Caleb—. Pero el gran Miles Young no permite que nadie se siente a su lado. Ah, no.

La segunda pantalla muestra la imagen en directo del campamento, donde Ceri y Lucas están sentados junto a la hoguera.

«... la vi hablando con la mujer de la cámara —está diciendo Lucas».

El sonido se oye a un incómodo volumen alto. ¿Cómo podía soportarlo Miles? En la parte superior de la pantalla, unas etiquetas rojas invitan al usuario a pulsar en cámaras con diferentes perspectivas: CAMPAMENTO 1, CAMPAMENTO 2, CAMPAMENTO 3, CARPA CHICOS, CARPA CHICAS, CONFESIONARIO. La tentación de ponerse a mirar es enorme. Henry no está con Ceri y Lucas junto a la hoguera, y a Ffion le gustaría saber dónde se encuentra, pero se decide por pulsar el botón para quitarle la voz con la punta del bolígrafo. El silencio que se instala la tranquiliza al instante.

Los establos transformados parecen habitaciones de alguna universidad exclusiva, cada una con un armario compacto y una cama doble pequeña. Al fondo de la habitación de Miles, la ventana abatible está abierta de par en par. Es lo bastante grande para que alguien la atraviese, y los establos de este lado dan al bosque, lo que quiere decir que el asesino lo habría tenido fácil para salir sin ser visto. Ffion se mete las manos en los bolsillos mientras da vueltas por la habitación. Sabe que es una costumbre que para cualquier observador puede parecer tremendamente despreocupada (ha recibido más de una reprimenda por parte del inspector Malik), pero es una forma infalible de evitar tocar nada sin darse cuenta.

Con la punta del zapato, Ffion abre la puerta del cuarto de la ducha. Al hacerlo, se le ocurre que la ventana abierta podría ser para despistar, para hacerles pensar que el asesino ha huido al interior del bosque. O que ha abierto la ventana, pero no ha tenido tiempo de salir por ella y, en su lugar, se ha escondido en el único lugar posible...

Se siente tan aliviada como decepcionada al ver que el diminuto baño está vacío. El cubículo de cristal de la ducha está seco y Ffion se pregunta si Miles se habrá duchado después de salir a correr por la mañana o si se habrá vestido y se habrá puesto a trabajar directamente. Hace un gesto de desagrado ante la idea. Ahora que lo piensa, hay un fuerte olor a sudor en el aire, como en un vestuario después de un partido de rugby.

Se coloca junto al cadáver.

Los brazos de Miles le cuelgan a los lados, tiene el pecho sobre el escritorio y la cabeza hacia un lado. Podría estar echando una siestecita de no ser porque tiene los ojos abiertos. Le sobresalen de manera inquietante en dirección a Ffion. Lleva una camiseta ancha que deja ver unas señales de color rojo intenso alrededor del cuello.

—Estrangulado —dice Leo desde la puerta.

—Eso parece. —Ffion señala la pantalla del ordenador, donde a los ahora silenciados Lucas y Ceri se les ha unido Henry—. Más vale que los traigamos aquí.

Leo niega con la cabeza.

—Que todos se queden donde están hasta que llegue el perro.

—Pero...

—La inspectora jefe Boccacci me ha pedido que tome el control temporalmente.

El subtexto queda claro —«Ahora mando yo»—, y Ffion piensa que menos mal que echó por tierra lo que tenían, porque ¿cómo se puede esperar tener una relación de igual a igual cuando una de las partes tiene un rango superior a la otra?

—George ha tomado una primera declaración a los que se alojan en los establos, y todos dicen que estaban en sus habitaciones en el momento del asesinato —dice Leo—. Son Jason, Pam y Aliyah.

—Jessica no —contesta Ffion.

Leo toma nota.

—¿Puedes hablar con los tres que están en la granja? Roxy, Owen y Caleb. No debería haber nadie más en la casa. Los agentes han colocado un cordón en la valla.

Leo se siente mucho más cómodo dando órdenes que Ffion obedeciéndolas, lo cual a ella le sirve de confirmación de que lo que pasó, o casi, entre los dos ha quedado del todo en el pasado. Leo la ve como una compañera de trabajo, nada más.

—Claro —responde Ffion con una ligereza que no siente—. Sargento.

A Ffion le parece surrealista que hace menos de una hora estuviera apoyada en la encimera de la cocina preguntándose si fumarse un cigarro o tomar otro café, o las dos cosas. Se sentía frustrada por lo lenta que es la investigación de la desaparición de una persona; ahora, se ven arrojados a un caso de asesinato con la suficiente velocidad como para provocar un traumatismo cervical.

Ve a Owen en la sala de estar, mirando por el ventanal el cordón azul y blanco que ondea a la entrada del camino.

—He avisado a la oficina —dice.

—Se les ha ordenado específicamente que no hicieran ninguna llamada.

—Alguien tiene que encargarse de la edición o...

—¿La edición?

—Del programa. —Habla con ella como si pensara que le falta un hervor.

Ffion se queda mirándolo.

—Han asesinado a Miles.

—Exacto, así que tendrá que venir otro. —Dobla los nudillos—. He pedido a la oficina que envíen a un cámara que trabaje por cuenta propia para que me sustituya. Yo ocuparé el puesto de Miles.

Ffion casi siente pena por él.

—No se preocupe. Sé lo que hago. Empecé en cortos de bajo presupuesto en los que era productor, director, cámara..., de todo. Ahora, me encargaré de la edición y producción; los espectadores ni siquiera van a notar la diferencia.

—Amigo, esto se ha acabado.

—¿A qué se refiere?

—*Finito*. No habrá más *Al descubierto*. Estamos investigando un asesinato.

—¡No! —Casi es un grito—. No puede cancelar el programa sin más.

—Sí que puedo y lo he hecho —responde Ffion—. A partir de ahora, las únicas cámaras que habrá por aquí serán las de la policía científica.

—Gracias a Dios. —Roxy se ruboriza—. Qué espanto, perdón. No es que me alegre de que Miles haya muerto, por supuesto que no, pero no creo que hubiera podido aguantar una semana más de *Al descubierto*.

—No habría durado una semana, ¿no? Solo quedaban tres concursantes.

Ffion está apoyada en el alféizar de la ventana de la habitación de Roxy, que está al lado de la de Miles, en la parte trasera de la casa, y da al patio. Roxy está sentada en la colcha de color crema que cubre los pies de la cama. Un panelado de color salvia recorre la parte inferior de la habitación. Hay cuatro dormitorios en la granja, todos ellos igual de grandes que este, en el que posiblemente cabría toda la planta baja de la casa alquilada de Ffion. En un perchero junto a la puerta, hay colgados varios uniformes idénticos de presentadora.

—Miles lo tenía todo planeado. —Roxy se da cuenta de la mirada de curiosidad de Ffion—. No pensará que todas las expulsiones eran al azar, ¿verdad?

—¿Está diciendo que el voto del público era irrelevante?

—Miles lo utiliza... —Se interrumpe—. Lo utilizaba como guía para saber quién gustaba a la gente, pero la última palabra la tenía él. Por ejemplo, estaba claro que Jason iba a ser el primero en salir.

—¿Por qué Jason?

—Por la bigamia. —Roxy se encoge de hombros, como si fuese una obviedad—. Era lo bastante jugoso para que la gente siguiera viendo el programa y tener encantados a los medios de comunicación. Si no lo hubiese desenmascarado uno de los concursantes, Miles habría llevado a Jason al confesionario. Tenía todo tipo de cartas guardadas en la manga. No me sorprendería que estuviera pasando información a los concursantes a través del guardia de seguridad. Para manipularlos, ya sabe.

Pobre Jason, piensa Ffion al recordar sus desesperados intentos por hacer que su mujer respondiera a sus llamadas. No era de extrañar que hubiese intentado darle un puñetazo a Miles en la cocina.

—¿Oyó usted a Miles gritar pidiendo ayuda? —le pregunta a Roxy, pero la presentadora niega con la cabeza.

—Estaba aquí, cambiándome. Tenía la música puesta.

—¿Qué estaba escuchando?

Roxy hace una pausa.

—ABBA, creo. —Suelta una extraña carcajada—. Lamentable, lo sé, pero me ayuda a meterme en el papel.

Oficialmente, Caleb no tiene una habitación en Carreg Plas. Vive en La Ribera, el resort que está a orillas del lago, y sube hasta aquí cada día en bicicleta; Ffion lo ha visto empujándola por los tramos en pendiente. Pero sabe también, por Seren, que Caleb se ha apropiado del dormitorio vacío que está al lado del de Owen, frente al de Roxy, en su mismo rellano. Llama a la puerta.

Ffion ha descubierto que los chicos de dieciocho años tienen la asombrosa capacidad de aparentar distintas edades. Seren parece tener apenas doce años cuando se mancha el pijama con la leche de los cereales mientras ve los dibujos animados por la mañana, pero se transforma en una mujer de veintitantos con un poco de rímel y cincuenta libras en ropa de Shein.

Hoy, Caleb parece un niño. Un niño asustado. Su ventana da al valle, donde la luz del mediodía proyecta un brillo plateado sobre el Llyn Drych. En la otra orilla del lago, se encuentra La Ribera, y también la cabaña propiedad de la madre de Caleb, donde Ffion se imagina que a él le gustaría estar ahora.

—¿Qué está pasando? —pregunta él. Ha estado llorando, aunque Ffion sabe que no lo reconocería.

—Estamos investigando un asesinato —contesta.

Caleb se muerde el labio inferior.

—¿Cuánto tiempo llevas en tu habitación?

—Desde que el otro agente me ha dicho que viniera.

—¿Dónde estabas antes de eso?

—De camino al campamento con las raciones para hoy.

—Creía que te había despedido.

—Y así era, hasta que se dio cuenta de que no tenía a nadie a quien encargarle las tareas de mierda. —Caleb suelta un resoplido sarcástico—. Sin ninguna disculpa, claro. Simplemente, «sube al campamento», como si fuese el puto dueño del universo. —Hace una pausa y, de repente, su expresión es de cautela, como si se hubiese dado cuenta de que hablar mal de un jefe recién asesinado quizá no sea lo más inteligente.

—¿Te ha visto alguien cuando subías esta mañana al campamento?

—¿Esto es un interrogatorio?

Hay una larga pausa.

—No —acaba contestando Ffion. Caleb es adulto, pero por poco. Y no es sospechoso, ¿no? Porque eso pondría fin a la preparación de Seren para sus exámenes.

Ffion recorre el largo camino de vuelta al patio saliendo de la granja por la puerta delantera, rodeando la casa y siguiendo por detrás de los establos. No va a acercarse a la escena del crimen —con un poco de suerte, Jim y Foster encontrarán alguna pista en la ventana abierta—, pero puede darle una idea de en qué dirección se ha ido el asesino.

No contaba con encontrarse cara a cara con su exmarido.

—¿Qué haces aquí?

—Yo podría hacerte la misma pregunta —se defiende Huw.

—Podrías, pero yo soy agente de la policía y tú estás merodeando por el escenario de un crimen.

—¿Un qué? —Se queda boquiabierto.

—Lo que has oído. ¿Qué haces? —No hay ningún sendero en esta estrecha franja que hay entre la trasera de los establos y el bosque de la montaña, ninguna razón para que Huw esté ahí.

—Buscando a Ryan.

—No es verdad. La participación de la población civil en la búsqueda se canceló cuando recibimos la información de que Ryan estaba en posesión de un arma. —Hace frío a la sombra de los árboles y Ffion nota que el vello de los antebrazos se le eriza.

—Se me ha caído una pinza de la radio por aquí. La estaba buscando.

—¿No quieres saber a quién han asesinado?

—¿Qué?

—No me lo has preguntado. —Ffion se queda mirándolo—. Es lo primero que yo preguntaría.

—Supongo que he dado por sentado que era Miles. —Huw parpadea con rapidez—. ¿Lo es?

Ffion no responde. Está pensando en algo mucho más útil que no sea qué está haciendo su exmarido a hurtadillas por el bosque; el único asesinato que Huw es capaz de perpetrar es el de *Sweet Caroline* cuando hay noche de karaoke en el Y Llew Coch.

—Ese programa que usas para localizar a la gente, ¿cómo funciona? —pregunta.

—¿Qué? —Huw se sorprende ante el cambio de conversación.

—¿Puedes usarlo con Ryan? —Cuando Ffion vivía con Huw, lo observaba maravillada sentado delante de un ordenador portátil abierto mientras guiaba a los miembros de su equipo para que localizaran a un excursionista herido o perdido. Pensó que resultaría mucho más fácil encontrar a alguien que deseara ser encontrado.

—No funcionaría —responde Huw.

—¿Por qué no?

—Porque el mensaje que enviamos dice: «Salvamento de montaña. Por favor, pulse sobre este enlace para que podamos ver su ubicación». Si ha huido, no es probable que...

—¿Tiene que ser ese el mensaje? —En algún lugar del bosque, se oye el ladrido de un perro y el sonido resuena por el interior de la montaña.

Huw vacila.

—Supongo que podríamos cambiarlo...

Ffion siente un chute de energía.

—Entonces, podría decir algo como...: «Hola, soy Jessica.

Estoy muy preocupada. Te quiero mucho, bla, bla, bla. Nos vemos... aquí».

—Eso no funcionaría.

—Puede que sí.

—Es un incumplimiento grave del protocolo cambiar el mensaje. ¿No es una especie de engaño? —Huw parece dudar—. En serio, Ffi, esto podría causarme problemas.

—Dime de nuevo qué haces merodeando por el escenario de un crimen.

Hay una larga pausa.

—Vale. Lo haré.

—Estupendo. Y, ahora, vete de aquí cagando leches antes de que te vea alguien.

Ffion piensa en lo que ha dicho Huw: «He dado por sentado que era Miles».

Claro que tenía que ser Miles al que habían asesinado. ¿Quién si no? ¿Quién más había lanzado una bomba sobre la vida de siete personas normales y corrientes? ¿Quién más había manipulado a los espectadores para que creyeran que tenían que desempeñar un papel, cuando el guion estaba casi escrito desde el principio?

Ffion ha visto seis episodios de *Al descubierto*, pero, después de todo lo que sabe, es como si no hubiese visto ninguno. Seis días de grabaciones durante las veinticuatro horas, cortadas, manipuladas y reducidas en seis episodios de cincuenta minutos donde se mostraba la historia que Miles decidía contar. No hay nada en esos episodios por lo que Ffion pueda saber qué opinan los concursantes de Miles o de la situación en la que él los ha colocado. La verdad está en algún lugar del suelo de la sala de edición.

Tres de los concursantes siguen encerrados en el campamento, pero cuatro han salido, y todos ellos tienen motivos para odiar a Miles por lo que ha hecho con sus respectivas vidas.

Miles era un titiritero.

¿Ha sido una de sus marionetas la que ha roto el hilo?

22

Ryan - Primer día de *Al descubierto*

Durante las semanas previas a su aparición en *Al descubierto*, Ryan se fue sintiendo cada vez más angustiado. Ayer, cuando llegó a Carreg Plas y le entregaron su mochila con la ropa marcada para el primer día de grabación, casi se desmaya por el miedo. Estaba tremendamente arrepentido por haberse presentado al programa, pues había sido un intento desesperado por reafirmar su hombría ante Jessica. Ella había empezado a dejar por la casa revistas donde aparecían hombres afeminados, por lo que Ryan sabía que empezaba a sospechar. Que lo estaba provocando.

«¿Eres lo suficientemente fuerte como para sobrevivir durante dos semanas en las montañas de Snowdonia?». El anuncio apareció entre los programas de *Gogglebox* y *Jimmy Carr*, con un llamativo banner naranja que cubría la pantalla: «¿Puedes soportar estar *Al descubierto*?».

—Yo podría hacer eso —dijo Ryan sin pensarlo.

Jessica se rio.

—Me encantaría ver cómo lo intentas. —Le apretó la pierna con un gesto de cariño, pero ya era demasiado tarde. Ryan tendría que demostrarlo. Podía soportar estar «Al descubierto», ¿no? Podía acampar al aire libre, escalar por las rocas, hacer rápel. Podía encender hogueras y pescar; atar barriles para construir una balsa. Podía ser el hombre de verdad que Jessica deseaba que fuera.

Cuando llegó el correo electrónico —«¡Enhorabuena! ¡Prepárate para vivir *Al descubierto*!»—, Ryan vomitó. Contempló la idea de no hacerle caso, pero esa misma mañana Jessica le había dicho: «¿Has visto que vuelve a haber una pareja del mismo sexo en el concurso *Strictly*?». Ryan siempre había creído que Jess era bastante liberal, pero últimamente había empezado a señalar a cada hombre transgénero u homosexual que veía, como si su sola presencia fuese una ofensa. Contestó al correo de Producciones Young con un entusiasta «¡Sí!» y pasó las siguientes ocho semanas enfermo de ansiedad.

Mientras Ryan y los demás concursantes desayunan en el primer día de *Al descubierto*, los nervios de Ryan se empiezan a disipar. Los demás no son machotes de cabeza afeitada y bíceps del tamaño de Francia. No rebosan confianza ni alardean de sus habilidades para encender una hoguera o fabricar sistemas de filtración de agua. Observa la mesa de desayuno de la cocina de la granja y llega a la conclusión de que todos sus competidores parecen bastante normales. Puede que al final sí que lo consiga. Pincha otra salchicha y la moja en kétchup.

Puede que incluso tenga oportunidad de ganar cien mil libras.

A medida que los demás concursantes se van conociendo, Ryan se distrae fantaseando con que está sobre la cima de la montaña de Pen y Ddraig con un enorme cheque y Jessica lo mira con un renovado respeto.

Después, cuando los siete concursantes se dirigen a la montaña para acampar, Ryan sonríe a Ceri, la cartera que camina a su lado.

—Impresionante, ¿verdad?

Por encima de ellos, el pico de la montaña se pierde entre la neblina del sol de la mañana y, cuando Ryan baja la mirada, ve todo el valle extendiéndose a sus pies. Anoche, cuando llegó, estaba demasiado preocupado para fijarse en el lago, pero ahora lo deja sin palabras.

—No está mal. —Ceri ve su expresión y se ríe—. Esto es mi patio trasero.

—¿Qué quieres decir?

—Que me he criado aquí. —Guiña un ojo—. Una ventaja injusta, ¿eh?

Ryan se engancha el pie en la madriguera de un conejo, sale disparado hacia delante y cae de rodillas, sintiéndose un estúpido. Ceri lo ayuda a levantarse.

—Esos conejos son una puñetera pesadilla. Subí aquí el otro día y me caí de culo. —Le enseña cómo pasó, exagerando su torpeza y, después, se echa a reír—. Una auténtica patosa es lo que soy.

A Ryan le brillan los ojos. Nunca antes ha formado parte de una pandilla. Ni siquiera lo ha intentado, porque no iba a encajar, así que ¿para qué? Pero los siete concursantes de *Al descubierto* tienen algo en común: han solicitado entrar en el programa. Ryan pasa el brazo por el codo que Ceri le ofrece.

A veces, Ryan fantasea con contarle a Jessica que se pone ropa de mujer. No es homosexual ni transgénero y se siente feliz de estar casado, así que eso no iba a cambiar nada… Al menos, en su fantasía no. Solo que, por la noche, podría ponerse una falda o unos pantalones de pitillo con unos tacones de ocho centímetros. Quizá podrían salir juntos un viernes con unos vestidos de seda que les acaricien las espinillas.

Esa es la fantasía.

La realidad, por supuesto, es que eso lo cambiaría todo.

Hace unos años, Ryan salió del gimnasio sin su bolsa de deporte, en el fondo de la cual había unas bragas de encaje. Decidió que, si lo llamaban de allí, les diría que eran de su mujer, solo que fue Jess quien le había enviado un mensaje diciendo que estaba en pilates y una foto de la bolsa: «¿Esto es tuyo?».

Ryan no recuerda muy bien qué pasó durante los siguientes noventa minutos, pero, cuando Jessica volvió a casa, sin siquiera haber abierto la bolsa, él había hecho un agujero en la pared de la cocina de un puñetazo y había destrozado toda una vajilla. El estrés de no ser capaz de explicarle por qué había sufrido una especie de crisis había agravado la propia crisis, y Ryan se vio sumido en una espiral. Jessica permaneció a su lado hasta que se recuperó, pero, aunque ella nunca lo menciona, él sabe que piensa en ello a todas horas.

—¿Estás seguro de que quieres hacer esto? —le preguntó cuando estaba rellenando la solicitud para entrar en *Al descubierto*—. ¿Estás seguro de que estás...? —Hizo una pausa para elegir las palabras con cuidado—. Quiero decir: ¿estás bien para hacerlo?

—Estoy bien —contestó Ryan. Y era verdad. Había pasado mucho tiempo desde que el mundo se le había puesto del revés.

Cuando los concursantes llegan al campamento de *Al descubierto*, conocen a Roxy Wilde. En realidad, la han conocido en el desayuno, pero se les ha ordenado que finjan que esta es la primera vez que la ven, y Ryan se siente cohibido cuando le da la mano y dice: «Hola, soy Ryan». A los demás se les da mejor actuar. Ryan juraría sin dudar que Henry y Pam no habían visto nunca a Roxy, e incluso Lucas, el pastor, le estrecha la mano con una sinceridad muy creíble.

—¿Estáis emocionados, chicos? —les pregunta Roxy para animarlos.

—¡Vamos allá! —exclama Jason.

—¡Esto me encanta! —dice Aliyah.

Ryan añade su «¡viva!» al resto de los vítores.

—Señoras y caballeros —dice Roxy—, creéis que habéis venido a un programa de supervivencia, ¿verdad?

—¡Sí! —grita Henry.

La angustia de Ryan se dispara. Hay algo en los ojos de Roxy, bajo su tono divertido y su guiño.

—Pues os equivocáis.

Cuando Roxy Wilde les explica el verdadero objetivo de *Al descubierto*, Ryan siente que se sale de su cuerpo. Planea sobre el campamento y se ve encogiéndose mientras se fija en las caras de espanto de sus compañeros. Jason sale corriendo hacia Roxy y hay un momento en que parece como si fuera a desatarse una pelea, pero Henry tira de él y dice:

—Debe de haber un error. Vamos a ver qué dicen. —Solo que no hay ningún error, ¿no? Tienen pensado destapar los más oscuros secretos de todos ellos.

Ryan piensa en su trabajo en una empresa de ingeniería informática y en qué pasará si sus compañeros se enteran. Piensa en sus padres, a los que se les debería permitir que se fueran a la tumba sin tener que entender algo que ni él mismo termina de comprender. Piensa en su hija y en lo que le van a decir los niños del colegio.

Pam se acerca con decisión a Roxy y Owen.

—Apagad esa cámara ahora mismo.

—No podéis hacer esto —dice Aliyah entre sollozos—. No es lo que hemos acordado.

—Lo cierto es que podéis ver que todo está detallado en la letra pequeña —dice Owen—: «Producciones Young se reserva el derecho a alterar, cambiar, revisar, etcétera, etcétera».

A Ryan todo le da vueltas. Nota una presión en el pecho y la misma sensación psicodélica de salir de su cuerpo que cuando esperaba a que Jessica volviera de pilates. Quiere marcharse, pero no se puede mover. Y, si se va, tendrá que dar una explicación.

Se ha acabado. Su vida se ha acabado.

Y todo es por culpa de Miles Young.

23

Domingo - Ffion

Para cuando Ffion está de vuelta a la entrada de Carreg Plas, tras mandar a Huw que se fuera, hay un vehículo de la policía científica aparcado junto a la valla, al lado de la furgoneta del perro de Jim. Una salva de ladridos procedentes del patio indica que Foster ya ha empezado a trabajar, y Ffion se siente aliviada de no contar con el factor de que Dave complique las cosas, porque, sin duda, querría ponerse a jugar.

A las seis de la mañana, Ffion convenció a un reacio Dave para pasar por el lateral de la casa de su madre y meterlo dentro por la puerta de atrás.

—¡Shhh! —dijo ella cuando él empezó a gemir—. Vas a despertar a...

—¡Ffion Morgan! —Su madre apareció en la cocina en camisón—. Tienes suerte de que no tenga una escopeta.

—He usado mi llave, mamá. Los ladrones no utilizan...

Su madre miró a Dave con desagrado.

—No es para los ladrones para lo que la quiero.

—Mamá, por favor. Este caso de la desaparición está alargándose y no tengo ni un minuto para buscar una solución permanente. Solo hoy. Por favor. *Caru ti...* Te quiero. —Ffion se dio a la fuga, casi esperando recibir un placaje de Dave en su tentativa de huida.

Por mucho que a Ffion le duela reconocerlo, Huw tiene razón respecto a Dave. Tiene que llamar al centro de acogida para pedirles que lo vuelvan a aceptar. Ha probado con todos los paseantes de perros de la zona y todos se han negado a quedarse otra vez con Dave. Es tal su reputación que un paseante de un pueblo a quince kilómetros de distancia se ha negado aun sin verlo. En cuanto haya acabado con este caso, Ffion tendrá que ir de rodillas al refugio y admitir su derrota.

No hay rastro de Jim ni de Foster cuando Ffion llega al patio. Han levantado una carpa de la policía científica delante del estudio de Miles, en la entrada de la escena del crimen, donde un agente uniformado hace guardia. Ha empezado a lloviznar. Unas gotas relucientes se quedan pegadas a la tela de la carpa y el agente se sube el cuello.

Ffion oye una serie de ladridos nerviosos. Unos segundos después, Foster sale de detrás de los establos mientras Jim le va soltando más cuerda. El perro ha olido algo. Empiezan a subir por el sendero de la montaña y Ffion los mira hasta que desaparecen entre los árboles. Van directos al campamento de *Al descubierto*.

—El forense ha certificado el fallecimiento y los de la científica han grabado el cadáver *in situ* —dice Leo—. La inspectora jefe Boccacci ha autorizado el traslado a la morgue.

Esperan en una carpa mientras pasan a Miles de la silla a la bolsa. Es un proceso laborioso y un agente de la policía científica va grabando cada paso. Han envuelto las manos de Miles con bolsas para conservar las pruebas que tenga bajo las uñas y, sobre una gran sábana de papel colocada junto a la bolsa para transportar el cadáver, el agente ha colocado el contenido de sus bolsillos: una cartera, un reloj y un iPhone. Ffion introduce cada uno de ellos en bolsitas individuales y empieza a rellenar las etiquetas.

—Debía de conocer al asaltante —dice Leo—. No hay rastro de forcejeo, así que Miles ha debido de abrir la puerta y, después, sentarse y seguir editando. Estaba obsesionado con evitar que hubiese filtraciones. Bajo ningún concepto habría dejado que nadie viese su trabajo, a menos que fuese un conocido.

—El asesino ha esperado hasta que Miles estuviese sentado de nuevo y, después, lo ha atacado por detrás, cuando menos podía defenderse —añade Ffion y, a pesar de haberle asegurado en varias ocasiones al inspector Malik que prefiere trabajar sola, siente una excitación en su interior. Esta es su parte preferida en una investigación, mejor incluso que ponerle las esposas a alguien. Darles la vuelta a las pistas, ir reconstruyendo los acontecimientos que han llevado hasta el crimen, las idas y venidas mientras van lanzando ideas. Ffion se da cuenta de que está sonriendo y se alegra de que Leo siga todavía con la mirada puesta en el lugar donde Miles estaba sentado cuando lo han matado.

—Sí. Aunque quizá no haya sido tan calculado. —Leo tiene una mano levantada hacia la silla, como si estuviese tratando de invocar a un sospechoso—. Puede que Miles haya dicho algo que haya hecho saltar a su visitante.

—O puede que estuviera editando algo que haya provocado al asesino.

El volumen de la pantalla de televisión sigue silenciado y Ffion ve a Ceri, a Henry y a Lucas hablando en silencio alrededor de la hoguera de *Al descubierto*. Para ellos, nada ha cambiado. Se pregunta si Owen, con su gran plan de sustituir a Miles, les habrá contado enseguida lo del asesinato a los tres concursantes que quedan o si esperará a que salgan del campamento. Podría pasar cualquier cosa en el mundo real y esos tres no se enterarían hasta que alguien decidiera decírselo. ¿Era eso lo que Miles quería con su trabajo? ¿Jugar a ser Dios?

—No podemos esperar al análisis de los técnicos —dice Ffion—. Tenemos que saber en qué estaba trabajando Miles cuando ha muerto.

Leo asiente.

—Estoy de acuerdo. Owen sabe cómo funciona el equipo de edición, ¿no?

Ffion piensa en el interés del cámara por ocupar el puesto de productor.

—No sé si fiarme de él. —Saca su teléfono—. Voy a decirle a

George que avise a Caleb. —«Ya se conoce el software», dijo Seren.

—La inspectora jefe Boccacci viene de camino —dice Leo—. Para cuando llegue, debemos tener un desglose completo de dónde estaba cada uno cuando han matado a Miles, incluidos los tres concursantes del campamento. Es poco probable que sean sospechosos, porque estaban encerrados en el recinto, pero Ryan ya ha demostrado que se puede salir si uno se empeña.

—¿Significa eso que no crees que haya sido Ryan? —Ffion está escribiendo un mensaje a George.

—Contemplo todas las posibilidades. Respecto a eso, aunque todos los indicios apuntan a que Miles conocía al asesino, no deberíamos cerrarnos a otras líneas de investigación. Miles dijo que el proceso de selección de *Al descubierto* fue encarnizado, que recibió amenazas de algunos de los candidatos rechazados.

Ffion sabe adónde quiere ir a parar con esto.

—Haré una lista de todos los aspirantes.

A través de la entrada de la carpa de la policía científica, ve que la puerta de la granja se abre. Aparecen Caleb y George, que vacilan al ver que la lluvia es más intensa antes de echar a correr.

—Podemos ver si alguno tiene antecedentes delictivos o denuncias por violencia —continúa Ffion—. Quizá podemos empezar por los candidatos que vivían en un radio de ochenta kilómetros.

—Estupendo. Y quiero una ficha policial completa de todos los concursantes y del equipo —dice Leo—. La condena de Lucas, ¿cuándo fue y por qué? ¿Se ha metido en líos después? Sea pastor o no, se le debe investigar igual que a los demás. ¿Entendido?

—Yo me encargo.

—Boccacci ha ordenado a los analistas que miren en las redes sociales si alguna de las amenazas que recibió Miles por internet resulta creíble —continúa Leo justo cuando aparece Caleb. Tiene algo más de color en la cara que cuando Ffion lo ha visto antes—. No toques nada —le advierte Leo—. Solo necesito que le expliques a Ffion el sistema informático. Necesito saber exactamente a qué hora hizo Miles la última edición y qué imágenes se estaban recibiendo del campamento en ese preciso momento.

Ffion está colocándose unas fundas protectoras en los zapatos. Cuando entra en la escena del crimen, no toca la silla de Miles, sino que se inclina sobre ella con torpeza y usa la punta de un bolígrafo para seguir las instrucciones que Caleb le da desde la puerta.

—Ahora, pulsa dos veces la flecha hacia arriba —le dice Caleb—. Si Miles no se hubiese empeñado tanto en que nadie lo ayudara, no habría estado solo cuando ha llegado el asesino. Le dije que yo conocía el software, que podría hacer las cosas más básicas para que él tuviese más tiempo, pero no me dejó. —Cruza sus largos y delgados brazos alrededor de su cuerpo—. Si yo hubiese estado en esa otra mesa, quizá no estaría muerto.

—O quizá estaríamos metiendo un segundo cadáver en otra bolsa —dice Ffion—. Ahí está. —Se dirige a los demás—. Lo último que editó fue justo antes de las diez. —Mira a Caleb—. ¿A qué hora volvía normalmente Miles de correr?

—Entre las 10.30 y las 10.45. Casi siempre hacía la misma ruta.

—Entonces, digamos que es sobre las once cuando ya se ha cambiado y está de vuelta en su mesa —dice Leo.

Ffion asiente.

—Eso encaja. Quizá serían y cuarto cuando he oído los audios. Recuerdo que he pensado que ya había vuelto de correr. Debía de estar reproduciendo lo que había hecho antes de irse.

—Y dio los gritos justo antes de las 11.45 —añade George—. Apunté la hora a la que Leo entró dando una patada a la puerta.

—Quiero saber con detalle el paradero de cada uno entre las 11.15 y las 11.45 —dice Leo.

—¿Qué fue lo que editó antes de irse a correr? —pregunta George.

Ffion se da la vuelta.

—Caleb, este es el ordenador en el que estaba trabajando, ¿no?

—Sí, el otro solo lo usaba para la imagen en directo. Un desperdicio, cuando yo podría...

—¿Cómo puedo encontrarlo? —pregunta Ffion antes de que Caleb empiece otra vez a calentarse.

Los dedos del adolescente se mueven en el aire, como si fuese un pianista que usara la memoria muscular.

—Pulsa con el botón derecho —dice—. Después, control siete. No, ocho. Eso es. Ahí están todas las ediciones y la hora a la que se han hecho.

Ffion selecciona la de más arriba, a las 9.52, y la pantalla se cubre con un primer plano del fuego.

—Tenía muchos de esos —dice Caleb—. Me lo dijo Owen. La hoguera, el jacuzzi burbujeando, un hacha cortando leña... Se grabaron todos antes de que llegaran los concursantes, para avanzar más rápido en el proceso de recopilación. Los usaba para hacer cambios de plano de la acción principal.

Ffion frunce el ceño.

—Me cuesta creer que Miles dejase entrar a Ryan cuando ya lo habíamos clasificado como un peligro en potencia. No hay indicios de que haya habido ningún forcejeo, así que... ¿Los dos han estado viendo las imágenes un rato y, después, Ryan ha estrangulado a Miles? No tiene sentido.

Justo en ese momento, Ffion oye que la llaman. George abre la entrada de la carpa de la policía científica y Ffion ve a Huw dirigiéndose hacia ellos. Levanta en el aire una tableta metida en una funda de plástico duro y, por su expresión, está claro que tiene noticias.

—Ha funcionado —dice cuando llega a la carpa.

—¿Qué ha funcionado? —pregunta Leo.

Rápidamente, Ffion les cuenta a Leo y George lo del software de GPS que usan los equipos de búsqueda y rescate y su plan de utilizarlo como señuelo para Ryan. La lluvia golpea con fuerza sobre la carpa y tiene que levantar la voz para que la oigan.

—¿Con qué has sustituido el mensaje? —pregunta Leo.

—«Hola, soy Jessica —lee Huw en la tableta—. Estoy usando

un móvil de prepago para que no puedan rastrear nuestros mensajes. Te quiero. ¿Estás bien? Reúnete aquí conmigo cuanto antes. Te prometo que todo está bien». Y, después, el enlace.

—¿Y lo ha pulsado? —pregunta George—. ¿Qué es lo que ha visto?

—Un mensaje estándar de búsqueda y rescate que le dice que permanezca donde está, que ya tenemos su localización. —Huw encoge los hombros con gesto de arrepentimiento—. Lo siento, eso no he podido cambiarlo.

—Estupendo —dice Leo lacónicamente—. Pues ahora le ha quedado claro a Ryan que sabemos que tiene el teléfono de Angharad.

—No la tomes con él. —Ffion mira a Leo y, después, a Huw, los dos con una expresión de contrariedad muy similar—. Ha sido idea mía.

—*Diolch*, Ffi —murmura Huw—. Muchas gracias.

—Esto es cosa de estrategias de arresto —dice Leo—. Deberías haberlo pasado al jefe del servicio de inteligencia o, al menos, haber hablado conmigo, como mando superior.

—El plan ha funcionado, ¿no? —Ffion extiende una mano hacia la tableta de Huw—. ¿Dónde está?

Huw señala con el dedo.

—Ese punto rojo indica dónde estaba el teléfono cuando ha pulsado en el enlace hace unos minutos.

La pantalla muestra una imagen de satélite de Pen y Ddraig. Ffion ve la granja, con su inconfundible patio con los establos en paralelo, y el claro que hay montaña arriba, donde se encuentra el campamento de *Al descubierto*.

En el centro, a igual distancia entre Carreg Plas y el campamento, hay un punto rojo luminoso.

24

Domingo - Leo

—George, tú vienes conmigo. —La inyección de adrenalina que Leo siente ahora supera el resentimiento que ha prendido en él al ver esa mirada conspiradora entre Ffion y Huw. Ffion tiene razón, el plan ha funcionado. Eso es lo único que importa—. Avisad al Puesto de Mando de que necesitamos dos agentes con táser. Debería haber alguno buscando ya a Ryan.

Ffion se toca la cintura para comprobar que lleva las esposas, un gesto instintivo que Leo sabe que no es necesario. A Ffion no le gusta ponerse chaleco protector y siempre se deja su equipo y radio en el maletero del coche.

—Tú te quedas aquí —dice antes de que a ella se le ocurra algo.

—De eso ni hablar. Lo del localizador del GPS ha sido idea mía.

—Has estado en la escena del crimen. Quédate aquí y sigue comprobando las grabaciones, mira a ver si ha pasado algo que tenga conexión.

Ffion guarda silencio. No hacen falta más explicaciones. Incluso un caso sin lagunas puede desmoronarse si la defensa encuentra alguna rendija en la cadena probatoria, y la contaminación cruzada es una victoria demasiado fácil. Cuando examinen las manos de Ryan en busca de rastros de ADN de Miles, no debe haber posibilidad alguna de que la haya transferido un agente.

En pocos minutos, dos agentes uniformados están atravesando el patio con una táser de color amarillo intenso metida en la funda que llevan al costado. Leo ha hecho una foto al mapa de la tableta de Huw y cinco de ellos —Leo, George, Huw y los agentes de uniforme— empiezan a caminar. Leo se levanta el cuello de la chaqueta mientras piensa que tenía que haber cogido un impermeable. Han pasado veinte minutos desde que se confirmó la ubicación de Ryan y Leo reza para que no haya ido muy lejos.

No se ha movido ni un centímetro.

Justo donde indicaba el punto rojo en la tableta de Huw, encuentran a Ryan encogido entre los matorrales. Tiene el pelo sucio y apelmazado y el rostro demacrado y tenso. Levanta los ojos cuando se acercan los cuatro agentes, pero tiene la mirada perdida. No parece ser consciente de la lluvia, que le azota en la cara. Agarrado con las dos manos temblorosas, lleva el cuchillo de pesca de Angharad.

—Suelte el cuchillo —dice Leo. Detrás de él, oye a George informando al Puesto de Mando.

Ryan agarra el cuchillo con más fuerza.

—Suelte el cuchillo —repite Leo, esta vez con más fuerza.

Ryan se levanta repentinamente y se abalanza hacia Leo con el cuchillo enarbolado en el aire.

—¡Aléjense de mí!

Los policías de uniforme avanzan, uno en el campo de visión de Ryan y el otro por un lateral. Eso desorienta a Ryan, que da vueltas entre los dos, todavía apuntando con el cuchillo en dirección a Leo y gritando:

—¡Aléjense, aléjense!

—Suelte el cuchillo o le dispararé con la táser —grita uno de los agentes.

—No —responde George de repente. Da un paso adelante—. Quietos.

Leo abre la boca, sorprendido por cómo ha desautorizado a los otros agentes, pero algo en su expresión hace que la vuelva a cerrar.

—Deja que lo intente yo —dice George.

Leo vacila y, a continuación, asiente.

George avanza hasta quedar a unos dos metros de Ryan y, después, se detiene.

—Ryan, me llamo George Kent. Soy agente de la Policía de Gales del Norte.

Para un observador cualquiera, su actitud puede parecer relajada, pero Leo se da cuenta de que tiene las rodillas dobladas, con un pie ligeramente por delante del otro, y las manos suavemente apoyadas en su cinturón. Está preparada para moverse en cualquier dirección; preparada para levantar los brazos o coger la porra.

—Ryan, ¿está herido? —Al contrario que Leo, George sí lleva impermeable, pero se ha bajado la capucha cuando ha empezado a hablar y su pelo oscuro se le está aplastando alrededor de las orejas.

La respiración de Ryan es entrecortada y gutural. Los dos agentes de uniforme tienen la mano sobre su táser.

—He estado hablando con Jessica —dice George.

Ryan clava la mirada sobre ella y Leo cree que George ha calculado mal, pero él se limita a soltar un leve quejido.

—Está muy preocupada por usted. Lo quiere mucho. Quiere verlo.

—No es verdad. —Ryan suelta una áspera carcajada—. No va a querer cuando se entere. —Hace girar el cuchillo en su mano y la hoja emite un destello a la luz del sol.

—Ya está enterada.

Ryan toma una bocanada de aire. Leo espera que George sepa lo que hace.

—No le importa en absoluto. Está de su parte, Ryan. Todo el mundo lo está. Pero necesitamos que suelte el cuchillo.

—Lo siento mucho. No quería hacerlo.

De inmediato, Leo mira las cámaras que los agentes de uniforme llevan sujetas en el chaleco para comprobar si la luz roja está parpadeando.

—Podemos hablar de eso después —dice George—. Ahora mismo, solo quiero que se concentre en mí. En lo que le estoy diciendo, ¿de acuerdo?

Ryan no se mueve.

—Parece que le vendría bien comer un poco, quizá beber algo caliente, ¿me equivoco? Y tiene un corte feo en la cabeza; deberíamos echarle un vistazo.

—No van a llevarme a un hospital, ¿verdad?

George esquiva la pregunta.

—Parece que necesita lavarse un poco.

—Estoy muy cansado.

—Suelte el cuchillo, Ryan. Vamos a ocuparnos de usted.

—No puedo.

—Sí que puede.

—Lo he perdido todo. —En silencio, Ryan empieza a llorar.

—Tiene lo más importante, Ryan. Se lo prometo. Jessica lo quiere.

Pasan varios segundos.

Despacio, muy lentamente, Ryan baja la mano a su costado. Leo mantiene los ojos fijos en el cuchillo y contiene la respiración cuando los dedos de Ryan empiezan a abrirse.

—Lo está haciendo muy bien, Ryan —dice George.

El cuchillo cae al suelo.

—Bien hecho. Ahora quiero que dé seis pasos adelante. ¿Lo puede hacer? Uno, dos, tres... —A medida que Ryan avanza, George retrocede y la distancia entre los dos no varía—. Genial, bien hecho. Y, ahora, ¿puede arrodillarse? Así es, estupendo. Ahora, ponga las manos sobre la cabeza, con los dedos juntos, igual que los míos. ¿Lo ve? Perfecto.

George levanta una mano para evitar que los agentes, que se sacuden como perros en una trampa, se abalancen sobre él.

—Ryan, en un momento, un agente de la policía lo va a esposar, ¿de acuerdo? Es por su seguridad y por la nuestra. Le va a colocar una mano sobre las suyas y, después, va a usar la otra para ponerle las esposas, y quiero que usted permanezca muy quieto y se limite a mirarme, ¿de acuerdo? —George se está agachando ahora, con los ojos a la altura de los de Ryan y una sonrisa alentadora en el rostro—. ¿Listo? Vale. —Baja la mano—. Ahora.

—Has estado muy bien con él —dice Leo mientras bajan por la montaña. Avanzan lentamente. Superado por el agotamiento y el estrés, Ryan tropieza cada pocos pasos mientras lo sujeta un agente a cada lado.

—No quería que le dieran con la táser —responde George—. Ya es bastante malo que lo hayamos arrestado. —Ha vuelto a subirse la capucha, pero la lluvia arremete contra ellos y el gesto es en vano. Los pantalones grises de Leo se han puesto negros por la lluvia y tiene los músculos en tensión por el inesperado frío.

—Ryan es nuestro principal sospechoso del asesinato de Miles —dice Leo—. Ha hecho que Angharad termine en el hospital. Teníamos que arrestarlo.

—Aun así, eso no va a servir para que mejore, precisamente, ¿no?

Siguen caminando en silencio mientras Leo lanza alguna mirada ocasional a George. Está agitada por lo que acaba de ocurrir, con la frente arrugada en un gesto de preocupación. Sus pensamientos parecen estar en otra parte y, cuando le pregunta cómo lleva ir de pareja de Ffion, ella tiene que pedirle que le repita la pregunta.

—Es… toda una experiencia —responde—. Tú trabajaste con ella en el asesinato de Rhys Lloyd, ¿no? Me han dicho que fue un caso difícil.

—Tuvo sus momentos.

—Los dos debisteis de llegar a conoceros bastante bien.

Leo se la queda mirando, pero George mantiene la vista al frente, sin expresión. No responde. No está seguro de que pueda. ¿Hay alguien que conozca de verdad a Ffion Morgan?

Llevan a Ryan en el asiento trasero de un coche de la policía en dirección al centro de detención de Bryndare, donde avisarán a un médico para que determine si está en condiciones de ser interrogado. Jessica va en el coche detrás de ellos, a pesar de la advertencia de Leo de que no es probable que le permitan ver a su marido.

Cuando Leo y George entran en la cocina de la granja, encuentran a Ffion con una mujer mayor vestida con un traje pantalón de color borgoña.

—Inspectora jefe Christine Boccacci. —La mujer estrecha la mano de Leo—. ¿Le pitan los oídos? Ffion me lo ha contado todo sobre usted.

—Son todo mentiras, señora —responde Leo con gesto serio, aunque después sonríe—. A menos que sea algo bueno.

—Lo bastante bueno para que le pida que se quede aquí para supervisarlo todo, si le parece bien. Se lo diré a su inspector cuando vuelva a la mesa de coordinación.

—No hay problema.

—¿Listo para informarme?

A Leo le habría gustado contar con algo más de tiempo para prepararse, pero la de la inspectora jefe es una pregunta retórica.

—A Miles Young lo han asesinado a las 11.40 de esta mañana, aproximadamente, en el establo número ocho, el cual utilizaba como sala de producción de *Al descubierto*.

—Eso ya lo sé. Y tengo entendido que han arrestado a Ryan Francis tras una larga investigación por desaparición con la que no consiguieron localizarlo. —Leo sabe que lo que quiere decir es que, si hubiesen hecho bien su trabajo y hubiesen encontrado al desaparecido, no habría que investigar ningún asesinato—. ¿Es nuestro hombre?

—Barajamos distintas opciones —responde Leo—. Francis es un claro sospechoso, pero hay otras personas que también tendrían un móvil, incluyendo al equipo y a los concursantes expulsados que han visto revelados sus secretos.

—¿Tienen coartada?

—Roxy Wilde y Owen Havard estaban aquí, en la casa —contesta Ffion—. El ayudante de producción, Caleb Northcote, había ido al campamento a hacer un recado y el guardia de seguridad, Dario Kimber, se encontraba junto a la valla perimetral. Jason Shenton, Pam Butler y Aliyah Brown aseguran que estaban en sus respectivas habitaciones.

—¿Podemos descartar a los tres concursantes que siguen dentro? —pregunta Boccacci—. Tengo entendido que uno de ellos tiene una condena previa por violencia.

—Lucas Taylor —contesta Ffion—. Hemos solicitado un informe detallado, pero aparecía en una imagen en directo a la hora del asesinato, igual que Henry Moore. Lucas estaba junto a la hoguera y Henry, en el confesionario. —Ffion vacila—. De los tres concursantes que siguen en el campamento de *Al descubierto*, solo Ceri Jones estaba fuera de cámara cuando han asesinado a Miles.

—La esposa del desaparecido, Jessica Francis, dice que había salido a buscar a su marido —añade Leo—. Todavía tenemos que comprobarlo. Miles recibió también varias amenazas de muerte por Twitter, y tengo entendido que su equipo las está investigando.

—¿Y el lector automático de matrículas? —pregunta Boccacci—. ¿Algún coche que no esté registrado en la zona?

—He considerado esa posibilidad, señora, pero la ruta más cercana que dispone de lector abarca una zona extensa y, como Gales del Norte es un destino turístico tan popular, estamos hablando de un tráfico considerable y no hay forma de limitarlo a los vehículos que vienen hasta Cwm Coed. Exige muchos recursos. Creo que deberíamos dejarlo aparcado hasta que descartemos las líneas de investigación más probables. Hasta ahora, las pruebas señalan hacia alguien que conocía previamente la rutina de la víctima, lo cual apunta a una de las personas que ya están identificadas.

Boccacci parece impresionada.

—De acuerdo. ¿Algo más?

—Los parámetros de la escena del crimen ya han sido identificados y asegurados, no hay imágenes de cámaras de videovigilancia ni resultados tras investigar casa por casa —enumera Leo—. Ha desaparecido una llave, que se cree que estaba en el bolsillo de la víctima, así que hemos pedido a la policía científica que la busque.

—¿Qué importancia tiene esa llave?

—Es la que abre la caja que contiene los secretos de los concursantes —explica Leo—. Es la única llave que hay y nos han dicho que Miles la tenía a buen recaudo. Los secretos de los tres concursantes siguen sin desvelarse. Puede que el asesino haya ido a ver a Miles específicamente para hacerse con la llave y evitar que quedara al descubierto alguno de ellos.

—Interesante. —Boccacci se queda pensando un momento—. ¿Han hecho uso de la unidad canina?

—A los quince minutos, señora, pero, por desgracia, ha perdido el rastro. —Jim los informó cuando bajaban a Ryan de la montaña, y la frustración del adiestrador resultaba evidente incluso a través de la radio. El resultado negativo reforzó la decisión de Leo de mantener la mente abierta con respecto a los sospechosos. Con Ryan escondido a plena luz y a poca distancia de la escena del crimen, Leo se esperaba que Foster lo encontrara rápidamente, así que quizá el olor desde la ventana abierta de Miles no fuese el de Ryan.

—Parece que lo tiene todo controlado —dice Boccacci con una pequeña sonrisa—. ¿Algo que necesite saber de mi parte?

—Tengo entendido que ya han informado a los padres de Miles... Supongo que habrán designado a un agente de enlace con la familia. ¿Y hay alguna estrategia respecto a la prensa?

—El agente Jules Monroe y yo vamos a emitir un comunicado en una hora. —A Boccacci no se le escapa nada.

—Es probable que aparezca la prensa por aquí. Podemos evitar fácilmente el acceso por la parte delantera de la casa, pero la propiedad está abierta por la parte de atrás. ¿Podemos contar con más agentes de uniforme?

—Veré qué puedo hacer.

—Quisiera tener un análisis urgente de los datos del teléfono de la víctima y de su reloj inteligente. ¿Lo puede autorizar?

—Sí. ¿Algo más?

—Por ahora, no, señora. —La reunión ha servido para que Leo también lo tenga todo claro; está deseando continuar, empezando por dar la noticia a los tres concursantes que siguen en el campamento de *Al descubierto*, ahora que Jim y Foster se han retirado.

—Recuerden nuestras prioridades —dice Boccacci incluyendo a Ffion y a George en su orden—. Rastrear, interrogar y descartar. Comprueben con urgencia esas coartadas. Y quiero la confirmación de que las cámaras en directo no van con desfase antes de que descartemos del todo a Lucas Taylor y a Henry Moore.

—Sí, señora —contesta George.

—Quiero que venga una agente conmigo a Bryndare para informar al resto del equipo. —Boccacci mira primero a Ffion y, después, a George—. Decidan entre las dos. Voy a echar un vistazo a la escena del crimen. —Se detiene en la puerta y observa a Leo de forma inquisitiva—. Ha sido una reunión informativa excelente, por cierto.

En cuanto la inspectora jefe desaparece, Leo resopla con fuerza.

—Ha sido como una entrevista de trabajo.

—Lo era. —George saca una moneda del bolsillo—. ¿Cara o cruz? —le pregunta a Ffion—. La que pierda va con la inspectora jefe.

—Cara.

—¿A qué te refieres con que ha sido una entrevista de trabajo? —pregunta Leo.

George lanza la moneda.

—Hay una vacante de inspector en la Unidad de Delitos Graves. Llevan meses buscando, pero Boccacci es muy exigente y no ha encontrado a nadie que le guste. —Levanta la mano para ver la moneda—. Ha salido cara. Mierda. Deséame suerte. —Entra en el patio para ir en busca de la inspectora jefe y deja a Ffion y Leo en la cocina.

—Pues solo quedamos tú y yo —dice Ffion.

—Eso parece. —Leo se da la vuelta para preparar un café con una repentina sensación de confusión. Ha visto cómo caía la moneda y juraría que ha salido cruz.

25

Aliyah - Segundo día de *Al descubierto*

—Toc, toc.

La lona de la carpa de las chicas se abre y Aliyah ve a Jason. El sol le da por detrás y tiene la cara en sombra, con sus rasgos borrosos.

Aliyah se cubre los ojos ante el intenso chorro de luz.

—¿Qué hora es? —Le duele la cabeza de llorar y nota la cara hinchada. Se acuerda de las cámaras y suelta un gemido a la vez que se echa el edredón sobre la cabeza.

—Ni idea. ¿Está Ryan aquí?

—Esto no es *La isla de las tentaciones*. —La almohada de Ceri amortigua su voz—. De todos modos, no es precisamente mi tipo.

—Puede que haya ido a ducharse. —Se oye un chirrido en la cama de Pam. Aliyah se asoma por el edredón y ve a la directora de colegio poniéndose el forro polar naranja de *Al descubierto* por encima del pijama. Parece bien despierta.

—He buscado por todas partes.

—Quizá forme parte del juego —dice Aliyah—. Una prueba o algo así.

—Sus cosas siguen esparcidas junto a su catre, pero él no aparece. —En el tono de Jason hay auténtica preocupación.

Sea un juego o no, Aliyah se aparta el edredón a la vez que reprime el pensamiento de que está saliendo en televisión sin siquiera haberse cepillado el pelo. Su aspecto es la menor de sus preocupaciones, después de la bomba de anoche. Sus peores secretos, a la vista de todo el mundo. Aliyah piensa por un momento que quizá lo ha soñado, pero, a pesar de lo espabilada que parezca Pam, ve unas manchas negras bajo los ojos de la mujer más mayor, y Ceri tiene la mirada perdida y una expresión de desesperación. A Aliyah se le encoge el corazón. Está pasando de verdad.

—Te ayudaré a buscarlo. —Aliyah imita a Pam y se pone la ropa por encima del pijama.

Roxy y el cámara salieron disparados después de que acabara la sección en directo de anoche. No es de sorprender, en vista de la locura que hubo tras el anuncio de Roxy. Jason intentó dar un puñetazo a Owen y casi le destroza la cámara, y Ceri empezó a gritar groserías a Roxy. Más tarde, Ceri le dijo a Aliyah que lo había hecho a posta.

—Se emite antes de las nueve de la noche —dijo—, así que, cuantas más palabrotas digas, menos imágenes podrán usar. —Aliyah le contestó que había sido muy lista, pero se mostró recelosa de Ceri después de aquello. La cartera le había parecido totalmente fuera de sí, escupiendo saliva por la boca mientras bramaba contra el equipo.

Aliyah se quedó demasiado atónita como para enfadarse. Sabía exactamente qué secreto habían averiguado los investigadores de *Al descubierto*. Quería creer que no había dejado rastro, pues su trabajo de prostituta lo había ejercido bajo un nombre distinto, pero suponía que todavía habría fotos en internet. Un rastro digital. Anoche, miró a Ryan, el único concursante que seguía sentado mientras los demás despotricaban contra Roxy y Owen.

—Esto va a acabar con mi padre —le dijo. Las lágrimas le corrían por la cara.

Ryan no respondió. Tenía los ojos abiertos de par en par, clavados en un punto del suelo delante de él, y las manos apretadas. Aliyah notó movimiento al otro lado del tronco que había entre ellos mientras él se balanceaba adelante y atrás.

—¿Estás bien? —preguntó Aliyah. Los labios de Ryan se movían, pero no le estaba respondiendo. Hablaba consigo mismo, o con alguien dentro de su cabeza, y no paró ni siquiera cuando Aliyah se acercó y le dijo—: No va a pasar nada. —Aquello fue una mentira descarada, claro, porque todo estaba siendo un completo desastre.

Después de que Roxy y Owen se marcharan, Henry se fue también. Metió su ropa en la mochila y dijo: «No pienso tolerar esta mierda», y se fue sin despedirse de nadie. De todos modos, habría sido una pérdida de tiempo, porque estaba de vuelta a los diez minutos.

—¡El guardia de seguridad no quiere abrir la valla! —Henry estaba furioso—. Ese cantamañanas engreído de Dario dice que solo Miles puede autorizarlo. ¡Nos tienen encerrados como a animales!

—No pueden hacer eso —dijo con firmeza Pam—. En nuestros contratos queda muy claro que podemos dejar el programa en cualquier momento.

—Si estamos dispuestos a renunciar al dinero —recordó Lucas al resto del grupo.

—Y, de todos modos, nuestros secretos saldrán a la luz —añade Jason chasqueando la lengua—. La única forma de librarse de esto es conseguir la inmunidad y ganar el programa.

Hubo un silencio mientras todos lo asumían. Conseguir la inmunidad implicaba revelar el secreto de otro. Acercarse lo suficiente como para que bajara la guardia y se le escapara algo.

Ayer, cuando llegaron al campamento, creían que *Al descubierto* era una competición amistosa, pero hoy se ha iniciado la caza. El riesgo ahora es mayor.

Los seis concursantes tienen la sensación de llevar horas buscando a Ryan cuando un anuncio resuena por todo el campamento.

«Concursantes, Ryan se ha ido de *Al descubierto* por motivos personales. Se encuentra bien y no va a regresar al campamento. Por esta razón, esta noche no habrá voto del público».

—¡Gracias a Dios! —Pam rodea con los brazos a Henry, el concursante que tiene más cerca. Él se pone un poco rígido y le da unas palmadas en la espalda, incómodo.

—Cómo me alegra que esté bien —dice Lucas, y Aliyah piensa que el alivio del reverendo Lucas Taylor parece real, mientras que el de los demás, ella incluida, no es más que alegría porque nadie va a quedar al descubierto durante la sección en directo del episodio de esta noche. Fuera su intención o no, lo cierto es que Ryan les ha regalado a todos veinticuatro horas de inmunidad.

Jason y Henry deciden que deben celebrarlo inaugurando el jacuzzi. Es lo bastante grande para que quepan seis, pero Pam pone reparos («Nadie va a querer verme en bañador, querido») y Ceri lo deja para otra ocasión («¿Sabéis que los jacuzzis son prácticamente sopa de células de la piel?»), así que solo quedan Aliyah, Jason, Lucas y Henry. Aliyah se compró un biquini especialmente para *Al descubierto*; es de un blanco deslumbrante, con una cobertura estratégica de las tetas y unas complicadas tiras que le atraviesan el terso vientre y que se atan a la espalda. Sabe que es una frivolidad, pero una mirada de aprobación de los chicos la hará sentir un poco mejor ante el hecho de que su vida se esté viniendo abajo.

Sin embargo, ninguno se fija en ella. Bueno, se muestran bastante educados, la incluyen en la conversación y Lucas le sonríe, le pregunta si está bien y si tiene espacio suficiente, pero una siempre sabe cuándo un tipo la está mirando, ¿no? Y estos no lo hacen.

—Es retorcido —dice Henry. Están hablando de Miles, que ha sido el tema central del noventa por ciento de las conversaciones del campamento desde la revelación de anoche. Es un pequeño consuelo, pero Aliyah cree que, al menos, los espectadores que los están viendo desde su casa sabrán justo qué opinan ella y los demás sobre el productor del programa. No han sido discretos, precisamente.

—Va a recibir su merecido —dice Lucas con gesto sombrío—. Hay un sitio especial en el infierno para gente como Miles Young.

Aliyah abre los ojos de par en par. Creía que el pastor era bastante afable, pero acaba de ver un claro destello de fuego infernal y condena. Él se va poco después, y Jason y Henry empiezan a hablar de fútbol y, luego, de sus respectivas mujeres, por lo que Aliyah piensa que lo mejor es que ella también salga de ahí. Es evidente que está perdiendo la chispa. O quizá lo evidente es que está mancillada, que es la bonita palabra que usó su exnovio al hablarle de su trabajo de prostituta cuando era estudiante. Aliyah esperaba que le mostrara su apoyo, incluso que la ayudara a llevar mejor la vergüenza que sentía, pero hizo que fuera un millón de veces peor. Desearía ser una de esas mujeres que se sienten empoderadas por ser trabajadoras sexuales, pero no es así. Su sueño es ser presentadora de un programa de televisión infantil. Esa fue la primera razón por la que se presentó a *Al descubierto*, pues montones de concursantes de programas de telerrealidad terminan trabajando en la televisión, pero le ha salido el tiro por la culata. ¿Cuántas antiguas prostitutas se han visto en un programa infantil?

Mientras Aliyah se seca, Jason habla de su mujer, Kat, a la que conoció en el trabajo y de la que se terminó «enamorando locamente». Aliyah siente aún más tristeza. ¿Alguna vez habrá alguien que hable así de ella? Los hombres a los que conozca a partir de ahora se dividirán en dos categorías: los que piensen que tienen un polvo asegurado y los que no la tocarían ni con un palo. No quiere ninguna de las dos opciones.

—Está muy en forma. —Jason apoya la espalda en su asiento y sonríe al pensar en su mujer—. Unas tetas perfectas y un culo precioso: el paquete completo. Y el sexo es estupendo.

—¡Demasiada información, chaval! —exclama Henry riéndose.

—La quiero con locura. —Jason mira a su alrededor, encuentra una cámara y grita hacia ella—: ¿Lo has oído, KitKat? Tú y las niñas lo sois todo para mí.

Aliyah piensa que todos los chicos de *Al descubierto* son simpáticos, pero, sin duda, Jason es el mejor.

—¿Llevas mucho tiempo con tu mujer? —le pregunta ella cuando Jason y Henry están de vuelta en el campamento.

—Unos doce años. —Lo dice como si dudara.

—Es una mujer afortunada.

—Recuérdaselo cuando acabe todo esto, ¿vale? —dice Jason con tono serio.

Aliyah frunce el ceño.

—¿Tu secreto tiene algo que ver con tu matrimonio?

En ese momento, se acaba la conversación. Jason se pone de pie.

—Más vale que vaya a ver si Pam necesita ayuda con el té.

Aliyah se guarda la información. Ojalá tuviera papel y bolígrafo o una pizarra para tomar notas. ¿Jason está siendo infiel? Está claro que adora a Kat, así que quizá su secreto sea otro tipo de traición. ¿Un hijo mayor del que su mujer no sepa nada? ¿Una segunda familia?

Aliyah sigue rumiando distintas posibilidades durante la tarde mientras da un paseo entre los árboles que rodean el centro del campamento. Es un alivio alejarse de las cámaras y se pregunta cuánto tiempo podrá alargar la caminata antes de que envíen a alguien que la mande de vuelta con los demás. La valla perimetral está apenas a unos cientos de metros de las carpas, pero el bosque se vuelve denso a medida que se aleja del claro y le sienta bien estar a solas. Ha perdido la noción del tiempo. No es más que el segundo día, pero le parece como si llevaran atrapados aquí una eternidad. Aliyah sigue la valla deslizando una mano por el alambre. Henry tiene razón, son como animales enjaulados. Cuando inicia el camino de regreso al campamento, oye que alguien la llama. Se detiene y se da la vuelta.

—¡Aliyah! —Junto a la valla, hay un hombre con una chaqueta fluorescente. El guardia de seguridad que los dejó pasar ayer al campamento. Dario, recuerda Aliyah.

—¿Qué pasa? —pregunta ella.

—Tengo una cosa para ti.

—¿Y qué es?

—Acércate más y te la meto a través de la valla. —Le guiña un ojo.

Aliyah se queda boquiabierta. Dios, qué desagradables son los hombres. Incluso después de ver la barrita de chocolate y darse cuenta de que el comentario de Dario tenía doble sentido, sigue enfadada. Pero el chocolate es el chocolate y Aliyah lo mira con una sonrisa falsa.

—¡Una chocolatina! ¿Para mí?

—Para ti.

Aliyah le da un mordisco mientras piensa con rapidez.

—Echaba mucho de menos esto —dice, sabiendo que ya lo tiene en el bolsillo. Dario está casi salivando—. No sé cuánto tiempo más podré aguantar.

—Yo te ayudaré —dice Dario, tal y como ella imaginaba que diría. Qué previsibles son los hombres.

Aliyah le hace la pelota con lo del confesionario, las arañas a las que sabe que se tendrá que enfrentar (siendo justos, no tiene por qué mentir al respecto; siente absoluto pavor por esas cosas), y suelta su petición:

—¿Podrías averiguar cuáles son los secretos de los demás? —Mete la mano por la alambrada y le acaricia el pecho a la vez que siente unas ligeras nauseas por el tufo a loción de afeitado y el olor corporal que le llega—. Te lo recompensaré —le promete.

—Haré todo lo que pueda —contesta Dario asintiendo con frenesí. Extiende la mano hacia ella, pero Aliyah se aparta antes de que siga adelante con esa idea de meterle algo a través de la valla. Ve que tiene un amenazante bulto en los pantalones y que su respiración se ha vuelto pesada.

—¿Qué opina el público? —pregunta Alison, ya sin rodeos.

—¿Qué? —Dario la mira confundido.

—¿Qué piensan de nosotros?

—Pues... les gusta el pastor. Piensan que Pam es una mandona.

—¡Pero si Pam es encantadora! ¿Y de mí?

—Creen que eres... —Dario duda— un poco ligona.

—¿Un poco qué? —Aliyah está indignada.

Dario traga saliva.

—Esperan que termines enrollándote con Jason.

Por muy desagradable que esto resulte, Aliyah reconoce que podría servirle de ventaja. El público no va a votar para destapar y expulsar a alguien a quien esperan ver echando un polvo en la pantalla.

—¿Y de Ceri?

—Triste.

—¿Jason?

—Un chulillo.

—¿Henry?

—Aburrido.

—Es normal —reconoce Aliyah. Mira a Dario—. ¿Mañana a la misma hora?

—Aquí estaré.

Armada con lo que le queda de chocolatina y la tranquilidad de tener un aliado fuera, Aliyah vuelve al campamento con renovada determinación. La única forma de evitar que la desenmascaren es echar a los demás concursantes, y eso es exactamente lo que piensa hacer.

26

Domingo - Ffion

—¿Miles ha muerto? —Dario se queda mirándolos—. Pero si lo he visto corriendo esta mañana.

—¿Cuándo ha sido eso? —pregunta Ffion. Leo y ella están en la entrada del campamento, casi sin aliento después de la subida a paso ligero desde Carreg Plas.

—Quizá sobre las diez y cuarto. La misma hora de siempre.

—¿Le ha dicho algo?

Dario suelta un bufido.

—Miles solo habla conmigo cuando hago algo mal.

—¿Y ha hecho algo mal? —pregunta Ffion, porque algo acaba de atravesar el rostro de Dario. Algo secreto. Ffion oye un ruido entre los matorrales que tienen al lado y se vuelve para mirar, pero no ve nada.

—No. ¿Por qué? ¿Qué le han dicho?

Leo no hace caso de la pregunta.

—¿Ha visto a alguien merodeando por aquí?

—Un momento... —Dario entrecierra los ojos—. No estará tratando de echarme a mí la culpa, ¿no? A mí me han contratado para mantener la seguridad de este sitio, pero no puedo estar en todas partes a la vez. Si han asesinado a Miles, no es culpa mía.

Ffion frunce el ceño.

—No hemos dicho que lo hayan asesinado. Solo he dicho que estaba muerto, eso es todo.

—Ustedes no aparecerían por aquí haciendo preguntas si hubiese muerto por causas naturales, ¿no es así? —Dario se cruza de brazos—. Pero le digo una cosa: yo no me he acercado a Miles Young. Esta mañana debía de estar a cuarenta metros o así de mí. Ni siquiera me hizo una señal con la mano ni me saludó. Yo no me he movido de aquí desde entonces.

—Miles nos dijo que usted hace rondas de vigilancia por todo el perímetro cada hora —dice Leo.

Dario escupe.

—Me refería a que, aparte de esas comprobaciones, no me he movido de aquí.

—Si alguno de los concursantes hubiese salido o entrado del campamento, ¿lo habría visto usted? —pregunta Leo.

Ffion vuelve a oír el extraño sonido. Un suave tintineo, como de un metal contra otro. Se acerca a los matorrales.

—La valla ha estado cerrada con llave toda la mañana.

—¿Y si se metieran por debajo de la valla, como hizo Ryan?

—Podría ser. —Dario se encoge de hombros, pero en su expresión hay una actitud defensiva—. No puedo estar en todas partes.

Ffion tiene la mirada clavada en los matorrales. Está claro que ahí hay algo. Ve un destello de pelo rubio. No es algo, piensa. Es alguien. Mete la mano entre los arbustos y agarra un peto.

—¡Ay, me hace daño! —Las pulseras de Zee tintinean mientras se aprieta el teléfono contra el pecho.

—¿Cuánto tiempo llevas ahí? —pregunta Ffion.

—¿De verdad ha matado alguien a Miles? ¿Saben quién es? —Levanta su teléfono en el aire—. ¿Puedo hacerle una entrevista para…?

—No. —Ffion coloca una mano sobre la lente—. Aparta eso o buscaré alguna razón para incautártelo. —Ffion mira a Leo y ve que, al igual que ella, está valorando si incluir a la youtuber en su lista de sospechosos. Ella, como muchos de los otros, ha tenido oportunidad de hacerlo, pero ¿tenía un motivo?

—¿Ha sido Roxy Wilde? —pregunta Zee—. El otro día estaba tremendamente furiosa con Miles. La oí poniéndolo a parir delante del cámara. Decía que había echado por tierra su reputación. —Los ojos de Zee se abren de par en par con otra idea—: ¿O ha sido un concursante? —Baja la voz y mira a través de la valla metálica—. Iba a guardarme esto para Twitter, pero, ahora que hay una investigación policial, supongo que mi deber es contárselo. —Toma una exagerada y ruidosa bocanada de aire—. Hoy mismo he visto a Ceri hablando con alguien en el bosque.

—¿Fuera del campamento de *Al descubierto*? —pregunta Ffion.

—No, a través de la valla. No he podido ver con quién hablaba, pero estaba claro que era un hombre. —Se lleva una mano al corazón—. ¿Cree que era Miles? ¡Quizá tenían una aventura!

—¿A qué hora ha sido eso? —pregunta Ffion.

Zee arruga la nariz.

—Como... a la hora del almuerzo. Entre las doce y la una.

Entonces, no era Miles, piensa Ffion.

—¿Qué aspecto tenía?

—Era un hombre IC1. —Zee hace una pausa, dudando de repente—. Ese es el código para un hombre blanco, ¿no?

—Puedes limitarte a describirlo sin más.

—Ah, vale. Pues era blanco, bastante mayor..., como de treinta y tantos años.

—¿Algo más?

—Lo siento. No lo pude ver bien. —Zee dirige su atención a Dario, que está entrando en el campamento con Leo para sacar a los concursantes de *Al descubierto*—. Yo no me fiaría de ese Dario —dice—. He cronometrado sus paseos por el perímetro y algunos son mucho más largos que otros. —Su rostro se ilumina—. Oiga, ¿quieren que participe en su mesa de coordinación? Podría encargarme de las publicaciones de sus redes sociales.

—Sobre eso, ya te diré algo más tarde —contesta Ffion.

Los tres concursantes que quedan se muestran tan incrédulos como Dario.

—Es broma, ¿no? —Lucas mira alrededor en busca de las cámaras—. ¿Es algún tipo de prueba para ver nuestra reacción?

—¿Son ustedes siquiera policías de verdad? —pregunta Henry.

—Sí que lo son, desde luego. —Ceri mira a Ffion—. ¿Estáis hablando en serio?

—Completamente en serio. A Miles lo han matado a las doce menos cuarto de esta mañana.

—Mierda —dice Henry.

Lucas se queda lívido. Se apoya contra la valla para mantener el equilibrio.

—¿Y qué va a pasar ahora? —pregunta Zee.

—Que encontramos al asesino y lo encerramos…, o a la asesina —responde Leo.

—Me refería a esto. Al programa. ¿Quién gana?

Los demás se quedan mirándola.

—Es que… —Zee mira al grupo—. Mis estadísticas están subiendo mucho y *Al descubierto* va a recibir ahora aún más atención, así que he pensado que… —Su voz se va apagando.

—El programa ha terminado —dice Leo. Mira a Henry, Lucas y Ceri—. Los van a alojar a todos en los establos hasta que presten declaración y haya acabado la instrucción preliminar.

—Nuestras cosas siguen en el campamento —dice Henry—. ¿Le importa si entro un momento a…?

—No —responde Ffion con firmeza—. Ustedes se vienen conmigo. —Leo se queda en el campamento para comprobar las cámaras y ella lleva a los demás montaña abajo. Ceri, Lucas y Henry la siguen, con Dario a la zaga.

—¿Yo también? —grita Zee por detrás por si hay suerte.

Ffion niega con la cabeza.

—Pero no te vayas muy lejos. Quiero tomarte declaración.

—¿Cómo lo han asesinado? —pregunta Ceri mientras recorren el sendero.

—¿Le han disparado? —pregunta Lucas—. Porque esta mañana oí un disparo… ¿O fue ayer por la mañana?

—Eso debió de ser alguien cazando conejos —dice Ceri—. Se oyen a todas horas.

—¡Silencio! —Ffion se detiene tan de repente que los demás casi chocan con ella.

—¡Tranquila! —exclama Henry con tono airado—. Nos está tratando como si sospechara de alguno de nosotros de... —Se detiene y su actitud resuelta se desvanece al ver la cara de Ffion.

—¿Y? —pregunta ella con frialdad.

Continúan en silencio hasta llegar al patio.

La carpa de la policía científica en la puerta del estudio de Miles oculta las labores de los investigadores que Ffion sabe que están dentro. Henry y Ceri se quedan mirando al pasar, absortos. Lucas aparta la vista y Ffion ve que sus labios se mueven pronunciando una oración silenciosa. Uno a uno, Ffion los acompaña a su habitación mientras se pregunta si está tratando con un asesino.

—¿Y cuál es su secreto? —le dice Ffion a Lucas dándole la llave.

Él parpadea.

—¿Es esto un interrogatorio?

—¿Debería serlo?

El pastor le mantiene la mirada. Ffion ve en sus ojos una expresión de abatimiento y tiene los hombros hundidos como almohadones viejos.

—Solo Dios nos puede juzgar —es lo único que dice.

En la puerta de al lado, Henry se seca el sudor de las manos en los pantalones cuando Ffion le hace la misma pregunta.

—Bueno, pues yo... —Carraspea—. No se lo va a contar a nadie, ¿verdad? Sé que está muy mal decir esto, pero el hecho de que Miles haya muerto de esta forma nos beneficia a todos. La verdad es que preferiría que nadie lo supiera.

—Si es algo ilegal, mi deber es... —dice Ffion.

—¡Dios, no es nada de eso! —Henry parece horrorizado. Se ruboriza—. Soy alcohólico. En el trabajo me dieron un último aviso. Llegué borracho varias veces y les prometí que lo iba a dejar, pero...

Ffion sigue la mirada de Henry hasta la cama, donde estaba

deshaciendo la maleta que lo esperaba desde que él y los demás partieron hacia el campamento de *Al descubierto*. Ve una camisa planchada y unos pantalones color crema y se lo imagina en su casa, escogiendo la ropa para las entrevistas en los medios de comunicación, ajeno a los horrores que él y los demás concursantes se encontrarían más tarde. Junto a un pequeño montón de ropa, hay una botella de whisky. Ffion vuelve a mirar a Henry.

—No parece de ese perfil.

—¿Con nariz roja y bebiendo cerveza en el banco de un parque? —Henry se ríe sin ganas—. Soy lo que llaman un alcohólico funcional, el nombre técnico con el que se conoce al borracho de clase media que toma merlot en lugar de vodka de marca blanca y que conserva su trabajo.

La definición casi da en el clavo con ella y, mientras se aleja del establo de Henry, Ffion piensa que quizá se apunte el año que viene a la iniciativa del Enero Seco. Solo por demostrarse que puede hacerlo.

Vuelve a atravesar el patio y se asoma a la carpa de la policía científica.

—¿Puedo mirar una cosa en las cámaras?

—Adelante —responde el técnico—. Ya hemos recogido muestras y huellas de todo lo de la mesa.

Ffion se pone un traje de papel y un par de guantes de látex. El monitor sigue encendido y la cámara continúa apuntando a la imagen del campamento que Miles estaba viendo cuando lo mataron. Ffion ve a Leo caminando despacio alrededor del fuego.

Llama a su radio.

—Ponte la mano en la cabeza.

Leo obedece.

—Has perdido… No he dicho «Simón dice».

—Entiendo que estamos en directo.

—Eso parece. —Prueban la conexión con números. Ffion va diciendo «uno, dos, tres, cuatro, cinco» mientras Leo levanta los dedos pertinentes al mismo tiempo.

—No hay desfase temporal —dice Ffion—. No cabe duda de

que Lucas estaba en la imagen en directo a la hora del asesinato. No puede haber matado a Miles.

Repiten el ejercicio desde el confesionario, con Leo sentado en un sillón parecido a un trono.

—¿Sigue sin haber desfase? —pregunta él por la cámara.

Ffion responde por la radio.

—Nada. —La coartada de Henry es tan sólida como la de Lucas.

Solo queda Ceri, que asegura que estaba cogiendo leña en el momento del asesinato. Y, como sus otros dos compañeros estaban ocupados en otra cosa, no queda nadie que confirme sus movimientos.

—¿No creerás en serio que yo lo he matado? —Ceri se apoya en el quicio de la puerta de su establo.

—Pero entenderás nuestro dilema. —Ffion arrastra sus botas en la gravilla delante de la puerta y, después, mira a Ceri—: ¿Qué secreto conocía Miles de ti?

Ceri se encoge de hombros.

—*Dim syniad.*

—Alguna idea tendrás.

—No. Quizá averiguó que soy lesbiana.

—Estamos en el siglo XXI, Ceri. Eso no es ninguna noticia. —Ffion no consigue que Ceri la mire a los ojos—. ¿Qué me estás ocultando?

—Nada. —Ceri coloca una mano sobre la puerta—. Bueno, ¿hemos terminado?

Ffion mira a la mujer con la que suele salir de copas, la que se reía a carcajadas cuando los pantalones se le rompieron el día que fueron a las carreras de Chester y la que siempre enciende el hervidor cuando ella necesita una *paned* y quejarse del trabajo. De repente, piensa que no la conoce en absoluto.

—Hemos terminado —contesta—. Por ahora.

A Ryan Francis lo ha visto el médico y ha declarado que no está en condiciones de someterse a un interrogatorio. Lo han llevado a una unidad psiquiátrica para que lo examinen por la mañana. Cuando esté mejor, los agentes del equipo de la inspectora jefe Boccacci lo acusarán del asesinato y de los delitos de agresión y lesiones.

«Pero Ryan no ha matado a Miles».

Cuanto más lo piensa Ffion, más lo cree. El asesinato de Miles estaba planeado. Fue metódico y limpio, y se cometió en un entorno de alto riesgo con un nivel de control extraordinario. La escena del crimen contrasta de forma clara con la casa de Angharad, donde el caos que Ryan dejó parece corresponderse de manera más precisa con su estado mental.

Podría haber sido un paripé, por supuesto. No sería el primer sospechoso que intentara zafarse de una acusación alegando una demencia. Pero Ffion no cree que sea así. Por lo que ha visto y oído de Ryan, es un hombre al que de verdad se lo ha llevado hasta el límite.

Si Ryan no ha matado a Miles, el asesino sigue libre.

Ffion contempla el denso bosque que rodea Carreg Plas y la impresionante montaña que se eleva hacia el cielo. Piensa en los guerreros del teclado que lanzaron amenazas de muerte contra el equipo de *Al descubierto* y se pregunta si alguno de ellos ha tenido las agallas suficientes de ir más lejos. La carpa de la policía científica se mueve ruidosamente con el viento y Ffion dirige de nuevo su atención al patio, a las puertas cerradas de los siete establos y los postigos de las habitaciones de la imponente granja.

¿El asesino está ahí fuera?

¿O aquí dentro?

De repente, Ffion siente frío. Se retira al calor de la cocina, pero está inquieta. Se bebe una taza de café junto al fregadero mientras mira al patio y, cuando ve a Leo entrar por la valla desde la ladera de la montaña, se da cuenta de que lo estaba esperando.

Abre la puerta de la cocina, pero, antes de que Leo llegue a la casa, Ffion oye el crujido de otros pasos sobre la gravilla. Una mujer vestida con un delantal vaquero azul aparece por la esquina.

—*Ti'n iawn, Ffi?* He pensado que te vería aquí.

—¿Todo bien, Ceinwen? —pregunta Ffion con el ceño fruncido—. ¿Cómo has llegado hasta aquí? Se supone que hay un cordón policial en la entrada.

—Lo hay, pero Rhodri es amigo. Le he dicho que tenía que pasar un par de minutos y él me ha dejado entrar, sin que me vea el sargento... Brody. ¿Se llama así?

—Brady —dice Leo detrás de ella.

Ceinwen sigue mirando a Ffion y pone expresión de «¡Uy!».

—De todos modos, *be ti'n da yma?* —le pregunta Ffion.

—Me encargo del catering. Solo voy a recoger mi dinero y me marcho, no te molesto más.

Ffion va al pie de la escalera para llamar a Roxy, que aparece en el rellano con unas mallas viejas y una voluminosa sudadera. Ffion le da el mensaje. Cuando vuelve con Ceinwen, esta le está preguntando a Leo sobre cuál le parece el mejor condimento para los bocadillos de ternera.

—¿Francés o inglés?

Leo la mira como si fuese una pregunta trampa.

—Francés —responde.

—Entonces ¿sin rábano picante?

—Agente Morgan —dice Roxy.

Ffion la encuentra al pie de la escalera.

—¿Qué pasa?

—No puedo pagar el catering.

—¿Me está pidiendo un préstamo? Porque no quiero ser maleducada, pero, si la productora tiene problemas económicos, no es mi...

—El efectivo estaba en una lata en el dormitorio de Miles. —Roxy señala a lo alto de las escaleras—. Había unas cien libras la última vez que lo comprobé. —Vuelve a mirar a Ffion—. Han desaparecido.

27

Domingo - Leo

La lata es pequeña, con una tapa con bisagras y una etiqueta de cuando contenía bolsitas de té Earl Grey. Leo la ha metido en una bolsa de pruebas junto con un puñado de recibos que había dentro, la mayoría emitidos por la empresa de catering de Ceinwen.

—¿Quién utilizaba el efectivo? —pregunta Leo.

—Todos —responde Roxy encogiéndose de hombros—. Owen y yo compramos una pizza la otra noche después de terminar de trabajar. A veces, Miles cogía diez libras para la gasolina del *quad*. —Mira a Owen, que asiente.

—¿Y metían el recibo en la lata y lo apuntaban en esta hoja? —Leo abre la hoja de gastos con las manos enguantadas.

—Así es. Yo me acerqué a la estación de servicio a por unos caramelos para la garganta antes de la sección en directo del sábado. Esa fue la última vez que toqué la lata.

El bolígrafo negro que Roxy utilizó para firmar en la hoja ha perdido tinta y ha dejado una mancha. Leo la vuelve a meter en la bolsa.

—Lo que significa que el dinero ha desaparecido en algún momento durante las últimas veinticuatro horas. Mira a Roxy y, después, a Owen—. Tengo que preguntarlo: ¿alguno de los dos lo ha cogido?

Owen niega con la cabeza.

—No.

—Desde luego que no —responde Roxy.

—Aparte de ustedes cuatro —dice Ffion—, ¿alguien más sabía que la lata estaba ahí?

—No.—Roxy hace una pausa—. Bueno…, Caleb salió a por leche cuando los concursantes estaban desayunando aquí el día que empezamos la grabación.

—¿Se habló de la lata en ese momento?

—No lo sé. Puede que sí.

Leo coge la bolsa de plástico.

—No se muevan de aquí —dice. Roxy y Owen asienten en silencio. Leo hace una señal a Ffion, que lo sigue al exterior.

—¿Crees que ha sido Roxy? —pregunta Ffion mientras atraviesan el patio—. ¿Pensaba que se iba a librar y, cuando Ceinwen aparece queriendo que le paguen, Roxy entra en pánico y decide «descubrir» el robo?

—A mí no me da esa sensación. ¿Y a ti? —Leo le da la bolsa con la lata a un técnico de traje blanco de la policía científica que está fuera de la carpa—. ¿Puedes pedir que miren las huellas de esto?

—¿Es del mismo caso? —El técnico se ha bajado el traje de papel a la cintura y las mangas le cuelgan por el suelo. Un cordón de la Policía de Gales del Norte que lleva al cuello lo identifica como Alistair Langham.

—Es posible.

—Voy a necesitar un código de presupuesto nuevo si no es para el caso del asesinato.

—En ese caso, es del asesinato. —Leo mira por la puerta abierta de la carpa—. Por cierto, ¿habéis encontrado alguna prueba de que forzaran la cerradura?

—Ninguna.

—Entonces, está claro que Miles conocía a su atacante —dice Leo—. Llegó a la puerta, Miles lo dejó entrar y volvió a sentarse en su mesa. Y, luego, pasó algo que…

—No lo creo —lo interrumpe Alistair—. Estamos bastante seguros de que el sospechoso salió por la ventana, ¿no? Vosotros estuvisteis en el lugar en cuestión de minutos y, si alguien hubiese salido por el patio, lo habríais visto.

—Exacto —dice Ffion.

—Pues os gustará saber que los peritos opinan lo mismo. Hemos encontrado una marca en el exterior del marco de la ventana, exactamente en el punto por donde se agarraría para salir.

—¿Huellas? —pregunta Leo esperanzado.

Alistair niega con la cabeza.

—La marca tiene un trozo de tela, probablemente lana o una mezcla de lana. A menudo, esto indica que el sospechoso llevaba guantes, pero en este caso no hay ninguna señal de dedos. Nunca he oído hablar de ningún ladrón que use manoplas, así que supongo que lo más probable es que sea de unos calcetines.

Hasta ahora, tiene lógica. Cuando Leo trabajaba en Liverpool, la mitad de los críos a los que detuvo llevaban calcetines en las manos cuando entraban en algún coche; eran más fáciles de conseguir que los guantes. Y los más astutos usaban los de sus pies en lugar de llevar otro par, del que tendrían que dar cuenta si los detenían para registrarlos.

—La cuestión es que hemos encontrado una marca parecida en la parte interior del marco —añade Alistair.

—Pero no se ha forzado la entrada. —Leo sigue la misma línea de pensamiento del técnico—. Eso significa que Miles dejó que su atacante pasara por la ventana, posiblemente para que no lo vieran. —Mira a Ffion—. ¿Tendría una aventura?

—Yo creo que es más probable que tuviera que ver con el trabajo —responde ella—. Ya vimos lo receloso que era. No le contó a Roxy ni a Owen el verdadero propósito de *Al descubierto* hasta el primer día de grabación. Puede que estuviese planeando otro giro inesperado.

—Quizá estuviera preparando el regreso de algún concursante expulsado.

Leo empieza a tener las mismas dudas que Ffion respecto a Ryan Francis. ¿Por qué iba Miles a abrir la ventana a un desaparecido del que no solo sabe que le guarda rencor, sino que, además, lleva un cuchillo robado? Tienen que dejar claro quién más tiene coartada... y quién no.

Aliyah parpadea con rapidez cuando Leo le pregunta dónde estaba justo antes del asesinato de Miles.

—E-estaba aquí —tartamudea—. Pe-pero no puedo demostrarlo.

—¿Qué estaba haciendo? —le pregunta Ffion.

—Nada. —Aliyah se sienta en su cama—. Usted nos dijo que nos quedáramos en nuestra habitación mientras buscaban a Ryan, así que eso es lo que hice. Probablemente, estuve con mi teléfono. No me acuerdo. Salí cuando oí a todos gritar.

—Esta mañana vi que la estaban entrevistando —dice Ffion—. ¿Qué tal fue?

Aliyah la mira con una débil sonrisa.

—Fue bien. Yo estaba aterrada, pero fueron muy simpáticos. La periodista me dijo que no tenía de qué avergonzarme. Incluso se ofreció a hablar con mi jefe si necesitaba apoyo moral.

—¿Usted trabaja en una... —Leo mira sus notas— guardería? Asiente.

—Lo cierto es que han estado estupendos. Mi jefe me ha dicho que todo eso era cosa del pasado, pero que tenía que prometerle que no iba ejercer de trabajadora sexual mientras estuviese con ellos. —Aliyah suelta una breve carcajada—. Como si me apeteciera.

—¿Y sus padres? —pregunta Ffion.

Unas nuevas lágrimas empiezan a caer por las mejillas de Aliyah.

—Hemos hablado mucho. Yo creía que estarían avergonzados, pero más bien estaban tristes por no haberles contado lo mal que lo estaba pasando, por no haberles pedido ayuda. —Suelta un tembloroso suspiro—. Y mi padre me ha hecho jurarle que no me había ocurrido nada malo. —La mirada de Aliyah se ensombrece y Leo se pregunta cuántas cosas les habrá ocultado a sus padres—. Pero no han renegado de mí.

—Entonces... ¿está bien?

—No me malinterprete. Esta semana ha sido bastante espantosa, pero, ahora que ya se sabe, es casi un alivio. Siempre ha estado ahí, ¿sabe?, acechando en la sombra. Me aterraba todo el tiempo que un padre nuevo fuera a dejar a su hijo a la guardería y que fuese alguien que yo... —Traga saliva—. Que fuera un antiguo cliente, ¿sabe? —Aliyah suelta un largo suspiro—. Pero ya no importa. Todo el mundo lo sabe. Lo peor ha pasado ya.

—Cuando estaba en el campamento, hablaba con los demás concursantes, ¿verdad? —pregunta Leo.

—No había mucho más que hacer.

—¿Le dio la sensación de que alguno de ellos... —Leo busca las palabras adecuadas—... albergara pensamientos violentos sobre Miles?

—No. —Aliyah niega con la cabeza—. Sé a dónde quiere llegar con esto y, sí, Miles no era precisamente apreciado, pero en realidad nadie quería... —se interrumpe y vuelve a negar con la cabeza.

—Entonces ¿se fiaba de todos ellos? —pregunta Ffion sin rodeos.

Aliyah se ruboriza.

—Bueno, o sea, está claro que resultaba difícil fiarse de los demás cuando literalmente estaban ahí para traicionarte, pero...

—¿Se fiaba de Jason? —Leo vuelve a tomar el mando.

—Al cien por cien.

—¿De Pam?

—Quiero mucho a esa mujer.

—¿De Lucas?

—Por supuesto —responde Aliyah con menos convicción.

—¿Qué pasa? —Ffion también lo nota.

—Nada. Es solo que... —Aliyah suspira—. Oí a Roxy decir algo sobre un concursante relacionado con el #MeToo y supongo que me alteró. La idea de estar encerrada en ese campamento con un depredador sexual. —Cruza los brazos sobre el pecho y se estremece.

—¿Qué le hizo pensar que Roxy hablaba de Lucas? —pregunta Leo.

—Por eliminación. Jason es un hombre de verdad y Henry me transmite buenas vibraciones. Ryan era..., en fin, pobrecito, no había nada de depredador en él. Así pues, solo quedaba Lucas. —Mira hacia el patio y baja la voz—: ¿Sabe que tiene antecedentes delictivos?

—¿Eso es verdad? —pregunta Leo, que ya se encuentra completamente al corriente de la condena a prisión del reverendo Lucas Taylor y de su comportamiento ejemplar desde entonces.

—Él mismo me lo contó.

—Eso fue muy sincero por su parte —dice Ffion.

—Supongo que sí —Aliyah suelta un suspiro—. Es difícil saber de quién se puede una fiar, ¿no?

—No se equivoca —dice Ffion después de que Aliyah cierre la puerta—. Yo no me fiaría de ninguno de ellos ni de lejos. La condena de Lucas no tuvo ningún componente sexual, ¿verdad?

—No, y en parte me pregunto si Aliyah estará tratando de despistarnos con eso del #MeToo.

—¿Te refieres a que intenta impedir que la tengamos en cuenta por el asesinato? Es muy poca cosa, es imposible que haya podido estrangular a Miles, a menos que él se limitara a quedarse sentado sin moverse.

—Yo me inclino a pensar lo mismo —contesta Leo—. Pero me quedaría más tranquilo si tuviese una coartada. —Suena su teléfono, aunque, cuando ve que es Gayle otra vez, vuelve a metérselo en el bolsillo.

—Tu novia te llama mucho —dice Ffion mientras se dirigen al establo de Pam.

—No es mi novia.

Leo ha intentado varias veces cortar con Gayle, que, al parecer, es más terca que una mula e interpreta los «Ahora mismo no tengo tiempo para ver a nadie» de Leo como un «Por favor, llámame varias veces al día para proponerme distintas opciones para vernos».

—¿Amiga con derechos? —El tono de Ffion es burlón—. ¿Un ligue? ¿Una acosadora?

—No andas muy lejos —responde Leo, taciturno.

—¿En serio?

—La verdad es que no. Es solo que... —Leo hace una pausa—. Es insistente.

—Pues mándala a paseo. —Llegan a la puerta de Pam y Ffion mira a Leo de reojo—. Muéstrale tus garras.

A Leo le escuece el comentario y abre la boca para contestarle, pero es demasiado tarde: Ffion está llamando a la puerta de Pam.

Cuando Ffion pregunta a Pam a quién vio en el patio cuando encontraron el cuerpo de Miles, la directora de colegio cierra los ojos para pensar.

—Los vi a ustedes dos —dice despacio—. Y a su compañera. Georgina, ¿se llama así? Y al recadero, Caleb. —Va colocando figuras invisibles por la habitación con la mano mientras mantiene los ojos cerrados—. Jason estaba ahí. Luego, salieron Roxy y Owen de la casa y se quedaron ahí. Y, después, Aliyah estaba aquí.

—¿Aliyah? —Ffion mira a Leo.

Pam abre los ojos.

—Le pregunté cómo había ido la entrevista.

—¿Está segura? —pregunta Leo.

—Sargento Brady, hay ciento setenta y cuatro niñas en mi curso de último año y, si alguna se salta la asamblea, puedo decirle su nombre en cuestión de segundos. Creo que soy capaz de acordarme de quién estaba en el patio hace unas horas.

Leo no lo duda. Pam Butler es una mujer extraordinaria.

—¿Qué estaba haciendo justo antes del asesinato?

—Me estaban expulsando temporalmente —responde en voz baja. Los ojos le brillan—. El presidente de la junta de gobierno me llamó. Al parecer, la decisión ha sido unánime.

—Vamos a tener que hablar con alguien que lo confirme —dice Ffion.

Pam coge un cuaderno de anillas y va pasando páginas.

—Este es el número. —Por debajo de los dígitos, la pulcra letra de Pam proporciona un resumen de la llamada. «Remuneración íntegra —lee Leo—. ¿Recurso de apelación?». Hace una foto de la página.

—Esto debe de resultar difícil para usted —dice Ffion.

—Son mis niñas las que me preocupan —contesta Pam con un suspiro—. No quiero ni pensar qué les habrán contado. El subdirector se está encargando de ellas, pero, en fin..., una se preocupa al no estar allí.

A Leo le pasa, desde luego. Se sintió satisfecho cuando la inspectora jefe Boccacci le pidió que asumiera el mando en la escena del crimen, pero, ahora que la emoción inicial se ha disipado, le desespera saber qué está pasando en la mesa de coordinación.

—Avanzaremos lo más rápido que podamos —le dice a Pam—. Mientras tanto, por favor, quédese en su habitación y no hable con los demás concursantes.

—Por supuesto. Debo decirles que, para tratarse de agentes de policía, son ustedes de lo más simpático. Muy tranquilizadores. —Mira Ffion con ojos inquisidores—. ¿Se ha planteado alguna vez ser profesora?

Ffion espera a que nadie pueda oírlos ni a Leo ni a ella.

—¿Se te ocurre algo peor que ser profesora?

Desde luego, a Leo no se le ocurre nada peor que Ffion de profesora, pero decide guardárselo.

—¿Vamos ahora con Jason? —dice al final.

—Joder, yo odiaba a Miles. —El bombero está sentado con los brazos bien cruzados sobre su pecho—. Pero no lo he matado.

—Tenemos que determinar dónde estaba cada uno en el momento del asesinato —dice Leo.

—Yo estaba en una videollamada con mi abogado.

Leo abre su cuaderno, que rápidamente se va llenando de entradas.

—Deme los datos del abogado, por favor.

—¿Me está llamando mentiroso?

—Estamos investigando un asesinato —responde Ffion—. Y, tal y como están las cosas, usted no tiene coartada. Así pues, si fuera usted, yo daría los datos de su abogado antes de verme luciendo unas bonitas esposas.

Cuando van atravesando el patio para volver a la cocina, suena el teléfono de Leo.

—Sargento, soy George.

—¿Qué tal va la mesa de coordinación?

—Ajetreada.

—¿Cuándo van a hacer la autopsia?

—Mañana. —La voz de George se oye amortiguada, como si estuviese sujetando el teléfono entre el hombro y la oreja—. La va a hacer Izzy Weaver. —Leo conoce ese nombre. Es la misma patóloga que hizo la autopsia a Rhys Lloyd—. Por cierto, nos han dado el informe forense de las piedras que usaron para romper las cámaras. Hay ADN en las piedras.

—¿Y?

—No es de Ryan.

Leo dedica un momento a asimilar la información. Ryan no rompió las cámaras. En cierto sentido, no le sorprende. Se va convenciendo cada vez más de que Ryan no estaba en condiciones de llevar a cabo ningún plan meticulosamente pensado, pero eso le plantea más preguntas que respuestas. Si Ryan no rompió las cámaras, ¿quién fue? ¿La misma persona que ha asesinado a Miles?

—¿Se ha pasado por el sistema nacional de datos de la policía? —pregunta Leo.

—Sí. Sin resultado.

Eso quiere decir que quien rompió las cámaras no tiene antecedentes policiales. Leo recuerda que pidió a la oficina de la productora de Miles una lista de las personas que habían solicitado entrar en *Al descubierto*. ¿Habrá sido alguna de ellas?

—La inspectora jefe dice que podemos retirarnos todos salvo los que están vigilando la escena del crimen —dice George—. Que retomaremos mañana a las ocho, cuando yo esté de vuelta contigo y con Ffion.

Leo cuelga el teléfono.

—George puede hablar con Caleb Northcote y Jessica Francis a primera hora de la mañana —le dice a Ffion—. Yo interrogaré a Roxy Wilde y a Owen Havard.

—¿Qué quieres que haga yo? —pregunta Ffion.

Se quedan mirándose a los ojos un segundo y Leo siente una oleada de calor. Reprime el impulso de responder a su pregunta de una forma nada profesional.

—Mira a ver si las coartadas de Pam Butler y Jason Shenton se confirman —decide contestar—. Y haz que abran esa caja de los secretos. Averigua quién tenía más que perder.

De las siete personas con las coartadas sin corroborar, Ceri Jones es la única que aún tiene un secreto en esa caja.

¿Será lo suficientemente importante como para matar?

28

Jason - Tercer día de *Al descubierto*

Hay que estar en forma para ser bombero y Jason Shenton es el que más lo está de su turno. Va todos los días al gimnasio de su estación, alternando piernas, brazos y cardio. Cuando salió el anuncio para *Al descubierto*, fueron tantos los compañeros de Jason que le enviaron el enlace que terminó publicando en Facebook: «¡Sí, ya me he presentado!». Ni siquiera le sorprendió que lo escogieran; fue como si se tratara de algo que tenía que pasar. Jason estaba en forma y era fuerte, y también iba a ser el cabecilla de este programa de supervivencia.

Así pues, cuando Roxy hizo aquel anuncio la primera noche, la reacción inicial de Jason fue de decepción. La verdad es que se quedó destrozado. Todo lo que había entrenado de más, las tortillas de clara de huevo y los batidos de proteínas, ese maldito autobronceador que Kat le había puesto para que tuviese un aspecto lustroso ante las cámaras.

—¿Estás diciendo que ya no estoy lustroso?

—Es para estarlo aún más —dijo Kat con una sonrisa mientras le frotaba la loción. En ese momento, se distrajeron y Kat terminó también con una buena cantidad de autobronceador en el cuerpo...

Un segundo después del anuncio de Roxy, cayó en la cuenta.

—¿Qué coño...? —dijo. En ese momento, Jason ni siquiera fue consciente de lo que aquello implicaba. Solo sabía que les habían mentido a todos, y no hay nada que odie más que a un mentiroso. El cámara sonreía como un mono y Jason salió corriendo a por él sin pensar en nada más que en borrarle esa estúpida sonrisa de la cara a Owen.

Los días posteriores no hicieron más que aumentar su rabia. Jason sabe qué secreto suyo quieren revelar, por supuesto. Tardó un tiempo en adivinarlo, lo que puede parecer ridículo, si no fuera porque siente como si lo de casarse con Addison fuera algo que había hecho otra persona. Kat es su mujer. No su segunda mujer, no la mujer de un bígamo, solo su mujer. Y la adora con una intensidad que incluso a él le sorprende.

Un bígamo. Joder. Hace que parezca un absoluto cabrón, un auténtico mujeriego. Lo más ridículo es que Jason solo ha tenido, literalmente, tres novias en su vida. Y se casó con dos de ellas. Si el secreto sale a la luz, podría ir a la cárcel. Peor que eso, perderá a Kat y quizá a las niñas. No puede permitir que eso ocurra.

El tercer día de *Al descubierto*, a Jason se le ocurre un plan. A los concursantes los han enfrentado entre sí encargándoles la tarea de sacar a la luz los secretos de los demás. Las preguntas se intensifican, cada conversación es una trampa en potencia.

—Yo creo que el secreto de Lucas tiene que ver con una mujer —le susurró Aliyah a Jason durante el desayuno—. Se pone muy nervioso cuando le preguntas por sus relaciones.

Como consecuencia, todos están cerrándose en banda, temerosos de que se les escape algo. Salvo a Jason, no parece que a nadie se le haya ocurrido que hay otro modo de actuar en el juego de las mentiras.

—Tengo que decírtelo, tío. El estrés me está afectando de verdad —le dice Jason a Henry durante lo que enseguida se ha convertido en una conversación sincera en el jacuzzi—. Estoy pensando en confesar y olvidarme. Quitármelo de encima, ya sabes.

Henry se queda pensando.

—Supongo que depende de a qué te vas a tener que enfrentar después.

Jason hace una larga pausa. Cuando vuelve a hablar, lo hace de una forma intencionadamente despreocupada, como si se le acabara de ocurrir algo.

—¿Sabes si mandan a la gente a la cárcel por delitos antiguos?

—¿Como cuáles?

—Como... —Jason finge como si se sacara un delito de la manga— un robo, por ejemplo. ¿Se molestarían? Es decir, si hubiese sido como hace cinco años. Si esa persona fuese un adolescente en aquella época y la casa fuera de su abuelo o algo así...

—¿Qué estás diciendo, Jase? —De repente, Henry parece ponerse serio. Mira a las cámaras.

—Nada. Olvídalo. —Jason se aprieta la nariz y se hunde en el agua para ocultar su sonrisa. Ha picado el azuelo.

—¿Para qué usarías el dinero del premio? —pregunta Henry cuando sale a la superficie.

Jason no vacila.

—Se lo regalaría a Kat, para que se compre lo que quiera, algo que la haga feliz. Tengo claro que reservaría unas vacaciones a algún sitio donde haga calor —añade—. Llevamos diez años casados y todavía no hemos ahorrado suficiente para una luna de miel de verdad. Sí, eso es lo primero que haría.

Después, ve a Henry susurrar algo a Aliyah, que lanza miradas furtivas en su dirección. A Jason no le importa ser el centro del chismorreo cuando ha sido él mismo el que lo ha provocado, y dedica a los dos un alegre saludo con la mano. Aliyah se apresura a volver la vista de nuevo a Henry.

Cuando Roxy y Owen reúnen a los concursantes en el campamento para la sección en directo de la noche, la tensión en el ambiente es evidente. Roxy se pasea junto al borde de los árboles ensayando lo que va a decir mientras Owen cumple con las órdenes que Miles le va ladrando: «Mueve a Pam diez centímetros a la izquierda. Que se levante Lucas. No, que pruebe a apoyarse en la mesa».

—¡Concursantes de *Al descubierto*! —Roxy hace una larga pausa—. Henry ha intentado destapar a uno de vosotros. ¿Tenéis idea de quién será? —Jason pone la misma cara inexpresiva que sus compañeros, con cuidado de no mirar a Henry a los ojos. Ese cabrón traicionero.

Roxy observa a cada concursante de uno en uno. Pam, Henry, Aliyah, Lucas, Ceri… Sus ojos se detienen.

—Hoy mismo, Henry se ha ofrecido a dejar a Jason al descubierto. Veamos si tenía razón.

La cámara toma ahora un primer plano suyo. Jason adopta una expresión de haber sido traicionado y, a continuación, pronuncia en silencio las palabras «Te quiero, Kat» con la esperanza de que ella lo vea.

Roxy continúa hablando:

—Recordad que, si Henry se equivoca, será él quien se enfrente al confesionario.

Henry tarda una eternidad en encontrar el sobre de Jason entre los demás, pero, al final, se lo entrega a Roxy y dirige una mirada de disculpa a Jason, que este decide ignorar.

Roxy se vuelve a la cámara con el sobre levantado.

—Vamos a recordar la acusación que Henry ha hecho antes en el confesionario. —Aguanta la sonrisa un segundo y, después, deja caer los hombros y mueve el cuello.

—¿Estás bien? —le pregunta Aliyah a Jason.

—Estoy bien —responde él, cortante, mientras recuerda la conversación entre susurros que ha visto antes entre ella y Henry. Fácilmente, podría haber sido Aliyah la que corriera al confesionario para acusarlo de haber robado a su abuelo.

—Veinte segundos —dice Owen apretando un dedo contra su auricular. Jason sabe que, ahora mismo, los espectadores están viendo en su casa el intento de Henry de dejarlo al descubierto. «Acuso a Jason de haber robado en la casa de su abuelo». Jason intenta no reírse. Kat estará muy confundida. Sus dos abuelos murieron antes de que él cumpliese los diez años.

—Diez segundos —dice Owen—. Cinco, cuatro. —Termina

la cuenta atrás con los dedos y en silencio mientras Roxy recupera su sonrisa para mirar a la cámara.

—Vamos a ver si tienes razón, Henry. —Abre el sobre y, a pesar de todo, a Jason se le acelera el corazón. Su verdadero secreto está ahí dentro. ¿Y si Roxy lo lee en voz alta por error o se le cae o...?

—Enhorabuena, Henry. —Roxy da la vuelta a la tarjeta para que todos los concursantes puedan leerla—. Tu acusación es correcta. Jason sí que es bígamo.

El campamento le da vueltas. No es posible.

—Despídete, Jason. —La exagerada expresión de tristeza de Roxy cambia de inmediato a otra de alegría—. ¡Has quedado... al descubierto!

Esto no puede estar sucediendo. ¿Qué le estaba susurrando Henry a Aliyah si no era la información que él le había dado en el jacuzzi? Jason no pronunció una sola palabra que permitiera que Henry ni ningún otro averiguara su secreto... A menos que... Piensa en la forma en que Aliyah le trató de sonsacar ayer: «¿Tu secreto tiene algo que ver con tu matrimonio?». Quizá Henry no estuviese pasándole información a Aliyah, sino al revés.

—Dios mío. —Aliyah se acerca a Jason mientras este se despide del grupo, pero él la aparta. Está pensando en Kat, que sabe que estará viéndolo. Está pensando en lo destrozada que estará, en que probablemente esté metiendo sus cosas en maletas, lanzándolas a la calle. Una rabia incandescente se va formando dentro de él mientras Roxy lo acompaña al exterior del campamento de *Al descubierto*. Nada de esto habría pasado si Miles no hubiese creado este programa infernal. Miles no ha aparecido por el campamento del programa desde que empezaron las grabaciones, pero ya no se puede esconder.

No sabe la que se le viene encima.

29

Lunes - Ffion

Cuando Ffion va con el coche hacia Carreg Plas, ve que hay varios vehículos aparcados en la estrecha carretera, incluida una furgoneta grande con una antena parabólica en lo alto. Deja el Triumph a cien metros y camina hasta la valla, donde hay un policía uniformado que claramente ha pasado ahí toda la noche.

—¿A qué hora es el relevo? —pregunta ella.

—En media hora.

—¿Medios de comunicación? —Cuando Ffion señala con la cabeza la fila de vehículos, ve que la puerta lateral de la furgoneta con la parabólica se abre.

—No paran de llegar desde hace unas horas. Les he dicho que la inspectora jefe Boccacci va a dar una rueda de prensa en Bryndare, pero quieren hablar con alguien del... —Se interrumpe para dirigirse a una mujer con una gabardina beis abrochada con un cinturón—: Por favor, ¿puede esperar en su vehículo, señora?

—¿Es usted policía? —La mujer se dirige a Ffion—. ¿Me puede decir unas palabras?

—No le gustaría —responde Ffion.

—Tengo entendido que el productor de televisión Miles Young ha sido asesinado. ¿Puede comentar algo de la investigación?

—¿Dónde ha oído eso? —Ffion abre la valla de cinco barras horizontales que protege el camino de entrada y pasa.

—Está en todas las redes sociales. Creo que la primera noticia la dio una youtuber que se llama… —La mujer se calla, tratando de recordar.

—La puñetera Zee Hart —murmura Ffion mientras rodea la granja por el lateral y entra al patio. No hay señales de vida en los establos ni luces encendidas en la casa principal. Detrás del patio, la montaña se aferra a los tonos rosáceos del amanecer. Mientras Dave y ella suben por el sendero desde Carreg Plas, el perro salta con entusiasmo por encima de un arroyo y aterriza con el hocico en el suelo cenagoso que lo rodea.

—Medio perro, medio elefante —murmura Ffion. Consulta el reloj: todavía quedan veinte minutos hasta que tenga que verse con Huw en el campamento de *Al descubierto*.

—Necesito las tenazas —le dijo cuando lo llamó anoche.

—¿Que necesitas qué?

—Te quedaste con la custodia de las tenazas en el divorcio. —Ffion estaba en casa haciendo agujeros en el plástico de un curri para el microondas.

—Sí —respondió Huw—. Porque son mías.

Ffion hace unos cuantos agujeros más, por si acaso.

—Entonces ¿me las puedes dejar?

—¿Para qué las quieres?

—Tengo que abrir la caja de los secretos del campamento de *Al descubierto*. Hoy he probado con un destornillador, pero se ha roto el maldito mango.

—Yo la abro.

—No es necesario, déjamelas en la puerta de atrás y yo voy y…

—No me importa. ¿Mañana a primera hora? ¿Nos vemos allí?

Ffion se detuvo cuando estaba a punto de meter el curri en el microondas.

—¿Por qué estás tan simpático?

—Porque la última vez que me pediste herramientas perdiste mi llave inglesa preferida.

—Solo tú podrías tener una llave inglesa preferida. —Ffion

seleccionó la mayor potencia y pulsó el botón—. Nos vemos en el campamento.

Ffion ve más adelante la valla perimetral y el destello fluorescente que sabe que es Dario Kimber. Recuerda la insinuación de Zee Hart de que el guardia de seguridad no tenía buenas intenciones: «He cronometrado sus paseos por el perímetro y algunos son mucho más largos que otros». Decide aprovechar los veinte minutos que le quedan. Llama a Dave, que está olisqueando algo que tiene un terrible parecido con un animal en descomposición, y sigue la valla hasta donde está plantada la tienda de campaña azul oscuro de Zee.

La solapa de la puerta de la tienda está medio abierta y del interior salen unos leves ronquidos. Ffion está pensando en cómo anunciar su llegada cuando Dave le ahorra el trabajo y se mete ahí dentro con sus pezuñas embarradas y su apestoso hocico.

Es difícil gritar cuando te falta el aire, pero Zee lo consigue de una forma admirable. El ruido lanza al exterior a un aterrado Dave, que intenta subirse a las piernas de Ffion.

Zee, todavía en su saco de dormir, sale a rastras.

—¿Qué ha sido eso?

—Considéralo un reloj despertador.

—¿Qué quiere? —Zee coge su teléfono.

—Ni se te ocurra grabarme —dice Ffion—. Ya has provocado suficiente daño. Las agencias de noticias de la mitad del país han acampado en la puerta de Carreg Plas.

—¿En serio? —Los ojos de Zee se iluminan.

Ffion da un paso adelante. Se apoya las manos en las rodillas, de modo que su cara queda a pocos centímetros de la de Zee.

—Este es tu último aviso. Si publicas en Twitter, Facebook, Snapchat, YouTube o algún blog una sola palabra sobre la investigación de este asesinato, te arrestaré por obstaculizar el trabajo de la justicia.

—¿Y TikTok? —Zee ve la expresión furiosa de Ffion—. Vale, nada de TikTok. Ni de ninguna otra. Entendido.

—Ayer sugeriste que el guardia de seguridad tardaba demasiado en sus rondas por el perímetro. ¿Qué querías decir con eso?

—Solo eso. Da tres vueltas al día, pero la segunda dura más que la primera. Yo creo que ha estado hablando con alguno de los concursantes.

—¿Alguna idea de cuál?

—Lo siento. Una noche entró también en el campamento. Yo no podía dormir, así que fui a dar un paseo. Serían las dos de la madrugada. Pasé junto a la caravana de Dario. Como la luz estaba encendida, me asomé por la ventana, pero estaba vacía. Pensé: «¿Qué estará haciendo?», y fui a ver.

—¿Y?

—Vi que abría la valla del campamento y que entraba. Estuve esperando, pero tardó muchísimo y yo estaba helada, así que volví a acostarme.

—¿Qué noche fue eso?

Zee inclina la cabeza a un lado y otro mientras piensa.

—La noche en que destaparon a Jason. Dios mío, me quedé muy impresionada. Imagínese estar casada con alguien y descubrir que...

—El miércoles —dice Ffion tras pensarlo. Eso quiere decir que Dario se coló en el campamento en la madrugada del jueves. A las dos de la madrugada del jueves, para ser exactos; justo cuando rompieron las cámaras del campamento.

—¿Es importante? —Los ojos de Zee se iluminan—. Si emite un comunicado, ¿va a mencionar mi canal de YouTube?

—No.

—¿Y si le dijera que me he acordado de una cosa del hombre con el que vi a Ceri hablando ayer? —pregunta Zee con una sonrisa maliciosa.

—¿Y si te limitas a contármelo y yo no te detengo por ocultación de pruebas?

Zee se queda mirándola un segundo y, después, le queda claro que Ffion no está de broma.

—Llevaba un gorro verde oscuro.

—¿Verde oscuro? ¿Estás segura?

Zee asiente.

—¿Algo más?

—No. Solo me acuerdo del gorro.

Ffion silba para que vuelva Dave.

—¿Necesita saber algo más? —pregunta Zee—. Porque tengo una teoría sobre Pam Butler. Creo que es más fuerte de lo que...

—Gracias. —Ffion ya se está alejando mientras le da vueltas a la cabeza. Piensa que hay muchísima gente con gorro verde. Eso no significa nada.

Huw está esperándola al lado de la hoguera, con varias herramientas desplegadas junto a su mochila.

—He pensado que querrías que me esperara. —Hace una señal hacia la caja metálica, sujeta con un candado al poste de madera que está junto al fuego. Lleva su chaqueta de salvamento y, en la cabeza, un gorro verde oscuro.

—Gracias. —Ffion lo mira de arriba abajo, consciente de que eso lo incomoda—. ¿Has estado antes en el campamento?

—Solo para la búsqueda —responde Huw con tranquilidad.

—¿No has estado merodeando por la valla ni has intentado después hablar con los concursantes?

—¿Qué? —Huw se ríe.

—Con Ceri, por ejemplo. —Ffion deja que el silencio entre los dos se prolongue.

—¿Quién te lo ha dicho? —pregunta Huw por fin.

—Un testigo.

—¿Un testigo? ¿Quieres decir que eso forma parte de tu investigación del asesinato?

—¿A qué estás jugando, Huw?

—Solo estuvimos hablando.

—Claro.

—No tiene nada que ver con lo que le ha pasado a Miles, Ffi. Te lo prometo.

—Eso lo decidiré yo. No tú. —Se quedan mirándose.

Huw aparta la mirada.

—Fui a pedirle que no meta a Bronwen en esto.

—¿Bronwen la de la oficina de correros? ¿La jefa de Ceri? ¿Qué tiene ella que ver?

—El secreto de Ceri. Podría causarle problemas también a Bronwen.

—Vale, pero ¿qué tiene que ver eso contigo? —Ffion observa a Huw, cómo se le va poniendo rojo el cuello, y, de repente, siente una oleada de algo que no sabe explicar—. Ah... —dice en voz baja—. Bronwen es la mujer con la que te estás viendo.

—Iba a contártelo.

—No es asunto mío. —Ffion habla demasiado rápido, demasiado alto. Es cierto que no es asunto suyo. Están divorciados, bien lo saben todos. Ffion no quiere repetir ese capítulo de su vida en particular. Y sin embargo...

—Vi que tú pasabas página y... —dice Huw.

—¿Que pasaba página?

—Con el policía inglés.

—Ay, Dios, eso es... —Ffion se echa a reír, pero sus protestas parecen falsas, incluso para ella. Estuvo a punto de pasar página, piensa. Lo habría hecho si hubiese sido menos tonta.

—Y eso hizo que me diera cuenta de que yo tenía que hacer lo mismo. —Huw da una patada en el suelo.

—Esto está bien —dice Ffion. Y lo dice de verdad.

—No quiero que ella se meta en ningún lío, Ffi.

—¿Cuál es el secreto de Ceri?

Él no responde.

Ffion suelta un suspiro de frustración.

—¿Qué ha hecho, Huw?

—No puedo... Ni siquiera debería haberme metido.

—No, desde luego que no, joder. —Ffion está a punto de perder la paciencia, pero se le ocurre que la estúpida implicación de Huw podría servir de coartada a Ceri—. ¿A qué hora hablaste con ella? —Zee le ha dicho que fue después del mediodía, pero, si hubiese sido antes, como a las doce menos diez..., no habría sido posible que Ceri matara a Miles a las 11.45 y, después, volviera a...

—Sobre las doce y veinte —responde Huw—. Bajé por la montaña después de hablar con ella. Fue entonces cuando te vi junto a los establos.

—De acuerdo. —Entonces, sí que podría haber sido Ceri. «O Huw», dice la voz dentro de su cabeza sin que lo pueda evitar. Aunque eso es ridículo. Huw tiene sus defectos, pero es cien por cien sincero.

¿No?

Ffion coge las tenazas y las levanta.

—¿Haces tú los honores o yo?

Hay siete secretos en la caja, incluidos los que ya han sido revelados. Si el secreto de Ceri afecta a su jefa, debe tratarse de algo que haya hecho en el trabajo. Y está claro que hay muchas cosas en juego. De lo contrario, Huw no se habría esforzado tanto por mantener a Bronwen alejada de esto.

Pero ¿es tan grave como para cometer asesinato?

Ffion se imagina a Ceri con su uniforme de cartera. Con bermudas, haga el tiempo que haga, y sus botas marrones, que sustituye por sandalias en verano. Ceri conoce a todo el mundo en Cwm Coed y todo el mundo la conoce a ella. Al menos, eso creen.

—¿Me prometes que no vas a meter a Bronwen en esto? —Huw vacila mientras coloca las tenazas sobre el candado.

—Sabes que no puedo...

—Me gusta de verdad, Ffi —dice Huw en voz baja.

Ffion piensa en su exmarido con esa mujer y su tristeza se mezcla con alivio. Se acabó lo de sentirse culpable de destrozar la vida de Huw. Él ya ha pasado página. Ffion piensa en Ceri, que es parte de Cwm Coed tanto como el lago y la montaña. Piensa en Miles, sin poder respirar, mientras unas manos se cierran alrededor de su cuello.

Ffion vuelve a dirigir su atención a la caja de los secretos.

—Ábrela.

30

Lunes - Leo

—Es una lista de reproducción que he hecho. —Roxy está sentada en su cama, mientras que Leo está de pie—. Siempre la escucho cuando me estoy preparando para grabar. —Le enseña a Leo la lista de canciones y él ve *Don't Stop Me Now, Eye of the Tiger, Ain't No Mountain High Enough, Dancing Queen...*

—Muy estimulante.

Roxy se sonroja.

—Acababa de empezar *Dancing Queen* cuando sonó la puerta de Owen al cerrarse. Lo oí bajar las escaleras corriendo, así que salí a ver qué pasaba.

—¿No oyó usted la trifulca?

—Tenía la música alta y me estaba maquillando. Ahí. —Señala el tocador que hay al otro lado de la habitación desde la ventana, que está lleno de artículos de cosmética—. Si mira en la pestaña de «reproducidos recientemente», verá la hora.

Roxy le pasa el teléfono a Leo, sin que en apariencia le preocupe que él mire alguna de las aplicaciones de mensajes. ¿Una muestra de que no tiene nada que esconder, quizá? Va retrocediendo por la pantalla hasta que encuentra *Dancing Queen*. En la hora, se ve las 11.44. Hasta ahí, queda confirmado.

—Por supuesto, con esto solo sabemos lo que estaba sonando en su teléfono —dice Leo—. No dónde se encontraba usted en ese momento.

—Estaba aquí, en mi habitación. —Roxy habla con un tono a

la defensiva. Leo piensa que no es necesario; está haciendo de abogado del diablo. Owen ya ha confirmado que Roxy lo siguió escaleras abajo y que salieron corriendo por la puerta de la cocina con una diferencia de segundos. En vista de que no se pueden ni ver, es poco probable que ninguno de ellos quiera proteger al otro, lo cual significa que ninguno de ellos pudo haber matado a Miles.

Leo está a punto de marcharse cuando recuerda la preocupación de Aliyah por que hubiese algún abusador sexual entre los concursantes.

—¿Recuerda haber dicho algo en el campamento sobre que había en el programa un concursante relacionado con el movimiento #MeToo?

Roxy frunce el ceño y, a continuación, su expresión se vuelve más segura.

—Sí. Fue después de terminar de grabar la primera noche. Miré a Owen y le dije algo así como: «Me pregunto quién será el tipo del #MeToo». Miles me había puesto sobre aviso cuando subíamos al campamento.

—Yo creía que él era el único que conocía los secretos de los concursantes.

—Ah, es que yo no creo que ese fuera uno de los secretos. Él solo se estaba asegurando de que yo me mantuviera alerta, ya sabe, que no me quedara a solas con un bicho raro. Hizo lo mismo con la condena a prisión de Lucas. Supongo que era como una especie de evaluación de riesgos.

—Muy considerado de su parte.

Roxy suelta un bufido.

—No tiene nada de considerado. Hoy se puede denunciar a una productora y sacarle los cuartos si no protege a su personal de algún acoso. Miles solo estaba pensando en su empresa, como siempre.

—Las coartadas de Roxy y Owen se sostienen —dice Leo. Han terminado sus respectivos interrogatorios y han vuelto a juntarse en la cocina, café en mano.

—Y la de Jessica Francis también —añade George—. Utilizó una aplicación de correr para señalar en el mapa las rutas de búsqueda de Ryan, para no pasar por la misma zona dos veces. Estaba a más de kilómetro y medio de la escena del crimen a la hora del asesinato.

Leo escribe una nota junto al nombre de Jessica.

—Y eso no es todo. —George da un sorbo a su café—. Jessica habló con Caleb Northcote, que estaba también en la montaña. No sabía su nombre, ni siquiera que fuese el asistente de producción, pero lo reconoció e intercambiaron unas palabras.

—¿A qué hora fue eso?

—Cree que diez minutos o así antes del asesinato. A él no le pudo dar tiempo a bajar de la montaña.

Leo asiente despacio mientras coloca mentalmente a todos en escena como piezas de ajedrez en un tablero. Roxy Wilde y Owen Havard estaban en la granja; Caleb Northcote y Jessica Francis habían subido a la montaña. Henry Moore estaba en el confesionario y Lucas Taylor, ocupándose del fuego, ambos grabados con la cámara en directo.

—Todavía quedan Pam Butler, Jason Shenton, Aliyah Brown, Ryan Francis, Ceri Jones, Dario Kimber y Zee Hart sin coartadas confirmadas.

—Podemos descartar a Pam —le corrige George—. El presidente de la junta de gobierno ha contestado a primera hora de la mañana. Llamó a Pam desde su móvil y me ha enviado una captura de pantalla del registro. La conversación duró desde las 11.25 hasta las 11.47.

Leo mira su lista y traza una gruesa línea negra sobre el nombre de Pam.

—¿Y Jason?

—Su abogado es un tiquismiquis. —George pone los ojos en blanco—. Está exigiendo una dispensa de protección de datos antes siquiera de hablar con nosotros y no deja de dar la lata con lo del secreto profesional.

—¿No puede darle Jason permiso para que hable con nosotros sin más? —pregunta Leo.

—Puede, pero dice que el abogado le cobra cien libras cada vez que responde a una llamada o un correo electrónico, y quiere que lo paguemos nosotros.

—¿Es que vive en otro planeta? —Leo suelta una carcajada—. La semana pasada me rechazaron un pedido de material de papelería porque había pedido un bolígrafo más que personas hay en la oficina. Sigue insistiéndole.

—¿Está arruinado? —pregunta George de repente.

Leo se encoge de hombros.

—Le van a pagar diez mil libras por participar, así que...

—Pero los concursantes no las han recibido aún, ¿no? Así que está arruinado, tiene que pagar a un abogado caro y sabía que había una lata con dinero en algún lugar de la granja... —Deja en el aire su insinuación.

Leo piensa en voz alta.

—Podría haberse colado aquí dentro cuando todos los demás tenían la atención puesta en el estudio de Miles.

Ella niega con la cabeza.

—Recuerdo haberlo visto. Me habría dado cuenta si hubiese desaparecido.

Leo se golpetea los dientes con el tapón del bolígrafo. La lata del dinero se la han entregado a la policía científica, pero, con razón, están dando prioridad a las muestras que han obtenido en la escena del crimen. Podrían tardar otro par de días en tener una comparación con las huellas de descarte. Sigue avanzando y pasa al siguiente asunto de su lista mental:

—¿Qué han sacado los analistas de las amenazas de muerte que se hicieron por internet?

—Mucha palabrería, pero también un par de tuits más preocupantes que está investigando el equipo de la inspectora jefe Boccacci —contesta George—. Está empeñada en esclarecer si procedían de personas que solicitaron entrar en el programa y no fueron seleccionadas.

—Entiendo que se enfadaran en su momento, pero no después de ver en qué consistía *Al descubierto*, ¿no? —En la bandeja de entrada de Leo, hay una hoja de cálculo que contiene los datos de todos los aspirantes, filtrados por los analistas para destacar a los que tienen antecedentes penales o notificaciones por conducta violenta—. Imagino que los no seleccionados se sentirán tremendamente aliviados por no haber sido escogidos —dice—. Yo lo estaría.

La puerta de atrás se abre y Ffion va directa a la cafetera. No ha habido ninguna entrega de pastas ni de bandejas de bocadillos desde que ha muerto Miles, por lo que Leo supone que alguien de la oficina de Cheshire las habrá cancelado. Los agentes del equipo de Leo han interrogado a unos cuantos integrantes del personal que trabaja allí. Han declarado que, en general, Miles caía bien, aunque pensaban que sus proyectos habían pasado de provocadores a desagradables. Todos estaban de acuerdo en que *Al descubierto* había traspasado una línea, pero nadie se había ido. Nadie se había enfrentado a Miles. Nadie quería perder su trabajo en medio de una crisis.

—¿Hoy no traes perro? —Leo mantiene un ojo en la puerta, casi esperándose que una bola de pelo mojado entre volando.

—Lo está cuidando Huw. —La voz de Ffion suena rara y Leo se pregunta si eso significa que vuelven a estar juntos. Inmediatamente, se recuerda que eso no le importa.

—Qué detalle por su parte.

—Me debe un favor —responde ella sin más. Se da la vuelta con el café en la mano y actitud profesional—. Parece que Dario Kimber es candidato para lo de las cámaras rotas. —Comparte con Leo y George la información que ayer le dio Zee Hart.

—¿Deberíamos arrestarlo también por asesinato? —pregunta George—. Si destrozó las cámaras es porque debía de querer hacerse con la caja de los secretos. Al no poder abrirla, el siguiente paso lógico era quitarle la llave a Miles. Quizá pensó que Miles no estaba, tuvieron un enfrentamiento y todo se descontroló.

—Lo vimos —dice Ffion de repente. Mira a George—. ¿Cuándo fue? ¿El miércoles? El día que apareció Jessica Francis. Miles estaba con nosotros en la cocina y Dario entró en el estudio. Miles se puso furioso.

—¿Crees que buscaba la llave? —pregunta Leo.

—Y ayer, cuando estábamos en la entrada del campamento. —Ffion mira a Leo—. Dario dijo que Miles había salido a correr «a la misma hora de siempre», como si hubiese estado vigilándolo y conociera sus movimientos.

—De acuerdo. —Leo asiente—. Dejad que lo consulte con la inspectora jefe. ¿Has abierto la caja?

Ffion deja su mochila sobre la mesa de la cocina y saca una bolsa de plástico que contiene la caja metálica del campamento. Ha forzado las bisagras.

—¿Has mirado el interior? —pregunta Leo.

—Pensé que querrías hacerlo tú. —Ffion echa los restos de su café al fregadero y abre el grifo.

George se pone unos guantes de látex y saca la caja de la bolsa. La coloca con cuidado sobre una hoja de papel y quita la tapa rota. Saca el montón de sobres del interior, cada uno marcado con el nombre de un concursante. Cuatro de ellos están abiertos. Cada sobre contiene una tarjeta impresa.

> Jason es bígamo.

> Pam acepta sobornos de padres.

> Ryan se viste con ropa de mujer.

> Aliyah fue profesional del sexo.

—Esos ya los conocemos —dice Leo impaciente por saber los demás. Henry ha confesado su alcoholismo, pero Lucas mantiene que el único con quien tiene que confesarse es con Dios. Como la coartada del pastor implica que no es el responsable de la muerte de Miles, su posible motivo es puramente teórico, aunque una investigación de asesinato exige contemplar todas las posibilidades.

> Lucas tiene una aventura con una mujer
> casada de su congregación.

George levanta los ojos de la tarjeta con ojos desorbitados.
—¡El muy viejo verde!
—Puede que Aliyah tuviera razón con respecto a él —dice Leo. Se inclina para coger la siguiente tarjeta—. ¿Esa es la de Henry?

> Henry se ha negado a pagar la pensión alimenticia
> durante tres años.

Parece que Henry tiene más de un secreto.
—Menudo gilipollas —dice Ffion.
—Quizá haya algo más. —Leo está tratando de ser justo, aunque, en el fondo, se inclina a pensar lo mismo—. Al fin y al cabo, ninguna de las historias de los demás era sincera y, dado que contó lo de sus problemas de adicción, está claro que su situación no era buena.
George revuelve entre los sobres y frunce el ceño.
—¿Qué pasa?
—Falta uno. No está el secreto de Ceri.
Leo mira a Ffion.

—Puede haberse caído. ¿Dónde los metiste en la bolsa y los etiquetaste?

—En el campamento y, después, he venido directamente. —Ffion se encoge de hombros—. Qué raro.

—No es raro —la corrige Leo despacio—. Es sospechoso.

—Estoy segura de que... —empieza a decir Ffion.

—No hay razón para que Miles dejara que Dario entrara por la ventana —dice Leo—. Solo tiene sentido si quien fue a ver a Miles era alguien que no debía estar ahí, alguien a quien Miles no quería que vieran en el patio. —Leo las mira—. Un concursante que debía estar en el campamento.

George vuelve a colocar los sobres en la mesa.

—Ceri mató a Miles y le robó la llave para poder sacar su sobre de la caja y ocultar su secreto.

Leo aparta su silla.

—¿Qué haces? —pregunta Ffion.

—¿Tú qué crees que hago? —Saca el teléfono y busca el número de la inspectora jefe Boccacci—. Voy a pedir la autorización para arrestarla.

31

Pam - Cuarto día de *Al descubierto*

Fue la actitud positiva de Pam lo que le aseguró su puesto de directora del colegio femenino Heath Hill.

—Está claro que usted no se deja intimidar con facilidad —dijo el señor Wolfson, presidente de la junta de gobierno, cuando la llamó para ofrecerle el trabajo—. Confiamos en que podrá manejar cualquier dificultad que le surja en Heath Hill.

A Pam le gusta decir a sus niñas que hay pocas cosas que no se puedan arreglar con una sonrisa alegre y un enfoque positivo, pero es el cuarto día de grabación de *Al descubierto* y, si alguien le dijera ahora a ella que sea positiva, la respuesta sería merecedora de una amonestación. Su actitud positiva ha desaparecido y su sonrisa alegre es ahora un recuerdo lejano.

Henry está limpiando los restos del almuerzo. Mete los platos metálicos en el fregadero, ocasionando un estrépito que termina fastidiando a Pam.

—¡Por el amor de Dios, Henry!

Heath Hill es una escuela pública, pero ofrece alojamiento a niñas que viven demasiado lejos como para ir y venir todos los días. Pam suele mantener charlas con aquellas a las que les cuesta acostumbrarse a la vida en el internado.

«Es Camilla —dirán (o India, Verity o Lily)—. Es de lo más irritante». Empezarán después a decir que la pobre Camilla (o India, Verity o Lily) respira mal o que se mete en la cama de una forma que molesta, y Pam les explicará que todas tienen que convivir de manera pacífica. Ella no fue a ningún internado y, aunque vive en las instalaciones del colegio Heath Hill, no pasa la noche en un dormitorio compartido, claro. Se retira a una encantadora casa de tres habitaciones con jardín privado donde solo la molestan los correos electrónicos y el teléfono, y en ocasiones el tintineo de la campanita que hay sobre su puerta.

Vivir con los demás concursantes de *Al descubierto* ha hecho que Pam desarrolle un nuevo respeto por sus internas. Aliyah suele llorar en silencio por las noches, derramando las lágrimas sobre la almohada. La primera noche, le pareció comprensible. Cuando se repitió la segunda noche, Pam se acercó con cuidado a la cama de la más joven para acariciarle el pelo y decirle que todo iba a ir bien, aunque en ese momento estaba a punto de quedarse dormida. Anoche, Pam se dio la vuelta en la cama al oír los sollozos amortiguados y se apretó la almohada contra las orejas. Si Aliyah llora hoy, Pam se está planteando asfixiarla. Llorar no va a servir de nada y al resto les gustaría dormir un poco, muchas gracias.

Cuanto más tiempo pasa Pam con sus compañeros, menos le gustan, a pesar de los intentos de todos de caer bien, o quizá por eso mismo. Anteriormente, Aliyah le dio a Pam media chocolatina, con un dedo en los labios para que le guardara el secreto.

—¿De dónde la has sacado? —susurró Pam. Nadie les ha dicho cuántas cámaras o micrófonos hay y les domina la paranoia. ¡Pero lo de la chocolatina…! A los concursantes no se les permitió llevarse comida y, aunque han conseguido premios con sus tareas, ninguno consistía en chocolate.

—No te preocupes por eso —contestó Aliyah guiñando un ojo—. Tú disfrútala.

Pam se dio cuenta de que era de contrabando. Aliyah estaba haciendo trampas y ella no lo aprobaba en absoluto. Sin embargo, sí que se comió la prueba. Quien no malgasta no pasa hambre.

Henry sigue golpeteando los platos en el fregadero de metal.

—¿Puedes hacer más ruido? —le espeta Pam—. Creo que en la Mongolia Exterior no te han oído.

—¿Prefieres que te lo deje a ti? —pregunta Henry con ironía.

—¡Vale, vale! —Lucas se sienta más cerca de Pam—. Estás muy tensa hoy, Pam. ¿Te pasa algo?

Solo el inminente derrumbe de mi carrera profesional y la reputación mancillada del colegio que tanto quiero, piensa Pam. No lo dice en voz alta porque sabe que proporcionaría a los demás munición para un intento de destaparla. Es espantoso ver lo fácil que las cosas se ponen del revés y lo mucho que se puede sacar de comentarios aislados. El secreto de Aliyah, por ejemplo, está relacionado con el sexo, algo que dedujo rápidamente por los lamentos de la chica sobre «la vergüenza» y frases como «No tenía otra opción» y «Ya perdí a un novio por culpa de eso». A Pam le preocupa que Aliyah esté delatándose demasiado. Ha visto las miradas perspicaces de algunos cada vez que se le escapa algún que otro detalle de su secreto.

—No estoy tensa —le responde Pam a Lucas con cierto tono de tensión.

—¿Quieres que rece contigo? —Lucas tiene un rostro amable y franco, de rasgos suaves. Pam siente un repentino deseo de darle una bofetada.

—No, ni de coña. —Se pone de pie—. Y, ya que lo mencionas, ¿es necesario rezar antes de cada maldita comida? —Pam pasó por la menopausia sin un solo síntoma (no hay sitio para los cambios de humor de la mediana edad en un colegio lleno de niñas adolescentes), pero ahora siente que está caminando sobre el filo de una navaja y monta en cólera cada vez que alguien la provoca.

—No es más que una bendición rápida, para dar las gracias.

—¿Dar las gracias? —pregunta Pam con un bufido—. ¿Por someternos a este horroroso experimento social?

—Creo que estás mezclando a Dios con Miles —dice Ceri, y se queda pensando—. Aunque, siendo justos, parece que él también lo está haciendo.

—La oración me ha servido de enorme consuelo desde que nos encontramos en esta espantosa situación. —Lucas se pone de pie—. Si alguien quiere unirse a mí para suplicar el perdón del Todopoderoso, estaré en la carpa de relax.

Aliyah va con él. Pam no. Aunque fuese creyente, no suplicaría perdón. No ha hecho nada malo. Los padres megarricos que le han dado dinero para asegurarse una plaza para sus hijas no van a echar en falta ese dinero, y las chicas de clase trabajadora a las que ayuda después se muestran agradecidas y aliviadas. Por supuesto, Miles no va a tenerlas en cuenta. Ni siquiera se habrá planteado que, al destapar su secreto, va a impedir que unas niñas brillantes y con ambición consigan alcanzar su máximo potencial. En realidad, resulta irónico, puesto que el mismo Miles es de una clara y excepcional brillantez y ambición. Tiene que serlo para haber creado *Al descubierto*, un programa diseñado para destrozar vidas. Alguien tendrá que destrozar la suya para que aprenda.

A Pam le resulta tranquilizadora esa idea. Se imagina a un Miles destrozado, en medio de los escombros de su carrera. No conoce a fondo todos los detalles de la producción televisiva moderna y el Miles de su fantasía está rodeado de miles de metros de carrete desenrollado.

Ceri ha salido; o bien está buscando el perdón de Dios con Lucas y Aliyah, o bien ha ido al baño. Henry está lavando los platos con una lentitud que no puede ser más que deliberada y Pam no soporta más el ruido. Se acerca al fregadero y coge un paño. Lo que sea con tal de terminar más rápido.

Henry la mira.

—¿Qué haces? —grita—. ¡Deja eso!

—Te estoy ayudando —responde Pam con indignación.

La cara de enfado de Henry se desencaja.

—Lo siento. Dios, no sé qué me está pasando. Es como si tuviera los nervios a flor de piel.

—Eso es lo que él quiere. —Pam entrecierra los ojos hacia las cámaras que están sobre los árboles—. Es como cuando les ponen ruido blanco a unos rehenes o no los dejan dormir. Quiere debilitarnos.

—Pues le está funcionando. —Henry se inclina sobre el fregadero.

266

—Venga, vamos. —Pam siente un arranque de estoicismo de directora—. No permitas que salga ganando. —Le parece más fácil levantar la moral de otro que la propia.

Henry se vuelve para mirarla como si hubiese dicho algo profundo.

—Tienes razón. Tenemos que vencerlo en su propio juego.

—Hay un destello en sus ojos—. ¿Y si nos unimos?

—Yo no…

—Para dejar al descubierto a los demás, asegurarnos la inmunidad. ¡Y ganar el dinero los dos!

Pam vacila.

—¿Cómo…? Si lo hiciéramos…, hipotéticamente…, ¿cómo lo haríamos? —El dinero no le importa, pero mantener su trabajo sí.

—Tenemos que compartir lo que sabemos —contesta Henry—. Tú me cuentas lo que sabes de Aliyah, Ceri o Lucas. Yo te cuento lo que he averiguado. Trazamos un plan y, después, ¡ZAS! —Henry golpea el borde del fregadero—. ¿Aceptas?

Pam se queda pensándolo. Si pudiera evitar que la dejaran al descubierto, no necesitaría el dinero. Pero las dos cosas van unidas y, de todos modos, sabe que en la junta de Heath Hill estarán nerviosos. Probablemente estén indagando ya. Hablarán con los profesores, los padres, y la gente tiene la lengua muy larga. El secreto de Pam saldrá a la luz y, cuando eso pase, se quedará sin trabajo, y hasta puede que le impidan seguir enseñando. Cien mil libras es dinero suficiente para mantenerse a flote hasta que se recicle, tal vez incluso sea bastante para hacer algún bien: ayudas benéficas, una beca…

—Por ejemplo, Ceri. —Henry se acerca más y susurra para que no lo oigan—. Su secreto tiene que ver con algo que ha hecho en el trabajo. ¿Qué te ha contado de eso?

—Pues… No. Esto está mal. —Pam se había prometido que iba a jugar limpiamente, que podría mantener la cabeza alta cuando la expulsaran. Se aparta.

—¿Mal? —Henry la sigue—. Es un juego, Pam. Tenemos que jugar.

—Así no. No de una forma deshonesta. —Ahora están entre los árboles, lejos de las cámaras.

—Pero ¿no lo entiendes? Aquí todo consiste en ser deshonesto. Incluso Miles... No, especialmente Miles. —Henry agarra a Pam del hombro—. ¿Te acuerdas de cuando nos reunió en el desayuno antes de empezar la grabación? A todos nos pareció estupendo que dedicara un rato para hablar con cada uno de nosotros en persona.

—Me acuerdo. —Pam traga saliva. Se considera una persona que sabe juzgar a los demás, pero Miles los engañó a todos. Era todo sonrisas y emoción, diciéndoles que iba a convertirlos en estrellas.

—Dijo algo sobre ti —dice Henry.

Pam se queda boquiabierta.

—¿Qué? —susurra.

—Dijo algo de «manos manchadas». —Henry se sonroja—. Yo no sabía a qué se refería porque, obviamente, no nos había contado todavía en qué consistía el programa, en realidad. Fue después cuando me di cuenta de que trataba de darme una pista, de manipularme para destaparte.

Pam se da cuenta de que está temblando.

—Tú eres legal. —Henry se ríe, tímido—. Todavía sigo sin entenderlo. Y pienso: ¿«manchadas»? —Levanta las manos y niega con la cabeza—. Pero puede que Miles les dijera también algo a los demás, que plantara una semilla para hacer que formáramos alianzas y compartiéramos lo que sabíamos.

—A mí no me dijo nada —dice Pam, pero por la expresión vigilante de Henry le queda claro que no la cree.

—Piénsalo, ¿vale? Y, si quieres que nos unamos..., yo me apunto.

Pam asiente y, mientras Henry se aleja hacia las carpas, se apoya en un árbol; de repente, sus piernas no son capaces de sostenerla. No puede considerar la oferta de Henry porque ya está pensando en que Miles la ha lanzado bajo un autobús antes de que las cámaras empiecen siquiera a grabar. Pam creía que no era capaz de odiar a Miles Young más de lo que lo odiaba ya. Parece que estaba equivocada.

32

Lunes - Ffion

—Ceri no es una asesina. —De repente, en la cocina hace demasiado calor, es demasiado pequeña y hay demasiada gente. Ffion coge del fregadero su taza volcada y la vuelve a enjuagar. La llena de agua fría y se bebe la mitad de un trago. Piensa en que, a pesar de vivir en el mismo pueblo, no conocía de verdad a Ceri hasta hace poco. Ceri es una persona reservada, casi introvertida, y eso siempre le ha gustado, pero ¿tiene un lado oscuro?

—¿La conoces bien? —pregunta George.

—Es la cartera del pueblo.

—¿Qué quieres decir con eso? ¿La conoces bien o no? —Hay cierto tono de fastidio en la voz de George.

—Es una comunidad pequeña. Todos se conocen. —La voz de Ffion suena aguda y tensa—. Deberíamos esperar a interrogar a Ryan, quizá confiese directamente.

—Pueden pasar días hasta que digan que está en condiciones —contesta Leo—. Además, tú misma has dicho que él no encaja con el *modus operandi*.

—Y está Dario Kimber. No tiene coartada y tenemos una testigo que lo vio en el campamento la noche que rompieron las cámaras. —Ffion habla deprisa, tratando de acallar el ruido de su cabeza—. Además, no me fío de Zee Hart. ¿Y si ha matado a Miles para darle más dramatismo a sus reportajes de lo que ocurre tras las cámaras? Y también Jessica Francis; tenía tantas razones como Ceri.

—Tiene coartada —dice George—. Se encontró con Caleb a casi dos kilómetros de aquí diez minutos antes de que mataran a Miles. Él subía al campamento con provisiones. La aplicación de correr muestra que Jessica no estaba cerca del escenario del crimen y a Caleb no le dio tiempo a volver.

En el fondo de su mente, Ffion se acuerda del *quad* que le pidió a Caleb para bajar hasta la casa de Angharad, con el que fácilmente podría haber recorrido esa distancia. Aunque Caleb fuese a pie cuando vio a Jessica, tal vez tuviera el vehículo aparcado cerca. Aparta ese pensamiento. El ruido dentro de su cabeza ya está siendo bastante fuerte.

—Ceri debió de volver directamente al campamento después de matar a Miles —dice George—, y tú sacaste a todos los concursantes de allí cuatro horas después, así que tuvo que coger el sobre en ese tiempo.

Leo mira a Ffion.

—¿Puedes echar un vistazo a las grabaciones? Supongo que pensó que, con Miles muerto, nadie vería las imágenes en directo y que podría abrir la caja sin que nadie se enterara.

Ffion asiente en silencio, encantada de poder salir. Cuando llega a la puerta de atrás, Leo ya está al teléfono con la inspectora jefe. «Un trabajo en equipo, jefa —lo oye decir—. Es muy amable por su parte... A ver cómo resulta...».

En el patio, Ffion toma una bocanada de aire frío.

—¿Te está dando un ataque de asma?

Abre los ojos y ve a Seren apoyada en la pared de la casa.

—¿Qué haces?

—Esperarte. ¿De verdad ha matado Ceri a Miles?

—No deberías estar escuchando.

—No es culpa mía. Dile a tu novio que hable más bajito.

—No lo llames así.

—¿Ya no te gusta? ¿Ahora te repugna?

—No, pero...

—Ah, ¿le repugnas tú? —Seren saca el labio inferior con un gesto de compasión.

Ffion exhala despacio.

—¿Por qué has venido, Ser?

—Quiero hablar contigo de la universidad. —Seren hace rayas en el suelo con la punta del zapato—. Es posible que haya cambiado un poco mis planes.

Joder, no puede ocuparse de esto ahora mismo... Ffion resopla.

—No. Sé que piensas que yo voy a ser más suave contigo que mamá, pero no. Vas a ir a la universidad y punto.

—Sí, pero Caleb...

—Tendrá que esperar. —Ffion la mira con furia—. Bangor está a dos horas de distancia, Ser, y algunos días ni siquiera tendrás clase. Podrás pasar bastante tiempo con él.

—¡Nunca me escuchas! —Seren lo dice casi gritando, y Ffion se aleja de la casa y atraviesa el patio para que ella la siga—. Estoy tratando de explicarte qué...

—Oye. —Ffion se detiene en seco y mira a Seren—. Sé que te parece que Caleb es lo más importante ahora mismo..., y puede que siempre lo sea, pero sacarte un título es... —Se detiene al pensar en cuando Jessica se encontró con Caleb en la montaña. Vuelve a preguntarse cuánto tiempo habría tardado él en llegar hasta el estudio de Miles si hubiese ido en el *quad*. Lo está viendo ahora, aparcado junto a la valla de la parte posterior del patio, e intenta recordar si también estaba ahí ayer por la mañana—. Por cierto, ¿cómo está Caleb?

Seren entrecierra los ojos.

—Bien. ¿Por qué?

—Estaba bastante cabreado con Miles.

—Ese hombre le había prometido que saldría en los títulos de crédito. Al parecer, los títulos de crédito son importantes. —Seren se encoge de hombros—. Si te soy sincera, yo no lo entiendo, pero él está histérico con eso.

Ffion levanta la mirada hacia los dormitorios, que están encima de ellas.

—Yo no diría eso estando cerca de él.

—Su habitación está en la parte delantera de la casa…, tendría que ser un murciélago para oírme.

—Cuando dices «histérico»… —continúa Ffion—, ¿le has oído proferir o hacer alguna amenaza contra Miles?

—Dios mío. —Seren da un paso atrás y niega con la cabeza—. No te creo.

—¿Qué?

—Piensas que ha matado a Miles.

—No. Solo estoy considerando todas las posibilidades.

—¡Tratando a mi novio como sospechoso!

—Solo hago mi trabajo, Seren.

—Estás tirando piedras sobre tu propio tejado.

Seren se da la vuelta y sale corriendo, pero Ffion no va tras ella. Se aprieta los dedos contra las sienes. Piensa en Caleb, en Ceri.

Seren tiene razón. En el trabajo de la policía, se valora que los agentes tengan «cultura local», pero esa cultura tiene un coste. De nuevo, Ffion se enfrenta a sospechosos tan conocidos como su propia familia, y el estrés que le provoca es como una tormenta dentro de su cabeza. Está demasiado involucrada en este caso, aunque ¿cómo se puede alejar?

La policía científica ha terminado en el estudio de Miles y Ffion se sienta con cuidado. Le resulta raro estar en la silla en la que él ha muerto, mirando los mismos monitores que él cuando llegó su atacante.

¿Ha sido Ceri?

¿O Ryan?

¿O cualquier otro?

Ffion se dispone a comprobar las imágenes, sabiendo ya qué va a encontrar. Han descargado el contenido del disco duro y lo han grabado como prueba, pero, aun así, Ffion es tímida con los mandos, con cuidado de no borrar algo sin querer. El sistema es sorprendentemente sencillo, con un rastreador interactivo que permite al espectador saltar al instante a un momento específico. Ffion mueve el rastreador y va cambiando de un día a otro, observando unos minutos y, después, pasando a otro día, a otra conversación. Se siente más *voyeur* que viendo el programa de televisión.

Ffion mueve el rastreador para que empiece unos minutos antes del asesinato. Ve a Lucas con mirada contemplativa junto a la hoguera, después retrocede en el tiempo y pulsa en la etiqueta marcada con CONFESIONARIO. Henry ya está en plena diatriba, aunque, como muchos hombres que conoce Ffion, utiliza demasiadas palabras para no decir nada que tenga mucha importancia.

—He estado devanándome los sesos —le dice a la cámara—. Y la verdad es qué no sé qué secreto esperan revelar en *Al descubierto*, así que he querido venir rápidamente aquí para pedir perdón. —Sus ojos miran hacia la izquierda.

«¿Rápidamente?». Ffion suelta un bufido. La disculpa autocomplaciente de Henry —«Perdón a todo aquel a quien haya podido hacer daño sin querer. Perdón a mis padres, perdón a mis amigos, a mis compañeros»— dura casi cuarenta y cinco minutos y no hace ni una sola mención siquiera a la madre del niño al que supuestamente abandonó ni al alcoholismo que confesó a regañadientes ante ella. Lo que sí hace es divagar sobre tomar «mejores decisiones en la vida». Ffion se da cuenta de que Henry esperaba irse de rositas con su secreto. Esperaba ganar.

Retrocede en el tiempo y ve a Henry entrando en el confesionario; retrocede una segunda vez y ahí está, haciendo otra visita al confesionario solo unos minutos antes de empezar su gran confesión shakesperiana. Ese hombre lleva lo de mirarse el ombligo a niveles insospechados.

Ffion cambia a la cámara con la que mejor se ve la caja de los secretos y la pone a una velocidad cuatro veces mayor desde el momento del asesinato de Miles hasta que ve a Dario que, obedeciendo las órdenes de Leo y Ffion, aparece para sacar a los concursantes.

Nadie se acerca a la caja.

Ffion sube por la montaña hacia el campamento de *Al descubierto*. No va a ningún sitio en particular, está paseando para retrasar el momento de volver a Carreg Plas y hacer lo que debería haber hecho en el momento en que abrió la caja de los secretos. Ve una silueta blanca y sucia entre los árboles y se da cuenta de que ha rodeado el borde del campamento hasta donde se encuentra la caravana de Dario.

¿Habrá asesinado él a Miles? A Ffion le gustaría creerlo, por el bien de Ceri, pero lo que ha dicho Leo sobre la ventana tenía sentido. Que Dario entrara al estudio de Miles por la puerta no levantaría las sospechas de nadie, así que ¿por qué iba a dejar Miles que se metiera por la ventana?

Ffion mira a través de la luna de la caravana. Está vacía. Los asientos están desplegados para formar una cama y hay dos almohadas amontonadas a un lado. No hay sábana, solo un edredón con una funda de rayas. En la pequeña cocina, se ve una taza en la encimera junto a una sartén y una lata de alubias abierta.

Rodea la caravana y prueba a abrir la puerta, pero está cerrada con llave. Ffion casi se alegra. Se imagina cómo debe de oler dentro. Hay un par de botas de agua bajo la caravana, pero, quitando eso, no hay nada más ahí fuera aparte de un bidón de aceite a pocos metros de distancia con el exterior ennegrecido y agrietado. Ffion se acerca a él, consciente de que tiene que volver, que Leo se estará preguntando dónde está.

El bidón está vacío, salvo por unos restos de papel chamuscados. Ffion se queda mirándolos. No hay troncos ni ningún rastro de que Dario haya encendido fuego para calentarse. ¿Ha estado quemando algo? Ffion se inclina sobre el interior del bidón y saca el papel quemado. Solo son recortes, pero lo que queda de las letras impresas muestra las mismas palabras una y otra vez.

«*Al descubierto*».

—¿Has encontrado algo? —pregunta Leo cuando vuelve Ffion. Ffion no responde. Está mirando al agente Alun Whitaker, que debería estar en la oficina del Departamento de Investigaciones Criminales de Bryndare y, sin embargo, se ha instalado en la mesa de la cocina.

—¿Qué hace aquí?

—El inspector me ha pedido que me pase, para ver qué tal estáis.

—Más bien para ver qué estoy haciendo yo. —Ffion mira a Alun con el ceño fruncido.

—He conocido a tu hermana —dice Alun—. Justo estaba saliendo cuando yo llegaba.

—Le pediré cita con un psicólogo.

—Ha dicho unas cosas bonitas de ti.

Ffion no muerde el anzuelo.

—Boccacci ha autorizado el arresto de Ceri —dice Leo—. ¿Quieres venir a interrogarla conmigo? George y Alun van a ir a detener a Dario por un delito de vandalismo.

—En ese caso, te vendrá bien esto. —Ffion deja caer un puñado de papeles chamuscados sobre la mesa. Nada más hacerlo, se acuerda de algo que ha dicho Seren y levanta los ojos al techo mientras trata de ubicar a todos.

—¿Qué es esto? —Alan coge un trozo de papel con el índice y el pulgar.

—Los he encontrado en la caravana de Dario. Son contratos, o descargos de responsabilidad o algo así. Mirad, este tiene la firma de Pam, y este tiene la palabra «indemnizar». —Mira a George—. El dormitorio de Owen está en la parte delantera de la casa, ¿verdad? Al lado del que ha estado usando Caleb.

—Eh…, sí. —George está distraída mirando los trozos de papel—. Dario debió de llevarse estos documentos del estudio de Miles el día que lo vimos. Buen trabajo, Ffi.

—Entonces, si la habitación de Owen da al lago, ¿cómo sabía qué estaba pasando en el patio cuando asesinaron a Miles? —pregunta Ffion.

Hay una pausa mientras todos lo piensan.

Leo se pone de pie.

—Voy a traerlo y se lo preguntamos, ¿de acuerdo?

—Antes de irte... —Ffion lo mira y siente que el estómago se le encoge—. ¿Puedo hablar contigo?

—Claro.

—Aquí no.

Suben por la montaña para alejarse de Carreg Plas en dirección contraria al campamento de *Al descubierto*. Algo inquieta a Ffion, algo sobre las grabaciones que ha visto antes, pero tiene demasiadas cosas en la cabeza como para saber de qué se trata y si es importante. Lo único que sabe es que necesita decir la verdad.

—¿Qué pasa? —pregunta Leo cuando Ffion reduce la marcha y se queda quieta con las manos bien metidas en los bolsillos de su abrigo. Debajo de ellos, Llyn Drych es una franja azul. Ffion ve la casa de su madre a las afueras de Cwm Coed y el varadero de Steffan. En el lado inglés del lago, las cabañas de madera de La Ribera se extienden desde el borde del agua hasta el interior del bosque.

Ffion saca el sobre de Ceri de su bolsillo y se lo da a Leo.

Él lo observa perplejo.

—¿Lo has encontrado?

Ffion no dice nada. Intenta mirarlo a los ojos, pero está demasiado avergonzada y aparta la vista, aunque se fija en cómo la expresión de él pasa de la confusión a la comprensión y a la incredulidad. Mira de nuevo hacia el lago antes de que se convierta en una mueca de desagrado.

—Es complicado —dice ella en voz baja.

Ffion oye el chasquido de los guantes de goma. Solo Leo llevaría un par en el bolsillo, por si acaso. Y oye también el susurro de la tarjeta deslizándose por el papel.

Leo lee en voz alta.

Ceri robó miles de libras de su turno de envíos postales.

Un cuervo salta de una piedra a otra sacudiendo la cabeza de lado a lado. Ffion lo ve picotear algo del suelo.

—La descubrieron —dice Ffion cuando queda claro que Leo no va a decir nada—. Ella prometió no hacerlo más y le suplicó a su jefa, Bronwen, que no se lo contara a la policía. Al final, Bronwen se apiadó de ella, pero, cuando empezó *Al descubierto*, se dio cuenta de que corría peligro de verse arrastrada por las mentiras de Ceri.

—Pero... —A Leo le cuesta hablar—. ¿Por qué?

—Bronwen está saliendo con Huw.

—¿Y?

—Él me lo pidió. —Ffion arranca una hoja del árbol que tienen al lado y la rompe en pedazos. El repentino movimiento ahuyenta al cuervo, que sale volando hacia el lago—. Creo que le gusta de verdad. Creo que ella está haciendo que se recupere después de que yo... —Deja la frase sin terminar.

—Muchas personas ponen fin a su matrimonio, Ffion, y muchas de ellas se sienten culpables. —Hay cierto tono en su voz. Siente los ojos de él clavados en ella cuando vuelve a hablar—. Pero la ocultación de pruebas no arregla las cosas. Es una locura.

—Estoy loca, ¿no? —espeta Ffion mirándolo por fin.

—¡Sí! Todavía lo quieres, ¿no es eso?

—¿Qué? ¡No, por Dios!

—¿Tienes idea de lo estúpido que esto va a hacer que yo parezca? —pregunta Leo—. La inspectora jefe Boccacci ha dicho que la he impresionado, que en Cheshire tienen suerte de contar conmigo. Incluso me ha preguntado si me plantearía el traslado.

Durante un breve momento, Ffion se tortura con la idea de tener que ver a Leo todos los días en el trabajo, poniéndose al día en la cafetería durante el almuerzo.

—Ha dicho que confía en mi decisión de arrestar a Ceri Jones —dice Leo con resentimiento—. Una decisión que he basado en la prueba convincente de que el sobre de Ceri era el único que se habían llevado.

—Yo...

—¡Porque lo habías cogido tú!

—¡Sí, la he cagado! —Ffion sabe que su voz suena entrecortada, que tiene un nudo en la garganta por la amenaza de ponerse a llorar.

—Pero es que siempre la estás cagando. No piensas las cosas y, luego, todo termina estallando a tu alrededor, ya sea en el trabajo o... o... —Leo parpadea y en sus ojos hay un destello de dolor antes de volver a endurecerse.

—¿O qué? —pregunta Ffion de inmediato. Si se refiere a su relación, lo hará. Le dirá lo que siente de verdad y...

—Manda a la mierda tu carrera si quieres. —Leo empieza a caminar hacia la casa—. Pero no te lleves la mía por delante. No pienso seguir.

—¿No piensas seguir qué? No puedes irte en medio de la investigación de un asesinato.

—No, Ffion —dice Leo sin volverse—. No pienso seguir contigo.

33

Martes - Leo

El depósito de cadáveres de Bryndare es un feo edificio de una sola planta en la trasera del hospital. Leo pulsa el timbre y, un segundo después, la puerta se abre.

—¿Has estado aquí antes? —pregunta George mientras siguen al técnico del depósito por una puerta y un largo pasillo. El olor a desinfectante apenas oculta el hedor subyacente de la muerte, que se va haciendo cada vez más fuerte a medida que se acercan a la morgue sin ventanas.

—Una vez. —Leo aún recuerda la expresión de Ffion cuando se dio cuenta de con quién iba a trabajar en el asesinato de Rhys Lloyd. Supone que la de él debió de ser bastante parecida y, a pesar de todo, una sonrisa asoma en su boca. No todos los días te encuentras con el polvo de la noche anterior en una morgue.

Miles Young ya está en la mesa de autopsias; su cuerpo desnudo está cubierto con una sábana verde. Izzy Weaver, la patóloga, la levanta como si fuese un mago en escena.

—Ahora sí que está al descubierto —dice en lugar de un hola. Saluda con la cabeza a George mientras Leo lanza una mirada al cadáver. El cuerpo de Miles es más delgado que tonificado, con unas caderas marcadas y un pecho huesudo. Tiene las manos metidas en bolsas de papel.

—¿Cuáles son sus primeras impresiones? —pregunta Leo.

—Yo diría que está muerto —responde Izzy con indiferencia—. ¿Usted no? —Coge una grabadora y coloca el dedo sobre el botón de grabar—. Hombre caucásico bien nutrido, sin traumatismo visible en el cuero cabelludo. Ahora hay *reality shows* en televisión para todo, ¿verdad?

Hay una pausa antes de que Leo se dé cuenta de que Izzy está hablando con él.

—Cocina, baile, patinaje. Todo el mundo se vuelve un experto después de seis episodios.

—Supongo que sí.

—Canales auditivos externos patentes y sin sangre. Deberían hacer uno sobre patólogos.

—¿Perdón?

—Un *reality*. Seis detectives aficionados, una nevera llena de cadáveres...

George hace un gesto de desagrado.

—Un poco macabro.

—¿No lo son todos? —Izzy pulsa el botón de grabar—. ¿Alguna vez ha visto el juego de *Who's Your Daddy*? Puedes ganar cien mil dólares si adivinas quién de esos veinticinco hombres es tu padre biológico. Párpado inferior izquierdo de la superficie interior conjuntival: una hemorragia petequial de un milímetro.

—Eso es espantoso —dice George.

—Muy común en una estrangulación. —Izzy examina la cara de Miles—. No, los *reality shows* son el azote de la sociedad moderna. —Vuelve a pulsar el botón de grabar—. Se aprecian hemorragias petequiales de similar tamaño en la piel de los párpados superiores.

—Entonces ¿usted no veía *Al descubierto*? —pregunta George.

—Prefiero sacarme los globos oculares con un retractor Durham. —Izzy continúa con su examen y se detiene en las marcas inflamadas alrededor del cuello de Miles—. Marca de ligadura, anchura aproximada de tres milímetros. Horizontal con desviación hacia arriba. —Hace una pausa—. ¿Estaba sentado?

—Sí —responde George.

—Lo imaginaba. —Izzy parece satisfecha—. El surco de la

ligadura atraviesa la línea media anterior por debajo de la protuberancia laríngea, al ras del cartílago cricoides.

Leo desconecta, como haría si estuviese sentado en una cafetería en el extranjero rodeado de personas que hablan otro idioma. No ha vuelto a ver a Ffion desde ayer, después de dejarla en la ladera. Oyó el ruido del Triumph y el furioso rociado de gravilla cuando salió derrapando por el camino, y él respondió a la mirada perpleja de George con lo que esperaba que fuese un encogimiento de hombros igual de extrañado.

—Me voy a Bryndare —le dijo él—. Necesito tener una conversación con la inspectora jefe.

—Creía que querías hablar con Owen.

—Déjalo pendiente —respondió Leo con firmeza—. Ha aparecido nueva información.

Dos horas después, Izzy se quita los guantes con un chasquido.

—Como resultado menos sorprendente de la historia, puedo confirmar que su hombre ha sido estrangulado.

—¿Con qué?

—Una cuerda plana como de fibra. Supongo que ha sido un cordón de zapato o algo parecido. No hay fibras, pero podríamos hallar una correspondencia si encuentran el cordón. —Coge un anillo de un plato que hay junto al fregadero, se lo introduce en el cuarto dedo de la mano izquierda y admira por un momento el diamante cuadrado.

—¿Podría haber provocado algún tipo de herida en su atacante? —pregunta Leo. Han raspado las uñas de Miles y las han cortado con cuidado y metido en bolsas etiquetadas.

—Había tejido bajo dos uñas de la mano derecha —responde Izzy—. Pero si miran aquí… —Señala dos heridas en forma de medialuna sobre la marca de la ligadura y, después, se coloca las manos en su cuello y tira de una cuerda invisible—. Yo creo que se trata de su propia piel. Sospecho que ocurrió tan rápido que no tuvo tiempo de reaccionar.

Les entrega un informe con sus conclusiones del análisis interno en el que señala la obstrucción de vasos sanguíneos en la corteza cerebral, compatible con la estrangulación.

—No hay indicios de consumo de fármacos, aunque enviaremos las muestras a toxicología, claro. —Izzy mira a Miles, cuyos órganos, cuidadosamente examinados y fotografiados, están ahora en un carrito a su lado—. ¿Tienen algún sospechoso?

—Dos —responde Leo—. Uno está ahora mismo custodiado por un equipo de salud mental. Todavía no hemos podido interrogarlo. En estos momentos, están yendo a por el otro.

Boccacci le pidió a Alun Whitaker que interrogara a Dario.

—Es mejor que esto no salga de aquí —le dijo a Leo, disimulando su desprecio tras una relajada sonrisa—. Avísame de cómo va la autopsia mañana. —El subtexto era claro: Leo se quedaba en el banquillo.

—¿Los sospechosos son zurdos o diestros? —pregunta Izzy.

—Ni idea —contesta Leo. Piensa que va a tener que llamar de nuevo a Boccacci y siente cierto mareo ante la perspectiva. Whitaker estará interrogando ya a Dario, primero sobre los destrozos de las cámaras y, después, sobre el asesinato. Incluso puede que el guardia de seguridad confiese. Cuando Leo y George terminen aquí, Whitaker podría estar deteniéndolo y llevándose toda la gloria.

—Dario es zurdo —dice George—. Emborronó la firma de su declaración como testigo. Me di cuenta porque a mí me pasa lo mismo. —Mueve una mano en el aire—. Zocata.

—Entonces, no es su asesino —dice Izzy—. Las abrasiones de la ligadura son más profundas en el lado derecho, el ángulo más intenso. —Imita un movimiento de estrangulación con el cuello de su víctima justo por encima de su cintura. Leo se imagina a Miles en su mesa de edición. Se sentía cómodo con su visita, lo suficientemente tranquilo como para seguir trabajando, quizá con su invitado mirando por encima de su hombro—. Por naturaleza, la mano dominante emplea más fuerza. —Izzy vuelve a tirar.

Leo se imagina el pánico repentino en el rostro de Miles al sentir un tirón en la tráquea; el cordón le rodeó el cuello demasiado rápido como para meter los dedos por debajo, arañándole a la vez que se le metía en la piel y dejándolo sin respiración.

Izzy ha terminado su mímica, pero, en lugar de tirar al suelo su cordón imaginario, lo enrolla y lo coloca en la camilla de acero inoxidable que tiene al lado. Leo y George intercambian miradas. Leo piensa, y no es la primera vez, que los patólogos forenses no son del todo normales.

En el coche, mientras vuelven a Carreg Plas, George llama a Jessica. Leo escucha mientras ella le pregunta por Ryan, aguantando el deseo de mirarla y decirle: «¡Ve al grano!». Al final, lo hace.

—Sé que esta es una pregunta rara, pero ¿Ryan es diestro o zurdo? —Hay una pausa—. Gracias. No, no es importante. Bueno, cuídese, ¿de acuerdo? Adiós.

—Es zurdo, ¿verdad? —dice Leo después de que George cuelgue.

—Sí. No pudo haber estrangulado a Miles. —Lo mira—. Me alegra, ¿a ti no?

—¿Que no sea Ryan? —Leo se queda pensando—. Supongo que sí. Pero ¿quién narices ha sido? No pueden haber sido Ryan ni Dario porque son zurdos. Lucas y Henry estaban en las imágenes en directo a la hora del asesinato. Pam y Jason tienen coartada, igual que Caleb y Jessica, y Aliyah no tendría fuerza suficiente... —Leo va recitando los nombres con una creciente desesperación a medida que cada posibilidad se va evaporando—. ¿Adónde vamos ahora?

—A hablar con Owen —responde George—. Roxy dijo que se dio cuenta de que pasaba algo cuando oyó el golpe de la puerta de Owen, pero quizá se equivocaba. Él podría haber matado a Miles, salir por la ventana y rodear la granja corriendo hasta la entrada. Puede que no fuese la puerta del dormitorio lo que oyó Roxy, sino la de la casa.

—Pero la puerta delantera no se abre —dice Roxy cuando le plantean su teoría—. Por eso entramos todos por la cocina. —Están los tres en la planta de arriba de Carreg Plas, reunidos en el rellano junto a la puerta de la habitación de Roxy.

—¿Podría haber sido la puerta de la cocina? —propone Leo, aunque eso sea mucho suponer.

Roxy niega con la cabeza.

—Tengo claro que fue aquí arriba, por eso la oí a pesar de la música. Y, cuando abrí mi puerta, vi a Owen bajando las escaleras a toda velocidad como si algo se estuviese quemando. Yo bajé, literalmente, a pocos segundos de él.

—Gracias. —Leo se vuelve—. Siento haberla molestado. —Cuando se aleja, oye que Roxy baja la voz y susurra algo a George.

—¿Cree que Owen ha matado a Miles?

—Solo estamos tratando de tener una imagen clara de lo que ocurrió exactamente ese día, eso es todo.

—Estaba desesperado por ocupar el puesto de productor, ¿sabe? —continúa Roxy.

Leo ha desconectado ya. Está mirando hacia el otro lado del rellano, a través de la puerta abierta que da a la habitación donde dormía Miles.

—Owen no estaba en su dormitorio —dice Leo. Va hacia la puerta abierta. George lo sigue.

—Se lo estoy diciendo —protesta Roxy con cierto tono de frustración en su voz—. Lo vi en lo alto de las escaleras.

En el dormitorio de Miles, Leo ve la ventana que da al patio y la cómoda en la que guardaban la lata del dinero.

—¡Ah, claro! —exclama George—. Estaba aquí.

34

Lucas - Quinto día de *Al descubierto*

El reverendo Lucas Taylor ha estado hablando mucho con Dios. No es algo inusual, pues es propio de su trabajo, pero, si hubiese un campeonato de rezos, en los últimos días Lucas habría ocupado el primer puesto.

¿De verdad está teniendo una aventura? Esto es lo que Lucas se ha estado preguntando a sí mismo (no a Dios, al Todopoderoso no se le pueden hacer preguntas así). Es un hombre soltero y la Iglesia no lo obliga a serlo, así que, en realidad, no tiene una aventura, ¿no?

Pero sí ha estado practicando sexo. Y Helena Barnsby, la mujer a la que Lucas le hacía el amor en la sacristía todos los miércoles por la noche, ya está casada. Con el organista de Lucas.

—¿Quieres que veamos quién toca mejor el órgano? —le preguntó Helena mientras se ponía de rodillas y le levantaba a Lucas el sobrepelliz. Al recordarlo, Lucas suelta un gemido (y no como lo hacía en su momento). Claro que es una aventura. Dios no negocia con la semántica. La cuestión es ¿qué va a hacer Él al respecto? ¿Y qué va a decir el obispo?

Lucas busca en su mochila. Alguien le ha quitado los calcetines. Normalmente, se pondría a rezar por el pobre desgraciado que estaba necesitado de calcetines, pero ahora mismo nada es normal y sus cinco compañeros de concurso no son menos afortunados que él. Ahora mismo, si encontrara a la persona que le ha robado los calcetines, se los arrancaría de los pies y se los podría en los suyos.

Lucas suspira. Resulta aterrador lo rápido que regresan las viejas costumbres. Encontró a Dios en la cárcel, lo cual no es muy común en un pastor, o, más bien, Dios lo encontró a él, inclinado sobre otro recluso cuando estaba a punto de darle un puñetazo en la cara. Entonces, Lucas lo sintió, con toda claridad: una mano cerrándose sobre la suya, sujetándola. Cuando se volvió, no había nadie allí, pero tuvo una abrumadora sensación de que no estaba solo. Aquel domingo, fue a la capilla y rezó por primera vez desde su paso por el colegio de primaria.

Lucas piensa ahora que sería un alivio que su pasado delictivo fuese el secreto que Miles Young planeaba dejar al descubierto, pero él ha sido franco desde el principio. En su grabación para la prueba, explicó los difíciles comienzos que había tenido en la vida y los sucesos que habían terminado con una condena de prisión. Dejó claro que no lo consideraba un secreto. De hecho, le contó a Miles que suele hablar de la cárcel en sus sermones para demostrar a sus feligreses que nadie queda sin redención.

La Iglesia tiene una opinión muy firme sobre el pecado, y Lucas ha formado parte de ella el tiempo suficiente como para entender que existen pecados buenos y pecados malos. Los buenos son robar coches, ir a la cárcel y, después, arrepentirte, encontrar a Dios, sacarse una licenciatura en Teología y, luego, servir como pastor en una parroquia de Lower Deansford. Entre los malos está hacérselo con la señora Barnsby sobre la vitrina del festival de la cosecha.

—Una vez que investigué, me pareció que *habían* bastantes pastores famosos, ¿no es así? —está diciendo Henry.

Lucas no lo estaba escuchando.

—Sí, es la moda ahora —contesta distraído. ¿Dónde están sus puñeteros calcetines?

—Entonces ¿es eso lo que quieres? ¿Un programa en Radio 4? ¿Una tertulia?

—Para nada. —Lucas no tiene ambición alguna por ser famoso. Cuando solicitó entrar en *Al descubierto*, solo esperaba demostrar que el clero no se diferencia en nada de las personas de sus congregaciones.

—Vi a uno en la portada de una revista el otro día —dice Henry—. Con alzacuellos y todo.

—Entrevistas en revistas, anuncios de televisión, un contrato editorial para una serie de simpáticas novelas policiacas. Y un pódcast, claro —responde Lucas con un suspiro—. A mí me parece de cierto mal gusto, si te soy sincero. La labor de un pastor es servir a Dios y a su parroquia, no ser un chico de revista famoso. —Aprieta los dientes con gesto de frustración—. ¡Alguien ha cogido mis puñeteros calcetines!

—Entonces ¿solo buscas una vida tranquila?

—Estaría bien —responde Lucas con tono melancólico—. ¿Has visto mis calcetines? Son de color rosa intenso y tienen un pequeño agujero en un talón.

—Lo siento, amigo.

—¿Estás seguro? Los dejé en mi catre.

—No sé si me gusta tu tono. —Henry se pone de pie y, antes de que Lucas sea consciente de lo que está haciendo, se levanta también y se cuadra ante Henry.

—Pues a mí no me gusta que la gente me quite los calcetines —dice con gélida calma—. Así que más vale que...

—¿Me estás amenazando? —Henry fulmina a Lucas con la mirada, pero, un segundo después, sus ojos se arrugan con una carcajada—. ¡Tranquilo! Yo no tengo tus calcetines, colega. Vamos, te ayudo a buscarlos.

Esa noche, Lucas ve un destello en los ojos de Roxy Wilde. Antes aún de que ella lo diga, él ya sabe que lo han condenado al confesionario. Desde siempre, Lucas odia las serpientes y se prepara mientras se aleja, dejando atrás los gritos de aliento de sus compañeros (no se engaña: ese apoyo entusiasta se debe del todo al alivio de no verse ellos en la línea de fuego). No va a revelar su secreto.

No va a traicionar a Helena Barnsby.

Lucas se da cuenta de que la ama a la vez que algo se desliza entre la oscuridad hacia él. Y cree que ella lo ama. Una serpiente pasa por encima de su pie izquierdo; otra sube por el respaldo de la silla y se le enrosca en el cuello. Lucas reprime el deseo de gritar. Piensa en Helena y en que, cuando acabe este espantoso calvario, le va a pedir que deje a su marido (no es fácil encontrar a un organista, pero así de fuerte es lo que siente por ella). Y, como sea, hará las paces con Dios.

Mientras pide perdón por su papel en el adulterio con Barnsby, Lucas puede pedir también perdón por los delitos de lesiones. No es que haya cometido ninguno todavía, pero tiene la intención de hacerlo. Porque, cuando se vaya del campamento de *Al descubierto*, piensa ir en busca de Miles y darle de hostias.

35

Martes - Ffion

Ffion va de camino a Carreg Plas cuando la llama el inspector Malik. El Triumph no tiene sistema de manos libres, así que pone el teléfono en altavoz y lo coloca en el salpicadero, de donde al instante cae al suelo del coche.

—Joder —dice Ffion.

—¿Ffion?

—Perdone, jefe. Buenos días.

—¿Vas conduciendo? —La débil voz de Malik se oye desde algún lugar bajo el asiento del pasajero.

—Sí —grita Ffion—. Pero he puesto el manos libres.

—Aparca.

Ffion deja el Triumph junto al seto y para el motor.

—Vale. Soy toda suya.

—Estás fuera del caso de *Al descubierto*.

—¿Qué? ¿Por qué? —protesta Ffion, aunque sabe la respuesta. El sobre de Ceri. ¿Cómo ha podido ser tan tonta? Huw le debe una, y bien grande.

—Debería haber hecho caso de mi instinto desde el principio —dice Malik—. Estás demasiado implicada en este caso, Ffion. Hay un conflicto de intereses.

Ffion piensa que no es difícil adivinar quién ha hablado con Malik. Qué pedazo de mierda es Leo. Al menos, podría haberla avisado de que tenía intención de delatarla.

—Supongo que me llamarán del Departamento de Estándares

Profesionales —dice con ligereza, como si no le importara, pero se pregunta si se habrá metido en un lío importante. La interferencia en una investigación puede hacer que termine con una acusación criminal, aparte de las medidas disciplinarias internas.

Una oveja que baja trotando por mitad de la carretera se detiene y se queda mirando a Ffion. Ella reacciona frunciéndole el ceño. Incluso esa maldita oveja parece estar juzgándola.

—Yo creo que es mejor que esto quede entre nosotros —dice Malik después de una pausa. Ffion suelta un suspiro—. Le he dicho a la inspectora jefe Boccacci que te necesito de vuelta en el Departamento de Investigaciones Criminales. En tu lugar dejaré que se lleve a Alun.

—¿Qué ha hecho ella para merecer tal cosa? —pregunta Ffion automáticamente, pero sin entusiasmo. Alun va a estar insoportable ahora. Le sorprende que no la haya llamado con algún pretexto y así poder restregárselo en la cara, pero puede que aún esté mosqueado por no haberle sacado una palabra anoche a Dario Kimber.

Ffion ha escuchado la grabación del interrogatorio esta mañana.

—Creí que podría abrir la caja haciendo palanca con mi cuchillo —dijo Dario después de confesar que había destrozado las cámaras del campamento—. Pero no cedió. Luego, oí un gritó desde una de las carpas y me largué. Solo estaba tratando de ayudar a Aliyah —añadió. Su bochorno era evidente. Ese hombre se había enamorado de una mujer a la que doblaba la edad; creía que ella se había encaprichado de él. La pregunta era: ¿había matado también por ella?

—Desde luego que no. —Dario no dudó un segundo cuando Alun le hizo esa pregunta—. Miles era un gilipollas, pero yo no lo he matado.

—Robó usted documentación confidencial de su estudio —dijo Alun.

Dario no lo negó.

—No me dio tiempo a leerla, solo la cogí del cajón de la mesa de Miles y me la metí en el bolsillo. Pensé que contendría secretos de ellos, pero no sirvió de nada.

El equipo de producción de Miles que estaba en Cheshire confirmó que los documentos quemados eran formularios de seguridad e higiene que había firmado cada concursante antes de que empezara la grabación.

La oveja sigue su camino carretera abajo. Ffion apoya la frente en el volante. Puede entender por qué Leo se ha enfadado con ella y, vale, ahora es sargento, pero ¿denunciarla al inspector? ¿Cómo se atreve?

Ffion deja que su rabia vaya en aumento. Eso la estimula. Es más fácil estar enfadada que triste.

—Hoy trabajas desde tu casa —dice Malik—. No te metas en líos. Ponte al día con el papeleo. Y mientras lo haces... —se detiene y Ffion nota que está dudando.

—¿Sí?

—Esta es tu última oportunidad, Ffion. Mira bien a quién profesas lealtad.

Ffion va a casa de su madre. Elen Morgan está sacando la compra y, sin decir nada, Ffion coge una bolsa y empieza a guardar cosas. Dave la ayuda destrozando un envase múltiple de patatas fritas.

—Mierda, Dave. —Ffion se lo quita—. No puedo llevarte a ningún sitio.

—¿Qué problema hay? —La madre mira a la hija con ojos perspicaces.

—Son con sabor a carne picante. Va a estar tirándose más pedos que un caballo de carreras.

—Me refiero a ti.

—Ya sabía a qué te referías. —Ffion mete un paquete de espaguetis en un armario de la despensa.

—Entonces ¿no quieres hablar de ello?

—Tienes aquí cuatro tipos de pasta, mamá. ¿Vas a abrir un restaurante italiano?

—Entiendo que eso es un no.

—¿Puedo trabajar aquí un rato?

—¿Qué pasa con tu casa?

—Nada. —Por una vez, Ffion quiere compañía. Quiere que su madre la fastidie con sus incesantes cotilleos y que la interrumpa pidiéndole que sujete un metro y lo sostenga en alto. Lo que sea con tal de no obsesionarse con el hecho de que, prácticamente, la han dejado en suspensión remunerada, cuando están a punto de resolver el asesinato más importante que haya tenido nunca la policía de Gales del Norte.

Suena el teléfono de Ffion.

—¿Es la agente Morgan? —Es el analista de la comisaría de policía de Bryndare.

—Sí, soy yo.

—He visto su nombre entre las pruebas recogidas en el asesinato de Miles Young. Estamos todavía recuperando la información del teléfono de Young, pero ya tengo los resultados de su reloj, por si los quiere.

Ffion debería decir que ya no trabaja en el caso, pedirle al analista que llame a Leo o a la inspectora jefe Boccacci, pero, si lo hace, se va a enterar toda la comisaría, así que simplemente contesta:

—Dispare. —Le enviará a George por correo lo que sea de utilidad.

—Es un reloj bastante barato, sin mensajes ni correos electrónicos. Es como si lo utilizara, sobre todo, como una aplicación para registrar recorridos y velocidad. Es evidente que le gustaba salir a correr.

—Lo hacía todos los días —dice Ffion.

—Salvo el domingo.

Ffion frunce el ceño.

—¿Cómo?

—Le decía que el día que murió no salió a correr. El reloj registra la duración y la distancia, y su historial muestra que corría, aproximadamente, el mismo tiempo cada mañana, pero no salió el domingo. Día de descanso, supongo —dice el analista riéndose.

—No, eso no es así —responde Ffion—. Estamos seguros de que salió a correr.

Durante un segundo, duda de sí misma y pone a trabajar su memoria. Recuerda que Miles se agachó para meter la llave bajo el felpudo; recuerda que no hizo caso a posta cuando ella le gritó desde el otro extremo del patio y que salió corriendo montaña arriba, alejándose.

—Puede que se olvidara de registrarlo —dice Ffion, pero eso no concuerda con lo que ya sabe. Miles era obsesivo, un animal de costumbres.

—¿Vas a guardar eso? —pregunta su madre cuando Ffion cuelga el teléfono, y se da cuenta de que está sosteniendo un bote de miel como si fuese un bebé. Lo mete en el armario, todavía distraída por la llamada del analista. Miles sí salió a correr el domingo por la mañana. Ella lo vio.

Abre los ojos de par en par cuando, de repente, cae en la cuenta.

Vio a alguien correr.

Pero ¿era Miles?

36

Ceri - Sexto día de *Al descubierto*

Hace un año, la vida de Ceri Jones era perfecta. Había empezado a salir con una mujer llamada Lou que había estado de vacaciones en Gales del Norte la misma semana que ella había decidido dar una oportunidad a Tinder. Un devaneo de fin de semana se había convertido en una relación a distancia y alternaban entre la casa de Ceri en Cwm Coed y el lujoso apartamento de Lou en el Canary Wharf de Londres.

—Lo mejor de salir con alguien a nuestra edad es que las dos somos adultas —dijo Lou la primera vez que Ceri la fue a visitar a Londres. Lou había elegido un imponente restaurante con precios que hicieron que Ceri escogiera lo más barato del menú, a pesar de que la berenjena supiera a bizcocho—. Las dos trabajamos, las dos tenemos una casa en propiedad..., somos iguales.

—Lou sonrió cuando llegó la cuenta—. ¿Pagamos a medias?

Ceri sacó su tarjeta de crédito sin hacer caso a las señales de alarma que sonaban en sus oídos. Sí, las dos trabajaban, pero ella era cartera y Lou, directora de un fondo de pensiones. Sí, las dos eran propietarias de una casa, pero a ella le quedaba el ochenta y cinco por ciento de la hipoteca, aún en periodo de carencia, y Lou había mencionado como si tal cosa que se había comprado su apartamento al contado.

A lo largo de los meses siguientes, las dos mujeres fueron a museos y galerías y disfrutaron de salidas al teatro y escapadas de fin de semana fuera de la ciudad, durante las cuales Lou buscaba los mejores restaurantes y Ceri proponía meriendas en el parque. La tarjeta de crédito de Ceri estaba a punto de llegar a su límite, así que pidió un préstamo.

Fue un alivio cuando la relación terminó. Lou le envió un mensaje («Cariño, lo he pasado de maravilla, ¡pero todo lo bueno se acaba! Con todo mi amor, Lou. Bs») y Ceri respiró hondo e hizo la suma de sus deudas.

El dinero que debía la mantenía despierta por las noches. Cada mañana, mientras recorría fatigosamente las callejuelas de Cwm Coed, intentaba pensar en algún plan para conseguir dinero, pero solo el interés era más de lo que se podía permitir.

El billete de diez libras casi fue una casualidad.

Se lo encontró en el fondo de la bolsa de correos cuando terminó su ronda. Se habría caído de alguna tarjeta de cumpleaños; sucedía de vez en cuando. El protocolo era anotarlo en el libro y guardarlo en la caja fuerte, donde permanecería hasta que alguien denunciara su desaparición.

Con el corazón acelerado, Ceri se lo metió en el bolsillo y, después, lo usó para echar gasolina al coche.

Nadie denunció la desaparición del dinero, pero Ceri se moría por la sensación de culpa. Sería un dinero para el cumpleaños de alguien; un dinero ganado con esfuerzo por una tía afectuosa que lo enviaba con cariño y un mensaje de «Cómprate algo especial».

—¿No hay ningún paquete para mí, querida Ceri? —le preguntó Dee Huxley unos días después. Ceri estaba haciendo el reparto en La Ribera, el resort de lujo al otro lado del lago.

—No tengo nada en la furgoneta —respondió.

—Mi nuevo hervidor eléctrico se ha extraviado —dijo Dee chasqueando la lengua—. Da igual. Les diré que me envíen otro.

Algo hizo clic en la mente de Ceri. Si se quedaba con el paquete, podía vender el contenido por internet. Las grandes empresas podían permitirse ese golpe, el cliente recibiría el repuesto y ella podría pagar sus deudas y retomar su vida.

Durante los seis meses siguientes, Ceri cogía un paquete de la ronda de cada mañana. Por la noche, sacaba su botín a la venta. Una vez por semana iba a Chester a enviar los productos desde una oficina postal donde no la conocían. Poco a poco, su deuda se fue reduciendo.

La gente denunciaba los extravíos, claro. Se llegó a hablar incluso de un cartero temporal al que habían mandado para cubrir una baja por maternidad. Pero nadie señaló jamás a Ceri: se había criado en Cwm Coed; no iba a robar en su propio pueblo.

Entonces, un día entró Bronwen a la sala de descanso justo cuando Ceri estaba pasando un paquete de su taquilla a su mochila y todo terminó.

—Tengo que denunciar esto —dijo Bronwen después de que Ceri le contara todo entre lágrimas.

—No volveré a hacerlo, lo prometo. No puedo perder este trabajo, Bron. No voy a poder pagar la hipoteca.

—¿Cuánto has robado? —preguntó Bronwen.

—No estoy segura. Tengo una lista. —Ceri había anotado meticulosamente el valor de cada artículo y por cuánto lo había vendido; cuánto iba reduciendo su deuda.

—Quiero verla.

Ceri se la envió a Bronwen esa noche en un largo correo electrónico en el que le suplicaba su perdón. Llegaron a un incómodo acuerdo. Ceri no volvería a robar y Bronwen le guardaría el secreto.

Pero ¿lo hizo?

En el momento en que Roxy Wilde hizo aquel espantoso anuncio en *Al descubierto*, Ceri supo qué secreto suyo estaría en la caja metálica.

Es el sexto día de grabación y Ceri sabe que sus días están contados. Jason y Pam ya han sido descubiertos y expulsados, y el ambiente en el campamento está cargado de sospecha. Está tumbada en su catre con la mirada perdida en las paredes de la carpa, sintiéndose a la vez muerta de miedo y tremendamente aburrida.

Como una delincuente en prisión preventiva a la espera del juicio, piensa.

Juzgada por un jurado público.

¿Le darán la oportunidad de explicarse? Ceri sabe que no puede justificar sus actos, pero la deuda la estaba machacando. Sentía como si no pudiera respirar, como si nunca se fuera a librar de ella.

Fuera, uno de los hombres está componiendo una canción y un baile sobre algo. Al principio, Ceri no le hace caso, pero ya son pocos los que quedan y no hay otra cosa que hacer, nadie más con quien hablar. Se levanta y atraviesa las solapas de la entrada de la carpa.

Henry está representando lo que parece una danza tribal junto al fuego, dándose palmadas en la espalda y moviendo el sombrero sobre su cabeza.

—¡Quítate de encima!

—¿Qué pasa? —pregunta Ceri.

Lucas está doblado de la risa.

—Henry estaba sentado debajo de ese árbol y le ha caído una araña en la cabeza. Sé que no está bien reírse, pero... —Vuelve a soltar una carcajada a la vez que señala a Henry, que está dando saltos de un pie a otro.

—¿Dónde está Aliyah? —Ceri no está de humor para comedias.

—Ha dicho que iba a dar un paseo.

Ceri ha empezado a recelar de Aliyah, que con frecuencia desaparece sola. Ayer, dijo que había estado encerrada en el baño porque se encontraba mal de la barriga, lo cual tenía que ser mentira, pues era ella misma quien estaba en el baño.

Ceri se aleja de los hombres después de que Henry se haya desecho por fin de la araña que lo había atacado, gracias a Dios, y mira si hay movimiento entre los árboles. Sigue el recorrido de la valla con el corazón acelerado, aunque sabe que no está haciendo nada malo. ¿Por qué no iba a dar un paseo? Al fin y al cabo, es lo mismo que hace Aliyah.

Solo que Aliyah no está paseando, sino hablando... con alguien que está al otro lado de la valla. ¿Quién es? Ceri se acerca sigilosa, pero pisa una rama y el crujido se oye a través del aire en calma. Aliyah gira la cabeza de repente y Ceri se queda inmóvil. Si intenta acercarse más, la verán, pero Aliyah está justo delante de quienquiera que sea y lo único que consigue ver son unos pantalones oscuros y un destello de pelo rubio cuando Aliyah se mueve. ¿Está hablando con una mujer?

Se oye un grito desde el campamento, seguido del sonido de una cuchara de madera sobre una sartén metálica. Lucas y Henry se han puesto a cocinar. Ceri mira hacia atrás de nuevo y, aunque no es más que una milésima de segundo, es demasiado tiempo. Cuando vuelve la vista, la mujer —sí, sin duda era una mujer— se está alejando y Aliyah se dirige hacia ella.

«¡Mierda!». Ceri se agacha para coger el palo que ha pisado. Cuando se levanta, Aliyah la está mirando.

—¿Qué haces aquí?

—Cogiendo leña. —Ceri levanta en el aire el palo.

—No has cogido mucha.

—Acabo de empezar. ¿Quién era esa?

—¿Quién? —Aliyah emprende el camino de vuelta al campamento.

Ceri va tras ella.

—La mujer con la que hablabas.

—No sé. Una excursionista. Creo que estaba perdida.

Ceri mira de reojo a la más joven. Aliyah está mintiendo. Pero ¿por qué?

Cuando se va acercando el momento de la sección en directo, ya no queda nada de la agitada emoción que Ceri recuerda de la primera vez que los concursantes se sentaron alreedor de la hoguera. En aquel momento, todo eran risas y camaradería; brazos alrededor de sus nuevas amistades.

Ahora, Ceri está sentada en un extremo del largo tronco que

sirve de banco y Aliyah, en el otro extremo. Henry está en medio, a bastante distancia de las dos.

Lucas ha optado por quedarse de pie, moviendo nervioso las manos dentro de los bolsillos.

—Y ya solo quedaron cuatro —dice con tono siniestro.

—Pueden ser tres después de esta noche —contesta Henry—. No es que yo haya acusado a nadie —se apresura a añadir.

—Ni yo —dice Ceri.

—No juzguéis y no seréis juzgados —suspira Lucas—. No tiene por qué haber ninguna acusación. El voto del público puede llevarnos a cualquiera al confesionario. —Mira a los demás alarmado—. El programa no me puede obligar a ir dos veces, ¿no?

—A mí no me sorprendería nada de Miles Young —responde Henry con pesimismo.

Aliyah guarda silencio. Ceri se da cuenta de que la joven está mirando al suelo y de que está mordiéndose las uñas. Piensa que eso no son solamente nervios. Es culpa.

—¿Has hecho alguna acusación, Aliyah? —pregunta Ceri.

Lo que sea que Aliyah esté a punto de contestar queda interrumpido por la llegada de Roxy y Owen, que entran de repente en el campamento y empiezan de inmediato a dar órdenes a los concursantes.

—Lucas, al banco con los demás, por favor —dice Roxy—. Acercaos más. Así. Henry, ¿puedes rodear con un brazo a Lucas?

—No, no puedo.

—No tenemos tiempo para juegos —dice Owen con más brusquedad que Roxy—. A menos que prefieras que nos salgamos del guion. —Pende una pequeña llave en el aire—. Miles es ahora mismo el único guardián de vuestros secretos, pero siempre podríamos abrir nosotros la caja y…

—¡No! —gritan los cuatro concursantes. Puede que ahora haya menos posibilidades, pero cada uno de ellos sigue teniendo alguna. En una semana a partir de mañana, los que sigan con su secreto intacto se irán del campamento de *Al descubierto* con cien mil libras.

—Pues, entonces, cumplid con vuestro deber —espeta Owen—. Y poned cara de contentos.

Ceri se obliga a convertir su boca en algo que se aproxima a una sonrisa. Llega a la conclusión de que, cuanto más alegre parezca, menos interesante resultará para los espectadores y menos posibilidades habrá de que intenten dejarla al descubierto. Está claro que los demás piensan algo parecido, porque Henry ha rodeado a Lucas con un brazo y Aliyah está aplaudiendo como una foca amaestrada.

—Cinco, cuatro —dice Owen. Termina de contar con los dedos. «Dos, uno».

—Buenas noches desde la Montaña del Dragón —dice Roxy a la cámara—. Aliyah, hoy mismo has intentado dejar al descubierto a Ceri. Veamos si tenías razón.

—¿Qué has hecho? —Ceri se vuelve hacia Aliyah, que ha dejado el papel de foca y le sostiene la mirada, desafiante.

—Tú habrías hecho lo mismo.

Ceri no contesta, y solo porque, en parte, Aliyah tiene razón. Por supuesto que habría destapado el secreto de Aliyah si tuviese idea de qué se trata. Ceri no responde porque no puede. Porque cada músculo de su cuerpo está temblando, porque la mandíbula le traquetea y, de repente, siente al mismo tiempo calor y frío. Sabe que, durante este breve interludio, mientras Owen toquetea la cámara y Roxy comprueba su maquillaje, la acusación de Aliyah está apareciendo en las pantallas de televisión de todo el país. Ahora mismo, todo el mundo está oyendo su secreto. Todos sus clientes —todos sus amigos— saben que les ha robado.

—Volvemos en diez —anuncia Owen—. ¡A vuestros puestos!

Y, como los perros fustigados que son, Henry, Lucas, Ceri y Aliyah se mueven para ocupar su sitio. Una lágrima caliente y llena de bochorno se desliza por la mejilla de Ceri.

—Abre la caja, Aliyah. —Roxy le entrega la llave—. Y dame el sobre marcado con el nombre de Ceri.

La larga melena de Aliyah le cae sobre la cara mientras manipula el candado y abre la caja. Ceri oye que Lucas reprime un gemido al ver los sobres, pero no puede sentir ninguna simpatía por él, no puede apretarle el hombro igual que está haciendo Henry. Los secretos de ellos siguen a salvo; no se los están llevando a Roxy, no están siendo levantados ante la cámara para ser inspeccionados.

—Ha llegado la hora de descubrir si Aliyah tiene razón. —Roxy rasga el sobre—. Aliyah, ¿te mantienes en tu acusación? ¿Incendió Ceri de verdad su propio coche y estafó al seguro? —Saca la tarjeta.

Ceri no puede respirar. Cree que quizá se haya vuelto loca, que empieza a oír cosas raras. Roxy ha abierto los ojos de par en par. Mira a Ceri y, a continuación, se vuelve hacia la cámara mientras su boca forma un círculo de sorpresa prolongando el momento. Ceri empieza a llorar, no solo por la emoción de la revelación de hoy, sino por el estrés de la última semana y la culpa de los últimos meses.

—Aliyah, me temo que... —dice Roxy mientras mete la tarjeta de nuevo en su sobre— te has equivocado.

Hay un silencio de estupefacción.

—¿Qué? —Aliyah mira a Roxy—. ¡Eso no es posible!

—Tu intento de dejarla al descubierto no ha funcionado. Has hecho una acusación incorrecta. Sabes lo que eso significa, ¿verdad? —pregunta Roxy.

Aliyah mira hacia los árboles que rodean el campamento, moviendo la cabeza a izquierda y derecha, como si buscara algo.

—¡Eres una zorra! —grita.

—Al confesionario, Aliyah. —Roxy sonríe a la cámara—. ¡Puede que al final sí que haya alguien que quede al descubierto esta noche!

Mientras se llevan a Aliyah, Ceri se deja caer sobre el suelo mojado y apoya la espalda en el tronco, aún temblorosa. No está segura de cómo ni por qué, pero se ha salvado.

Por ahora.

37

Martes - Leo

Owen hizo un intento admirable de demostrar su inocencia.

—No sé qué más puedo decir para convencerlos —dijo anoche mirando a Leo y a George al otro lado de la mesa de la cocina—. Pueden registrar mi habitación si quieren. Regístrenme a mí. —Levantó los brazos, invitándolos a cachearle.

—En cuanto la policía científica haya examinado la lata, compararemos todas las huellas con las que usted proporcionó tras el asesinato de Miles —respondió Leo.

Owen se quedó desconcertado al oírlo.

—Pues van a encontrar las mías, seguramente. Es la lata del dinero. Todos la usábamos.

—¿Cuándo fue la última vez que entró usted en la habitación de Miles? —preguntó George.

—Ni idea... ¿El sábado? Puede que el viernes. Desde luego, un par de días antes de su muerte.

—Entonces ¿no el día del asesinato? —preguntó Leo.

—No —respondió Owen sin pestañear.

—La cuestión es que, a mi parecer, solo hay dos formas de que usted viera u oyera lo que pasaba en el patio —dijo Leo, y empezó a contar con los dedos—. Una, que usted estuviera en el dormitorio de Miles. O, dos, que estuviese en el patio. En cualquier caso, nos ha mentido, lo que me lleva a pensar que ha tenido algo que ver con su muerte. Así pues, supongo que lo que estoy preguntando es si usted asesinó a Miles o si robó cien libras de la caja del dinero. —Leo se inclinó hacia delante—. Porque, por si no se ha dado cuenta, una de las dos opciones es más grave que la otra.

Hubo una larga pausa.

—Cogí el dinero —dijo Owen por fin.

Leo piensa ahora, mientras rellena el informe de la acusación de Owen, que resulta un poco irónico que el chico esté basando su coartada en la confesión de otro delito.

Leo no ha visto nunca un caso en el que tantos sospechosos tengan tantas coartadas. Empieza a pensar que nunca va a averiguar quién ha matado a Miles, que se va a quedar atascado eternamente en este bucle de sospechosos y coartadas.

Jason Shenton continuó quejándose por el dinero que le cobraría su abogado por respaldar su coartada hasta que Leo dejó claro que, si lo detenían por obstrucción, tendría que buscar a un abogado criminalista además del de familia. La grabación de la videollamada de Jason llegó antes de una hora.

«No puede negarse a dejarme verlos, ¿no?», pregunta Jason en el lado izquierdo de la pantalla. En el lado opuesto, un hombre con traje azul marino está tomando notas.

—No aparece el rótulo con la hora —dice George.

—No creo que sea necesario. —Leo sube el volumen. Hay una especie de ruido de fondo. Jason mira hacia el lado, alejándose de la cámara, y frunce el ceño. Se oye un leve pero inconfundible «¡Aléjese de la puerta!» y, después, un golpe.

—Estoy abriendo la puerta de una patada —dice Leo casi susurrando.

«Está pasando algo ahí fuera —dice Jason en el vídeo—. ¿Puedo llamarlo después?».

«Le diré a mi secretaria que reserve una hora. Me temo que tendré que cobrarle por todo...».

La pantalla queda en negro. Leo mira a George.

—Ahí tienes. Otro que no pudo haberlo hecho. Vamos a tener que ampliar el radio de búsqueda. —Cierra la grabación y saca una hoja de cálculo a la que ya ha dedicado varias horas. En ella, aparecen los nombres de cada persona que solicitó entrar en *Al descubier-to*. Cuarenta y cinco mil en total. El analista ha añadido categorías para que Leo pueda agruparlos geográficamente, por género o por fecha de nacimiento, o diferenciar a los que consiguieron superar cada ronda de preselección. Aun con esos filtros, la lista sigue siendo abrumadora. A Leo le gustaría saber cuáles de esos aspirantes tienen antecedentes penales, pero las horas-hombre (horas-persona, rectifica) necesarias para contrastar cada nombre con el sistema nacional de datos de la policía lo convierte en una tarea imposible. En lugar de ello, los analistas han hecho referencias cruzadas de la lista con las personas que han sido identificadas por haber vertido amenazas contra Miles y su equipo. No hay ninguna correspondencia. Ningún aspirante contrariado con un interés personal.

—O encontrar un cordón de zapato —dice Leo en voz alta.

—¿Eh? —George levanta los ojos. Están en la cocina de la granja, que ahora hace de sucursal de su mesa de coordinación y que, por lo que Leo ve, está claramente menos limpia que cuando el equipo de producción estaba ahí. A la parte delantera de Carreg Plas han llegado refuerzos para encargarse del constante flujo de «turistas de asesinatos» que suben por la estrecha carretera, más estrecha aún por la fila de furgonetas de medios de comunicación que hay acampadas junto a la valla, para mirar ensimismados lo que imaginan que hay detrás de la ondeante cinta azul y blanca. Antes, Leo ha tenido que interceptar a Zee Hart mientras prestaba lo que ella ha llamado una «declaración oficial» a un reportero del *Evening Standard*.

—Pero tengo una noticia de última hora —dijo cuando Leo la echaba del recinto—. Puedo descartar a Ceri Jones como sospechosa del asesinato.

Leo se quedó mirándola.

—Eso no es una noticia de última hora, es una prueba. Y las pruebas se dan a la policía, no a los medios.

—Yo soy un medio —contestó Zee malhumorada.

—Lo que sea que sepas tendrás que contármelo a mí —dijo Leo—. Ya.

Zee esperó un segundo antes de sacar a regañadientes una tarjeta de memoria del bolsillo.

—En el momento del asesinato —dijo—, Ceri seguía en el campamento. —Abrió el archivo de fotos de su móvil, las fue pasando hasta llegar a un vídeo y pulsó el play. La imagen era granulosa, claramente aumentada con el zoom desde lejos, pero Leo distinguió a Ceri sentada sobre un tronco caído dentro del recinto de *Al descubierto*, a unos veinte metros de la valla.

—Estaba llorando —dijo Zee—. Aunque eso no tenía nada de inusual. Varios de ellos se acercaban al borde del recinto para echar una buena llantina.

—¿Hablaste con ellos? —preguntó Leo.

—A veces. Eso no es delito, ¿no?

—No que yo sepa. ¿De qué hablabais?

—De cómo era estar ahí dentro, sobre todo. Ya sabe, para mis contenidos. Y... —Zee lo miró con una sonrisa maliciosa—. Jugué un poco con ellos.

—¿En qué sentido? —Leo estaba comprobando la fecha y la hora del vídeo. Todo verificado.

—Le dije a Aliyah que yo sabía cuál era el secreto de Ceri. Y ella se lo tragó del todo.

—¿Por qué?

—Porque soy muy buena actriz. Mi profesor de teatro decía...

—No, me refiero a por qué mentiste a Aliyah.

—¡Por las visualizaciones! —Zee suspiró con condescendencia—. Si yo sabía cuándo iban a echar a alguien, podía estar en el lugar exacto en el momento adecuado. De todos modos, se lo tenía merecido, por ir luego con el chisme —murmuró. Vio la expresión en la cara de Leo—. ¿Qué? Solo estaba jugando, igual que ellos.

—Un juego que terminó con el asesinato de una persona —contestó Leo—. ¿Por qué no nos has enseñado este vídeo antes?

—Tengo muchas grabaciones. Muchísimas. Lo grabo prácticamente todo porque nunca se sabe qué vas a necesitar después. En fin, Caleb cree que su novia los oyó a ustedes decir que Ceri era la asesina, así que pensé que me harían falta algunas tomas de fondo para cuando la arrestaran, ya sabe, cosas del rollo entre bambalinas. Y me acordé de esto. Así pues, esto le sirve a ella de coartada, ¿verdad? —Zee sonrió.

—¿Y lo grabaste tú misma? —preguntó Leo.

—Obvio.

—Entonces, también te sirve a ti de coartada.

—Sí, pero… —Zee se quedó con la boca abierta—. Yo no era… Ay, Dios mío, ¿estaba yo en su lista de sospechosos?

—Todo el mundo está en mi lista de sospechosos —contestó Leo—. Vale, ven conmigo. Quiero cada segundo de las grabaciones de vídeo que tengas del día del asesinato.

Durante la siguiente hora, Leo repasó el contenido descargado del álbum de fotos de Zee, asegurándose de que no hubiese grabado nada más de interés, antes de informar a la inspectora jefe Boccacci de que podían eliminar tanto a Ceri Jones como a Zee Hart de sus pesquisas.

—¿Quién queda, entonces? —dijo la inspectora jefe. La pregunta era retórica.

No quedaba nadie. Ni un solo sospechoso con los medios, el móvil y la oportunidad de matar a Miles Young.

La última columna de la hoja de cálculo de Leo contiene la decisión tomada por Producciones Young con relación a cada aspirante. Una serie de noes en rojo se desdibujan ante los ojos de Leo mientras va pasando mecánicamente la lista en orden alfabético. Casi se le escapa el primer «Sí» en verde, pero vuelve a él. Aliyah Brown. Leo pulsa en la columna del veredicto y coloca el filtro para encontrar a todos los aspirantes aceptados. Aparecen seis líneas en la pantalla.

Leo los cuenta.

—George, ¿cuántos concursantes de *Al descubierto* hay? —pregunta, aunque conoce la respuesta.

—Siete.

Leo lee los nombres en voz baja.

—Qué raro.

—¿El qué?

—Probablemente no sea nada —contesta, pero siente un hormigueo en sus terminaciones nerviosas. La experiencia le dice que, si algo parece un pato y hace «cua, cua» como un pato, casi con toda seguridad será un pato.

—¿Qué? —George se ha levantado de su asiento mientras lee los nombres por encima del hombro de Leo—. Ah —dice—. Falta uno.

—Miles metió a siete concursantes en el campamento de *Al descubierto*. —Leo mira a George—. Pero solo seis de ellos solicitaron entrar.

38

Martes - Ffion

Ffion llama a la puerta del número cuatro de La Ribera. Hay treinta cabañas revestidas de madera en el resort, que se está ampliando, pero pocas con las envidiables vistas que tienen las del uno al cinco. Estas cabañas estrella, que permanecen vacías durante casi todo el año, cuentan con cubiertas que se extienden sobre el agua, de modo que salir al balcón del dormitorio principal es como estar en la proa de un barco.

En la actualidad, La Ribera presume de un restaurante, La Chabola de la Ribera, y de un *spa* de lujo que se llama Shh!, que saca a los felices clientes en bata al jacuzzi cubierto de su plataforma elevada. Las nuevas hileras de cabañas se han construido sobre un terraplén, cada fila más alta que la de delante, de manera que todos los dormitorios tengan vistas al lago. Ffion siente el peso de las cabañas sobre ella, observándola.

La madre de Caleb, Clemmie Northcote, abre la puerta. Es una mujer bajita y voluptuosa de pelo corto adornado con mechas azules y rosas. Saluda a Ffion con una sonrisa de oreja a oreja.

—*Bore da, Ffion, sur wyt ti?*

—*Da iawn, diolch.* ¿Está Caleb en casa? —Ffion no tiene tiempo para entretenerse con el entrecortado galés de Clemmie más allá de los saludos de rigor—. Tengo que hablar con él. Es urgente.

—Voy a llamarlo. ¿Quieres pasar?

—Mejor no. —Ffion mira a Dave, de cuya mandíbula cuelga un fino pero largo hilo de baba.

Caleb lleva puestos unos calzoncillos y una camiseta, y una arruga de la almohada le atraviesa la mejilla. Bosteza, obsequiando a Ffion con sus molares.

—Zee te estaba buscando.

—¿Qué quería?

—Creo que necesita un buen contable. La verdad es que no le he hecho caso.

—¿Qué se cree que soy, Google? —Ffion niega con la cabeza—. Oye, no tengo tiempo para esto. ¿Dónde guardaba Miles su ropa de deporte?

Caleb aprieta los ojos, los abre del todo y, después, empieza a parpadear con rapidez. Vuelve a bostezar.

A Ffion le dan ganas de zarandearlo.

—Su ropa de deporte, Caleb. Esa chaqueta amarilla que se ponía, su gorro.

—Eh..., en el estudio.

—¿Estás seguro?

—Sí. Dormía en la casa, pero por la mañana se sentaba en la mesa de edición como a las seis. Y, literalmente, no volvía hasta después de la emisión del programa. —La expresión de Caleb se endurece—. Solo me enviaba mensajes cuando quería café, sándwiches, que le limpiara el culo...

—¿A qué hora salía a correr?

—A las diez.

—¿Todas las mañanas? —Ffion sabe esto por el reloj inteligente de Miles, pero las piezas del rompecabezas no encajan y no consigue entender por qué.

—Sí. Se duchaba cuando volvía. A veces, quería un batido.

Fue a las diez cuando Ffion vio a Miles salir del estudio y meter la llave debajo del felpudo. Entonces... ¿se marchó el verdadero Miles a otro sitio en lugar de a correr? ¿O seguía en el estudio y fue a otra persona a la que vio salir?

—Necesito que cuides de Dave —dice.

—Soy alérgico.

—Y una mierda. —Ffion le pone la correa en la mano.

—Seren quiere hablar contigo.

—Lo sé. En cuanto acabe con este caso.

—Es importante. Es sobre la universidad.

Ffion clava los ojos en los de Caleb.

—Va a ir a la universidad, chaval. Y si me entero de que la has convencido para que no...

—¡Yo nunca haría eso!

—Tengo que irme. —Ffion vuelve a su coche sin hacer caso de los gimoteos de Dave.

Ffion deja el coche en la carretera, a cien metros más arriba de Carreg Plas, y baja rodeando el exterior del edificio. Tiene que ver el estudio de Miles, pero el coche de Leo está aparcado en el camino de entrada. Si George y él están en la cocina, no puede arriesgarse a atravesar el patio. No cuando la han apartado del caso.

Su plan era llegar al patio desde el lateral de la montaña, pero, mientras va casi corriendo entre los árboles que hay tras los establos, ve que la ventana del número ocho, el estudio de Miles, está ligeramente abierta. Si entra por la ventana, habrá menos posibilidades aún de que la vean. Puede cerrar la puerta con llave y actuar sin que la molesten.

Ffion ve movimiento en el interior del establo número seis, la habitación que asignaron a Ceri. Pasa a toda velocidad y se aprieta contra la trasera del estudio de Miles hasta estar segura de que no la han visto. Desliza una mano por la ventana y desatranca el cierre para abrirla de par en par. Después, se sube al alféizar y mete las piernas.

Las zapatillas de correr de Miles siguen junto a la cama, pero Ffion no ve la llamativa chaqueta amarilla que llevaba quienquiera que vio salir del estudio el domingo por la mañana, ni tampoco el gorro ni las gafas de sol que siempre se ponía Miles para correr.

Cierra la puerta con llave y, a continuación, la saca y se agacha para comprobar parte de su teoría. El hueco bajo la puerta es bastante amplio para que pase la llave con facilidad. Cuando Leo abrió la puerta a patadas y Ffion vio la llave en el suelo, supuso que se había caído de la cerradura, pero no fue así. La puerta la habían cerrado por fuera. A quien Ffion vio pensando que era Miles el domingo por la mañana no dejó la llave bajo el felpudo por seguridad, sino que la metió por debajo de la puerta.

Ffion se sienta en la mesa de edición y enciende el ordenador. Han hecho copia de los archivos, pero las grabaciones originales siguen aquí. Hay algo a lo que lleva dando vueltas desde que vio parte del metraje en bruto del sexto día de *Al descubierto*. Lo tachó de irrelevante, pero ahora todo ha cambiado. Si quien se hizo pasar por Miles era el asesino, es posible que Miles estuviera ya muerto. La patóloga solo puede determinar la hora de la muerte dentro de un lapso de tiempo de un par de horas y, como el asesinato lo oyeron unos agentes de policía, eso no suponía ningún problema.

Pero ¿y si Miles ya estaba muerto cuando el asesino se puso la chaqueta amarilla y salió huyendo de allí? Si la teoría de Ffion es correcta, el margen de tiempo de las coartadas con las que han estado trabajando, entre las 11.15 y las 11.45, no es el acertado. Van a tener que volver a interrogar a todos los que estaban en el patio o dentro de la casa. Jason, Pam, Aliyah, Roxy, Owen y Caleb. Van a tener que comprobar dónde estaban Ceri, Lucas y Henri casi dos horas antes.

Ffion arrastra el ratón por la pantalla para despertar la misma sensación que tuvo la última vez que estuvo aquí. ¿Qué había en las imágenes que no le encajaba? Se frota la frente con los dedos. Es como llegar al final de un rompecabezas y que alguien lo lance por los aires y añada otras cien piezas más. Si Miles ya estaba muerto cuando Ffion vio al impostor, ¿cómo puede ser que Leo, George y ella oyeran cómo sucedía el asesinato justo antes de las 11.45? No tiene sentido…

En la pantalla, Ceri está hablando con Lucas. Él apenas la

escucha, con una sonrisa irónica en su rostro por algo que no sale en la imagen. Pulsa en otra cámara. Ese algo es Henry, que está sacudiendo los brazos en el aire, y Ffion entiende por fin por qué esto no le encajaba la primera vez que lo vio.

«Una araña cayó sobre la cabeza de Henry».

Ffion piensa en el primer episodio de *Al descubierto*. Se recuerda sentada en el apretado salón de su madre con ella, Seren y Caleb viendo a Aliyah salir corriendo de la carpa dando gritos. Recuerda su comentario de pasada cuando presentaban a los concursantes: «Imaginad estar encerrada en un campamento con un contable».

¿Por qué Henry, que tan caballerosamente fue a la cama de Aliyah para ver si había arañas el primer día de *Al descubierto*, iba a reaccionar de una forma tan exagerada ante una apenas unos días después?

Ffion sube el volumen.

«¡Quítate de encima!», grita Henry.

Ffion contiene la respiración.

Ahí está.

Lo fingió para decir algo que quería que capturara la cámara para después.

«Quítate de encima».

Ffion pulsa el avance rápido y se detiene para escuchar el sonido cuando ve moverse los labios de Henry. No hay nada que destaque, así que pulsa en el día anterior y vuelve a darle al avance rápido. Mientras lo hace, saca su libreta de bolsillo y busca la página en la que anotó los datos de contacto de todos después del asesinato. Marca el número de Zee Hart.

—¿Sí?

—Soy la agente Morgan. Caleb me ha dicho que querías preguntarme algo sobre un contable.

—Preguntarle algo no. ¡Contarle! —La voz de Zee vibra llena de emoción—. Quería entrevistar a todos los concursantes ahora que han salido del programa y, cada vez que me acerco a la casa, me encuentro con alguno de ustedes, así que...

—Ve al grano, Zee. —Ffion sigue pasando los episodios a toda velocidad, deteniéndose cada vez que Henry aparece. Henry en la ducha, cantando. Henry charlando con Ceri durante el desayuno.

—Se me ocurrió probar de otra manera. Por ejemplo, en el caso de Jason, dejé un mensaje en el parque de bomberos. Y yo sabía que Henry era contable y que tendría que estar registrado, ¿no?, así que lo busqué en Google, pero...

—No encontraste a ningún contable que se llamara Henry Moore. —Ffion pulsa el botón para reproducir otro vídeo de Henry, que está viendo cómo Lucas busca algo en la carpa de los hombres.

—Ah, sí que encontré uno. Tiene un perfil en LinkedIn, pero su foto no se parece en nada al tipo de *Al descubierto*.

—Gracias, Zee. Has sido de mucha ayuda.

—¡No hay de qué! Me encanta cuando los medios de comunicación y la policía colaboran, así que si quiere...

Ffion cuelga.

«Entonces ¿solo buscas una vida tranquila?», está diciendo Henry en la pantalla.

«Estaría bien —responde Lucas—. ¿Has visto mis calcetines? Son de color rosa intenso y tienen un pequeño agujero en un talón».

«Lo siento, amigo».

Ffion está a punto de pulsar el avance rápido de nuevo cuando el tono de Henry cambia. Se pone a la defensiva, pese a que Lucas apenas ha levantado la voz.

«¿Me estás amenazando?», dice Henry y, a continuación, su enfado fingido desaparece y estalla en una carcajada: «¡Tranquilo! Yo no tengo tus calcetines, colega».

«¿Me estás amenazando?». «¡Quítate de encima!».

Ffion tiene la embriagadora sensación de euforia a la que acompaña un descubrimiento. Ya no puede parar... Tiene suficiente, casi suficiente..., pero quiere que Henry sepa que no es tan listo como se cree. Quiere la parte del guion que le falta.

Lo encuentra en el cuarto día de grabación, cuando Pam coge un paño para ayudar a Henry con los platos y Henry la ataca: «¿Qué haces? ¡Deja eso!».

«¿Qué haces?». «¿Me estás amenazando?». «¡Quítate de encima!».

Ffion vuelve a reproducir el tercer vídeo subiendo el volumen. Cuando Henry se está sacudiendo la araña imaginaria, sus gritos son ensordecedores dentro del pequeño espacio: «¡Quítate de encima!».

Ffion se siente a la vez agotada y eufórica, como si hubiese corrido una maratón. No oyeron a Miles cuando lo asesinaban. Oyeron una reconstrucción. Miles ya estaba muerto, su atacante se había ido hacía rato para preparar los últimos detalles de su coartada.

Revisa las imágenes que ya ha visto, de Henry en el confesionario en el momento en que todos pensaban que había ocurrido el asesinato. Con razón permaneció ahí tanto rato, piensa, asqueada por la denigrante expresión de la cara de él. Cada pocos segundos, Henry dirige la mirada hacia un lado. ¿Porque está mintiendo? Detiene la imagen. Recuerda haberlo visto haciendo una visita anterior al confesionario. Pulsa en las once de la mañana y, después, avanza minuto a minuto hasta que ve la puerta del confesionario abierta. La primera vez que vio esto supuso que Henry estaba a punto de comenzar otro monólogo introspectivo, pero ahora ve que ni siquiera se sienta. Entra solo un momento y sus ojos se dirigen a ese punto de la pared.

Ffion tiene la sensación de saber exactamente qué está mirando él y, una vez que lo haya confirmado, podrá presentarles a los demás la pieza definitiva del rompecabezas que estaban empezando a dar por irresoluble. Sale para subir hacia Pen y Ddraig, dejando la puerta del estudio abierta de par en par.

39

Henry - Séptimo día de *Al descubierto*

Henry ha averiguado que el secreto que va a salir a la luz va a ser de lo más aburrido. No es por criticar a los contables, pero nadie los busca en una fiesta, ¿no? A no ser que quiera asesoramiento sobre la declaración de la renta. A lo largo de sus quince años trabajando como periodista de investigación, Henry (cuyo verdadero nombre es Clive) se ha servido de su tapadera de contable con más frecuencia que de ninguna de sus otras identidades falsas. Ha viajado por todo el mundo en busca de la verdad. A veces, por historias anónimas de la prensa dominical; otras, a instancias de alguna gran empresa que reacciona ante algún soplo.

Lo curioso de los secretos es que uno siempre termina llevándote a otro. Enviado para investigar una denuncia de esclavismo moderno en una fábrica de tabaco, Henry se tropezó con un cártel de la droga. Unos meses después, cuando escribía un reportaje sobre relojes falsos, descubrió que el director ejecutivo tenía predilección por el cancaneo; no tenía relación alguna con el artículo, pero estimuló su lucrativo negocio secundario, el chantaje oportunista. Henry ya no se sorprende cuando se encuentra con estas vidas paralelas algo sucias. Todo el mundo tiene un secreto. Todo el mundo tiene su propio juego.

Conoció a Miles en una entrega de premios en la que un documental en el que había colaborado Henry aspiraba a un galardón. Henry, que normalmente guardaba discreción respecto a su participación, había tomado varias copas de más y fanfarroneó ante Miles de sus inigualables dotes como investigador.

—Puedo averiguar cualquier cosa de quien sea.

—¿Eso es verdad? —Una sonrisa fue apareciendo lentamente en el rostro de Miles—. ¿Y qué te parece colaborar en una idea en la que estoy trabajando?

Desarrollaron el programa *Al descubierto* a lo largo de los siguientes doce meses y, luego, Miles lanzó el anuncio de que buscaban concursantes. Dio a Henry una lista de los aspirantes preseleccionados y le encargó que sacara los trapos sucios.

—Espero que, al menos, seis de ellos tengan algo que ocultar.

Henry no mostró mucho interés.

—Todo el mundo tiene algo que ocultar.

—Yo no.

—¿Seguro? —Henry había investigado un poco por su cuenta; sabía de la afición de Miles a las drogas recreativas. Le sostuvo la mirada a Miles hasta que el productor la apartó.

Resultó que había trapos sucios en abundancia entre los aspirantes. Miles rechazó a los que parecía que no se preocuparían lo suficiente por proteger su intimidad. «No se trata solo de lo importante que sea el secreto —le recordó a Henry—, sino de hasta qué punto quieren mantenerlo. Se trata de las consecuencias de sacar a la luz ese secreto».

Poco a poco, Miles eligió a sus favoritos mientras intentaba mantener el equilibrio adecuado entre los concursantes.

—A este lo tendremos que descartar —dijo señalando una foto de la fila de imágenes que tenían en la mesa delante de ellos—. Es demasiado mayor.

—Es de la misma edad que Pam.

—Sí, pero ella está por su peso cómico. A ver, mírala bien. Este tipo es demasiado básico. —Miles dio la vuelta a la foto para leer el reverso y recordar el sucio secretito del hombre—. Imagínate lo aliviado que se va a sentir cuando el programa empiece a emitirse y se dé cuenta de que se ha librado de que el #MeToo le hunda la vida.

—Malditas feministas —dijo Henry con una acritud que no era propia de él.

—Tú también, ¿eh? —Miles le dio un toque con el puño—. Solidaridad, tío. Todas se muestran muy dispuestas cuando eres tú el que paga las copas, ¿verdad? Y, luego, de repente, todo consiste en que «el consentimiento no es consentimiento a menos que esté firmado por triplicado».

—¡Exacto! —Henry se estremeció—. Dios, he tenido unas cuantas de esas a lo largo de los años. —Cogió la foto del aspirante rechazado y la tiró a la basura—. Considérate salvado por la hermandad, colega.

Los dos quedaron satisfechos con la alineación definitiva de seis concursantes. Cada uno tenía un secreto distinto y parecía probable que todos reaccionaran de una manera diferente ante la amenaza de que fuera revelado. Aunque *Al descubierto* era un programa de telerrealidad y supuestamente no estaba dirigido, Miles tenía en mente unas tramas claras y elaboró guiones mucho antes de la grabación. En ellos, había una declaración de amistad y una traición posterior, la aparición obligatoria de una chica sexy (Aliyah) en biquini... Cada escena estaba prevista y manejarían el comportamiento de los concursantes para que se adaptara a la idea de Miles.

—Entonces ¿estamos de acuerdo en que Jason sea el primero en quedar al descubierto? —preguntó Henry mientras planeaban la cronología.

Miles asintió.

—Lo de la bigamia es fuerte. En cuanto empecemos a emitir, pasaré el chivatazo anónimo a la prensa con el paradero de la primera esposa.

Incapaz de fiarse de ningún miembro de su equipo de producción por si filtraban el giro explosivo de *Al descubierto*, Miles enseñó a Henry a manejar el programa de edición. Durante las semanas previas a la grabación, ambos elaboraron plantillas y gráficos para asegurarse de que Miles pudiera incluir las grabaciones que quisiera de cada día.

—Aprendes rápido —dijo Miles con gesto de aprobación cuando volvió de su ejercicio matinal y vio el borrador que Henry había creado para la primera revelación. Habría un primer plano de alguien llorando (siempre lloraba alguien), después, un corte a Roxy y, luego, una imagen grabada previamente de un hacha cortando leña antes de pasar de nuevo a los concursantes—. Casi me da pena que no puedas quedarte a ayudarme a montarlo cuando estemos en directo.

—¿Por qué no puedo? —preguntó Henry.

En el rostro de Miles fue apareciendo una lenta sonrisa.

—Porque vas a entrar en el campamento. —Levantó una mano en el aire antes de que Henry pudiese decir nada—. Piénsalo: aunque yo controle las revelaciones de tal modo que solo quede un concursante en el programa hasta el final, tendré que pagar las cien mil libras de igual modo. Mientras tanto, tú ganarás unos cuantos miles. —Sonrió—. Pero, si entras como concursante en *Al descubierto*, conociendo todos los secretos, tendremos garantizado que las cosas salgan como queremos, y yo me aseguraré de que ganes. Aunque alguien vaya al confesionario y no se rinda, podrás destapar después su secreto y se irá. Yo no tendré que pagar las cien mil en su totalidad y tú te marcharás a casa con..., digamos, cuarenta mil.

Henry vaciló, pero cuarenta mil eran cuarenta mil. Estaba acostumbrado a cambiar de aspecto; podría teñirse de castaño su pelo rubio, ponerse lentillas azules.

—Ochenta mil —dijo.

—Cincuenta.

—Setenta.

—Sesenta —dijo Miles—. Última oferta.

Se estrecharon la mano.

Henry debería haber sabido que no debía fiarse de él.

Al final del tercer día de grabación, después de que Henry, tal y como habían dispuesto, acusara a Jason de bigamia, buscó entre los sobres de la caja de los secretos, alargando los últimos segundos antes de entregar a Roxy el sobre de Jason.

Y entonces lo vio.

Su propio nombre.

Quería creer que estaba vacío, un material de atrezo para evitar sospechas, pero a través del papel vio el contorno desdibujado de unas letras impresas. Se esforzó por mantener la compostura, consciente de que las cámaras le apuntaban.

—«Jason es bígamo» —leyó Roxy.

La mente de Henry empezó a dar vueltas de campana. ¿Qué había en ese sobre?

El domingo por la mañana, Henry se escapó por el agujero que había hecho Ryan por debajo de la valla y que Dario había intentado rellenar de una forma lamentable. Bajó corriendo a Carreg Plas. Había cubierto su rastro con cuidado, metiendo las frases clave que iba a necesitar en conversaciones sin sentido sobre paños de cocina, calcetines perdidos y arañas. Sonrió al pensar en Miles escuchando lo que se convertiría en la banda sonora de su propio asesinato.

Se agachó bajo la ventana del estudio de Miles, se quitó un cordón de la zapatilla y se puso en las manos los calcetines que había robado a Lucas para que le sirvieran como guantes. Después, llamó a la ventana. Dentro, Miles se dio la vuelta para mirar. La confusión se convirtió de inmediato en miedo y, prácticamente, atravesó de un salto la habitación para abrir la ventana.

—¿Qué haces? Te van a ver.

—He tenido cuidado. —Henry se metió en el estudio—. Los demás creen que he ido a recoger leña. ¿Qué tal va todo?

—Bien. —Miles parecía un poco receloso. Quizá esperase que Henry le cantara las cuarenta por lo del sobre, pero, cuando lo vio entusiasmado por lo revolucionario que estaba siendo *Al descubierto*, se tranquilizó.

—Ven a ver lo que vamos a hacer esta noche. —Volvió a la mesa y puso un vídeo para que Henry lo viese desde detrás de él.

Henry se enrolló el cordón entre las manos.

No sintió ningún placer al matar a Miles: era un mal necesario —en defensa propia, se podría decir—. Luego, sin tiempo que perder, se dispuso a preparar su coartada. Buscó sus cortes de voz tan cuidadosamente ejecutados y los unió, elevando un punto la modulación para que se pareciera a la voz de Miles, más aflautada que la suya. Miles le había enseñado que le gustaba hacer eso cuando las mujeres discutían ante las cámaras para hacerlas pasar por histéricas y exageradas. Antes del fragmento de voz, Henry añadió una hora de silencio seguida de treinta minutos de cortes normales con un sonido más bajo, el tiempo suficiente para que, en el momento en que sonara el «asesinato», él estuviese en el confesionario.

Le preocupaba que la llave estuviese escondida, que tuviera que malgastar unos valiosos minutos en buscarla. Cuanto más largo fuera el tiempo entre el asesinato real de Miles y el fingido, más probabilidades habría de que un forense pusiera en duda la hora de la muerte. Pero la llave de la caja de los secretos estaba en el bolsillo de Miles y, rápidamente, pasó al interior del suyo.

Henry subió el vídeo al sistema secundario y pulsó el play. Volvió a meter el cordón en la zapatilla y se puso la chaqueta fluorescente para correr de Miles, además del gorro y las gafas de sol. Los calcetines de Lucas estaban ahora en su bolsillo, y Henry se cubrió la mano con la manga para abrir la puerta, con el corazón latiéndole a toda velocidad mientras echaba la llave al salir.

Cuando estaba metiendo la llave por debajo de la puerta, una mujer gritó el nombre de Miles y él sintió una punzada de pánico. No se volvió para ver quién era y salió corriendo del patio en dirección a la montaña.

Los siguientes minutos fueron agónicos. ¿Sospecharía algo esa mujer? ¿Había llamado a la puerta de Miles? Henry se imaginó que daban la voz de alarma y que la montaña se llenaba de policías. ¿Y dónde estaría él? Solo en la montaña, vestido con la ropa de Miles, sin coartada.

Pero, mientras Henry se iba acercando al recinto de *Al descubierto*, no oyó ninguna sirena. Se quitó la chaqueta de Miles y la enterró en una madriguera junto con las gafas, los calcetines y el gorro. Volvió a meterse por debajo de la valla y apisonó la tierra para imitar el lamentable arreglo que había hecho Dario.

—¿Dónde has estado? —preguntó Lucas cuando Henry entró en el campamento arrastrando los pies.

—Echando una siesta. —Henry miró a las cámaras—. No puedo dormir bien en la carpa, ¿tú sí? Sabiendo que estamos saliendo en televisión, imaginándome lo que la voz en off estará diciendo de nosotros.

Lucas soltó una leve carcajada.

—He dormido en sitios peores.

—Salí a dar una vuelta, me he sentado debajo de ese roble grande, ya sabes cuál, y me he quedado dormido de inmediato. Debía de estar más reventado de lo que pensaba. ¿Te apetece un café? —Henry se acercó a la hoguera por si se le estaba notando su pulso acelerado. Lanzó un puñado de astillas, vaciló y, después, cogió los demás palos y los echó a las llamas.

—¡Para mí un té, si vas a preparar! —Ceri salió de la carpa donde dormían las mujeres.

—Vaya oído tienes —dijo Henry.

Ceri sonrió.

—Solo cuando hay una *paned* a la vista.

Mientras el hervidor empezaba a burbujear, el ritmo cardiaco de Henry se normalizó y, poco a poco, apareció una sonrisa en su rostro. La primera fase de su plan había terminado.

Ahora, Henry oye los gritos de Miles, sus propios gritos, resonando al otro lado del patio y el corazón se le encoge al saber lo que ha pasado. Han encontrado sus fragmentos de voz. Alguien ha averiguado cómo ha urdido lo que él creía que era el crimen perfecto.

Mira hacia fuera, esperando ver a docenas de policías, pero solo distingue a la agente Morgan saliendo del estudio de Miles y echando a correr en dirección al campamento. Con un angustiado destello de esperanza, Henry piensa si es posible que la agente Morgan sea la única que sabe que él ha matado a Miles.

No vacila.

Sale detrás de ella.

TERCERA PARTE

40

Martes - Leo

—¿Qué ha sido eso? —Leo mira a George, que ya está apartando su silla.

—Ha sonado como... —Sus palabras se interrumpen y terminan con una tímida carcajada.

—Como si estuviesen atacando a Miles. —Leo niega con la cabeza—. Es evidente que eso no puede ser. —Corren al patio, donde se están abriendo las puertas de los establos y la gente va saliendo al patio. Leo ve a Ceri, Jason, Pam... Es como si los hubiesen lanzado de cabeza a una reconstrucción del asesinato de Miles y, durante un segundo de locura, Leo se pregunta si se lo habrán imaginado todo: una especie de delirio colectivo debido a las largas jornadas y la falta de sueño.

—¿Quién era? —pregunta Pam mirando a Leo.

—¿Está volviendo a pasar? —Aliyah tiene el pelo mojado, un ojo maquillado y el otro limpio—. ¿Ha habido otro asesinato? —Su voz se eleva y su pánico se extiende entre los demás como el fuego—. ¿Estáis todos bien?

—La puerta del estudio de Miles está abierta —dice George. De repente, empieza a ordenar a todos que vayan al otro lado del patio—. ¡Apártense! ¡Que nadie se acerque! —Saca su porra y Leo hace lo mismo, y los dos se acercan al establo reconvertido desde lados opuestos, dirigiendo la mirada tanto a la puerta abierta como el uno al otro.

—¡Policía! —grita George cuando están a pocos pasos de distancia, pero desde el ángulo por el que Leo se está acercando ve el interior del estudio. No hay nadie ahí.

—¿Es posible que Miles grabara su propio asesinato? —pregunta George después de haber registrado la diminuta habitación, la ducha y debajo de la cama, y concluir que, en efecto, está vacía—. ¿Y que el sistema tuviera una especie de fallo y lo haya reproducido?

—¿Han visto a Ffion? —dice una voz desde la puerta abierta.

—Les hemos dicho que se queden... —Leo se interrumpe al ver a Caleb. Tiene con él a Dave, que está tirando de la correa—. ¿Qué haces aquí?

—Buscar a Ffion para librarme de esto. —Caleb mantiene apartado de su cuerpo el extremo de la correa, como si Dave fuese radioactivo—. No me ha dicho cuánto tiempo iba a tardar y el perro no deja de aullar porque quiere ir con ella.

—Hoy está trabajando en su casa —se limita a contestar Leo. La inspectora jefe Boccacci ha enviado esta mañana un correo para decir que habían sustituido a Ffion por Alun Whitaker, que estaría con la inspectora jefe en la mesa de coordinación. El tono de sus palabras no invitaba a hacer más preguntas.

—No es verdad.

—Te aseguro que...

—Entonces ¿por qué me ha pedido que cuide de Dave?

Es un comentario con sentido. Leo nota una familiar sensación de inquietud en el fondo de su estómago. No es posible que Ffion haga otra trastada tan poco tiempo después de lo que hizo con el sobre de Ceri.

Caleb sigue hablando.

—... y Ceri ha dicho que la acaba de ver.

—¿Qué? —Caleb tiene ahora toda la atención de Leo.

—La habitación de Ceri es la número seis. —Caleb señala al establo que está dos puertas más allá de donde se encuentran ahora—. Dice que Ffion ha pasado corriendo por delante de su ventana poco antes de los gritos. Le preocupaba que le hubiese pasado algo, pero Pam ha dicho que los gritos eran de una voz de hombre, así que...

Leo y George intercambian miradas.

—Miles debió de pulsar el botón de grabar cuando lo atacaron —dice George—. Es la única explicación. Ffion ha debido de encontrar la grabación y la ha reproducido.

—Entonces ¿dónde está? —pregunta Leo. Aparta la silla de debajo de la mesa de Miles y hace una señal a Caleb para que ocupe la otra—. Ya que estás aquí, me vendrás bien para que me enseñes a utilizar esto.

A Leo le parece que, para tratarse de un chico en prácticas, no hay duda de que Caleb sabe cómo manejarse.

—Esto es del sábado. —Caleb señala la fecha de la esquina—. Y esa referencia de abajo a la izquierda nos dice que es metraje en bruto. Es lo que retransmitió la cámara tres el sexto día de *Al descubierto* antes de que se editara.

—¿Por qué iba a estar Ffion viendo esto? —pregunta George—. Es una pantalla en negro. No hay nada.

—Ahora no —responde Caleb. Activa rápidamente un menú de acciones y mira las horas que aparecen—. Alguien ha pulsado el play de esta sección de vídeo hace once minutos.

—¿Puedes retroceder la imagen once minutos? —pregunta Leo, pero Caleb ya está en ello y ahora están viendo a Henry agitando los brazos en un intento por quitarse de encima una araña.

—¡Quítate de encima! —El grito de Henry va seguido de una serie de otros gritos de angustia.

—Imaginen lo que es asustarse tanto por una araña —dice Caleb—. Yo me moriría de vergüenza si todo el mundo me viera gritar como una chica solo porque...

Pero Leo y George ya no lo escuchan. Se están mirando horrorizados a la vez que van entendiendo las implicaciones de lo que acaban de ver. El único concursante que no solicitó entrar en el programa. Un infiltrado. Un impostor.

Un asesino.

41

Martes - Ffion

Hay poco más de un kilómetro y medio desde Carreg Plas hasta el campamento, pero es todo cuesta arriba y Ffion se ha quedado sin aliento cuando llega al recinto. Joder, a lo mejor sí que debería dejar de fumar. Pero no ahora mismo porque, si no, Huw va a pensar que está siguiendo su consejo.

La puerta del confesionario se cierra cuando entra y baja a sus profundidades para acomodarse en el sillón con aspecto de trono. El espacio es aún más pequeño de lo que parece en pantalla, y la silla es estrecha a pesar de su alto respaldo y sus brazos. Está oscuro y las únicas fuentes de luz son un rayo de sol que entra por la estrecha franja de cristal que hay en la parte de arriba y un resplandor rojo que viene de un lado de la cámara, ahora en desuso.

Un reloj digital.

Ffion sonríe. Nunca se cansará de tener razón. Henry entró en el confesionario para ver la hora y está claro que decidió que era demasiado pronto. Volvió más tarde para su larguísima sesión y, así, obtener la coartada perfecta.

O eso se creía.

Con un frío repentino tras el estallido de energía, Ffion se estremece al recordar las ratas pululando encima de Pam, las serpientes enroscándose alrededor del cuello de Lucas. Siente el hormigueo de un sudor frío en la parte baja de la espalda.

Ffion debería avisar. Notificar a la inspectora jefe Boccacci o al inspector Malik lo que ha averiguado, o al menos contárselo a Leo y a George.

Pero no va a hacerlo.

Que le den a Malik por haberla apartado del trabajo. Que le den a Leo por haberla delatado ante el jefe. Y que le den a George por... Ffion busca el pomo de la puerta en la oscuridad mientras trata de encontrar un motivo para odiar a su antigua compañera. Que le den a George por... «Trabajar con Leo cuando tú ya no lo haces», concluyó la vocecita de su cabeza.

No, no va a contarle a nadie lo que ha averiguado. Volverá corriendo a la granja, el camino de regreso resulta más fácil, y arrestará a Henry. Y, una vez que esté esposado, llamará como si tal cosa para informar al resto del equipo.

Solo que parece que no puede hacerlo.

Porque la puerta del confesionario no se abre.

Ffion se ha quedado encerrada.

42

Martes - Leo

—No lo entiendo. —Caleb mira a Leo en busca de una explicación—. ¿Cómo puede ser Henry? Estaba en el confesionario cuando asesinaron a Miles.

Pero Leo se dirige al patio, donde varias personas se han apiñado, nerviosas.

—¿Hay algún herido? —pregunta Aliyah.

Pam mira con expresión astuta.

—Es una grabación, ¿verdad?

—¿El asesinato de Miles fue una farsa? —Ceri mira a los demás—. ¿Sigue vivo?

Jason suelta una carcajada fingida.

—Si sigue vivo, no va a estarlo por mucho tiempo.

Aliyah ahoga un grito.

—¿Todo esto forma parte del programa? ¿Todavía nos están grabando? —Mira a Owen, pero no lleva la cámara.

—Agente. —Lucas da un paso adelante—. ¿Nos hace alguien el favor de explicarnos qué está pasando?

Leo no les hace caso.

—¿Dónde está Henry?

Todos miran a su alrededor.

—Está en la habitación pegada a la mía —contesta Pam—. Pero no lo he visto.

Aliyah vuelve a soltar un grito.

—¿Han asesinado a Henry?

Leo no responde. Llega hasta la habitación de Henry en seis largos pasos y, por segunda vez en una semana, abre una puerta de una patada.

Está vacía.

Henry se ha ido.

43

Martes - Ffion

Ffion siente un nudo en el pecho. Se obliga a respirar más despacio. No es más que claustrofobia; hay aire de sobra. De sobra, se repite una y otra vez, porque su cuerpo no parece recibir el mensaje. Siente que el corazón golpetea y que se le cierra la garganta, y tiene que aspirar cada bocanada superficial a través de la obstrucción.

Vuelve a intentar abrir. Se acuerda de haber visto a los concursantes entrar al confesionario, pero no recuerda ningún cerrojo, así que la puerta ha debido de quedarse atascada por algo; quizá se haya caído un tronco encima o un montón de tierra o... Ffion sigue dándole vueltas a este flujo de pensamiento porque así no tiene que enfrentarse a lo que sabe que es la verdad.

Henry la ha dejado atrapada.

—¡Hola! —grita Ffion.

¿Acaba de oír un ruido? Un movimiento, como de un animal entre los árboles. Como un cazador vigilando a su presa.

¿Por qué la ha encerrado Henry aquí dentro? Quizá esté tratando de ganar tiempo para su huida, en cuyo caso solo tiene que esperar sentada. Y puede que vaya para rato y tenga que seguir repitiéndose que ese nudo en su pecho es pánico, no un ataque al corazón, y que al final la encontrarán.

¿O tiene Henry otros planes para ella? Ahora que la tiene atrapada, ¿piensa acallarla?

Si ese es el caso, Ffion tiene que salir. Rápido. Saca su teléfono y marca el número de emergencias, a pesar de la falta de cobertura, esperando que, de algún modo, consiga hacer conexión. Aunque el operador no la oiga, si entra la llamada, podrán rastrear el número, sabrán que es ella y...

No hay señal. Lo intenta una y otra vez, pero no lo consigue.

Mira la estrecha franja de cristal que recorre la parte superior del confesionario. Está demasiado alta para llegar a ella, aunque, si se sube al respaldo de la silla... Busca alrededor algo que le sirva para romper el cristal, pero no hay nada. Incluso la cámara no es más que una lente empotrada en las paredes lisas. Sube de todos modos y se toma un segundo para sopesar la utilidad del teléfono antes de golpear con él el cristal. El teléfono se hace añicos al instante, pero la franja de cristal duro apenas se ha agrietado.

¿Qué ha sido ese ruido?

Un zumbido. No, algo más mecánico, como si alguien girara una manivela. Ffion salta de la silla y busca el origen del ruido. Percibe algo por el rabillo del ojo, se da la vuelta y ve un trozo de pared moviéndose. El agujero es circular, casi del tamaño de un puño.

Del tamaño de un desagüe, por lo que ve ahora Ffion mientras el círculo completa su giro de ciento ochenta grados, dejando a la vista un conducto negro. Concluye que por ahí es por donde salen: las arañas, las ratas, las serpientes. Se introducen tropezando unas con otras y caen a la oscuridad de esta habitación, que es como un ataúd. Obligando a hacer las confesiones.

Ffion retrocede al rincón más apartado del conducto. Por supuesto, no sirve de nada, porque lo que sea que Henry vaya a infligirle no se va a limitar al rincón opuesto, pero le proporciona espacio y tiempo para tranquilizarse.

Y Ffion puede soportar esto. No tiene miedo de las arañas y, aunque preferiría no estar cubierta de ratas, todo es cuestión de control mental, ¿no? Respira profundamente —«dentro, fuera, dentro, fuera»— y trata de recordar la conversación de los concursantes sobre las fobias.

«Odio las arañas», dijo Aliyah, y, en efecto, tuvo que enfrentarse a ellas cuando le llegó el turno de entrar al confesionario. Lo de Pam eran las ratas; lo de Lucas, las serpientes…

«¿Qué era lo de los demás?».

Se oye un ruido en el conducto. Un plástico que cruje, una leve avalancha que va ganando en potencia. Y, entonces, Ffion se acuerda.

«¿Qué te da miedo a ti?», le preguntó Aliyah a Henry al principio del programa.

«¿A mí? —contestó él—. El agua. Estuve a punto de ahogarme cuando era niño».

Agua.

Se precipita en el confesionario como si acabase de estallar una tubería y golpea la pared del lado opuesto, salpicando a Ffion de los pies a la cabeza y anegando el suelo en pocos segundos. En la diminuta caja de metal, el sonido se magnifica, como si estuviese delante de una catarata, con un rugido dentro de sus oídos. En los segundos que tarda en pensar qué hacer —aunque ¿qué puede hacer?, piensa mientras aporrea la puerta—, el agua ya le cubre las botas.

Y sigue entrando.

44

Martes - Leo

Leo sabe que después vendrán las preguntas, aunque, por ahora, agradece la rápida aceptación por parte de la inspectora jefe Boccacci de este giro de los acontecimientos.

—El helicóptero va de camino —le dice ella—. La unidad canina está ocupada, pero irán en cuanto se queden libres.

Un segundo después de que ella cuelgue, el teléfono de Leo vuelve a sonar. Caleb ha atado a Dave y el perro aúlla más que nunca y tira tanto de la correa que parece que esté a punto de romperse.

Leo se aparta del ruido.

—Tengo un equipo de seis personas subiendo ahora a Pen y Ddraig —dice Huw—. Nos mantendremos a distancia si conseguimos avistar a Henry, dado el peligro, pero contaremos con más ojos sobre el terreno.

—Gracias, Huw. —Hay un silencio al otro lado del auricular y Leo se pregunta por qué lo habrá llamado Huw. Debería recibir toda la información que necesite de parte del agente que ha solicitado la ayuda del equipo de rescate—. Si tienes alguna pregunta, aquí me tienes —dice Leo.

Huw se aclara la garganta.

—En el Puesto de Mando han dicho que Ffion ha ido a por él.

—Eso parece. —O puede que haya sido al revés, piensa Leo, pero no lo dice.

Otra pausa.

—En momentos así, me alegro de no estar casado ya con ella. —Huw suelta una carcajada, aunque parece forzada.

—Ffion es una agente de primera línea —dice Leo, sorprendido por su repentino deseo de defenderla—. Muy comprometida. —El sonido del nombre de Ffion desata un torrente de ladridos de Dave, seguidos por un triste aullido.

—Más vale que lo sea, joder. —Bajo la triste broma, la voz de Huw parece romperse.

Leo espera un momento.

—La encontraremos —contesta. Cuelga y se mete el teléfono en el bolsillo con la mirada fija en el suelo.

Alguien le toca en el hombro.

—¿Estás bien? —pregunta George.

—Sí. —Leo no quiere parecer tan escueto. Suaviza el tono—: Gracias.

—El perro se está volviendo loco.

—Eso veo.

—Está desesperado por estar con Ffion.

—Oye, no quiero parecer insensible, pero no tengo tiempo para preocuparme por un perro nervioso cuando ha desaparecido una de nuestras agentes.

—No, escucha lo que te estoy diciendo. Quiere buscar a Ffion.

—Todos queremos...

George lo interrumpe.

—Entonces ¿por qué no lo soltamos?

45

Martes - Henry

Mientras Henry sale del campamento de *Al descubierto*, los gritos de la agente se vuelven más frenéticos. Cuando empezó a mover la puerta —en vano, por el peso del tronco que él había puesto delante— parecía más enfadada que asustada, pero ahora nota un tono de histeria en su voz.

Bien. Esa mujer lo ha echado todo a perder.

Cuando Henry volvió al campamento después de matar a Miles, le resultó imposible abrir la caja de los secretos. Preparó café y le dio a Ceri su té, y, en todo ese tiempo, su mente iba a mil por hora. ¿Y si dejaba caer su forro polar sobre la caja y giraba rápidamente el cierre al recogerlo? ¿Podría repetir la maniobra un rato después, pero, esa vez, sacando el sobre?

No, era demasiado peligroso. Se había esforzado mucho en aparentar que no se había acercado a la escena del crimen. No podía levantar sospechas comportándose de manera extraña en el campamento cuando, seguramente, la policía iba a ver la grabación para determinar dónde estaba cada uno en el momento del asesinato.

Así pues, Henry dio comienzo a la segunda fase de su plan.

Resultaba complicado controlar el paso del tiempo mentalmente; todos los concursantes lo tenían claro. Henry se terminó el café y se esforzó por concentrarse en la conversación de Lucas y Ceri mientras calculaba los minutos que habían pasado. Se acercó como si tal cosa al retrete de compost y, después, entró al confesionario, donde vio que los dígitos parpadeantes de color rojo marcaban las 11.18 de la mañana. Henry soltó un largo suspiro para tranquilizarse. La hora se acercaba.

No quería quedarse junto a la hoguera. Tanto él como los demás concursantes habían visto desde sus tiendas cómo el viernes sustituían las cámaras rotas, pero ¿y si las nuevas tenían otro campo de visión? ¿Y si su coartada tan minuciosamente preparada no servía de nada, simplemente porque habían movido una cámara unos milímetros a la derecha? No, el único sitio seguro era el confesionario, donde la cámara estaba fija apuntando al asiento que tenía delante.

Pero antes —Henry consultó el reloj de nuevo— le daba tiempo de lanzar una sospecha. Volvió con los demás, que seguían sentados donde los había dejado, y dirigió la mirada a la hoguera.

—¿Quién se está encargando de la leña? —preguntó, consciente de que era Ceri. Habían dividido las tareas de tres formas: Lucas cocinaba, Ceri llenaba una cesta con ramas secas y él recogía los troncos más pesados. Nadie había limpiado el retrete desde que Pam se había ido.

—Yo. Pero recogí un montón ayer; habrá hasta mañana, por lo menos.

—Ahora no queda nada —dijo Henry.

—Joder, cómo sois. —Ceri continuó quejándose mientras cogía la cesta y se iba al bosque, y Henry volvió a confesionario. Allí, se lanzó a un largo y farragoso repaso de su vida hasta la fecha y de cómo tenía pensado vivir en el futuro. Cada pocos segundos, miraba la hora. En el momento exacto en que Miles estaba siendo «asesinado», Henry fingió un ataque de tos para disimular sus repentinas ganas de reír. Lo había conseguido. Había cometido el crimen perfecto.

Después, la confianza de Henry fue en aumento a medida que pasaban las horas sin que llegara nadie a ponerle las esposas. Aunque la policía bajara a los tres concursantes que quedaban en la montaña, era evidente que todos habían sido descartados como sospechosos.

El único inconveniente había sido no sacar su sobre. En las cuarenta y ocho horas posteriores al asesinato, la montaña había estado plagada de policías y Henry no había tenido ocasión de volver al campamento. Y, claro, la caja ya no estaba. La llave de su bolsillo no le servía de nada. Había decidido mantener la compostura y ocultarse a vista de todos. En algún momento, lo identificarían como el asesino de Miles, pero había trabajado en suficientes casos de investigación como para saber lo lentos que se movían los engranajes de la policía. Apostaba a que pasarían días, puede que incluso semanas, antes de que algún friki informático diera con la grabación de audio adulterada. Y más tiempo aún hasta que alguien averiguara qué significaba. Para entonces, Henry tenía pensado haberse evaporado, adoptando alguna de las muchas identidades con las que solía trabajar. Mientras tanto, ha sido un testigo ejemplar: servicial, obediente y discreto.

Pero ahora no puede seguir ahí. Los demás agentes irán en busca de la agente Morgan y, al final, subirán al campamento y la encontrarán.

Ahogada.

Henry se estremece. Su fobia al agua es una de las pocas verdades que contó a sus compañeros del concurso, cuando el miedo de Aliyah y su creciente sensación de inquietud lo encontraron con la guardia baja. Miles conocía su punto débil.

—Yo estaba pescando cangrejos desde el embarcadero —le dijo a Miles durante una cena. Estaban hablando de vacaciones. Los abuelos de Miles tenían una casa en Abersoch, y Henry le estaba explicando por qué él solo pasaba las vacaciones en el interior—. Me incliné demasiado y... —Hizo un movimiento de zambullida con la mano y sintió, como siempre, la misma punzada de terror en el estómago al recordarlo.

—¡Estupendo! —Los ojos de Miles se iluminaron—. Podemos usar eso como tu miedo. Le dará un toque de autenticidad.

Henry se quedó mirándolo.

—Pero no voy a entrar en el confesionario; no tenemos que...

—Tranquilo... Solo lo estoy armando todo, nada más. No puedo permitir que el equipo se pregunte por qué lo he preparado para que haya únicamente seis confesiones, ¿no?

Una voz en la mente de Henry le decía que debía andarse con cuidado, que no podía fiarse de Miles.

Ojalá le hubiese hecho caso.

Henry se detiene en la salida del campamento de *Al descubierto* mientras decide su siguiente movimiento. No puede bajar por la misma ruta, cuando Carreg Plas puede estar lleno de policías. Empieza a subir, en dirección a la cumbre. Ascenderá un poco más y buscará un sendero que baje por el lado oriental de la montaña.

Unos minutos después, Henry toma un recodo y ve a una mujer yendo hacia él. Busca una vía de escape, pero, entonces, se fija en que lleva bastones y unas botas robustas, así como un mapa metido en el lateral de su mochila. Continúa caminando, con la mirada fija en el suelo.

—Bonito día para pasear —dice la mujer cuando se acerca.

—Desde luego —responde Henry justo cuanto se oye un leve grito.

—¿Ha oído eso? —La mujer se detiene—. Antes, me ha parecido oír a alguien gritar y ahora...

—Están grabando —dice Henry señalando, lo cual le sirve, además, para que la mujer mire hacia el campamento en lugar de a su cara—. Acabo de ver a un equipo con cámaras.

—Ah, pues será eso. Tenga cuidado. La última parte de la subida está un poco suelta.

—Gracias. —Henry continúa caminando mientras contiene las ganas de volverse para ver si la mujer lo está mirando, si ha sacado un móvil. En cuanto se aleja lo suficiente de ella, empieza a correr.

Fue el segundo día de grabación cuando Henry empezó a inquietarse. Había conseguido pasar como un hombre bueno y de buen trato. Seguro de sí mismo, pero no un macho alfa; servicial con las mujeres, pero sin ser sórdido (Miles reservaba ese rol en particular para Jason, y amoldaría la edición de las imágenes para conseguirlo). Henry casi empezó a tranquilizarse. Iban a ser las sesenta mil libras más fáciles de ganar de toda su vida.

—Tengo mucho miedo —dijo Aliyah. Estaban todos buscando a Ryan alrededor del recinto, gritando su nombre.

—Seguro que el confesionario no será tan malo como crees. —Henry sabía que sería peor. Había visto las cajas de arañas cuando las habían llevado. Eran de todos los tamaños, desde tarántulas peludas con patas gordas hasta criaturas veloces y delgadas capaces de atravesar una habitación en un segundo.

—No es solo eso. Es no saber de quién fiarse. —Aliyah miró a Henry—. De ti me puedo fiar, claro...

—Al cien por cien.

—Pero ¿crees que hay algo extraño en Lucas?

—Si es pastor —contestó Henry.

—Precisamente. —Aliyah se detuvo y bajó la voz pese a que no había ninguna cámara alrededor—. He oído a Roxy diciéndole a Owen que había un concursante relacionado con el #MeToo.

—¿Un qué? —Henry fingió ignorancia para ganar tiempo. Conocía los otros seis secretos de esa caja y ninguno de ellos tenía nada que ver con el movimiento #MeToo. Mientras él investigaba a los demás concursantes, ¿Miles lo había estado investigando a él?

—Ya sabes, como un depredador sexual.

¿Qué había averiguado Miles? Henry no estaba seguro de qué hacer. Si quitaba importancia a las preocupaciones de Aliyah, ¿la conseguiría despistar o la volvería más recelosa?

—Ahora que lo mencionas, sí que hay algo raro en Lucas

—dijo tras decidir que era más seguro hacer caer a otro que arriesgarse a ser él quien cayera. Miró a Aliyah con preocupación—. Ten cuidado con él, ¿vale?

Aliyah asintió y, a continuación, lanzó los brazos hacia Henry.

—Gracias por la conversación. Eres de los buenos, ¿sabes?

Al día siguiente, después de que hubiese terminado la sección en directo, Henry fue a hablar con Owen, que estaba guardando su cámara.

—¿Está bien? —preguntó Henry señalando con la cabeza a Jason, al que Dario acompañaba fuera del campamento.

—No puedo hablar contigo después de terminar la grabación —respondió Owen de inmediato—. Ya conoces las normas.

—Solo me preocupaba, por eso…

—Oye, colega, Miles ha dejado claro que no podéis tener comunicación del exterior. —Owen se echó la bolsa al hombro—. Y no lo culpo. Yo tampoco querría perder cinco millones de libras.

—¿Cinco millones? —preguntó Henry yendo tras él.

—En patrocinios. —Owen agitó los brazos en el aire como si Henry fuese un gato—. Largo de aquí. A ti te dará igual que te echen, pero yo no voy a poner en peligro mi trabajo por fraternizar con los concursantes.

Henry se quedó mirándolo mientras se iba. Miles no había mencionado en ningún momento ningún contrato de cinco millones de libras por patrocinio. El programa se estaba grabando conforme a un presupuesto. «El concepto interesará a la audiencia», había sido su arrogante declaración. Y, aunque Miles le había dicho a Henry que se había asegurado un respaldo económico, a él le había dado la impresión de que los números no le cuadraban. «Voy a tener casi lo justo para comer», había dicho. ¿Cinco millones? Pues sí que debía de tener hambre.

Mientras tanto, Henry era el único que estaba poniendo en peligro su reputación por unas míseras sesenta mil libras.

El cuarto día de grabación, Henry esperó junto a la valla perimetral. Conocía la ruta por la que corría Miles, pues había ido con él un par de veces cuando trabajaban juntos, y sabía que al productor le gustaba seguir una rutina. En efecto, a las diez y cuarto, Henry vio un destello fluorescente.

—¡Miles!

El productor redujo la velocidad. Vio a Henry y miró bien alrededor antes de acercarse con cuidado a la valla.

—¿Qué haces? No nos pueden ver juntos.

—¿Por qué cree Roxy que hay un depredador sexual en el programa? —Henry no iba a perder el tiempo.

Miles parpadeó.

—No sé.

—Mírame a los ojos y dime que no me vas a joder.

—¿De qué estás hablando? Formamos un equipo.

—¿Del tipo de equipos que comparten los cinco millones que te van a dar en patrocinios?

—Los costes de producción se están disparando y...

—Y una mierda. Quiero más dinero.

—Acordamos que serían sesenta.

—Quiero más.

—No tengo más.

—¡Y una mierda! Has metido un sobre con mi nombre en la caja de los secretos.

—Para que nadie sospeche... Colega, te estás comportando de una forma de lo más rara.

—¿Qué pone en la tarjeta?

—Que eres alcohólico, como acordamos —contestó Miles, pero desvió la mirada. Estaba mintiendo—. Pero eso no importa porque a ti no te van a desenmascarar. Vas a ser el último. El ganador de unas estupendas cien mil... —Miles rectificó—: sesenta mil libras.

—Quiero medio millón.

—Eso no es posible.

—Medio millón o saco a la luz todo este...

Miles pasó un brazo a través de la valla metálica y con la mano retorció el cuello del jersey de Henry. Le apretó la tráquea de Henry con los nudillos, haciendo que la visión se le nublara.

—¿Crees que no conozco tus secretos? ¿Crees que yo no sé hacer mis propias investigaciones? —Apretó con más fuerza, clavándole el puño en el cuello—. Cumple con lo que hemos acordado.

Miles soltó el forro polar de Henry, se dio la vuelta y salió corriendo de nuevo hacia el bosque. Henry se llevó las manos al cuello mientras recuperaba el aliento. Miles se había lanzado a un juego peligroso, pero había subestimado a su oponente.

Henry había tenido una vida que, siendo benévolos, podría considerarse «pintoresca». Tenía un largo historial de uso de métodos periodísticos dudosos, a menudo involucrando a mujeres jóvenes y vulnerables que ya estaban inmersas en el lado más sórdido de la sociedad. ¿Había descubierto Miles alguno de esos episodios turbios? Imposible. Pero era evidente que Miles tenía algo, así que él iba a tener que pasar a la acción.

Henry tardó varios días en poner en marcha su plan, consciente de que, en cualquier momento, Miles podría decidir dejarlo al descubierto. ¿Lo iba a enviar al confesionario? O puede que le pasara información a otro concursante, igual que había acordado que haría con Henry.

Las tareas grupales se desarrollaron tal y como Henry y Miles habían ensayado, y Henry suspiraba aliviado cada vez que veía que no había sido traicionado por segunda vez. La primera, apenas unas horas después de su conversación, fue la absurda prueba del detector de mentiras que Miles se había inventado. A pesar de su preocupación, no pudo evitar reírse por la forma en que la había «superado». «Me llamo Henry, tengo el pelo castaño y los ojos azules», había dicho como «datos de control» antes de que empezara el interrogatorio. A ninguno de sus contrincantes se le había ocurrido que esas tres afirmaciones fuesen falsas.

Ninguno de ellos sospechaba de él. Ni los concursantes ni la policía.

Hasta ahora.

Henry ya no oye los gritos de la agente. ¿Se ha alejado demasiado como para oírla? ¿O ha entrado suficiente agua como para inundar esa diminuta habitación? ¿Está ya sumergida con los dedos ensangrentados por arañar la puerta y el pelo enredado alrededor de sus ojos abiertos?

Henry sonríe y sigue corriendo.

46

Martes - Ffion

Ffion ya no oye el agua que está entrando. Solo puede sentirla, arremolinándose alrededor de la silla sobre la que se ha subido para escapar de la creciente avalancha. Pero no tiene adónde ir. A pesar de la mayor altura, el agua le llega por el pecho y nota la presión del frío hasta que sus pulmones se reducen tanto que, presa del pánico, solo puede aspirar pequeñas bocanadas de aire. Patalea arriba y abajo para que la sangre siga bombeándole por los dedos de los pies, que están tan fríos que ya no los siente.

La puerta no cede. El confesionario está rodeado de algo liso que sus dedos desnudos y doloridos no pueden agarrar. No hay escapatoria.

Antes, cuando el agua estaba como a un metro, intentó contener el flujo. Se quitó el jersey y lo enrolló hasta formar una bola apretada para meterlo por la tubería. Ahora, Ffion tirita bajo su ropa mojada. Se va a ahogar.

Cuando tenía cinco años, su madre le enseñó a nadar. Con el lago a pocos minutos de su casa, no se podía negar, pues no tenía permiso para acercarse al agua hasta que pudiera recorrer cien metros sin flotador.

—*Mae dŵr yn beryglys* —le recordaba constantemente su madre: «El agua es peligrosa».

Ffion se traga las lágrimas. Años más tarde, fue ella misma la que dio lecciones en el lago cuando enseñó a una testaruda Seren, primero, a flotar y, después, a nadar. ¿De verdad es posible que no vuelva a ver a Seren? Aunque su hija ya tenga diecisiete años, Ffion acaba de empezar a ser madre. ¿Es la vida tan injusta como para separarlas ahora?

El agua le llega al pecho. Ffion extiende los brazos hacia el techo, desesperada por alcanzar algo, lo que sea, a lo que poder agarrarse. Pierde el equilibrio y se inclina hacia delante, pero, cuando mueve el pie para recuperarlo, pisa en el vacío.

El agua es gélida. Tira de Ffion hacia abajo y, de repente, está en el suelo del confesionario, rodeada por un fuerte remolino. Abre los ojos y ve el torbellino de burbujas alrededor de la tubería con el agua entrando a chorro sin descanso en la habitación, rugiendo en sus oídos. Se agarra a la silla e intenta subir, pero la fuerza del agua la vuelca y, por un segundo, se siente desorientada. Quiere respirar, aunque solo sea una breve bocanada, lo suficiente para aliviar la presión de su pecho, pero se le escapa un violento torrente de valioso aire que la dispara hasta una superficie que ni siquiera ve porque tiene la vista borrosa y ni las piernas ni los brazos le funcionan. Y ha llegado el momento, piensa. Este es el final.

47

Martes - Leo

Dave compensa la falta de velocidad y elegancia con una auténtica determinación. Leo nunca ha pensado en el verdadero significado de la palabra «obstinación», pero, cuando ve al perro abrirse paso entre la maleza, cobra todo el sentido. Cada unos cuantos cientos de metros, Dave se detiene en seco y aúlla; luego, sigue adelante ladrando con todas sus fuerzas.

Detrás, el *quad*, todavía con las insignias de *Al descubierto*, rebota sobre el accidentado terreno con Huw al volante. El vehículo está diseñado para una persona. Tras el asiento, tiene un portaequipajes metálico al que se puede atar un fardo de heno o un bidón de agua, y es a esa barra a la que Leo y George se agarran. A Leo le duelen las pantorrillas del esfuerzo de controlar los pies para evitar meterlos por el guardabarros.

—*Iawn?* —grita Huw mirando hacia atrás.

Leo está muy lejos de sentirse *iawn*, pero ahora no es momento de ser un pesado.

—Vamos bien —grita, dándose cuenta de que casi no ha caído en que Huw le ha hecho la pregunta en galés.

—Eso... lo... dirás... tú —dice George pronunciando cada palabra con los baches del camino que los hacen rebotar. Leo se agarra con más fuerza a la barra y se plantea si rodear con un brazo la cintura de Huw.

El helicóptero da vueltas sobre ellos y se oye un chisporroteo en la radio de Leo: «Posible avistamiento del sospechoso en la parte oriental». El ruido de las aspas se abre camino entre las palabras. «Hombre blanco, pelo moreno. Acaba de mirar hacia arriba y ha empezado a correr».

—Es él —dice George—. Tiene que ser él.

«Ubicación actual sobre el pedregal, a unos doscientos metros de la cima».

—Debe de estar en la cresta. —Huw reduce la velocidad del *quad* y señala la montaña—. Pero parece que Dave se dirige al campamento de *Al descubierto*. —Se vuelve hacia los otros dos—. Eso es bueno, ¿no? Si Ffion está en el campamento y Henry allí arriba es que no está en peligro.

—Exacto —contesta Leo porque eso es lo que Huw desea oír y lo que él quiere creer, pero sabe que no es tan sencillo. El daño puede haber sucedido ya.

El zumbido del helicóptero vuelve a oírse por la radio. «El sospechoso está bajando, repito, está bajando, todavía por la pendiente oriental».

«Enviamos agentes hacia su localización», responden desde el Puesto de Mando.

—Ha dado la vuelta —dice Huw—. Querrá bajar por el sendero que lleva al siguiente pueblo. —Continúan siguiendo a Dave y ya ven la valla metálica que marca el perímetro del campamento de *Al descubierto*. Huw vuelve a darse la vuelta—. ¿Qué queréis hacer?

—Buscad vosotros a Ffion —responde George—. Yo voy tras Henry. ¿Es fácil conducir esto?

—Yo llevo usando uno desde los ocho años. —Huw detiene el vehículo con el motor en marcha—. Pero no le des mucha velocidad hasta que te acostumbres o acabarás volcando.

—Muy tranquilizador.

Leo salta del *quad*. El operador del Puesto de Mando está organizando el acercamiento de una docena de agentes con la ayuda de las imágenes que llegan directamente desde el helicóptero. Huw ya está corriendo tras Dave. Leo mira a George.

—Debería...

—Buscar a Ffion —responde ella con firmeza—. Sí, deberías ir. —Sube una pierna por el *quad* y presiona con el pie. El vehículo sale disparado, con las ruedas delanteras elevadas sobre el suelo, y Leo oye un «Joooder» antes de que vuelvan a bajar con un estrépito—. ¡Estoy bien! —exclama George mientras sube dando brincos por el sendero—. ¡Muy bien!

Leo corre tras Huw y Dave. Reza para que George no salga mal parada; en parte, porque no quiere que se haga daño, pero, sobre todo, porque tiene bastante claro que debería haber hecho algún tipo de evaluación de riesgos antes de permitir que una agente se enfrente a una persecución a pie subida en un *quad*.

Todo parece ocurrir a la vez.

Un estallido en la radio: «Veinte metros a vuestra izquierda; los dos agentes junto a los escalones, girad noventa grados a la derecha; sospechoso corriendo hacia vosotros».

Leo y Huw: a toda prisa por el campamento de *Al descubierto*, abren las carpas abandonadas mientras gritan el nombre de Ffion.

Dave: sus ladrillos son aún más fuertes, aún más intensos.

«Sospechoso a la vista», oye Leo por la radio. No desde el helicóptero, esta vez, sino en boca de un agente, entre jadeos y el sonido de sus botas.

—¡Por allí! —grita Huw apuntando hacia donde Dave corre en círculos, ladrando a la extraña estructura que ha encontrado medio enterrada en el suelo.

El confesionario.

«Cero nueve con... ¡No se resista!». George se interrumpe para hacerse con el control de su sospechoso. Leo coloca la mano sobre la radio mientras Huw y él corren hacia el confesionario, como si mantener la conexión fuera de ayuda. Pero ni ella ni los demás necesitan su ayuda, porque, cuando George vuelve a hablar —«Cero nueve con uno»—, su voz suena más calmada y los gritos de fondo han cesado.

Henry está arrestado. Lo tienen.

48

Martes - Ffion

La mano de Ffion toca la silla. Sus dedos se agarran a ella y hay algo en su solidez que la anima a colocar el pie, impulsarse hacia arriba, contra la fuerza del agua, y subirse al asiento; a continuación, sobre los brazos, y, luego, al alto respaldo, al que se aferra con fuerza, y vuelve a tomar aire una y otra vez hasta que la quemazón de su pecho disminuye.

—Mierda, mierda, mierda —grita, porque le resulta curiosamente tranquilizador oír su propia voz por encima de la avalancha de agua y el...

Se detiene. ¿Qué es ese ruido?

El agua chapotea contra su mentón. Dentro de uno o dos minutos, tendrá que levantar la cabeza para mantener la boca fuera del agua.

Y después...

Ahí está otra vez.

Ladridos.

—¡Dave! —intenta gritar Ffion, pero tiene los labios dormidos por el frío y la garganta cerrada por el miedo. Los ladridos suenan cerca y ahora oye también la voz de Leo, así que vuelve a gritar. Esta vez, no importa que no salga ningún sonido, porque están forzando la puerta del confesionario. El agua derriba a Ffion de su apoyo y cae, pero en esta ocasión siente unas manos fuertes tirando de ella hacia arriba.

Dos mil litros de agua salen en avalancha del confesionario y

Ffion se descubre de pie en medio de un río junto con Leo, Huw y Dave.

—*Ti'n* idiota, Ffin, joder —dice Huw. Los ojos le brillan.

Leo se quita la chaqueta y la echa sobre los hombros temblorosos de ella.

—¿Estás bien?

Ffion intenta asentir, pero lo que le sale es un estremecimiento. Dave está tratando de subirse a sus brazos y ella se agacha para poder agradecerle como es debido que la haya encontrado, aunque también porque las piernas no la van a sostener mucho más tiempo.

—Henry... —empieza a decir, pero el cerebro le funciona a media velocidad. No está segura de poder explicar cómo ha averiguado que fue Henry quien mató a Miles, aunque parece que no es necesario.

—Lo han arrestado —dice Leo—. George va ahora de camino a Bryndare con él.

Ffion consigue hacer un tenso gesto de asentimiento. No se fía de poder hablar. Leo le pasa un brazo por encima y ella deja que él la lleve por el campamento.

—Creía que iba a... —No puede terminar la frase.

—Yo también.

—Me alegra que me hayas encontrado.

Leo se vuelve para mirarla. Le baja la mano por el hombro y le agarra la mano para apretársela con fuerza.

—Yo también.

49

Miércoles - Leo

Henry Moore (o, mejor dicho, Clive Manning) apoya las manos sobre la mesa de la sala de interrogatorios sin levantar los ojos. A su lado, está una abogada, una mujer de cincuenta y tantos años que, de vez en cuando, interrumpe a Leo y a George para decir que su cliente ya ha respondido a eso o para preguntar a Henry si quiere un descanso.

Leo y George están sentados enfrente de ellos. Ffion intentó defender su participación, pero incluso ella tuvo que reconocer que no podía hacer un interrogatorio imparcial a un hombre que unas horas antes había intentado matarla.

—Hay un conflicto de intereses —dijo Leo.

La expresión de Ffion se ensombreció.

—Supongo que tú sabes bien qué es eso.

—¿Qué se supone que quieres decir con eso?

Pero Ffion se dio la vuelta y, como Henry ya estaba listo para ser interrogado, no hubo tiempo para arrancarle una explicación.

—¿Por qué lo del nombre falso? —pregunta Leo cuando Henry ha terminado de dar cuenta de sus movimientos durante los últimos días.

—Nunca utilizo el verdadero. —Henry se encoge de hombros, como si el uso de un pseudónimo fuera lo más normal del mundo—. Soy reportero de investigación y suelo trabajar con personajes malsanos. No en esta ocasión, claro. —Sonríe y mira alrededor, quizá con la errónea creencia de que está ganándose la admiración de los demás.

—¿Y estaba contratado como investigador?

—En teoría, trabajaba por mi cuenta. Pero, sí, Miles me contrató para averiguar secretos. Se me da bastante bien, ¿sabe? —Otra sonrisa atraviesa su cara.

—Yo no sabría por dónde empezar —dice George—. Ya es bastante difícil hurgar en la vida de las personas cuando se tiene acceso a las bases de datos de la policía, pero... —Resopla. Leo reprime una carcajada al ver sus intentos de adular a Henry para que confiese; como si se fuera a dejar engañar por...

—Llevo haciéndolo desde hace mucho tiempo —contesta Henry—, aunque he de confesar que he dado pasos en falso. Algunos secretos están demasiado escondidos incluso para mí.

—Puede que no existieran —dice Leo—. No todo el mundo tiene secretos.

Henry le sonríe.

—Todo el mundo tiene secretos.

Leo no dice nada. En parte, porque se trata de un interrogatorio policial, no de un juego de verdad o atrevimiento en el campamento de *Al descubierto*, pero, sobre todo, porque se da cuenta de que su respuesta automática, la de que él no tiene secretos, no es del todo cierta. De lo contrario, le diría a Ffion lo que siente.

—El reverendo Lucas me supuso una labor de vigilancia a la antigua usanza. —Henry dirige su respuesta a George—. Fui a una misa dominical con la intención de hablar con algún miembro de la congregación y averiguar algo más de él. Luego, vi cómo lo miraba la mujer del organista y... —Henry junta las palmas de las manos y se toca la boca con la punta de los dedos.

—¿Y Aliyah? —pregunta George.

—Imágenes de Google. Aparece en una web de archivos que se llama Puntúa a Mi Cita. —Henry mira a Leo—. Ocho y medio, por si lo quiere saber.

—No quiero —responde Leo con un desagrado apenas disimulado—. ¿Y cómo descubrió que Jason había estado casado dos veces?

—Esa fue una feliz coincidencia. En su página de Facebook había fotos antiguas de Australia y se me ocurrió mirar si tenía condenas por posesión de drogas durante su año sabático. Contacté con un colega que vive allí y consultó en el registro civil también. Lo encontró en el listado de matrimonios. Ni en el de fallecimientos ni en el de divorcios. Bingo.

Uno a uno, Henry les relata los métodos que usó para averiguar los secretos de los demás concursantes, mientras Leo intenta determinar qué otros delitos podrían añadir a su ficha de cargos. Resulta que había un rumor en una página web de padres de la zona sobre la buena disposición de Pam a los sobornos, pero Henry confiesa que entró en los correos electrónicos de Ceri y que robó de los cubos de basura de Ryan los recibos de zapaterías especializadas. Delitos indiscutibles, aunque leves en comparación con el asesinato y el intento de asesinato.

—Y, por supuesto, estaba su propio secreto —dice George.

Por primera vez desde el inicio del interrogatorio, el rostro de Henry se endurece un poco.

—Miles dijo que yo debía tener uno dentro de la caja, por si alguien intentaba desenmascararme y Roxy tenía que abrir el sobre. Acordamos que diríamos que yo era alcohólico.

Leo se apoya en el respaldo de su silla.

—Bastante soso en comparación con los demás.

—El programa *Al descubierto* se basaba en el coste personal de los secretos. Yo tenía una historia preparada por si tenía que enfrentarme a ello. Que iba a quedarme sin trabajo, que mis relaciones pendían de un hilo, este tipo de cosas.

—Pero era todo mentira —dice George—. De hecho, su misma presencia en el programa era una mentira.

—¿Me permite recordarle que mentir no constituye un delito, agente? —pregunta la abogada.

—Pero Miles no puso eso en el sobre, ¿verdad? Descubrió

algo un poco más jugoso. —Leo lo mira a los ojos y está seguro de detectar un estremecimiento en ese hombre. Saca un documento de una carpeta y lee en voz alta la fotocopia del secreto—: «Henry se ha negado a pagar la pensión alimenticia de su hijo durante tres años».

Los labios de Henry se abren. Se queda mirando a Leo sin decir una palabra. Después, sus labios se curvan formando una leve sonrisa y apoya la espalda en su silla.

—¿Eso es todo?

—Eso es todo. —Leo contempla con interés la expresión relajada de Henry mientras piensa en la cara de angustia de los demás concursantes cuando fueron revelados sus secretos.

—Miles lo malinterpretó —dice Henry sin sobresaltarse—. Yo le mencioné un problema que tenía con una antigua pareja. Una estupidez por mi parte, como resultó ser. No hay pruebas de que el niño sea mío, ¿sabe? Y viajo mucho, así que...

—Eso no es problema —lo interrumpe George—. Podemos informar al Servicio de Pensión Alimenticia Infantil de dónde pueden encontrarlo. Algo me dice que usted pasó varios años sin notificar su cambio de dirección.

—Resumiendo lo que nos ha contado... —dice Leo. Este es su momento preferido de los interrogatorios: la parte en la que el sospechoso se coloca la soga alrededor del cuello—. Usted no salió del campamento de *Al descubierto* el domingo y lo más cerca que estuvo del estudio de edición de Miles fue cuando pasó por al lado...

—De camino a mi habitación —Henry se ofrece a terminar la frase.

—Exacto. Nos ha contado usted que la mañana del asesinato pasó una hora dormido en el bosque.

—Aproximadamente. —Henry acompaña su interrupción con una sonrisa de disculpa—. No nos dejaban llevar reloj en el campamento.

—Pasó «aproximadamente» una hora dormido en el bosque antes de volver al campamento, cuando fue al confesionario. —Leo mira a Henry buscando su confirmación.

—Para que conste en la grabación, el sospechoso ha asentido —dice George.

La abogada cierra su cuaderno con un golpe.

—¿De verdad es esto necesario? Mi cliente ya ha prestado declaración detallada de su paradero el domingo y hoy.

—Ah, sí, hoy... —George pasa las páginas de su cuaderno—. Hoy ha subido usted a dar un paseo por la montaña de Pen y Ddraig, se ha desorientado cuando el helicóptero de la policía volaba por encima de usted y ha empezado a correr. —George hace una pausa para consultar sus notas—. «Por si acaso estaba estorbando».

—No me gusta su tono sarcástico, agente Kent, ni tampoco a mi cliente.

—Pensé que el helicóptero estaría buscando a alguien —dice Henry.

—Qué perspicaz es usted.

—Agente Kent, debo insistir...

George no hace caso de las protestas de la abogada.

—Cuando encontramos a la agente Morgan, estaba encerrada en el confesionario.

—Me sorprendió cuando me lo contaron.

—Claro que sí.

—¡Agente Kent!

—Alguien había atrancado la puerta y había abierto el grifo del agua.

—Qué espanto.

—Pero no fue usted —dice Leo.

—Desde luego que no.

—Porque, de haber sido usted, se estaría enfrentando a una acusación de intento de asesinato —añade George—. Además del asesinato que, según usted, no ha cometido.

—Yo no he tenido nada que ver en ninguna de esas cosas —dice Henry.

—Agentes, ¿tienen alguna pregunta de verdad para mi cliente o simplemente están tratando de dar vueltas a la declaración, bastante amplia, por cierto, que les ha prestado?

—Solo queremos asegurarnos de que no hemos pasado nada por alto —responde George—. Es importante que su cliente tenga la posibilidad absoluta de contarnos qué ha sucedido.

—Se lo agradezco —dice Henry sin sobresaltarse—. Pero no tengo nada más que añadir. Todo lo que les he contado es verdad. Yo no he matado a Miles y hoy no me he acercado a su compañera en el momento de su desgraciado accidente.

Leo coloca una bolsa de plástico transparente sobre la mesa.

—¿Qué es esto, Henry?

—Me temo que no tengo ni idea. —El tono de Henry es confiado, pero hay un ligero temblor en su ojo izquierdo.

Cuando Jim y su perro Foster quedaron libres tras su anterior trabajo, Henry estaba ya detenido y habían encontrado a Ffion. Aun así, llevaron a Foster, que condujo a Jim hasta una madriguera de conejos en la que empezó a excavar con frenesí.

—Es la chaqueta de deporte, el gorro y las gafas de sol de Miles, y un par de calcetines rosas —dice Leo ahora.

—Si usted lo dice.

—Lo digo. Pero, para asegurarnos, hemos hecho un análisis rápido y no hay duda de que el ADN de Miles está en todas las prendas excepto en los calcetines —añade Leo dando un golpecito en la bolsa.

George se inclina sobre la mesa.

—Adivine qué otro ADN aparece en ellas.

Henry parpadea.

—Estoy seguro de que yo no...

—El suyo, Henry. —Leo se cruza de brazos—. ¿Por qué habría ADN suyo en la chaqueta de Miles?

—Pues... quizá se la pedí prestada. Ahora que lo pienso, sí que le pregunté si...

—No me venga con tonterías —dice Leo levantando la voz—. Su ADN aparece en ella porque se disfrazó de Miles después de entrar por su ventana con los calcetines puestos en las manos..., que, por cierto, resulta que coinciden con las marcas encontradas en el marco de la ventana. Y lo estranguló con esto. —Leo mete la mano en la bolsa y coge otra más pequeña que contiene un cordón de zapato—. Esto se ha sacado de las zapatillas que llevaba usted cuando lo han detenido. Un patólogo forense ha confirmado que el dibujo y el tamaño coinciden con las marcas de ligadura del cuello de Miles, y no me cabe duda de que encontraremos tanto su ADN como el de usted cuando lo llevemos a analizar, así que... —Leo se inclina hacia delante—. ¿Está seguro de que nos lo ha contado todo? Porque, recuerde: puede afectar a su defensa que no diga ahora algo que más tarde aparezca en el juicio.

—Estoy bastante seguro. —Henry sonríe con gesto de disculpa—. Siento no poder servirles de más ayuda.

—Ah, espere. —George saca una tercera bolsa, como si acabara de recordar que la tenía—. Y, por supuesto, tenemos esto, que estaba en su bolsillo cuando lo han traído detenido. —La desliza sobre la mesa—. Es la llave de la caja de los secretos.

Hay una larga pausa.

Henry ya no sonríe.

50

Miércoles - Ffion

—¿Y sigue sin confesar? —Ffion se ha mordido las uñas hasta dejarlas en carne viva mientras esperaba a que Leo y George salieran del interrogatorio.

—Su abogada ha interrumpido el interrogatorio para «hablar» con su cliente y, cuando han vuelto, este no ha hecho ningún comentario. No es que importe. Lo hemos pillado con las manos en la masa. —George sonríe a Leo, todavía eufórica, y Ffion siente un pellizco de algo que no está dispuesta a reconocer.

—Gracias a ti. —Leo mira a Ffion—. Unir esos fragmentos de grabación ha sido una labor impresionante.

—Cualquiera del equipo técnico los habría terminado encontrando —responde Ffion, haciendo caso omiso del calor que la invade tras el elogio.

—Para entonces, nosotros ya habríamos soltado a los testigos y Henry..., es decir, Clive habría desaparecido. —La chaqueta de Leo se le sube cuando estira los brazos—. La inspectora jefe Boccacci está al teléfono ahora con el Ministerio Fiscal —dice con un bostezo—. Está proponiendo una acusación alternativa de detención ilegal por si la de intento de asesinato no se sostiene.

Si Clive Manning se declara no culpable, pasarán meses hasta que los llamen a todos a prestar declaración. Ffion piensa en su comparecencia como víctima, no solo como agente; se imagina su testimonio hecho pedazos por la defensa.

—¿Vas a seguir en la investigación? —le pregunta a Leo, y después se maldice por haber dado a entender que eso es lo que ella quiere—. Al fin y al cabo, eres el alumno estrella de Boccacci. —Eso ha sonado más sarcástico de lo que pretendía.

—No, yo ya he terminado. Vuelvo ahora a Cheshire. —Mira a George—. ¿Vas a hacer que pregunten en el Servicio de Pensión Alimenticia Infantil?

—Desde luego que sí. —George mira a Ffion—. Deberías haber visto su cara cuando Leo ha leído su secreto en voz alta, como si no le importara una mierda.

—Supongo que ahora mismo esa es la menor de sus preocupaciones —contesta Ffion.

—Cuídate. —Leo extiende una mano hacia George—. Has hecho un trabajo estupendo.

—Tú también. —Alarga los brazos y lo abraza en lugar de estrecharle la mano. Ffion mira por la ventana hacia el patio trasero, donde dos agentes uniformados están lavando un coche patrulla.

—Ha estado bien trabajar otra vez contigo —dice Leo, y Ffion se da cuenta de que está hablando con ella.

—Lo mismo digo. —Vuelve a mirarlo y sonríe—. ¡Nos vemos en la próxima! —Se ríe, pero suena falsa incluso para ella.

—Bueno, pues adiós. —Leo da un paso, levanta una mano haciendo un extraño saludo y, después, se marcha.

En la calle, los agentes de uniforme están recogiendo la manguera a presión. Unos segundos después, Leo atraviesa el patio y entra en su coche. Ffion siente los ojos de George sobre ella.

—Joder, qué idiota eres, Ffion Morgan.

—Eres la segunda persona que me dice eso en dos días.

—¿Sabes lo difícil que es encontrar un hombre decente?

—Te lo diré cuando lo vea. —Ffion intenta reír, pero su expresión no la acompaña.

—Es evidente que te gusta y está claro que él te adora, aunque Dios sabrá por qué, porque lo tratas como una mierda.

—Claro. Es tan fan mío que se chivó a Malik, me dio un sermón sobre los conflictos de intereses y, después, me apartó del caso. —Ffion se aleja.

—Fue Alun, idiota —dice George a sus espaldas—. Y, por mucho que me cueste reconocerlo, tenía razón. Deberías haber contado que Caleb mantiene una relación con tu hermana. Quizá no fuera el principal sospechoso, pero...

—¿Caleb? —Ffion se detiene en seco.

—Alun habló con Seren en la granja. Habíais discutido por algo. Al parecer, ella se desahogó y ya sabes cómo es Alun. Un verdadero tiquismiquis. Aprovecha cualquier oportunidad para dejar en mal lugar a cualquiera.

Leo no le contó al inspector Malik que Ffion se había guardado el sobre de Ceri.

Leo no le contó nada a Malik.

Ffion mira por la ventana, pero el coche de Leo no está. De todos modos, ¿qué le iba a decir? ¿«Siento haber sido una gilipollas»? ¿«Hay alguna posibilidad de que empecemos de nuevo»? ¿«Creo que estoy enamorada de ti»?

Suelta un largo suspiro.

Ffion puede contar con los dedos de una mano las veces que ha dicho: «Te quiero». Esas palabras parecen quedarse atascadas en algún punto entre su cabeza y su boca, demasiado pesadas para verbalizarlas. Le maravilla la facilidad con la que otras mujeres las pronuncian —entre ellas mismas, a sus hermanos, a novios a los que conocen desde hace cinco minutos— y piensa que ella debe de estar hecha de otra pasta.

Ffion siempre llega a la conclusión de que no hay por qué decirlas para que los demás sepan que es verdad. Su madre y Seren saben que las quiere con locura y, cuando estuvo casada con Huw, él sabía que lo quería, a su modo.

«Pero Leo no lo sabe».

Ffion aparta ese pensamiento de su cabeza.

—Dile lo que sientes —insiste George.

—No sé de qué hablas. —Ffion sigue caminando.

—Quizá, si te soltaras un poco, te sentirías...

—¿Soltarme? —Ffion se da la vuelta—. ¡Pues mira quién fue a hablar! Nunca he conocido a nadie más reservada. Nunca vienes a la cafetería, nunca sales a tomar una copa después del trabajo, casi nunca...

—Soy introvertida —dice George—. Como tú.

—Yo no soy introvertida —espeta Ffion—. Es solo que no me gusta la gente. No rechazo una invitación a una copa como si mis compañeros tuvieran la lepra.

—No sabía que fuera obligatorio salir con los compañeros. —Hay un trasfondo gélido en el tono de George.

—Prácticamente, estás muerta por dentro —grita Ffion—, así que no trates de darme consejos sobre las relaciones.

Se aleja por el pasillo y gira hacia donde se encuentra el despacho de Malik, dejando a George junto a la ventana. El inspector está al teléfono y Ffion se queda en la puerta, todavía furiosa por el consejo no solicitado de George.

—¿Cuánto tiempo tardará en que nos lo confirmen? —Malik hace una señal a Ffion para que entre y se siente—. ¿Y mientras tanto usted lo va a interrogar?

Ffion consulta su teléfono por si hay algún mensaje. Hay varios correos en su bandeja de entrada, incluido uno de Alun en el que le recuerda que, como no ha metido ni una libra en el bote de la cocina «desde hace varias semanas», bajo ninguna circunstancia debería tomar nada hasta que lo haga. Es evidente que en Cwn Coed se ha extendido la noticia de su terrible experiencia en el confesionario, pues tiene varios wasaps de amigos expresando su preocupación. Incluso su madre, que odia la tecnología, le ha enviado un mensaje: «*Be oedd ar dy ben di???*» («¿¿¿En qué estabas pensando???»).

Ffion le contesta: «Estoy bien, tranquila».

«*Dwi ddim yn fflapio!!!*» es la respuesta de indignación.

Malik cuelga el teléfono y Ffion deja su móvil en silencio y se lo mete en el bolsillo.

—La inspectora jefe Boccacci dice que ha quedado muy impresionada contigo —dice Malik justo cuando Ffion empieza a hablar.

—He venido a pedirle perdón.

Malik intenta, sin conseguirlo, ocultar su sorpresa.

—Eso es una novedad.

—Por extraño que le parezca, eso es lo que quería decir. —Ffion lo mira con una tímida sonrisa—. No es muy frecuente que la gente quede impresionada conmigo.

—Bueno, pues la inspectora jefe sí que lo está. Una joven ha presentado una denuncia contra Clive Manning. Parece que estaba trabajando de forma encubierta en un reportaje sobre caseros sin escrúpulos que exigían sexo a cambio de una reducción en el alquiler, y él chantajeó a una de las colaboradoras. Clive le dijo que mantendría en secreto su identidad si ella «se portaba bien» con él. —El desagrado de Malik es evidente.

—Eso es una canallada.

—Ella nunca supo cuál era su verdadero nombre y, cuando salió el artículo, el periódico se negó a revelar su fuente.

—¿Y vio *Al descubierto*?

—Lo reconoció de inmediato, pero no estaba segura, porque parecía encantador e inofensivo.

—Se acabó eso de que «la cámara nunca miente» —contesta Ffion—. Miles orquestó cada puto segundo del programa. —El inspector hace una mueca de disgusto—. Cada puñetero segundo del programa. Perdón por la palabrota. Me estoy esforzando.

Malik suspira.

—Ya lo veo. El verdadero nombre de Manning no se va a revelar a la prensa hasta que se lo acuse formalmente, pero la joven ha leído algunos tuits bastante irrefutables de una youtuber... —Miles baja la mirada a su papel, donde ha tomado nota del nombre.

—¿Zee Hart?

—Esa misma. Se le ha dicho que los borre o será procesada, porque no queremos que el juicio se derrumbe antes de empezar, pero sí parece que ha conseguido que aparezca una víctima. Me pregunto cuántas otras habrá.

Así pues, desde el principio, era Henry el concursante relacionado con el movimiento #MeToo. Está claro que Miles no encontró suficiente basura para meter en la caja de los secretos, pero lo que fuera que había averiguado le bastó para advertir a Roxy. «Se puede denunciar a una productora y sacarle los cuartos si no protege a su personal de algún acoso», le dijo a Leo.

Y Henry, también conocido como Clive, va a ser llevado ante la justicia. Asesinato, intento de asesinato y, ahora, agresión sexual. Ffion ve cierta ironía en el hecho de que, por intentar proteger un secreto de relativa poca importancia, se tenga que enfrentar a acusaciones mucho más graves. Intentó vencer a Miles en su propio juego, pero, al final, no hubo ningún ganador.

—Pero te he interrumpido en tu disculpa —dice Malik—. Tienes la palabra.

—Actué mal al no contarle que Seren estaba saliendo con Caleb.

—Sí, así fue. —Malik apoya la espalda en su silla—. No había motivos para que no continuaras en el caso, pero, cuando descubro que estás ocultando algo así, eso da lugar a...

—Además, oculté otra cosa de la cadena de custodia —se apresura a decir Ffion antes de que cambie de opinión—. Resultó que no tenía importancia y volví a incluirlo de todos modos, pero, durante unas horas, yo... —Ffion suspira—. Tenía usted razón, jefe. Estaba demasiado involucrada. Estaba investigando a personas con las que me he criado y... es complicado.

—Nadie ha dicho nunca que este trabajo fuera fácil.

—Lo sé.

—Lo que estás confesando es más que una falta disciplinaria, Ffion. Es motivo de expulsión. —Malik se rasca la frente—. ¿Por qué me lo estás contando ahora?

—Porque quiero mejorar —Ffion continúa con la mirada al frente—. Porque no decirlo lo convierte en un secreto, y si algo he aprendido en las últimas dos semanas es que no hay que tener secretos.

Malik asiente despacio.

—También he venido para pedirle un permiso de dos semanas —dice Ffion—. A partir de hoy. Voy a llevar a Dave al centro de acogida mañana y necesitaré tiempo para...

—Tómate todo el que te haga falta. Tengo entendido que ese chucho es todo un héroe.

Ffion traga saliva.

—Gracias, jefe. —Se pone de pie—. Y, si quiere presentar una denuncia ante el Departamento de Estándares Profesionales, lo entenderé.

—¿Cuántas veces te he lanzado una última advertencia, Ffion?

—Pues... ¿tres?

Malik se queda mirándola.

—Considera esto como tu última advertencia definitiva.

—Gracias. —Ffion siente una oleada de alivio.

—Y otra cosa.

—¿Sí?

—Mientras estés de permiso, piensa bien en qué es lo más importante: tus amigos o tu trabajo. —Le lanza una mirada severa—. Cíñete a las normas o considérate fuera. ¿Entendido?

—Alto y claro —responde Ffion mientras sale del despacho del inspector. Por supuesto que lo entiende. Lo que tiene que decidir es si, en definitiva, quiere seguir dentro.

51

Jueves - Agente George Kent

La puerta del inspector Malik lleva toda la mañana cerrada, lo cual es señal clara de que algo está pasando. George siente un hormigueo de temor mientras se acomoda en la silla que él le ofrece. Ffion va a estar de baja dos semanas («Tengo que ver a un hombre para hablarle de un perro», le dijo en su correo electrónico) y, esta mañana, Alun ha estado en la oficina solamente cinco minutos para recoger su cuaderno y se ha dirigido al centro de formación mientras murmuraba algo sobre «gilipolleces de diversidad».

—Bueno. —Malik apoya los brazos en su mesa—. ¿Qué tal estás?

—Bien —responde George. La cabeza del inspector se inclina hacia un lado a la vez que ella cae en la cuenta de qué es lo que le está preguntando en realidad—. Casi. Va y viene.

—Lo entiendo. Sé que no es lo mismo, pero yo perdí a mi madre el año pasado. Es muy duro.

George cuenta hasta diez en silencio con una sonrisa cortés en la cara para ocultar el grito que siente en su interior. No es para nada lo mismo. Nunca lo es y, aun así, ya ha perdido la cuenta del número de personas que han comparado sus penas con la de ella. Abuelos, vecinos, incluso una cobaya que se llamaba Fluffy. «Tenía una carita preciosa», dijo la mujer de la oficina de correos, y George se marchó sin comprar los sellos a por los que había ido.

George conoció a Spencer al empezar los estudios de secundaria. No es que entonces se hablaran. Las niñas de doce años no quieren relacionarse mucho con los niños, y es un sentimiento casi siempre recíproco. Spencer y ella empezaron a salir a los dieciséis años, se comprometieron a los dieciocho y se casaron a los veintiuno, y, a pesar de los comentarios de «no van a durar mucho» de sus familias y amigos, siguieron casados hasta hace dieciocho meses, cuando Spencer bajó a la cochera a las tres de la madrugada y se colgó del techo.

—Quería saber si habías hablado de ello con alguien del departamento —dice Malik.

—No.

—Podría venirte bien. Los días que te sientas especialmente...

—No. —George responde con firmeza. No quiere que Ffion lo sepa. No quiere que nadie lo sepa. La pena le resulta agotadora; hablar de ello, aún más. Hay demasiadas preguntas y no las suficientes respuestas, y Dios sabe que ella ya se hace bastantes preguntas. ¿Por qué un hombre aparentemente contento se quitó la vida? ¿Por qué ella no lo vio venir? ¿Por qué cuando oyó a Spencer dando vueltas esa noche no bajó a ver qué le pasaba?

Traga saliva. Parpadea con fuerza.

—Prefiero concentrarme en el trabajo.

Malik la mira.

—Entiendo. Ya sabes dónde me tienes si...

—Gracias. ¿Es eso lo único que quería de mí, jefe? —George siente que la presión disminuye. Si no habla de ello, si no piensa en ello, es fácil de soportar.

—La verdad es que no. —Malik vacila—. ¿Qué te ha parecido trabajar con Ffion? Sé que es un poco... —No termina la frase y George tiene la clara impresión de que no sabe cómo hacerlo.

Ahora es George la que vacila. No ha visto a Ffion desde su enfrentamiento en el pasillo y, cuando se enteró de que se había pedido la baja, hubo una parte de ella a la que le preocupó que hubiese sido por su culpa. Porque, a pesar de la acusación que Ffion le lanzó, ella no está «muerta por dentro».

Hace años, George vio un documental sobre un hombre con el síndrome del cautiverio. Su función cognitiva permanecía intacta, pero cada músculo de su cuerpo estaba paralizado, a excepción de los párpados, que usaba para comunicarse. George siente lo contrario. Su cuerpo sigue funcionando, pero por dentro se siente entumecida. Su estallido con Ffion la pilló por sorpresa, pero hay algo de Spencer en Leo y le enfurece la actitud desdeñosa de Ffion. ¿Es que no sabe lo frágil que es la vida?

—Trabajar con Ffion es... —George trata de buscar la palabra adecuada— un desafío. —Se pregunta a cuántos de sus predecesores les habrán asignado ser sus compañeros y cuántos se habrán quejado. Ffion suele enfurecer a cualquiera. En ocasiones, es insufrible—. Pero... —Vuelve a vacilar. Cuando estaba en el pasillo discutiendo con Ffion no se sintió entumecida, sino que notó la rabia recorriéndole las venas, y tras dieciocho meses de entumecimiento aquello le pareció un primer paso en la buena dirección.

—¿Pero? —pregunta Malik con tono esperanzado.

—No me importa trabajar con ella —continúa George.

—¿En serio? —Malik no consigue ocultar el tono de sorpresa en su voz. Carraspea—. Estupendo. En ese caso, me gustaría que las dos siguierais juntas de manera permanente. Avísame si vuelves a encontrarte con más..., eh..., desafíos.

—Lo haré —contesta George, aunque no tiene intención de ir corriendo al inspector cada vez que tenga un conflicto con Ffion. De hecho, se da cuenta de que está deseando que les llegue el siguiente caso. Puede que trabajar con Ffion no resulte fácil, pero, desde luego, no es aburrido.

52

Jueves - Ffion

Una ligera llovizna humedece el aire mientras Ffion, su madre y Seren ascienden por Pen y Ddraig. Están siguiendo el sendero a pie desde el pueblo tras haber acordado de manera tácita subir por una ruta que no las lleve cerca del campamento de *Al descubierto*. Automáticamente, Ffion se da la vuelta para buscar a Dave y, a continuación, se acuerda de que no está. Lo imagina llorando por ella en el centro de acogida y, después, se obliga a apartar esa imagen de su cabeza. Es por el bien de Dave, se dice. Está haciendo lo correcto.

Carreg Plas se encuentra fuera de su campo de visión en un pliegue de la montaña. Ffion ya se siente alejada de todo lo que ocurrió allí. El equipo de la inspectora jefe Boccacci está examinándolo todo de manera meticulosa, pero ella ya ha hecho su parte. Le resulta raro estar sin hacer nada, tras la adrenalina de las últimas dos semanas, y casi se arrepiente de haber pedido a Malik la baja.

Pasará un tiempo antes de que las repercusiones de *Al descubierto* se apacigüen. El organismo regulador de comunicaciones ha recibido más quejas por el programa que por ningún otro espacio de televisión de la historia. No va a haber una segunda temporada. Ningún miembro de Producciones Young ha mandado retirar la caravana de Dario, así que él sigue viviendo en ella mientras sopesa cuál será su siguiente paso. Zee Hart recogió su tienda de campaña tras haber sido amenazada por desacato.

Ffion sigue viéndola aparecer en las redes sociales, fanfarroneando de algún vídeo nuevo o alguna publicación de su blog.

Roxy Wilde tiene la intención de abrir una productora en la que solo se contrate a mujeres y quiere que Aliyah sea su copresentadora. A Jason no lo van a juzgar por bigamia; su divorcio de Addison está en marcha y, poco a poco, va tendiendo puentes con Kat, que se quedó algo más tranquila al ver las imágenes sin editar de Jason en las que le cantaba loas a ella. La junta de gobierno del colegio de Pam le ha informado de que se ha iniciado un procedimiento obligatorio, pero que son plenamente partidarios de readmitirla. Lucas se ha ido a un retiro religioso después del cual ha prometido volver a casa y afrontar las consecuencias (organísticas).

Cuando Ffion, Elen y Seren llegan a la cima de Pen y Ddraig, se dejan caer sobre la hierba. Ffion piensa en lo extraña que resulta esta obsesión de subir montañas para después volver a bajar. Lo siente cada vez que ve una cumbre, como si fuese un picor que se tuviera que rascar. Sonríe por nada..., por las vistas, por estar aquí con su madre y con Seren. Por todo.

—No voy a ir a la Universidad de Bangor —dice Seren de repente.

La sonrisa de Ffion desaparece.

—¡Lo hemos hablado un millón de veces! Vas a ir...

—Voy a ir a la Universidad de Londres. —Seren coge un trozo de hierba—. Caleb quiere trabajar en televisión y tiene muchas más posibilidades de encontrar algo allí. Y no quiero estar yendo todos los días a Bangor, Ffi, no quiero vivir en Cwm Coed, quiero... —se interrumpe y, después, se vuelve para mirar a Ffion—. Quiero algo más —dice en voz baja.

—¿Más que qué?

—Más que esto. —Seren mueve un brazo hacia lo que están viendo: la montaña que han subido, el lago en el fondo del valle—. Me agobio aquí.

Ffion mira a su madre.

—¿Tú lo sabías?

—Sí.

—Así que soy la última en enterarse, ¿no?

—Ha intentado decírtelo, Ffi —dice Elen con suavidad.

Ffion se ruboriza porque sabe que es verdad.

—¿Y a ti te parece bien?

—Tiene casi dieciocho años.

—Dieciocho años no es nada —responde Ffion—. Podría pasarle cualquier cosa en Londres.

Su madre rodea a Ffion con un brazo y la acerca a ella. Le da un beso en la cabeza.

—En Cwm Coed también pasan cosas —murmura.

Ffion no puede discutírselo. Agarra la mano de Seren y las tres se quedan sentadas en silencio mientras el sol del atardecer tiñe el valle de vetas doradas.

—Lo entiendo —dice Ffion por fin—. Las ciudades pequeñas pueden ser claustrofóbicas. —Esa es la razón por la que ella pasa tanto tiempo fuera, en el valle o en lo alto de una montaña. A veces, siente como si solo pudiese respirar bien cuando se aleja de Cwm Coed.

—A mí me parece bien —dice su madre. Da un suave codazo a Ffion—. Quizá te venga bien también a ti.

—¿Londres? —Ffion hace una mueca.

—Cualquier sitio. No tienes por qué quedarte en Cwm Coed solo porque yo esté aquí.

—No es por eso —dice Ffion—. Me quedo aquí porque...

—¿Por qué se queda? Porque siempre ha estado aquí, supone. Porque intentó marcharse una vez y no le gustó.

Porque Seren estaba aquí.

Mientras van bajando, la cabeza de Ffion no para de dar vueltas. Malik cree que está demasiado implicada con la gente de aquí, pero, cuando Seren quiso hablar con ella, estaba demasiado concentrada en el trabajo como para escucharla. ¿Debería irse de Cwm Coed? Se imagina hablando con gente sin la sombra de su infancia, sin la resaca de su adolescencia salvaje. Se imagina encargándose de casos sin que le preocupe encontrarse con un exnovio o su mejor amiga en la escena del delito; se imagina lo fácil que sería desempeñar su trabajo sin más y hacerlo bien. Al fin y al cabo, Cwm Coed no va a irse a ningún sitio: puede volver a casa siempre que quiera y, cuando lo haga, no estará distraída por el trabajo.

Y sin embargo...

Irse significa dejar a su madre. Significa ir por una calle sin una docena de «*Ti'n iawns*» de gente que la conoce de toda la vida. Significa dejar Pen y Ddraig y las resplandecientes aguas de Llyn Drych. Sin más casos en la frontera de Inglaterra y Gales, con todas las dificultades que eso acarrea.

«Sin Leo».

Quizá sea para bien.

Cuando llegan al pueblo, Ffion sabe qué tiene que hacer.

Lo más difícil del mundo.

53

Sábado - Leo

Leo ha salido a correr, tras desayunar y limpiar la cocina, y todavía no son las diez. Le toca a Allie quedarse con Harris, y Leo sabe que debería aprovechar el fin de semana libre, pero se descubre dando vueltas por la casa, echando de menos a su pequeño compañero. El trabajo de sargento es tan exigente, pues se alarga hasta la noche y los fines de semana, que siempre le hace tener la sensación de que su vida va a estallar por las costuras. Después, concluye un caso importante y, por fin, puede respirar, y la vida debería ser algo bueno, pero, en lugar de eso, le resulta vacía.

Anoche, Leo llamó a Gayle.

—Ha sido estupendo conocerte, de verdad —le dijo, porque las mentiras son, a veces, más agradables que la verdad—. Pero no creo que lo nuestro vaya a funcionar.

—Lo sé, eres un hombre ocupado. ¡Eres difícil de atrapar! —contestó Gayle riéndose—. ¿Qué te parece si desayunamos mañana? Puedo ir a tu casa y nos lo tomamos en la cama.

—No creo.

—¿El domingo?

Las indirectas no estaban funcionando. Leo sopesó por un momento ofrecerle una razón alternativa —que era gay, que había conocido a alguien, que tenía una enfermedad terminal— antes de optar por la verdad.

—Gayle, no quiero volver a verte. Lo siento —añadió.

—¿Nunca más?

Leo respiró hondo.

—Nunca más.

Hubo una larga y dolorosa pausa antes de que Gayle respondiera.

—¿Y por qué no lo has dicho antes?

«Eso. ¿Por qué?», pensó Leo mientras colgaban.

Henry compareció el jueves ante el Tribunal de Primera Instancia, donde expresó su intención de declararse culpable de asesinato y de intento de asesinato. Lo dejaron en prisión preventiva a la espera de la sentencia del Tribunal de la Corona. Por insistencia de Angharad, y porque el Ministerio Fiscal consideraba que no sería de interés público llevarlo a juicio, se retiraron todos los cargos contra Ryan Francis. Se está recuperando tras haber ingresado voluntariamente en un centro psiquiátrico privado que pagará con los ingresos obtenidos gracias a las llamadas de los espectadores de *Al descubierto*. El servicio postal ha puesto en marcha una investigación interna por los robos de Ceri y, posteriormente, decidirá si enviarla a la policía.

Leo vuelve a leer la respuesta que acaba de escribir. El correo de la inspectora jefe Boccacci era breve pero adulador. ¿Estaría dispuesto a un traslado? La Unidad de Delitos Graves de Gales del Norte se encuentra en Bryndare, pero varios de sus agentes trabajan con horario flexible desde otras comisarías. Las perspectivas profesionales son magníficas.

Pulsa el botón de enviar. Su respuesta es más larga y detallada, aunque el sentimiento es conciso.

Gracias, pero no.

Algunos de los compañeros del departamento se van a ver esta noche para tomar una cerveza y es probable que Leo se una a ellos, pero las horas intermedias parecen eternizarse. Se prepara un café que no quiere tomar. Quizá debería buscarse un pasatiempo. ¿Qué hacen los hombres de mediana edad en sus días libres si no quieren embutirse en un traje de licra y gastarse el sueldo de seis meses en una bicicleta? Leo le ha prometido a Harris que van a ir este verano a hacer padelsurf, así que quizá vaya con el coche hasta Cwm Coed a hacer una reserva para el fin de semana próximo.

«Tal vez te tropieces con Ffion», dice la voz de su cabeza. Leo no le hace caso. El lago es el mejor sitio para deportes acuáticos de la zona, no tiene nada que ver con Ffion Morgan. Se echa leche en el café y lo remueve con más fuerza de la necesaria.

Ffion no se ha puesto en contacto con él.

Y él no le ha enviado ningún mensaje. No va a pasar por eso otra vez. Además, ha borrado su número de nuevo. Ffion es increíble. Le hace sentir vivo como nadie más ha hecho nunca, aparte de su hijo. Pero también es exasperante, imposible de entender y completamente... —Suena el timbre de la puerta y Leo va con el café a abrir—. Completamente impredecible.

—¿Estás ocupado? —pregunta Ffion. Va acompañada de Dave y tiene la correa bien enrollada en la mano.

Leo sopesa la pregunta.

—Bastante. ¿Por qué?

—Es que... —Ffion toma aire—. No se me da bien mandar mensajes.

—No jodas —responde Leo en voz baja. Ve cómo Ffion rasca la pintura agrietada del marco de la puerta. Tenía la intención de lijarla y pintarla de nuevo. Supone que podría hacerlo este fin de semana, antes de que el trabajo lo vuelva a absorber.

—Pienso demasiado las cosas. —Un trozo de pintura roja cae al suelo—. Escribo un mensaje, luego lo borro, lo vuelvo a escribir, lo borro otra vez y... —Ffion mira el marco de la puerta con el ceño fruncido y arranca un trozo más grande de pintura. Debajo, la madera es de un verde lima estridente. Leo retuerce las manos.

—Eh..., ¿te importa no...?

—He pensado que sería más fácil en persona.

Leo se queda inmóvil. Ffion sigue con el ceño fruncido y Leo se da cuenta de que va a poner punto final a lo que sea que estuviera bullendo bajo la superficie. No encontraba las palabras adecuadas para hacerlo mediante un mensaje; siente que le debe decírselo a la cara.

—Pero no lo es. —Ffion aprieta los ojos y, después, los abre y lo mira directamente a los ojos—. ¿Qué me pasa, Leo?

—No te pasa nada, Ffi. —Leo siente un dolor en el pecho.

—No puedo decirlo.

—¿Decir qué? —Leo no tiene ya ninguna duda de que va a salir a tomar una pinta con sus compañeros esta noche. De hecho, se va a poner como una cuba, cosa que rara vez hace.

—He pedido una baja.

—¿Has venido aquí para decirme que has pedido una baja?

—Dave se pasó todo el jueves con un adiestrador de perros del centro de acogida. Nos queda mucho trabajo por delante, así que me he tomado unas vacaciones. Todavía me quedan diez días y he pensado... —Ffion se muerde el interior de la mejilla—. He pensado que podría pasarlos aquí.

Leo parpadea.

—Contigo.

Leo se da cuenta de que lleva una bolsa de viaje; está en el suelo detrás de Dave.

—Pero estás ocupado.

—La verdad es que no estoy tan ocupado.

—Entonces... —Ffion coge su bolsa.

—¿Te gustaría pasar conmigo los diez días? —Leo quiere estar completamente seguro de lo que Ffion le está diciendo. Tiene la fuerte sensación de que este es un momento crucial en su... ¿Se le puede llamar relación? Joder, sí. Un momento crucial en su relación.

—Sí —contesta Ffion con un suspiro.

—¿Solo diez días? —pregunta Leo.

Una sonrisa se extiende lentamente por el rostro de Ffion.

—Por ahora.

Coge su bolsa y se pone el asa sobre el hombro. Automáticamente, Leo se aparta para dejarla pasar, pero se detiene.

—No.

—¿Qué? —A Ffion se le va el color de la cara.

—No —repite Leo en voz baja. Pasa un segundo mientras trata de poner en orden sus pensamientos para convertirlos en algo que tenga sentido para los dos—. No puedo hacer esto.

—¿Hacer qué?

—Dejar que entres en mi vida para que vuelvas a salir corriendo porque tienes miedo.

Ffion se ríe.

—No tengo...

—Sí que lo tienes. Miedo de acercarte a alguien, miedo a decir lo que sientes. Y lo entiendo, de verdad, pero no es justo, Ffi. No voy a pasar por eso.

—¿Por qué estás diciendo esto? —Ffion parpadea varias veces—. No es propio de ti.

Leo hace una pequeña pausa.

—Supongo que estoy mostrando esas garras que decías que necesitaba.

Ffion abre la boca para decir algo y, después, la vuelve a cerrar. Hace un brusco gesto de asentimiento y, luego, se da la vuelta y se va. Cada músculo de Leo desea llamarla, pero se obliga a cerrar la puerta y aprieta las manos contra la pared hasta estar seguro de que no va a volver a abrirla. Ha hecho lo correcto, lo sabe, así que ¿por qué se siente como una mierda?

Va al baño y se lava la cara. Después, se cambia y se pone las zapatillas de deporte. Irá al gimnasio a aporrear un puto saco de boxeo y, luego, se duchará y quedará con sus compañeros para tomar unas cervezas y estará tan pedo que no pensará en Ffion Morgan ni en que acaba de permitir que salga de su vida.

Cuando Leo abre la puerta de entrada unos minutos después, ve el coche de Ffion aparcado en la calle. No la ve a ella porque

Dave está sentado en el asiento del pasajero con una pezuña en el salpicadero, como si estuviese a punto de ponerse a merendar.

Leo pasa junto al Triumph con la bolsa del gimnasio al hombro. Oye la puerta del coche abrirse, oye unos pasos corriendo tras él, pero sigue caminando. Ha hecho lo que debía. Ya se ha dejado mangonear en relaciones anteriores, y si Ffion no puede siquiera decir lo que siente...

—Te quiero.

Leo se detiene. El corazón le late con más fuerza que si estuviese haciendo ejercicio y se pregunta si no le convendría más seguir caminando. Se pregunta si la habrá oído bien, porque ni siquiera le ha parecido la voz de Ffion; no es algo que se haya imaginado nunca que diría.

Ella lo repite. Esta vez, más alto.

Leo se gira.

Agradecimientos

Resulta que escribir una serie de novelas es muy distinto a escribir novelas independientes. Ha habido momentos en los que me he sentido de nuevo como una escritora novata y doy las gracias a mi editora, Lucy Malagoni, por su sensatez y su paciencia, por saber guiarme durante unos meses escabrosos (e incluso con unos borradores aún más escabrosos). Gracias a Lucy y a su compañera, la editora Tilda Key, por su brillantez editorial. Este libro es, sin duda, un trabajo en equipo.

De igual modo, quiero expresar mi enorme agradecimiento a todos los integrantes de Sphere y al equipo más amplio de Little, Brown, que tanto se esfuerzan por llevar mis libros a las manos de los lectores. Gracias a Laura Sherlock por su labor de relaciones públicas; a Gemma Shelley, Brionee Fenlon, Fergus Edmondson y Emily Cox por el marketing; a Hannah Methuen y su equipo de ventas, y a Rebecca Folland, Jessica Purdue, Helena Doree, Louise Henderson y Zoe King por cuidar de mis derechos de autor internacionales. Gracias a la extraordinaria correctora Linda McQueen, al editor Jon Appleton y a Hannah Wood por otra portada increíble.

Gracias a la editora independiente Nia Roberts por leer el manuscrito y revisar mi uso del galés; a Ella Chapman, Sam Sutcliffe y Siobhan Graham por encargarse de mis boletines informativos y mis canales de redes sociales; a Tim Marchant por su labor en la web, y a Lynda Tunnicliffe, Sarah Clayton y Huw

McKee por ser los administradores de mi grupo de Facebook, The Clare Mackintosh Book Club.

Gracias a Colin Scott. Tú sabes por qué.

Lucia Boccacci hizo una generosa puja en la subasta de *Books for Ukraine* y estoy encantada de haber homenajeado a su querida madre poniéndole su nombre a un personaje.

Gracias a mi agente, Sheila Crowley, que siempre me apoya, a Tanja Goosens por su cuidado por el detalle y al gran equipo de Curtis Brown Literary y Talent Agency.

Gracias a mi marido, Rob, y a Josh, Evie y George, que probablemente se sentirán muy aliviados al ver que por fin este libro está acabado. (Pero ¿sabéis qué? Ahora voy a tener que hacerlo otra vez...).

Gracias a mis amigos por entender mi faceta de escritora y por ser tan generosos con vuestro apoyo, y al precioso Gales del Norte por seguir inspirándome.

Por último, lo más importante, gracias a ti. Gracias por escoger este libro, por dedicarle tu tiempo, por reseñarlo o por compartirlo. Gracias por ser la razón por la que me gano la vida escribiendo historias.